I0573698

EIN HELD FÜR GILLIAN

Delta Team Zwei, Buch 1

SUSAN STOKER

Copyright © 2021 Susan Stoker
Englischer Originaltitel: »Shielding Gillian (Delta Team Two Book 1)«
Deutsche Übersetzung: Daniela Mansfield Translations 2021
Alle Rechte vorbehalten. Dies ist ein Werk der Fiktion. Namen, Darsteller,
Orte und Handlung entspringen entweder der Fantasie der Autorin oder
werden fiktiv eingesetzt. Jegliche Ähnlichkeit mit tatsächlichen
Vorkommnissen, Schauplätzen oder Personen, lebend oder verstorben, ist
rein zufällig.
Dieses Buch darf ohne die ausdrückliche schriftliche Genehmigung der
Autorin weder in seiner Gesamtheit noch in Auszügen auf keinerlei Art
mithilfe elektronischer oder mechanischer Mittel vervielfältigt oder
weitergegeben werden.
Titelbild entworfen von: Chris Mackey, AURA Design Group
eBook ISBN: 978-1-64499-202-9
Taschenbuch ISBN: 978-1-64499-203-6

Besuchen Sie Susan im Netz!
www.stokeraces.com
facebook.com/authorsusanstoker
twitter.com/Susan_Stoker
bookbub.com/authors/susan-stoker
instagram.com/authorsusanstoker
Email: Susan@StokerAces.com

EBENFALLS VON SUSAN STOKER

Delta Team Zwei
Ein Held für Gillian
Ein Held für Kinley (1 Jan 2022)
Ein Held für Aspen
Ein Held für Jayme
Ein Held für Riley
Ein Held für Devyn
Ein Held für Ember
Ein Held für Sierra

Die Delta Force Heroes:
Die Rettung von Rayne
Die Rettung von Emily
Die Rettung von Harley
Die Hochzeit von Emily
Die Rettung von Kassie
Die Rettung von Bryn
Die Rettung von Casey
Die Rettung von Wendy
Die Rettung von Sadie

1

Die Rettung von Mary
Die Rettung von Macie
Die Rettung von Annie (Feb 2022)

Mountain Mercenaries:
Die Befreiung von Allye
Die Befreiung von Chloe
Die Befreiung von Morgan
Die Befreiung von Harlow
Die Befreiung von Everly
Die Befreiung von Zara
Die Befreiung von Raven

Ace Security Reihe:
Anspruch auf Grace
Anspruch auf Alexis
Anspruch auf Bailey
Anspruch auf Felicity
Anspruch auf Sarah

SEALs of Protection:
Schutz für Caroline
Schutz für Alabama
Schutz für Fiona
Die Hochzeit von Caroline
Schutz für Summer
Schutz für Cheyenne
Schutz für Jessyka
Schutz für Julie
Schutz für Melody
Schutz für die Zukunft
Schutz für Kiera
Schutz für Alabamas Kinder
Schutz für Dakota

Die SEALs von Hawaii:

Im Januar 2018 drehten Mr. Stoker und ich für Home and Garden TV eine Sendung namens Mountain Life. Ich kam mit der Produzentin ins Gespräch über meine Karriere und sie beschwerte sich, dass sie ihren Namen noch nie in einem Buch gesehen hätte. Also, Gillian, das hier ist für dich!

KAPITAL EINS

Gillian Romano schloss die Augen und stützte den Kopf gegen die Lehne. Sie war erschöpft ... aber auf eine gute Art. Die Veranstaltung, deren Planung Monate ihres Lebens in Anspruch genommen hatte, war reibungslos über die Bühne gegangen. Sie war extrem nervös gewesen, weil sie in Costa Rica stattgefunden hatte, aber da alles ohne Schwierigkeiten verlaufen war, wusste sie, dass höchstwahrscheinlich noch viel mehr Aufträge auf sie zukommen würden.

Troy Johnson, der Geschäftsführer von Pillar Custom Homes aus Austin, hatte sie vor fast einem Jahr kontaktiert, um sie zu bitten, als Dankeschön eine Reise für die angesehensten Kunden des Unternehmens zu organisieren.

Sie hatte zugesagt – und war dann sofort ausgeflippt. Als Veranstaltungsplanerin war Gillian daran gewöhnt, Hochzeiten, Geburtstagsfeiern und gemeinnützige Galas in der Gegend um Killeen und Austin zu organisieren. Mr. Johnson hatte ihren Namen von dem Leiter eines örtlichen Tierheims erhalten, der sie im Jahr zuvor mit der Organisation der jährlichen Benefizveranstaltung beauftragt hatte. Der Leiter des Tierheims hatte Pillar Custom Homes beauftragt, sein Haus zu bauen, und er hatte ihren Namen weitergegeben.

Mr. Johnson hatte ein Dutzend seiner geschätzten Kunden und deren Familien eingeladen, sowie einige der einflussreichsten Persönlichkeiten in der Immobilienbranche von Austin. Gillian war für alle Aspekte der Reise verantwortlich gewesen. Angefangen bei den Flug- und Reisevorbereitungen bis hin zur Buchung der privaten Hotelsuiten und der Auswahl der Unterhaltungsmöglichkeiten für die viertägige Reise. Es war das Schwierigste, was sie je gemacht hatte – vor allem wenn man bedenkt, dass sie den größten Teil der Planung aus der Ferne erledigt hatte –, aber alles war wunderbar gelaufen, wenn sie das selbst so sagen durfte.

Lächelnd stieß Gillian einen langen, zufriedenen Seufzer aus. Sie hatte sich am Vortag von den letzten Gästen verabschiedet und einen Tag in dem wunderschönen Resort in Costa Rica verbracht, um das Gefühl zu genießen, einen guten Job gemacht zu haben, und sich ein wenig zu erholen, was sie sich auch verdient hatte.

Sie war nun auf dem Heimweg und konnte es kaum erwarten, ihren besten Freundinnen – Ann, Wendy und Clarissa – zu erzählen, wie schön Costa Rica war und wie gut die Veranstaltung gelaufen war.

Ihre Augen weiteten sich, als sie ein seltsames Geräusch in der ersten Klasse des Flugzeugs hörte. Als sie über den Sitz vor ihr blickte, sah sie, dass fast alle Passagiere in der ersten Klasse standen. Sie war nicht beunruhigt – bis sie hörte, wie eine der Frauen einen Laut von sich gab, der Gillian die Haare zu Berge stehen ließ.

Es war eine krächzende Mischung aus Unglaube und Schreck.

Bevor sie mehr tun konnte, als die Stirn zu runzeln, erschien ein Mann an der Vorderseite der Kabine. Er hielt ein Gewehr in der Hand. Er richtete es in die Luft und sagte etwas auf Spanisch, woraufhin die Menschen um Gillian herum entsetzt aufschrien und einige zu weinen begannen.

Vor Angst wie erstarrt konnte Gillian nicht glauben, was sie hörte, als der Mann ins Englische wechselte und sagte: »Im Namen des Kartells der Sonnen, mein Name ist Luis Vilchez, und meine Freunde und ich haben das Flugzeug übernommen und werden in unserem Heimatland Venezuela landen. Bleiben Sie ruhig und machen Sie keine Dummheiten, dann werden Sie vielleicht am Leben bleiben.«

Gillian blinzelte. Ihr Flugzeug wurde *gekapert*? Wie konnte das passieren? Niemals hätte sie nach den Terroranschlägen am elften September erwartet, dass so etwas passieren könnte, da die Fluggesellschaften die Sicherheitsvorkehrungen verschärft hatten.

Aber andererseits war sie ja auch nicht in den Vereinigten Staaten. Hatte sie sich nicht gewundert, als sie feststellte, dass sie es mit dem kleinen Taschenmesser, das Clarissa ihr zum Schutz gegeben hatte, in ihrer Handtasche durch die Sicherheitskontrolle in Costa Rica geschafft hatte?

Aber wie hatte er ein *Gewehr* an Bord bekommen? War er ein Passagier?

Als Gillian genauer hinsah, erkannte sie, dass er wie einer der Flugbegleiter gekleidet war. Obwohl, jetzt, wo sie darüber nachdachte, stellte sie fest, dass er die Waffe wahrscheinlich auf verschiedene Arten ins Flugzeug geschmuggelt haben könnte ... besonders wenn er Hilfe von jemandem gehabt hatte, der auf dem Flughafen arbeitete.

Er nickte jemandem vor ihm zu und als Gillian sich umdrehte, um hinter sich zu schauen, sah sie, dass dort drei weitere Männer mit ebenfalls gefährlich wirkenden Gewehren in den Gängen standen.

Scheiße, scheiße, scheiße.

Gillian schluckte schwer und schreckte auf, als ein weiterer Schrei aus der ersten Klasse ertönte, und sie drehte den Kopf zurück. Der Mann, der gesprochen hatte, blickte hinter sich und wandte sich dann wieder den Passagieren in der Kabine zu. Er richtete sein Gewehr auf eine Frau, die in der ersten Reihe saß. »Sie! Sammeln Sie die Pässe von allen ein.«

Die Frau stand auf und sah sichtlich erschüttert aus.

»Holen Sie sofort Ihre Pässe heraus!«, sagte der Entführer laut. »Sie werden sie dieser Frau geben.« Als alle vor Angst erstarrt waren, wandte er sich ohne weiteres Zögern dem Mann zu, der auf dem Gangplatz in der vorderen Reihe saß, und schoss ihm in den Kopf.

Der Mann fiel um, und es gab weitere Schreie und Angstrufe von ihren Mitreisenden.

Gillian wusste, dass sie unter Schock stand. Sie konnte keinen Laut von sich geben. Konnte nichts weiter tun, als mit weit aufgerissenen Augen auf das zu starren, was direkt vor ihr geschah.

»Ich sagte, holen Sie Ihre Pässe raus ... *sofort!*«, brüllte der Entführer sowohl auf Spanisch als auch auf Englisch.

Das junge Paar neben ihr beugte sich vor und begann sofort, seine Taschen zu durchwühlen, und Gillian tat dasselbe. Sie hielt das kleine blaue Buch in der Hand, als die Frau, die ausgewählt worden war, die Pässe aller Passagiere einzusammeln, den Gang hinunterging. Ihre Hand zitterte, als sie es weiterreichte, und für eine Sekunde fing sie den Blick der anderen Frau auf. Sie sah absolut verängstigt aus.

In all der Verwirrung und Panik unter den Passagieren hatte Gillian nicht viel darüber nachgedacht, was der Entführer zuvor gesagt hatte – aber jetzt tat sie es. Sie waren nach Venezuela geflogen. Sie war nicht wirklich auf dem Laufenden, was die aktuellen Ereignisse anging, aber selbst sie wusste, dass das Land im Moment in ernsthaften Problemen steckte. Und der Typ hatte gesagt, er gehöre zu irgendeinem Kartell oder so.

Das bedeutete normalerweise Drogen.

Zu verängstigt, um den Blick von dem Entführer abzuwenden, spürte Gillian, wie sie schnell atmete. Dies geschah wirklich. Die Männer, die das Flugzeug übernommen hatten, hatten bereits Menschen verletzt. Jemanden umgebracht.

Sie spürte, wie das Flugzeug eine harte Rechtskurve machte, und lächerlicherweise streckte sie ihre Hand aus, um sich abzustützen. Es war ja nicht so, als würde sie aus dem Fenster fallen oder so.

Entweder waren die Piloten in den Plan eingeweiht, das Flugzeug zu übernehmen, oder die Entführer hatten sie überrumpelt – sie drehten wirklich um und flogen zurück nach Südamerika.

Sie dachte kurz darüber nach, ihr Handy herauszuholen, um zu sehen, ob es funktionieren würde, aber Gillian hatte keine Ahnung, wen sie anrufen könnte. Die Polizei? Nein, das war keine Option. Ihre Freundinnen? Was würden die schon tun können?

»Frauen nach vorne, Männer nach hinten!«, forderte eine neue Stimme hinter ihr.

Gillian drehte sich um und sah, dass die anderen Entführer die Passagiere trennten. Die Frau neben ihr wimmerte und ihr Mann flüsterte etwas, offensichtlich versuchte er, sie zu beruhigen und zu besänftigen.

Der Arm des Mannes wurde von einem der Entführer nach oben gerissen, als er in den hinteren Teil des Flugzeugs geschoben wurde. Gillian stand sofort auf und ließ sich nach vorn schieben. Sie stolperte in die Kabine der ersten Klasse – und erstarrte angesichts des Gemetzels um sie herum.

Fast alle Männer und Frauen waren getötet worden. Irgendwann in dem ganzen Chaos, vielleicht beim Einsammeln der Pässe, waren ihnen die Kehlen durchgeschnitten worden.

Sie sah auch drei Flugbegleiter regungslos daliegen.

Sie hatte eine Sekunde Zeit, um dankbar zu sein, dass das Flugzeug nicht voll war, bevor ihr Arm in einem brutalen Griff gepackt wurde. Voller Panik blickte Gillian auf und starrte in die eiskalten braunen Augen des Entführers, der den Mann in der ersten Reihe so seelenruhig erschossen hatte.

»*Du*. Du wirst unsere Sprecherin bei den Behörden sein«, erklärte er.

Gillian schüttelte den Kopf, aber es wollten keine Worte herauskommen. Sie wollte mit der Sache nichts zu tun haben. Sie wollte sich in eine Ecke kauern und unsichtbar sein.

Der Mann lehnte sich an sie und sein Körpergeruch überfiel Gillians Sinne. Er roch nach Schweiß und Zwiebeln, und sie zwang sich, nicht zu würgen. »Du hast zwei Möglichkeiten«, sagte er ruhig. »Sei unsere Sprecherin oder stirb.« Dann ließ er ihren Arm los und trat zurück. Er hob sein Gewehr und setzte den Lauf an ihre Stirn. Das Metall war heiß und fühlte sich an, als würde es ein Loch in ihren Schädel brennen.

Gillian schluckte schwer und flüsterte: »Ich werde gern mit den Behörden reden – oder mit wem auch immer Sie wollen.«

Seine Lippen verzogen sich zu einem bösen, zufriedenen Lächeln, als er die Waffe senkte. »Das dachte ich mir schon.« Dann packte er wieder ihren Arm, schob sich zwischen verängstigten Frauen und Kindern hindurch und zerrte sie in den für Flugbegleiter reservierten Bereich, wo die Besatzung normalerweise Speisen und Getränke für die Passagiere zubereitete.

Er drückte sie nach unten und Gillian fügte sich bereitwillig, bis sie mit dem Rücken die Seite des Flugzeugs berührte. »Mach es dir ruhig bequem, wir haben noch ein bisschen Zeit, bis wir in Caracas sind«, sagte der Entführer zu ihr.

Gillian schloss die Augen – aber sie konnte die Geräusche nicht ausblenden. Frauen, die weinten, die Entführer, die die Passagiere bedrohten, gelegentlich ein furchterregender Schuss aus einem der Gewehre.

Überall um sie herum starben Menschen ... und Gillian war völlig hilflos. Sie hasste das Gefühl. Aber sie wusste auch, dass sie nichts tun konnte, wenn sie das überleben wollte, außer zu versuchen, ruhig zu bleiben und zu tun, was ihr befohlen wurde.

Trigger blätterte grimmig in der Informationsmappe, die er erhalten hatte, bevor er und der Rest seines Delta-Force-Teams an Bord des Fluges nach Caracas, Venezuela gingen. Vor zwei Tagen war ein Flugzeug auf dem Weg von Costa Rica nach Dallas entführt und in das südamerikanische Land geflogen worden.

Nun stand die Maschine seit fast zweiundvierzig Stunden auf dem Rollfeld und die Entführer warteten auf die Erfüllung ihrer Forderungen.

Die Gruppe behauptete, dem Kartell der Sonnen anzugehören, das in den internationalen Drogenhandel verwickelt war. Es handelte sich um eine Organisation, die angeblich von hochrangigen Mitgliedern der Streitkräfte Venezuelas sowie von einigen der einflussreichsten Regierungsangestellten angeführt wurde. Vor nicht allzu langer

Zeit war sogar der Neffe der First Lady des Landes verhaftet worden, weil er versucht hatte, achthundert Kilo Kokain für das Kartell von Venezuela in die Vereinigten Staaten zu schmuggeln.

Trigger scherte sich einen Dreck um die Drogen oder den Mann, den die Entführer aus dem Gefängnis befreien wollten. Hugo Lamas war ein Grenzschutzbeamter in Venezuela, der Anfang des Jahres inhaftiert worden war, weil er Bestechungsgelder angenommen und zugelassen hatte, dass Drogen im Wert von Millionen von Dollar durch seine Kontrollpunkte geschleust wurden.

Was Trigger dennoch interessierte, waren die restlichen vierundzwanzig amerikanischen Staatsbürger im Flugzeug. Zwölf Frauen, zehn Männer und zwei Kinder. Er sorgte sich auch um die rund ein Dutzend Bürger aus Costa Rica, Mexiko, Kanada, Japan, Kolumbien, Panama, Nicaragua und Indien an Bord.

Das gesamte Delta-Force-Team hielt die Forderungen für Schwachsinn. Das Kartell der Sonnen scherte sich auf keinen Fall auch nur um einen einzigen Grenzschutzbeamten; zumindest nicht genug, um ein ganzes Flugzeug zu entführen. Aber im Moment war es Trigger egal, was ihre wahren Absichten waren. Ihm ging es nur darum herauszufinden, wie er in das Flugzeug kommen und die Arschlöcher ausschalten konnte, die dachten, es sei okay, unschuldige Zivilisten zu terrorisieren.

Berichte aus Venezuela besagten, dass Leichen aus dem Flugzeug auf die Rollbahn geworfen worden waren. Die Entführer hatten nicht gescherzt. Sie hatten nicht nur gedroht, Menschen zu töten, sie hatten es auch bereits getan. Und mit jeder Stunde, die verging, waren mehr und mehr Leben in Gefahr.

Die Deltas wurden zur Hilfe gerufen, weil sie auf Rettungsmissionen auf engstem Raum spezialisiert waren.

Diese Art von Rettungseinsatz war nicht gerade Triggers erste Wahl. Das Risiko, dass noch mehr Menschen verletzt wurden, war extrem hoch. Er hasste es zu wissen, dass Passagiere höchstwahrscheinlich sterben würden, um an die Entführer heranzukommen. Es war sehr wahrscheinlich, dass die Arschlöcher Männer und Frauen als Schutzschilde benutzen würden, um sich selbst zu retten.

»Was denkst du?«, fragte Lefty.

Seufzend drehte sich Trigger zu seinem Freund und Teamkameraden um. »Ich denke, das stinkt zum Himmel.«

Lefty nickte und stimmte zu. »Ich weiß. Das passt nicht zusammen.«

»Nichts ergibt einen Sinn«, mischte sich Grover ein. »Ich meine, die venezolanische Regierung hasst die USA. Und wenn man all die Gerüchte bedenkt, dass sie stark mit dem Kartell der Sonnen verwickelt ist, warum sollten die Regierungsbeamten uns rufen, um ihre eigenen Leute zu töten?«

»Es sei denn, diese Gruppe gehört *nicht* zu ihren eigenen Leuten«, sagte Brain.

Alle nickten.

»Das macht Sinn«, entgegnete Trigger. »Sie könnten sauer sein, dass jemand das Flugzeug unter ihrem Namen entführt hat, und sie wollen eine Botschaft senden.«

»Aber zu welchem Preis?«, fragte Oz.

»Sie scheren sich einen Dreck um unschuldige Leben«, spottete Doc. »Sie kümmern sich um nichts anderes, als an der Macht zu bleiben und Geld zu verdienen. Viele von ihnen scheren sich nicht um ihre eigenen Landsleute, die verhungern und leiden, also werden sie sich sicher auch nicht für einen Haufen Ausländer interessieren.«

»Und ich zweifle nicht daran, dass sie uns eingeladen haben, damit sie uns die Schuld geben können, wenn die Dinge schiefgehen«, fügte Lucky angewidert hinzu.

Trigger fuhr sich mit der Hand durch die Haare und

seufzte aufgeregt: »Es spielt keine Rolle, warum wir gehen, nur dass wir alles tun, was nötig ist, um so viele Leute wie möglich lebend aus dieser Sache herauszuholen.«

Der Rest des Teams nickte zustimmend.

»Was ist der neueste Stand der Dinge?«, fragte Trigger Brain.

Der andere Mann blätterte durch seine Notizen und sagte: »Es sieht so aus, als würde einer der Passagiere mit dem Vermittler kommunizieren.«

»Schlau. So können wir also keine Stimmerkennungssoftware verwenden«, sagte Lucky.

»Richtig«, stimmte Brain zu. »Sie scheinen auch nicht in großer Eile zu sein. Sie haben das Übliche getan – bringt uns Nahrung und Wasser, sonst fangen wir an, Passagiere zu töten –, aber ansonsten halten sie sich einfach nur versteckt und warten.«

»Worauf?«, fragte Grover.

»Keine Ahnung«, antwortete Brain.

»Wer ist der Passagier, der als Sprecher fungiert?«, fragte Trigger.

Brain wälzte noch ein paar Papiere. »Das FBI hat Hintergrundinformationen über alle US-Passagiere auf der Passagierliste gesammelt. Die Sprecherin wird als Gillian Romano identifiziert. Dreißig Jahre alt, ledig, Veranstaltungsplanerin aus Georgetown, Texas. Sie macht einen sauberen Eindruck. Ein Meter siebzig groß, blondes Haar, grüne Augen, fünfundachtzig Kilo. Sie machte ihren Abschluss an der Universität in Austin und hatte eine Reihe von Einstiegsjobs, bevor sie vor etwa vier Jahren ihre eigene Firma gründete. Beide Eltern leben und sind noch zusammen; sie wohnen in Florida. Sie war für sieben Tage in Costa Rica, offenbar verantwortlich für eine große Feier, die von Pillar Custom Homes aus Austin veranstaltet wurde. Die Gäste sind alle einen Tag vor ihr abgereist.«

»Glaubst du, sie steckt da irgendwie mit drin?«, fragte Lefty.

»Nein«, sagte Brain sofort. »Ich habe einige der Abschriften der Gespräche gelesen, die sie mit dem Vermittler geführt hat, und sie ist absolut überfordert. Sie macht ihren Job, so gut sie kann, aber das Arschloch, mit dem sie gesprochen hat, hat definitiv nicht geholfen.«

»Übernehmen wir die Verhandlungen?«, fragte Doc.

»Scheiße, ja, das machen wir«, antwortete Trigger für Brain. Er hatte ebenfalls die Abschriften gesehen. Gillian Romano war eindeutig verängstigt, aber sie hatte trotzdem getan, was sie konnte, um die Entführer ruhig zu halten und den Passagieren das zu geben, was sie brauchten, um sich wohlzufühlen. Er nahm an, dass ihre Fähigkeiten daher rührten, dass sie eine Veranstaltungsplanerin war.

»Wir landen auf demselben Flughafen, auf der einen Landebahn, die noch geöffnet ist«, informierte Brain sie. »Aber wir dürfen das Flughafengelände nicht verlassen. Die Regierung will nicht, dass wir uns in ihrem Land aufhalten, und schon gar nicht, dass wir dort frei herumlaufen.«

»Arschlöcher«, sagte Oz unter vorgehaltenem Mund.

»Wie lautet also der Plan?«, fragte Doc.

Trigger räusperte sich. »Hingelangen. Das Arschloch am Telefon mit Miss Romano ersetzen und schauen, ob wir nicht so viele Informationen wie möglich aus ihr herausholen können. Im Idealfall geben wir uns als Lieferanten für Nachschub aus. Wir schalten die Entführer aus und bringen die Passagiere in Sicherheit.«

Grover schmunzelte. »Nun, *das* klingt einfach ... oder auch nicht.«

Trigger lächelte nicht einmal. »Das wird es auch nicht sein, das wissen wir alle. Diese Arschlöcher könnten des Wartens überdrüssig werden. Höchstwahrscheinlich ist das alles ein Ablenkungsmanöver von dem, was auch immer ihr wahres Vorhaben ist. Wir müssen auf Zack bleiben. Vertraut niemandem. Sie sind aus einem bestimmten Grund in Venezuela gelandet, aber was auch immer das ist, spielt keine Rolle, bis die Passagiere in Sicherheit sind, verstanden?«

Alle stimmten sofort zu. Ihre Mission war die Befreiung der Geiseln. Nichts anderes. Es lag an der CIA, dem FBI, der DEA und wer auch immer sonst noch beteiligt war, die Gründe für die Entführung herauszufinden.

Aber selbst als das Team schwieg und in seine eigenen Gedanken über die bevorstehende Mission versunken war, konnte Trigger nicht anders, als sich unwohl zu fühlen. Alles fühlte sich bei dieser Operation falsch an. Und unentdeckt in ein Flugzeug zu gelangen war unmöglich. Unschuldige Zivilisten würden sterben, daran war nicht zu rütteln.

Triggers Gedanken kehrten zu Gillian Romano zurück, der ernannten Kontaktperson für die Entführer. Nur durch das Lesen der Abschriften konnte er sagen, dass sie klug war. Sie tat ihr Bestes, um nicht in Panik zu geraten, was er bewunderte. Nicht viele Geiseln, mit denen er im Laufe der Jahre zu tun gehabt hatte, behielten einen so kühlen Kopf wie Gillian. Obwohl er ihre Stimme nicht gehört hatte und ihre Emotionen nicht in ihren Worten lesen konnte, konnte er dennoch erkennen, dass sie verängstigt war. Und aus irgendeinem Grund beunruhigte ihn das.

Es war lächerlich. Trigger hatte keine Ahnung, wie sie aussah oder wer sie als Mensch war. Sie könnte eine Harpyie sein oder eine eitle Tussi, die sich nur dafür interessierte, wie viele Selfies sie in den sozialen Medien posten konnte. Aber er glaubte das nicht.

Vielleicht hatte er zu lange mit Ghost und seinem Team rumgehangen. Vielleicht hatte er sich ein bisschen zu sehr gewünscht, eine Frau zu finden, die er genauso lieben und schätzen konnte wie die Mitglieder des anderen Teams. Er konnte nicht leugnen, dass er bereit war. Mit siebenunddreißig hatte er das Gefühl, als würde sein Leben an ihm vorbeiziehen. Er wollte, was seine Freunde hatten.

Er wollte jemanden, der für ihn da war, wenn er nach einer harten Mission nach Hause kam. Jemanden, mit dem er lachen konnte, bei dem er seine harte Fassade komplett fallen lassen konnte und der ihm das Gefühl geben konnte, dass der gefährliche Job, den er machte, es wert war.

Er hatte immer gedacht, er hätte noch viel Zeit. Aber jetzt ging er auf die vierzig zu. Das war noch lange nicht alt, aber Trigger konnte sich des Gefühls nicht erwehren, dass ihm ein wichtiger Teil des Lebens abhandengekommen war.

Kopfschüttelnd versuchte Trigger, sich zu fassen. Er befand sich mitten in einer unmöglichen Operation, die höchstwahrscheinlich mit dem Tod von viel zu vielen Menschen enden würde, und es war jetzt nicht der richtige Zeitpunkt, um über sein Liebesleben nachzudenken ... oder eher sein nicht vorhandenes Liebesleben.

Trigger verdrängte die unpassenden persönlichen Gedanken aus seinem Kopf und tat sein Bestes, um einen Plan zu schmieden. Er wusste, dass er derjenige sein würde, der für den Vermittler einspringt. Darin war er gut. Der Rest des Teams würde das Gebiet auskundschaften und so viele Details wie möglich sammeln, damit sie den sichersten Weg finden konnten, das Flugzeug zu stürmen.

Wir kommen, Gillian, versprach Trigger im Stillen. *Halte noch ein bisschen durch, wir kommen.*

KAPITEL ZWEI

Gillian versuchte, nicht zu hyperventilieren. Sie wollte überall sein, nur nicht hier. Sie wollte nicht die Vermittlerin für die Monster sein, die das Flugzeug übernommen hatten. Sie wollte nicht der Mensch sein, der dafür verantwortlich war, ob andere lebten oder starben. Aber sie hatte keine Wahl.

Der Entführer, der das Sagen zu haben schien – derjenige, der allen mitgeteilt hatte, sein Name sei Luis –, hatte ihr nach der Landung ein Handy in die Hand gedrückt und ihr befohlen, mit der Person am anderen Ende der Leitung zu sprechen.

Sie hatte fast zwei Tage lang mit dem arroganten Arsch geredet, der für die Kommunikation mit ihr und den Terroristen zuständig war, und er benahm sich, als wäre sie ein dummes kleines Mädchen, das die Situation nicht verstand.

Aber Gillian verstand mehr, als *er* es tat. Sie verstand, dass jemand sterben würde, wenn er nicht sofort zustimmte, Wasser und Nahrung zum Flugzeug zu schicken. Und genau das war passiert. Ein anderer der Entführer, Jesus, hatte einem Mann in die Schläfe geschossen und ihn aus dem Flugzeug gestoßen. Sie würde nie den Aufprall des Körpers auf dem Beton unter ihr vergessen.

Die Nahrungsmittel und das Wasser waren nicht allzu lange danach geliefert worden.

Sie hatte dem Mann am anderen Ende der Leitung gesagt, dass die Entführer die Freilassung von jemandem namens Hugo Lamas aus dem Gefängnis forderten, doch er versprach ihr nichts weiter, als dass die Behörden daran arbeiteten. Gillian hatte Angst, dass »daran arbeiten« bald nicht mehr gut genug sein würde. Luis wurde ungeduldig und wollte Beweise sehen, dass die Regierung etwas tat, um seinen Freund freizulassen.

Luis packte erneut ihren Oberarm und Gillian zuckte zusammen. Sie hatte leuchtend lilafarbene Blutergüsse am ganzen Arm, weil die Entführer gern Hand an sie legten. Er lehnte sich dicht an sie heran und drohte ihr noch einmal. »Sag ihnen, dass wir ungeduldig werden. Sie müssen aufhören, uns zu verarschen, und Hugo freilassen. Wir haben das Gefängnis im Blick und wissen, dass sie uns nur hinhalten wollen. Sag ihnen außerdem, dass dieses Flugzeug aufgetankt werden muss. Sobald Hugo freigelassen wird, sind wir hier weg. Wenn sie uns weiter hinhalten, werden noch mehr Leute sterben. Das alles könnte vorbei sein, wenn sie einfach tun, was wir sagen, verdammt!«

Gillian starrte schockiert zu dem Mann auf. Sein Bart wurde von Tag zu Tag struppiger, und obwohl sie nicht mehr vor seinem Gestank zurückschreckte – jeder im Flugzeug roch jetzt ziemlich übel –, konnte sie nicht anders, als bei der neuen Information zusammenzuzucken.

»Sie lassen uns doch alle gehen, bevor Sie wegfliegen, oder?«, fragte sie.

Luis lächelte. Aber es war kein nettes Lächeln. Es war böse und bedrohlich. Er fuhr mit den Fingern über Gillians Wange und sagte: »Ich glaube, ich werde dich einfach mitnehmen. Du warst bisher so ein gehorsames und braves Mädchen.«

Sie zuckte mit dem Kopf vor seiner Berührung zurück, aber Luis handelte schnell, nahm ihr langes blondes Haar in die Hand und riss ihren Kopf nach hinten. Er leckte ihr über die Wange, bevor er ihr ins Ohr flüsterte:»Glaub nicht, dass du besser bist als ich, Mädel. Mit deinen blonden Haaren und deinen Titten bekommst du vielleicht in Amerika, was du willst, aber jetzt bist du in *meiner* Welt. Und wenn ich dich will, werde ich dich nehmen. Wenn ich dich töten will, werde ich das tun. Du wirst genau das tun, was ich sage, wenn ich es sage, verstanden?«

Gillians Mund war so trocken wie ein Wattebausch. Sie hatte Angst vor den Männern, seit sie das Flugzeug übernommen hatten, aber sie hatte sich nie Sorgen gemacht, dass sie etwas Sexuelles versuchen würden ... bis jetzt. Sie nickte, so gut sie konnte, während ihr Kopf immer noch durch seine Hand in ihrem Haar fixiert war.

»Gut.« Er löste seine Finger und fuhr mit der Hand über ihren Kopf.»Weißt du, wenn du netter zu mir wärst, dann wäre ich vielleicht auch netter zu den anderen.«

Gillian fröstelte. Sie wollte definitiv nicht »netter« zu ihm sein ... aber wenn sie einige der anderen Passagiere befreien könnte, wäre es das vielleicht wert.

Tief in ihrem Inneren hatte Gillian das Gefühl, dass keiner von ihnen hier lebend herauskommen würde. Die Entführer hatten gezeigt, dass ihnen das Wohlergehen der Passagiere völlig egal war. Sie hatten die Flugbegleiter und die Passagiere der ersten Klasse getötet und bedrohten den Rest seitdem permanent. Sie konnten sie noch nicht alle umbringen, sie brauchten sie als Druckmittel für die venezolanischen Beamten, aber wenn sie nicht bekamen, was sie wollten, würden sie nicht zögern, noch mehr von ihnen zu töten, so viel war Gillian klar.

Gillian wollte verzweifelt am Leben bleiben. Sie wollte auch so viele der anderen Passagiere retten. In nur zwei Tagen hatte sie eine intensive Bindung zu den Frauen um sie herum aufgebaut.

Wie zu Alice, der Frau, die auf dem Flug neben ihr gesessen hatte. Sie kam überhaupt nicht gut mit der Situation zurecht. Sie weinte seit zwei Tagen pausenlos.

Oder Janet und ihre siebenjährige Tochter Renee.

Und besonders Andrea. Sie war ungefähr so alt wie Gillian und hatte mit ein paar Freundinnen Urlaub in Costa Rica gemacht. Ihre Freundinnen hatten alle andere Flüge genommen und sie war in dem entführten Flugzeug gelandet. Andrea lebte zufällig auch in Austin, und trotz – oder vielleicht gerade wegen – der überwältigenden Situation, in der sie sich befanden, verstanden sie und Gillian sich gut.

Obwohl die Frauen von den Männern getrennt worden waren, hatte Gillian die Angst auch in den Augen der Männer gesehen. Die vier Männer, die aussahen, als wären sie Anfang zwanzig, waren definitiv verängstigt. Und ein älterer Herr hatte einen ständigen Ausdruck des Schreckens im Gesicht und legte häufig die Hand auf die Brust, als hätte er Schmerzen. Sie kannte die Namen der meisten Männer nicht, aber das bedeutete nicht, dass sie sie nicht retten wollte, wenn es irgendwie möglich war. Keiner hatte darum gebeten, in dieser Situation zu sein.

Auf keinen Fall wollte sie, dass Luis oder Alberto oder Henry oder einer der anderen Terroristen weitere Passagiere töteten, wenn sie nicht bekamen, was sie wollten.

»Ich tue alles, was ich kann, um die Behörden davon zu überzeugen, dass Sie Ihre Forderung, Ihren Freund Hugo freizubekommen, ernst meinen«, sagte sie leise.

»Er ist nicht mein Freund«, knurrte Luis.

Gillian schluckte schwer. »Wenn Sie vielleicht ein wenig nachgeben, den anderen Passagieren ein wenig Mitgefühl zeigen, würden sie schneller daran arbeiten, dass Ihre Forderungen erfüllt werden.«

Luis grinste. »Meinst du?«

Gillian nickte.

»Also ... wen sollte ich deiner Meinung nach gehen lassen? Dich?«

Sie schüttelte den Kopf. »Ich weiß es nicht. Vielleicht Janet und ihre Tochter. Oder Alice. Andrea. Einen der Männer.«

Luis lachte. »Warum lasse ich sie nicht einfach alle gehen?«

Sie wagte weder zuzustimmen noch zu widersprechen. Sie hatte das Gefühl, dass Luis sie jetzt nur verarschen wollte. Er wandte sich ohne ein weiteres Wort von ihr ab und Gillian seufzte erleichtert auf – aber das war nur von kurzer Dauer.

Er zerrte Andrea vom Boden hoch und zog sie vor Gillian her.

»Meinst du, ich sollte sie gehen lassen?«, fragte er barsch.

Gillian konnte ihn nur mit großen Augen anstarren.

»Und? Meinst du?«, bellte er.

Sie nickte leicht.

»Nein«, entschied Luis. »Sie ist heiß. Und viel mehr mein Typ als eine verwöhnte, fette, blonde Schlampe wie du.«

Bevor Gillian beleidigt sein konnte, dass er sie fett genannt hatte – sie war nicht fett; sie zog den Begriff *kurvenreich* vor –, hatte Luis Andrea über seinen Arm gebeugt und den Mund gesenkt.

Andrea versuchte verzweifelt, ihn abzuwehren. Sie drückte gegen seine Brust und versuchte, ihren Kopf zu drehen, aber Luis ließ das nicht zu. Mit seiner freien Hand packte er grob ihr Kinn, während er seinen Mund auf den ihren presste.

Gillian schloss die Augen, aber sie konnte Andreas klagendem Wimmern nicht entkommen.

Sie würde sich nie an die Gewalt gewöhnen, die die Entführer gegen die Zivilisten im Flugzeug anwandten. Sie hasste es und wollte alles tun, was sie konnte, damit es aufhörte.

Wie lange Luis sich Andrea aufdrängte, wusste Gillian nicht, aber das plötzliche Klingeln des Telefons in ihrer Hand klang laut in dem stickig-heißen Flugzeug.

Luis richtete sich auf, schob Andrea von sich weg und drehte sich wieder zu Gillian um.

Er klappte ein Messer auf, das er immer bei sich trug, und hielt es ihr an die Kehle. »Geh ran. Und mach ihnen klar, dass wir es ernst meinen. Du kannst ihnen sagen, dass ich zehn Geiseln freilasse, wenn sie uns innerhalb der nächsten zwei Stunden Nahrung und Wasser bringen. Du kannst sie sogar aussuchen ... solange es nicht deine Freundin Andrea ist. Oder die Schlampe mit dem Kind. Die Leute sorgen sich viel mehr um Kinder als um Erwachsene. Ich brauche sie zum Verhandeln. Du kannst dir acht Männer und zwei Frauen aussuchen.«

Gillian hasste Luis mit jedem Wort mehr, das aus seinem Mund kam.

Sie warf einen Blick auf Andrea, die sich immer wieder den Mund abwischte, während sie schnell zu ihrem Platz auf dem Boden zurückkehrte.

Sie holte tief Luft und nickte.

Luis drückte ihr das Messer noch etwas fester an den Hals. »Und wir brauchen Treibstoff für dieses Flugzeug. Sie müssen so schnell wie möglich mit dem Auftanken anfangen. Aber sag nichts, was dazu führt, dass ich noch mehr Leute umbringen muss«, warnte er. Dann nahm er die

Klinge von ihrem Hals und richtete sie auf die kleine Renee. »Ich werde mit *ihr* anfangen.«

Gillian nickte noch einmal, lehnte sich mit dem Rücken gegen die Tür zum Cockpit und ließ sich auf den Boden gleiten. Isaac, ein weiterer Entführer, saß auf dem Flugbegleitersitz in der Nähe, damit er ihre Seite des Gesprächs mithören konnte, während Luis auf seine Komplizen zuging, die die hinten zusammengekauerten Männer bewachten.

»Hallo?«, sagte Gillian zittrig, nachdem sie das Telefon an ihr Ohr geführt hatte.

»Gillian Romano?«, fragte eine tiefe Stimme.

Überrascht, als sie nicht die nasale, hochtönende Stimme des Mannes hörte, mit dem sie in den letzten zwei Tagen gesprochen hatte, sagte Gillian einfach: »Ja.«

»Mein Name ist Walker Nelson. Ich übernehme die Verhandlungen.«

Gillian war sich nicht sicher, was sie denken sollte. Einerseits war sie froh, dass sie nicht mit dem anderen Arschloch reden musste, aber andererseits hatte sie keine Lust, von vorn anzufangen und von Grund auf zu erklären, was Luis und die anderen wollten. Aber als könnte er ihre Gedanken lesen, beruhigte Walker sie.

»Ich wurde darüber informiert, was hier vor sich geht. Seien Sie versichert, dass wir über die Forderungen der Entführer informiert sind und die venezolanische Regierung daran arbeitet, Hugo zu befreien. Wie kommen Sie zurecht?«

Gillian blinzelte. »Was?«

»Wie geht es *Ihnen*? Ich weiß, das kann nicht einfach sein. Und wenn Sie mich fragen, ich finde, Sie machen das erstaunlich gut. Sie müssen nur noch ein bisschen länger durchhalten.«

Sie wollte weinen. Sie glaubte nicht, dass der andere

Kerl ihr absichtlich das Gefühl gegeben hatte, dass sie alles vermasselte, und doch hatten einige der Dinge, die er gesagt hatte, wenn er frustriert war, genau das bewirkt. Die Tatsache, dass *dieser* Kerl ihre Unterhaltung mit etwas Positivem begonnen hatte, weckte in ihr den Wunsch, sich zu einem kleinen Ball zusammenzurollen und zu weinen. Sie hatte sich immer für eine starke, unabhängige Frau gehalten, aber im Moment würde sie töten, um jemanden zu haben, der sie festhielt und ihr sagte, dass alles gut werden würde.

»Gillian?«

»Ich bin hier«, sagte sie mit brüchiger Stimme. »Mir geht's gut.«

Es gab eine kurze Pause, dann sagte Walker: »Ihnen geht es nicht gut, aber das wird sich ändern. Hören die Entführer Ihre Seite des Gesprächs mit?«

Gillians Verstand drehte sich bei seinem Themenwechsel. »Ja.«

»In Ordnung, Sie müssen jetzt kreativ werden. Ich brauche so viele Informationen wie möglich darüber, was in diesem Flugzeug vor sich geht. Wie viele Geiseln es gibt. Wo sie sich aufhalten. Alles, was Sie mir über die Entführer sagen können. Es tut mir leid, dass zu viel Zeit verstrichen ist, ohne dass jemand Sie befreit hat, aber jetzt kann sich das hoffentlich ändern, okay?«

»Okay«, flüsterte sie. Sie spürte, wie Hoffnung in ihr aufstieg. Dieser Walker hörte sich an, als wüsste er, was er tat, im Gegensatz zu dem anderen Typen. »Sie sind Amerikaner, richtig?«

Er lachte leise und der beruhigende Klang schien ihren Körper zu durchdringen und sie bis in die Zehenspitzen zu erwärmen. »Ja. Derzeit in Texas stationiert.«

Stationiert. Das bedeutete, dass er beim Militär war. Was auch bedeutete, dass er wahrscheinlich so einer Art Spezialeinheit angehörte.

Gillian war keine Närrin. So nahe an Fort Hood zu leben, wie sie es tat, bedeutete, dass sie mit einer Menge Militärangehörigen in Kontakt kam. Sie wusste, dass auf dem Stützpunkt mehrere Delta-Force-Teams stationiert waren. Sie schloss die Augen und betete fester als je zuvor, dass Walker einer dieser Supersoldaten war.

»Gillian?«

»Ich bin auch aus Texas«, sagte sie leise.

»Ich weiß«, gab er zurück.

Gillian schrie vor Schmerz auf, als Isaac ihr hart gegen das Bein trat. »Au!«

»Was redest du da?«, bellte Isaac.

»Es ist ein neuer Verhandlungspartner«, erklärte sie ihm. »Er will mich kennenlernen.«

»Sag ihm, wir wollen mehr Essen und brauchen Treibstoff. Frag nach Hugo«, forderte Isaac.

»Er hat mir schon gesagt, dass sie daran arbeiten, Hugo freizubekommen. Er sagte, es gibt eine Menge Bürokratie und es dauert eine Weile, mit den venezolanischen Behörden zu verhandeln. Aber sie arbeiten daran«, sagte sie schnell, als er sein Bein zurückzog, um sie noch einmal zu treten. »Und ich werde ihm von den Nahrungsmitteln, dem Wasser und dem Treibstoff erzählen. Ich hatte noch keine Gelegenheit dazu«, erklärte sie dem Entführer.

Sie fühlte sich mutiger als zuvor, nur weil eine freundliche Stimme am anderen Ende der Leitung war – sie fühlte sich mit ihm, der die Dinge organisierte, bereits sicherer als mit dem anderen Kerl –, und sagte: »In Amerika ist es üblich, jemanden erst kennenzulernen, bevor man anfängt, Dinge zu fordern. Ich werde ihm sagen, was Sie haben wollen, aber wenn Sie mich fünf Minuten mit ihm reden lassen, wird das Ihren Zeitplan nicht durcheinanderbringen.«

Es überraschte sie nicht, dass Isaac sie anfunkelte. Es

überraschte sie allerdings sehr, dass er nickte. Aber er beugte sich vor und grub seine Finger brutal in ihre Wade, als er sagte: »Gut, aber wenn wir nicht bald mehr zu essen haben, ist es deine Schuld, wenn jemand anderes stirbt.« Er drückte ihr Bein noch einmal, dann ließ er los und lehnte sich zurück, während er sie mit einem Blick aus seinen dunkelbraunen Augen durchbohrte.

»Scheiße, sind Sie in Ordnung?«, sagte Walker in ihr Ohr. »Hat er Ihnen wehgetan?«

»Mir geht's gut«, wiederholte Gillian. Es ging ihr nicht gut, aber es gab nichts, was Walker Nelson gegen das Pochen in ihrem Bein oder die Angst, die sich ihren Weg durch ihre Blutbahn bahnte, tun konnte. Sie wusste, dass sie nicht viel Zeit hatte, um diesem Kerl Informationen zukommen zu lassen, und sie hoffte inständig, dass er in der Lage sein würde, ihre Hinweise zu entschlüsseln. Sie war nicht gerade ein Profi in Sachen Spionage, aber sie würde ihr Bestes geben.

»Mein Vater war ein Pilot«, begann sie. »Aber er ist gestorben. Meine Mutter hat für dieselbe Fluggesellschaft wie er gearbeitet, und so haben sie sich kennengelernt. Sie war eine Flugbegleiterin. Mein Vater hat sie umworben, indem er ihre Kolleginnen bestochen hat, ihr Geschenke zu liefern. Das erste Geschenk, das er für sie besorgte, war ein Stofftier. Kitschig, aber es hat funktioniert, weil sie zugestimmt hat, mit ihm auszugehen.« Gillian wusste, dass Isaac jedem Wort lauschte, und sie hatte Angst, dass sie zu vage war. Aber die nächsten Worte von Walker beruhigten sie.

»Okay. Ich weiß, dass Ihre Eltern in Florida leben und weder Pilot noch Flugbegleiterin waren. Wenn ich Sie also richtig verstehe, ist der Pilot verstorben und Sie glauben, dass die Entführer Waffen an Bord geschmuggelt haben, bevor das Flugzeug abhob?«, fragte Walker ruhig.

Gillian entspannte sich ein wenig. Er verstand. Gott sei Dank. »Ja.«

»Wie viele sind es?«

»Ich habe sechs Brüder. Ich bin das jüngste der Kinder«, sagte sie.

»Verstehe«, beruhigte Walker sie. »Alle bewaffnet?«

»Ja.«

»Gewehre?«

»Ja.«

»Messer?«

»Ja.«

»Sie machen das erstaunlich gut, Gillian.«

»Meine Mutter erzählte mir Geschichten darüber, wie sie gern im Flugzeug herumalberten, nachdem alle Passagiere von Bord gegangen waren. Das würde heute nicht mehr passieren, aber damals hatten sie kein Problem damit, sich wieder in ein Flugzeug zu schleichen, nachdem die Flüge für den Tag vorbei waren. Mom wollte immer ganz vorne sein, in der ersten Klasse, aber Dad zog es vor, im hinteren Teil des Flugzeugs zu sitzen.«

»Okay ... ich weiß, Sie versuchen, mir etwas zu sagen, aber ich verstehe es nicht«, sagte Walker. »Es tut mir so leid. Machen Sie weiter. Ich werde es schon herausfinden.«

Gillian ließ sich nicht entmutigen. Sie gab den Behörden tatsächlich Informationen, die sie hoffentlich gebrauchen konnten, und wurde nicht nur von dem Vermittler und den Entführern angeschrien. Sie erzwang ein Kichern, als hätte Walker etwas Lustiges gesagt. »Sie wissen also, wie es ist. Meine Brüder waren alle sehr beschützend zu mir. Sie ließen mir immer den besten Platz. Im Auto saß ich immer vorne, und wenn wir zu Konzerten gingen, setzten sie mich in die Reihe vor ihnen, damit sie mich im Auge behalten konnten.«

»Sie sitzen also ganz vorne?«, fragte Walker.

»Ja.«

»Verstehe. Sie haben die Frauen und Männer getrennt und die Frauen in den vorderen Teil des Flugzeugs gesetzt und die Männer in den hinteren Teil, richtig?«

Gillian wollte vor Erleichterung weinen. Er hatte ihre lahmen Andeutungen verstanden. »Genau.«

»Gute Arbeit. Wir wissen von den Wärmebildkameras, dass es zwei Gruppen von Geiseln gibt, eine vorne und eine hinten, aber wir wussten nicht, dass Sie nach Geschlecht aufgeteilt wurden.«

Mit jedem Wort aus seinem Mund fühlte Gillian sich besser. Wärmesignaturen bedeuteten, dass sie eine hoch entwickelte Elektronik besaßen und sie beobachten konnten, was sie scheinbar auch taten.

»Ich werde Sie da rausholen«, sagte Walker zu ihr.

Gillian schloss die Augen. Sie wusste, dass er ihr das nicht versprechen konnte, aber sie schätzte es, dass er es trotzdem sagte. »Okay.«

»Das werde ich tatsächlich«, sagte er, jetzt etwas energischer.

»Ich hoffe es«, flüsterte sie.

Isaac trat wieder zu und sie schrie auf, als sein Fuß denselben Teil ihres Beins traf, den er vor nicht allzu langer Zeit getreten und mit seinen Fingern malträtiert hatte. »Mach schon«, zischte er.

»Dieser Wichser sollte besser aufhören, Ihnen wehzutun«, knurrte er. »Geht es Ihnen gut, Gillian?«, fragte Walker in ihr Ohr.

Gillian schloss die Augen und sog seine Besorgnis in sich auf. Nach der Hölle, die sie in den letzten Tagen durchgemacht hatte, waren seine Worte wie Balsam für ihre geschundene Seele.

In den wenigen Minuten, die sie am Telefon verbracht

hatten, hatte Gillian bereits eine emotionale Bindung zu einem Mann aufgebaut, den sie noch nie gesehen hatte, einem Mann, auf den sie sich verließ, um sie zu retten. Aber sie konnte es nicht verhindern. Seine Freundlichkeit bedeutete ihr alles.

»Was ist passiert?«, fragte Walker eindringlich.

Gillian riss sich aus ihren Gedanken los und blinzelte.

Was zum Teufel hatte sie sich dabei gedacht? Der Mann machte nur einen Job. Jede Anhänglichkeit, die sie fühlte, war der Situation geschuldet, nichts weiter.

»Wir brauchen mehr Wasser«, platzte sie heraus, ohne den Blick von Isaacs Fuß zu nehmen. Sie wollte vorbereitet sein, wenn er das nächste Mal beschloss, sie zu treten. »Und etwas zu essen. Und sie wollen, dass das Flugzeug aufgetankt wird.«

»Moment – was? Sie werden versuchen, das Flugzeug von hier wegzufliegen?«, fragte Walker.

Gillian ignorierte ihn. Sie wusste nicht, was die Entführer geplant hatten. Sie wusste nur, dass es zehn Menschen gab, die diesem Albtraum entkommen konnten, wenn sie ihre Rolle richtig spielte. »Sie sagten, sie würden die Leute gehen lassen, wenn wir bald Nahrung und Wasser bekommen, aber wenn nicht, werden sie noch jemanden töten. Und sie meinen es ernst.«

»Atmen Sie durch, Gillian. Ich weiß, dass sie es ernst meinen.«

Sie ignorierte ihn und redete weiter, so schnell sie konnte, um sicherzustellen, dass sie so viele Informationen wie möglich an ihn weitergab. »Beim letzten Mal haben sie einen der Männer erschossen und ihn nach draußen geschmissen. Ich habe gehört, wie seine Leiche auf dem Rollfeld gelandet ist.«

»Gillian«, sagte Walker nachdrücklich, »atmen Sie durch. Es gibt Nahrung und Wasser. Es wird noch innerhalb der nächsten Stunde geliefert werden. *Die Entführer* sind schuld an den Toden, nicht Sie.«

Sie versuchte, sich zu entspannen, aber es gelang ihr nicht. Da fiel ihr noch etwas ein. »Ich weiß nicht, wie es funktioniert, aber die Toiletten sind alle verstopft. Sie sind voll oder so. Das gehört nicht zu ihren Forderungen, aber bitte, wenn es möglich ist, könnten sie geleert werden?«

»Ich werde sehen, was ich tun kann«, beruhigte Walker sie.

»Bleiben Sie dran«, sagte sie zu ihm, dann sah sie zu Isaac auf. »Er sagt, sie werden Nahrung und Wasser bringen.«

»Und was ist mit dem Treibstoff?«

»Walker?«, fragte sie ins Telefon. »Er will auch, dass das Flugzeug aufgetankt wird.«

»Da das eine neue Forderung ist, muss sie durch mehrere Instanzen gehen, aber ich schwöre, ich kümmere mich darum.«

Es war nicht das, was Gillian hören wollte, aber sie ertappte sich trotzdem dabei, dass sie nickte. »Alle Tankwagen wurden vom Flughafen weggefahren«, erzählte sie Isaac und erfand eine Geschichte, während sie sprach. »Ich glaube nicht, dass sie ein Problem damit haben, das Flugzeug zu betanken, aber es kann nicht sofort passieren.«

Isaac knurrte und gestikulierte zu Carlos, einem anderen Entführer in der Nähe. Sie sprachen einen kurzen Moment auf Spanisch miteinander, dann nickte Isaac. »Gut, aber sag ihnen, dass es keine Option ist, uns nicht aufzutanken. Je länger es dauert, desto mehr Leute werden wir töten. Zehn, fünfzehn ... vielleicht auch mehr ... je nachdem, wie ich mich fühle.«

»Ich habe es gehört«, sagte Walker in ihr Ohr. »Sagen Sie ihm, es wird erledigt.«

»Er hat sein Okay gegeben«, gab Gillian zittrig an Isaac weiter. »Er wird das Flugzeug auftanken lassen.«

»Gut. Gib mir das Telefon«, befahl er.

Bisher hatte Gillian keine Probleme damit gehabt, das Handy herauszugeben, nachdem sie ihre Forderungen weitergeleitet hatte. Aber aus irgendeinem Grund zögerte sie dieses Mal. Walker Nelson fühlte sich wie eine Rettungsleine an. Wenn sie auflegte, unterschrieb sie ihr eigenes Todesurteil. Mit den Fingern klammerte sie sich an das billige Plastik.

»Geben Sie nicht auf«, sagte Walker in ihr Ohr. »Wir sind hier und beobachten alles. Sie machen einen fantastischen Job und werden da raus sein, bevor Sie es merken. Ich kann es kaum erwarten, Sie von Angesicht zu Angesicht zu treffen.«

Als diese Worte in Gillians Kopf erklangen, schwang Isaac – offensichtlich müde, darauf zu warten, dass sie seinen Befehl befolgte – seine Faust nach vorn und schlug ihr seitlich an den Kopf.

Sie schrie auf und flog zur Seite. In dem engen Raum vor dem Cockpit konnte sie nicht weit fallen. Ihr Kopf prallte an der Wand ab.

Gillian rollte sich am Boden zu einem Ball zusammen und hielt den Kopf in den Händen. Beide Seiten pochten, sowohl von Isaacs Faust als auch vom Aufprall gegen die Wand.

Der Entführer beugte sich hinunter und hob das Telefon auf, das sie fallen gelassen hatte, beendete das Gespräch und steckte es in seine Tasche. Ohne ein weiteres Wort wandte er sich von ihr ab und ging auf Luis zu, der in der Mitte des Flugzeugs stand.

Gillian kroch zurück zu den anderen Frauen in der Kabine der ersten Klasse und tat ihr Bestes, um nicht zu weinen.

»Was haben sie gesagt?«, fragte Andrea. »Was ist hier los?«

»Hoffentlich reparieren sie die Toiletten«, informierte Gillian die anderen.

»Und Nahrung und Wasser?«, fragte Alice.

»Bekommen wir auch. Der Entführer erwähnte auch, dass einige von uns vielleicht freigelassen werden.«

Die Frauen um sie herum schnappten nach Luft und Gillian wollte sich freuen, dass einige von ihnen hoffentlich aus dieser schrecklichen Situation herauskommen würden ... aber alles, woran sie in diesem Moment denken konnte, war Walker.

Sie hatte seinen empörten Fluch gehört, als Isaac sie geschlagen hatte, kurz bevor ihr das Telefon aus der Hand gefallen war. Und er hatte gesagt, er wolle sie treffen.

So sehr sie auch versuchte, sich daran zu erinnern, dass sie wegen des Stresses der Situation nur eine Verbindung zu einem weiteren Fremden herstellte, konnte sie sich nicht dazu bringen, sich darum zu scheren. Sie wollte diese schreckliche Situation überleben, und sei es nur, um den Mann zu treffen, der sie irgendwie entschlossener denn je gemacht hatte zu überleben.

Trigger umklammerte den Tisch vor ihm so fest, dass es sich anfühlte, als würde er ihn zerbrechen. Er war schon vorher von Gillian beeindruckt gewesen, aber jetzt, wo er mit ihr gesprochen hatte, war er es noch mehr. Es bestand kein Zweifel, dass sie Angst hatte, aber sie hielt durch. Sie war klug, und selbst unter den schrecklichen Umständen, in denen sie sich befand, war sie stark geblieben, entschlossen, ihm zu helfen, so gut sie konnte. Er hatte erwartet, dass er ihr erklären musste, wie sie ihm Hinweise geben konnte, ohne sich etwas anmerken zu lassen, aber sie brauchte keine Erklärung.

Sie hatten erfahren, dass sechs Entführer an Bord waren und die Männer und Frauen waren getrennt worden, wobei die Frauen im vorderen Teil des Flugzeugs saßen und die Männer im hinteren Teil. Die Entführer hatten auch behauptet, dass einige Geiseln freigelassen werden könnten, und er hatte die Vermutung, das lag daran, dass Gillian in ihrem Namen verhandelt hatte. Die Forderung, dass das Flugzeug aufgetankt werden sollte, war neu, aber nicht völlig überraschend. Wenn die Entführer jedoch dachten, sie würden ihren kleinen Streich überleben und in den Sonnenuntergang fliegen dürfen, waren sie idiotischer, als sie schienen.

Aber im Moment waren Triggers Gedanken auf Gillian gerichtet. Er erkannte die Geräusche von jemandem, der geschlagen wurde, und er war überhaupt nicht glücklich darüber, dass die Frau am anderen Ende der Leitung der Empfänger von Gewalt gewesen war. Er wollte, dass sie und die anderen unschuldigen Zivilisten das Flugzeug verließen, und zwar sofort.

»Brain?«, fragte er seinen Teamkameraden, der neben ihm gesessen und sein Gespräch mit Gillian mitgehört hatte. »Hast du etwas herausgefunden?«

Der andere Mann schüttelte den Kopf. »Noch nicht. Ich muss die Aufnahme abspielen und die Gespräche im Hintergrund isolieren. Das wird ein bisschen dauern.«

Trigger nickte. Brain war ein Sprachgenie. Er beherrschte mindestens dreißig Sprachen fließend und er konnte ohne große Schwierigkeiten neue Sprachen aufschnappen. Seine Aufgabe war es, den Hintergrundgeräuschen zu lauschen und alle Informationen aus den Gesprächen der Entführer untereinander zu sammeln.

»Die Lebensmittel und das Wasser stehen bereit«, informierte Grover ihn. »Und wir werden die Behörden über die Anfrage nach Treibstoff informieren.«

»Ich habe bereits die Müllentsorger mobilisieren lassen«, fügte Oz hinzu.

»Es muss sich in diesem Flugzeug wie die Hölle auf Erden anfühlen«, murmelte Lucky. »Bei der Hitze, den Toiletten und der Angst ...« Seine Stimme verstummte.

Trigger war sich mehr als bewusst, was die Menschen im Inneren des Flugzeugs durchmachten. Er war noch nie genau in ihrer Situation gewesen, aber nahe genug dran.

Er spürte eine Hand auf seiner Schulter und wusste, dass Lefty hinter ihm stand. »Sie wird wieder in Ordnung kommen«, sagte sein Freund leise.

Trigger schüttelte den Kopf. »Das wissen wir nicht. Das habe ich auch gesagt, aber ich habe das Gefühl, dass sie genauso gut wie wir weiß, dass es hier keine Garantien gibt. Die ganze Sache stinkt zum Himmel.«

»Ich stimme zu«, sagte Doc. »Einerseits ist das eine Entführung wie aus dem Lehrbuch, aber es scheint übertrieben zu sein. Das Kartell der Sonnen wird von der venezolanischen Regierung geleitet. Warum sollten die Regierungsmitglieder darauf zurückgreifen, ein Flugzeug aus Costa Rica zu entführen?«

»Genau«, entgegnete Lefty. »Sie könnten einfach einen ihrer Kontakte beim Militär oder im Gefängnis dazu bringen, die Flucht von Lamas zu arrangieren.«

»Wie auch immer, es ist nicht unsere Aufgabe, diesen Scheiß herauszufinden«, erklärte Trigger seinem Team. »Wir wurden nur gerufen, um die Geiseln zu retten, nicht, um die politischen Probleme der Welt zu lösen. Wir müssen uns darauf konzentrieren, wie wir in diesen Flieger kommen und so viele Unschuldige wie möglich retten können.«

Alle nickten zustimmend.

»Gillian sagte, dass sie im Gegenzug für die Lebensmittel und das Wasser vielleicht ein paar Geiseln freilassen«, sagte Trigger. »Lefty, du und Grover, ihr kommt mit mir. Wir werden diese Overalls anziehen, die das Flughafenpersonal trägt, und wir werden diejenigen sein, die die Vorräte abliefern. Hoffentlich bekommen wir einen Blick auf einige der Entführer und können dabei die Situation an Bord einschätzen.«

Die anderen nickten.

»Brain, bleib dran und sag uns Bescheid, wenn du etwas herausfindest.«

»Wird gemacht«, bestätigte der andere Mann.

»Der Rest von euch steht in Bereitschaft und gibt uns da draußen Rückendeckung. Ich habe ein ungutes Gefühl im Nacken, dass das schneller gehen wird, als wir erwarten«, warnte Trigger.

»Je schneller wir aus diesem Land raus sind desto besser«, sagte Oz. »Seit wir gelandet sind, habe ich das Gefühl, dass wir beobachtet werden.«

»Ich auch«, mischte sich Lucky ein.

»Die US-Regierung hat einen Flug für die überlebenden Amerikaner arrangiert, damit sie hier rauskommen, sobald diese Sache vorbei ist«, fügte Brain hinzu.

»Gut. Ich glaube, es ist eher die venezolanische Regierung, die will, dass sie verschwinden, damit es für die USA keinen Grund gibt, hier länger als nötig präsent zu sein«, sagte Doc trocken.

Trigger blendete seine Teamkameraden aus. Sie sagten nichts, was er nicht schon selbst gedacht hatte. Er konnte nur noch daran denken, wie Gillians Stimme vor Angst – oder Schmerz – gezittert hatte, als sie mit ihm sprach. Sie musste mehr als ihren gerechten Anteil an Schlägen von den Arschlöchern einstecken, die es genossen, mit ihr zu spielen ... und von den Vermittlern. Oberflächlich betrachtet waren ihre Forderungen vernünftig und machten Sinn, obwohl er den Verdacht nicht loswurde, dass da noch etwas anderes vor sich ging.

Aber im Moment war sein einziges Ziel, die Geiseln zu retten. Vor allem eine Blondine.

KAPITEL DREI

Trigger lenkte den kleinen Transportwagen der Fluggesellschaft auf das stillstehende Flugzeug auf der Rollbahn zu. Es sah groß und bedrohlich aus. Es gab keine anderen Flugzeuge oder Fahrzeuge in der Nähe und in der Kabine brannte kein Licht. Die Sonne war untergegangen und die Dunkelheit brach schnell herein. Das Flugzeug war weit entfernt vom Terminal geparkt und es gab keine Deckung für Trigger und seine Männer, als sie sich mit den angeforderten Lebensmitteln und dem Wasser näherten.

Der Beton unter der hinteren Luke war rot gefärbt mit dem Blut der Männer und Frauen, die rausgeworfen worden waren. Alle Passagiere der ersten Klasse waren ermordet worden, die Leichen wurden nach der Landung entsorgt. Und mindestens ein weiterer Passagier war ebenfalls ermordet und entsorgt worden, seit sie in Venezuela angekommen waren. Trigger wollte nicht, dass das noch einmal passierte, nicht wenn er es verhindern konnte.

Es war unheimlich still, als sie sich dem Flugzeug näherten, aber als sie unter der rechten Seite parkten, in der Nähe des Eingangs, den die Catering-Firmen benutzten, um das Flugzeug zu beliefern, öffnete sich langsam die Luke.

Als Trigger aufblickte, sah er eine schattenhafte, ganz in Schwarz gekleidete Gestalt in der Nähe der Öffnung stehen – aber er konnte den Blick nicht von der Frau abwenden, die ebenfalls erschien.

Gillian. Darauf hätte er sein Leben verwettet.

Ihr langes Haar hing schlaff um ihr blasses Gesicht. Sie trug eine Jeans und ein dunkelblaues, bauschiges Hemd, das in der leichten Abendbrise flatterte. Er beobachtete, wie sie tief einatmete, als würde sie die frische Luft genießen, bevor der Mann, der neben ihr stand, ihr den Lauf eines Gewehrs in die Seite stieß.

Sie wich von ihm zurück und sah auf ihn, Grover und Lefty hinunter.

Die letzte Gruppe, die Nachschub geliefert hatte, hatte eine Leiter mitgebracht und diese benutzt, um die Luke zu erreichen. Es war nicht ideal, aber da es einmal funktioniert hatte, dachte sich Trigger, dass es besser wäre, nicht um eine andere Liefermethode zu bitten, um keinen Verdacht zu erregen.

»Haben Sie das Essen und das Wasser?«, rief die Frau nach unten.

Trigger nickte.

»Und was ist mit den Toiletten?«, fragte sie.

»Nachdem dies geliefert wurde, werden die Tanks entleert«, sagte Trigger und fügte einen spanischen Akzent zu seiner Stimme hinzu.

Der Mann, der neben ihr stand, sagte etwas zu ihr, allerdings so leise, dass Trigger es nicht hören konnte, und sie nickte. »Genau wie beim letzten Mal muss einer von Ihnen die Leiter hochklettern und mir die Kartons reichen. Sie dürfen nicht an Bord kommen, und wenn Sie irgendetwas

Verdächtiges tun, werden Sie erschossen. Dann werden sie auch eine der Geiseln als Strafe töten.«

Ihre Stimme zitterte leicht und Trigger strömte das Adrenalin durch den Körper. Er wusste, dass er in das Flugzeug springen konnte, bevor das Arschloch, das Wache stand, ihn töten konnte, aber es gab immer noch fünf weitere Entführer. Sie würden ihn sicher ausschalten, bevor Grover oder Lefty ins Flugzeug gelangen konnten. Ganz zu schweigen davon, dass es alle Zivilisten in Gefahr bringen würde.

Er musste geduldig sein. Der Moment würde kommen, in dem die Entführer sterben würden, aber jetzt war nicht der richtige Zeitpunkt.

Die Frau leckte sich die Lippen und ging vor der Öffnung auf die Knie. »Okay. Bewegen Sie sich nur langsam. Geben Sie ihm keinen Grund, auf Sie oder jemand anderen zu schießen. Bitte.«

Das war eindeutig Gillian; er erkannte ihre Stimme. Er nickte ihr zu und drehte sich zu seinen Teamkameraden um. Lefty und Grover begegneten seinem Blick und sie verständigten sich problemlos ohne Worte. Sie würden auf Nummer sicher gehen, aber wenn die Kacke am Dampfen war, waren sie alle bereit zu handeln. Sie hatten mehrere Waffen an ihren Körpern versteckt und konnten in Sekundenschnelle ziehen und schießen, wenn es nötig war.

Trigger stellte die Leiter auf und kletterte ein paar Sprossen hoch. Er griff nach unten und nahm den Karton, den Lefty für ihn hielt, dann stieg er den Rest des Weges zur Öffnung des Flugzeugs hinauf.

»Ich bin Gillian Romano und das ist Andrea Vilmer«, sagte die Frau, während sie nach dem Karton griff.

Trigger nickte. Er fand es gut, dass sie tat, was sie konnte, um ihm die Namen der Leute mitzuteilen, die sich noch im Flugzeug befanden. Sie griff nach dem schweren Karton und der Entführer neben ihr zog sich weiter ins Flugzeug zurück, sodass Trigger keinen guten Blick auf sein Gesicht erhaschen konnte.

Frustriert darüber, dass Gillian und Andrea das schwere Heben der Kartons übernehmen mussten, konnte Trigger nur zusehen, wie sie und die anderen Frauen in der Nähe sich abmühten, die Kartons von der Luke ins Innere des Flugzeugs zu bringen.

»Danke, Janet. Vielleicht ist da etwas Süßes für Ihre Tochter Renee drin«, sagte Gillian, während sie einen weiteren Karton an eine Frau hinter ihr weiterreichte. »Das hier ist schwer, Alice«, warnte sie, als sie einer anderen Frau einen weitere Karton reichte. »Vielleicht könnten Leyton und Reed helfen, die Kartons für die Männer nach hinten zu tragen. Ich weiß, dass Charles es zu schätzen wüsste, das Wasser zu bekommen, mit seinem Husten und allem.«

Bei jedem Karton, den sie weiterreichte, sagte Gillian Namen auf. Maria, Camile, Rebecca, Mateo, Alejandro, Muhammad ... sie konnte sich erstaunlich gut an die Namen der anderen Geiseln im Flugzeug erinnern.

Trigger war beeindruckt. Ob absichtlich oder nicht, sie tat ihr Bestes, um nicht nur die anderen Gefangenen zu vermenschlichen, sondern auch um ihn wissen zu lassen, wer im Flugzeug noch am Leben war. Er wünschte, er könnte sie beruhigen. Ihr sagen, dass er verstand, was sie tat, dass sie so stark war und er sie bewunderte. Aber er konnte es nicht. Er konnte ihr nur weiterhin die verdammten Kartons mit den Lebensmitteln und dem Wasser reichen.

Er war noch nicht so weit, dass Lefty ihm den letzten Karton reichen konnte. Er hatte sich nicht genügend Zeit gelassen. Er hatte nicht genügend vom Inneren des Flugzeugs sehen können ... und er hatte definitiv nicht genügend Zeit mit Gillian gehabt.

»Das ist der letzte«, sagte Gillian zu dem Mann im

Schatten, während sie den Karton an jemanden hinter ihr weiterreichte. »Sie sagten, wenn die Vorräte innerhalb von zwei Stunden geliefert würden, würden Sie zehn Leute gehen lassen.«

Trigger wollte ihr sagen, dass sie den Entführer nicht verärgern sollte, aber er musste den Mund halten. Es würde dem Mann mit dem Gewehr nicht schwerfallen zu erkennen, dass er kein spanischer Muttersprachler war und dass etwas nicht stimmte. Er hatte eine Rolle zu spielen, genau wie Gillian. Aber das bedeutete nicht, dass es ihm gefiel.

Er weigerte sich, von der Leiter herunterzusteigen, und wartete ab, was als Nächstes passieren würde.

Der Mann gestikulierte zu jemandem im Inneren des Flugzeugs und bevor Trigger wusste, was geschah, stand ein Mann Mitte dreißig an der Öffnung des Flugzeugs und blickte auf ihn herab.

»Seien Sie vorsichtig«, sagte Gillian. »Stürzen Sie nicht, wenn Sie die Leiter hinuntergehen.«

Da er keine Wahl hatte, musste Trigger rückwärts die Leiter hinuntersteigen, während die erste Geisel sich auf den Weg aus dem Flugzeug machte.

Als jede Person am unteren Ende der Leiter ankam, führten Lefty und Grover sie zurück zum Terminal. Jeder von ihnen machte sich auf den Weg, als wären die Höllenhunde hinter ihnen her, und Trigger konnte es ihnen nicht verdenken. Es war offensichtlich, dass sie erleichtert waren, von dem Flugzeug und den Entführern weg zu sein.

Aber irgendetwas beunruhigte ihn an den Zivilisten, die ausgewählt worden waren, um befreit zu werden. Typischerweise waren bei Entführungen die Befreiten oft Frauen, Kinder oder Kranke. Nur zwei der freigelassenen Geiseln waren Frauen, die anderen alle Männer. Gesunde, relativ *junge* Männer.

Menschen, die in der Lage sein könnten, sich zu wehren und möglicherweise die Entführer zu überwältigen.

Trigger verstand den Gedankengang, der dahintersteckte, die jungen, gesunden und starken Männer freizulassen, und das machte ihn wütend. Als er zur Luke hinaufschaute, sah er, wie Gillian wieder einmal an den Rand kam. Einen Moment lang wollte er sie ermutigen, die Leiter hinunterzuklettern, um von dort wegzukommen. Aber irgendwie wusste er, selbst wenn es das Richtige wäre – was es nicht war –, würde sie es nicht tun. Sie würde nicht abhauen und die anderen zurücklassen.

Für einen kurzen Moment trafen sich ihre Blicke. Ihre Augenbrauen zogen sich zusammen, sie leckte sich über die Lippen und er sah, wie sie seinen Namen fragend aussprach.

Er nickte einmal – dann legte sich ein schwarz gekleideter Arm um Gillians Brust und riss sie fast von den Füßen, als sie nach hinten gerissen wurde. Sie stieß einen kleinen Laut der Überraschung aus, als sie weggezogen wurde.

Die Luke schlug zu und Trigger hörte, wie das Schloss einrastete, als sie gesichert wurde.

»Verdammt«, fluchte Grover, als er und Lefty sich die Leiter schnappten und sie wieder an dem Versorgungswagen befestigten, mit dem sie zum Flugzeug gefahren waren.

»Du konntest nicht viel sehen, oder?«, fragte Lefty.

Trigger schüttelte den Kopf. »Nein. Sie haben es schlau angestellt. Sie haben die vordere Tür benutzt, was bedeutet, dass die Bordküche die Sicht auf den Rest des Flugzeugs blockierte.«

»Ich nehme an, das war Gillian?«, fragte Grover.

»Ja«, bestätigte Trigger.

»Ich habe einiges von dem gehört, was sie gesagt hat«,

erklärte Lefty. »Sie hat versucht, uns so viele Informationen wie möglich darüber zu geben, wer an Bord noch am Leben ist, nicht wahr?«

Trigger nickte. »Ich glaube schon.«

»Wir haben die Passagierliste«, erinnerte Grover die Männer. »Wir haben bereits die Namen aller Personen an Bord.«

»Richtig, wir wissen aber nicht, wer erschossen wurde und wer nicht«, sagte Trigger zu seinem Freund. Er hatte festgestellt, dass die Menschen auf sehr unterschiedliche Weise auf Gefahr reagierten. Manche erstarrten vor Angst. Andere flippten aus. Und nur ganz wenige schienen ruhig zu bleiben und die Situation sorgfältig zu verarbeiten ... wie Gillian. Sie war offensichtlich verängstigt, hatte aber ihre Gefühle beiseitegeschoben, um zu versuchen, anderen zu helfen.

»Es war ziemlich muffig da drin«, murmelte Lefty. »Ich konnte es sogar riechen, als ich auf der Leiter stand.«

Aus irgendeinem Grund irritierten die Worte seines Freundes Trigger. »Es ist nicht so, dass sie etwas dafürkönnen«, stieß er hervor. »Es ist verdammt heiß am Tag und sie lassen die Triebwerke nicht laufen, um Strom zu bekommen. Und vergessen wir nicht, dass die Toiletten nicht dafür gemacht sind, ununterbrochen benutzt zu werden.«

»Wow!«, sagte Lefty und hob die Hände. »Ich habe nicht kritisiert. Ich habe nur eine Beobachtung gemacht.«

Trigger holte tief Luft und hielt inne, als Grover sie zurück zum Terminal fuhr. »Ich weiß, tut mir leid.«

»Hugo sollte irgendwann heute Abend freigelassen werden. Wir halten sie hin, indem wir behaupten, dass der Papierkram noch erledigt wird oder so, aber morgen früh sollten wir bereit sein loszulegen«, sagte Grover.

Trigger nickte. Das war auch der Zeitplan, auf den er hinarbeitete.

Mit dem Wissen, dass morgen um diese Zeit die Krise vorbei sein würde, hätte er sich besser fühlen sollen. Aber stattdessen wuchs das Unbehagen tief in seinem Inneren weiter an. Zum ersten Mal seit langer Zeit hatte er das Gefühl, dass der Feind ihnen drei Schritte voraus war. Es war kein angenehmes Gefühl ...

Besonders wenn man seine Gedanken über Gillian Romano bedachte.

Es war verrückt. Er kannte sie nicht einmal. Nicht wirklich. Aber dann wiederum wusste er die wichtigsten Dinge. Dass sie klug und rücksichtsvoll war. Sie sorgte sich mehr um ihre Mitgefangenen als um sich selbst. Sie war mutig ... und er wollte sie nur umarmen und ihr sagen, dass alles in Ordnung kommen würde.

Das sah ihm nicht ähnlich, aber Trigger bekam die Frau einfach nicht aus dem Kopf. Sie beeindruckte ihn zutiefst, und das passierte nicht sehr oft. Er wollte sie besser kennenlernen. Wollte jede Kleinigkeit wissen.

Aber ... er war ein Delta. Ghost und sein Team hatten vielleicht Frauen gefunden, mit denen sie den Rest ihres Lebens verbringen konnten, aber sie hatten verdammtes Glück gehabt. Jemanden zu finden, der seinen Job und die Gefahr, die er mit sich brachte, ertragen konnte, und dem es nichts ausmachte, nie zu wissen, wo er war oder was er tat, war nahezu unmöglich.

Nein, es wäre Gillian gegenüber nicht fair, das überhaupt von ihr zu verlangen.

Aber verdammt, er wollte es.

Tief durchatmend wandte Trigger seine Gedanken wieder der anstehenden Aufgabe zu. Er war viel zu weit vorausgeeilt. Es gab keine Garantie, dass er oder Gillian lebend aus dieser Situation herauskommen würden. Und sie würde wahrscheinlich mit niemandem etwas zu tun haben wollen, der sich auch nur in der Nähe dieses Schlamassels aufgehalten hatte, nicht dass er es ihr verdenken könnte. Sie würde es wahrscheinlich endgültig hinter sich lassen und mit ihrem Leben weitermachen wollen.

Trigger wiederholte in Gedanken die Namen, die Gillian benutzt hatte, damit er sie nicht vergaß. Er musste mit Brain sprechen und sehen, ob er irgendwelche Hintergrundgespräche aus seinem früheren Telefonat mit Gillian isolieren konnte. Und er und sein Team mussten den besten Weg finden, das Flugzeug zu stürmen, damit möglichst wenige unschuldige Zivilisten dabei getötet wurden.

Sein Kopf pochte, aber Trigger ignorierte es und presste die Lippen zusammen. Er würde Gillian auf die eine oder andere Weise aus dem Flugzeug holen.

Gillian wollte weinen, als die Luke des Flugzeugs gesichert wurde. Die Luft war so verdammt erfrischend gewesen, dass es ihr nicht einmal etwas ausgemacht hatte, all die schweren Kartons hineinschleppen zu müssen.

Aber es war der Mann an der Spitze der Leiter gewesen, der ihr den größten Auftrieb gegeben hatte. Zuerst hatte sie ihm nicht viel Aufmerksamkeit geschenkt und sich mehr auf die leichte Brise und die frische Luft konzentriert. Aber als sie schließlich bemerkte, dass er *sie* sehr aufmerksam beobachtete, warf sie einen zweiten Blick auf ihn.

Er hatte dunkles Haar und seine Oberarmmuskeln spannten den Stoff des Overalls, den er anhatte. Seine grauen Augen waren durchdringend in ihrer Intensität und sie hätte schwören können, dass er Zuversicht und Positivität ausstrahlte, als wären es Pheromone. Aber das, was sie wirklich glauben ließ, dass er der Mann war, mit dem sie am Telefon gesprochen hatte, war das Fehlen von Angst. Die Männer, die die letzte Ladung Lebensmittel und Wasser geliefert hatten, hatten sich alle Mühe gegeben, schnell die Kartons auszuladen und sich vom Flugzeug zu entfernen.

Dieser Mann und seine Begleiter hatten das Gegenteil ausgestrahlt. Gillian hatte das Gefühl, wenn Luis hinter ihr eine bedrohliche Bewegung gemacht hätte, wäre der Mann oben auf der Leiter ins Flugzeug gesprungen und hätte ihn ausgeschaltet.

Sie fühlte sich durch die Zuversicht des Mannes bestärkt und begann, so viele Namen ihrer Mitgeiseln wie möglich zu nennen. Wenn das ihr Walker war, wollte sie, dass er genau wusste, wer an Bord war.

Ihr Walker?

Gillian schüttelte verzweifelt den Kopf. Er gehörte nicht ihr. Sie musste ihren Scheiß auf die Reihe kriegen. Er hatte nur seinen Job gemacht. Wenn das hier vorbei war, und das würde hoffentlich eher früher als später der Fall sein, würde er nach Hause zurückkehren und vergessen, dass sie existierte.

Aber ein Teil von ihr wollte das nicht glauben. Sie hatte das Gefühl, dass sie sich mit dem Mann verbunden hatte, aber das war natürlich Blödsinn. Er war wahrscheinlich zu hundert Prozent auf die Mission konzentriert, nämlich die Rettung aller Geiseln im Flugzeug. Sie war nichts Besonderes, und je eher sie sich selbst davon überzeugte, desto besser.

Es war eine lächerliche Vorstellung, dass er auch nur ein Zehntel der emotionalen Anziehungskraft für sie empfand, die sie für ihn verspürte, aber es war um einiges besser, als über ihre aktuelle Situation nachzudenken.

Kurz bevor sich die Luke geschlossen hatte, hatte sie seinen Namen gemurmelt, weil sie wissen wollte, ob er es wirklich war. Er hatte leicht genickt ... dann hatte Luis sie gepackt und ins Flugzeug zurückgezerrt.

Sie saß auf dem Boden, mit dem Rücken gegen die

Cockpittür, und sah zu, wie Alberto und Jesus Wasser und Nahrungsmittel an die anderen Frauen verteilten. Leyton, ein hispanischer Mann, der Anfang dreißig zu sein schien, hatte die Aufgabe, einige Kartons für die Männer in den hinteren Teil des Flugzeugs zu schleppen.

Als sie die Aufmerksamkeit wieder den Frauen zuwandte, seufzte Gillian. Sie hatte gehofft, dass sie Janet und ihr kleines Mädchen gehen lassen würden. Oder sogar Alice, der es nicht gut ging, seit sie von ihrem Mann getrennt war. Aber stattdessen hatten sie, wie versprochen, nur zwei der Frauen freigelassen. Gillian hatte sie nicht gut gekannt; sie waren älter und hatten zu niemandem ein Wort gesagt, soweit Gillian wusste.

Sie hatten auch acht Männer gehen lassen. Meistens junge Männer, die die Frauen, an denen sie auf dem Weg nach draußen vorbeigegangen waren, nicht einmal angeschaut hatten. Es ergab für Gillian auf eine seltsame Art und Weise einen Sinn. Die Frauen waren nicht so stark wie die Männer und es war unwahrscheinlicher, dass sie irgendeine Revolte planten.

Die Entführer würden Gillian und die anderen vielleicht für schwächer halten, als sie es waren, aber sie waren nicht schwach. Sie mussten nur andere Waffen benutzen als ihre Muskeln.

Gillian schwor sich auf der Stelle, alles zu tun, was nötig war, um ihre Pläne zu vereiteln, egal was sie vorhatten. Wenn sie dachten, sie würden sich in Sicherheit bringen, lagen sie völlig falsch. Sie würde einen Weg finden müssen, das Flugzeug zu sabotieren. Sie hatte gesehen, wie Luis die Luke schloss; vielleicht konnte sie die Tür irgendwie deaktivieren. Sie konnten nicht abheben, wenn die Tür nicht verriegelt war, oder? Sie wusste es nicht, aber es war einen Versuch wert. Sie würde sich auch anstrengen, Walker so viele Informationen wie möglich zu geben.

»Ich muss meinen Schwanz gelutscht bekommen«, verkündete Luis.

Gillian wurde schlecht. Sie war in ihren eigenen Gedanken versunken, dachte über Walker nach und wie sie sich vielleicht wehren könnte, als die Worte des Entführers sie unterbrachen, laut und bedrohlich.

Sie presste sich fest gegen die Tür und starrte ihn mit großen Augen an. Er stand in der Mitte des Ganges, etwa sechs Reihen weiter hinten, wo die Kabine der ersten Klasse endete und die Plätze der Touristenklasse begannen.

Er betrachtete all die zusammengekauerten Frauen, als wäre er beim Einkaufen und würde versuchen, die reifsten Früchte herauszupicken.

»Du«, sagte er und zeigte auf Andrea, die in einer der Reihen auf dem Boden saß.

Sie stieß einen leisen Schluchzer aus und schüttelte den Kopf.

»Beweg deinen Arsch hierher, sofort!«, befahl Luis.

Ganz langsam stand Andrea auf. Ihr Kopf hing tief und sie starrte auf den Boden.

»Na? Worauf wartest du denn noch? Komm her!«, forderte Luis mit einem bösen Grinsen.

Keiner sagte ein Wort. Gillian konnte Janet und die anderen schreien hören, aber niemand stellte sich dem Entführer entgegen oder kam Andrea zu Hilfe.

Gillians Mund öffnete sich – sie hatte keine Ahnung, was sie sagen sollte; es war nicht so, als würde sie sich freiwillig melden –, aber es war zu spät. Luis hatte Andrea am Arm gepackt und zog sie grob zurück in den Gang.

Luis zerrte sie in eine der hinteren Reihen, wahrscheinlich weil diese breiter war und mehr Platz bot. Er drückte sie vor sich auf die Knie. Gillian konnte Andrea nicht mehr sehen oder was sie tat, aber sie konnte es erahnen. Sie konnte nur noch Luis von der Brust aufwärts erkennen.

Schuldgefühle überkamen sie, weil sie so dankbar war, dass die Sitze ihr die Sicht versperrten.

Luis schaute nach unten und hatte immer noch dieses furchtbare Grinsen im Gesicht. Während Gillian zusah, sagte Luis etwas zu Andrea, und sie stellte sich vor, wie er den Kopf der anderen Frau in seinen Händen hielt, während sie den Reißverschluss seiner Hose öffnete. Er hielt für etwa eine Minute still – dann warf er den Kopf zurück, als würde er das, was passierte, in vollen Zügen genießen.

Gillian konnte an seinen wiegenden Bewegungen erkennen, dass sich seine Hüften immer schneller vor- und zurückbewegten, und sie konnte sich vorstellen, was die arme Andrea aushalten musste. Carlos und Jesus schauten verzückt aus dem hinteren Teil des Flugzeugs zu, und sie bemerkte, dass Henry sich auf dem Klappsitz neben ihr selbst streichelte.

Zitternd schloss Gillian schließlich die Augen und konnte nicht mehr zusehen.

Luis war furchtbar. Er *und* seine Leute. Als wäre die Situation nicht schon schlimm genug, bedrängten sie jetzt auch noch die Geiseln? War sie die Nächste? Oder die arme Janet? Alice? Was war mit der schönen Camile? Es war zu viel. Hatten sie nicht alle schon genug durchgemacht?

Ein Tumult ließ ihre Augen aufspringen und sie beobachtete, wie Luis Andrea zurück in den Gang zerrte. Seine Hose war mit einem Reißverschluss versehen, aber der Knopf war noch offen und er hatte einen zufriedenen Ausdruck auf dem Gesicht. Es machte Gillian körperlich krank.

Andrea hielt eine Hand über ihre Lippen und weigerte sich, irgendjemandem in die Augen zu sehen.

»Wenn ihr euch alle nicht benehmt und genau das tut, was man euch sagt, seid ihr die Nächsten«, sagte er, während er Andrea zurück auf ihren Platz auf dem Boden warf. Dann winkte er Alberto und Isaac zu sich, und die drei gingen den Gang hinunter, um in der verhältnismäßig ruhigen Mitte des Flugzeugs, wo er sich gerade Andrea aufgedrängt hatte, eine vertrauliche Unterhaltung zu führen.

Henry flüsterte etwas auf Spanisch, was die anderen zum Lachen brachte, und Gillian war froh, dass sie ihn nicht verstehen konnte. Sie hatte das Gefühl, dass er etwas Abfälliges über Andrea gesagt hatte oder vielleicht über die Frauen im Allgemeinen.

Gillian wollte zu Andrea gehen. Wollte sie fragen, ob es ihr gut ging. Ihr versichern, dass sie da lebend rauskommen würden, dass sie nur stark sein müssten. Aber in ihrem Kopf klangen die Worte nur hohl. Sie dachte daran, wie *sie* sich fühlen würde, wenn Luis sie geschnappt hätte. Sie würde von niemandem irgendwelche Plattitüden hören wollen.

Gillian schloss die Augen und versuchte, noch einmal tröstliche Gedanken über Walker hervorzurufen, aber das war unmöglich. All ihre Ängste und Sorgen überwältigten sie und sie konnte an nichts anderes denken als an das, was Luis und seine Leute für den Rest von ihnen auf Lager haben könnten.

Schließlich tat sie ihr Bestes, um etwas Ruhe zu finden, auch wenn sie von Albträumen geplagt war.

Es fühlte sich an, als hätte sie nur Sekunden geschlafen, aber in Wirklichkeit waren es Stunden gewesen, als Gillian durch einen Tritt in die Seite schmerzhaft geweckt wurde.

Mit einem leisen Schrei setzte sie sich sofort auf und zuckte bei dem Licht zusammen, das ihr in die Augen schien.

»Zeit für einen weiteren Anruf«, teilte Luis ihr schroff mit. »Wir müssen wissen, wann Hugo freigelassen und das Flugzeug aufgetankt wird. Das dauert zu lange, und wir sitzen schon lange genug herum und warten darauf. Es ist jetzt ein Uhr nachts. Sie haben bis fünf Uhr morgens Zeit, das Flugzeug aufzutanken und Hugo freizulassen.«

»Was passiert um fünf?«, fragte Gillian.

Luis grinste und beugte sich hinunter. »Die Leute fangen an zu sterben«, antwortete er lapidar. »Alle fünfzehn Minuten einer, bis wir den Beweis haben, dass unser Kamerad frei ist. Sorg dafür, dass sie es verstehen. Wir fangen mit deinen Freundinnen an. Vielleicht mit dem kleinen Mädchen.«

»Nein!«, schrie Gillian auf. »Bitte!«

Luis packte Gillian an den Haaren und riss sie nach hinten. Er hielt ihr sein Messer an die entblößte Kehle und knurrte: »Dann mach ihnen klar, dass wir nicht spaßen! Wenn du das tust, bleiben alle am Leben. Wenn du es vermasselst, sind alle tot! Du wirst die Letzte sein. Ich werde dich dazu bringen, dass du jeden Menschen in diesem Flugzeug sterben siehst, kapiert?«

»Ja«, flüsterte Gillian. Sie hatte keinen Zweifel daran, dass er genau das tun würde, womit er gedroht hatte.

Luis nickte und warf ihr das Handy in den Schoß, als er aufstand. »Und keine Dummheiten«, warnte er. »Wir hören zu.« Und damit trat er zurück und starrte bedrohlich auf sie herab.

Gillians Finger zitterten, aber sie schaltete das Telefon ein und ging zur Anrufliste. Sie drückte auf die letzte eingegangene Nummer und wartete darauf, dass jemand abnahm. Das Herz schlug ihr bis zum Hals und eine Sekunde lang dachte sie, es würde niemand abheben, da es mitten in der Nacht war, aber schließlich hörte sie Walkers Stimme.

»Ja?«

»Ich bin's, Gillian.«

»Hey.« Seine Stimme wechselte sofort von dem schroffen, bedrohlichen Ton, mit dem er geantwortet hatte, zu einem sanfteren Tonfall. »Geht es Ihnen gut?«

»Ja. Ich soll eine Nachricht überbringen.«

»Okay, aber atmen Sie erst einmal durch.«

Gillian runzelte die Stirn. »Was?«

»Atmen Sie tief durch, Di. Ich kann sehen, dass Sie total gestresst sind. Einfach atmen.«

»Di?«

»Tut mir leid, das ist mir gerade rausgerutscht. Diana Prince. Sie wissen schon, das Alter Ego von Wonder Woman? Sie erinnern mich an sie. Sie bleiben ruhig unter Druck und suchen nach Möglichkeiten zu helfen, selbst wenn die Chancen gegen Sie stehen. Ich habe vorhin kein goldenes Lasso gesehen, aber vielleicht verstecken Sie es irgendwo.«

Gillian war buchstäblich sprachlos. Ihr fiel nichts ein, was sie darauf hätte erwidern können.

»Atmen Sie? Irgendwie glaube ich nicht, dass Sie das tun.«

Sie ließ den Atem, den sie angehalten hatte, mit einem hörbaren Zischen aus, und erstaunlicherweise hörte sie Walker am anderen Ende der Leitung leise lachen.

»Gut. Und jetzt sagen Sie mir, was diese Arschlöcher uns mitteilen wollen.«

Und genauso schnell wurde sie wieder in ihre aktuelle Situation zurückkatapultiert. Als Gillian aufblickte, sah sie Luis und Henry, die mit vor der Brust verschränkten Armen auf sie herabstarrten. Sie war definitiv im Nachteil, wenn sie ihnen zu Füßen saß, aber sie versuchte, sich davon nicht einschüchtern zu lassen.

Verflucht, wem wollte sie etwas vormachen? Sie war verdammt eingeschüchtert.

»Sie sagten, Sie hätten bis fünf Uhr morgens Zeit, um das Flugzeug aufzutanken und Hugo freizulassen. Sonst fangen sie an, Leute umzubringen. Alle fünfzehn Minuten einen.« Sie überbrachte ihm die Nachricht schnell und spürte, wie ihr die Galle im Hals aufstieg, weil sie die Worte laut aussprechen musste.

»Die Behörden warten auf den Sonnenaufgang, um mit dem Tanken zu beginnen«, sagte Walker ruhig. »Ich kann ihnen sagen, dass sie früher damit anfangen müssen. Und ich glaube, Hugo wird in etwa zwei Stunden entlassen. Hören sie zu?«

Gillian nickte, brachte aber keine Worte heraus.

»Ich bin sicher, das tun sie«, sagte Walker. »Nur zu, sagen Sie ihnen, was ich gesagt habe.«

Wie Walker so ruhig und beruhigend klingen konnte, war Gillian ein Rätsel. Sie räusperte sich und gab die Nachricht weiter.

Luis und Henry begannen sofort, auf Spanisch miteinander zu reden.

»Ich weiß nicht –«

»Pst«, sagte Walker schnell durch das Telefon.

Erschrocken darüber, dass er so abrupt war, schluckte Gillian schwer und hielt den Hörer fest an ihr Ohr. Sie war sich nicht sicher, was sie sagen sollte oder warum sie den Hörer noch immer in der Hand hielt. Sie sollte auflegen. Sie hatte die Nachricht weitergegeben. Aber egal, wie ärgerlich es war, dass Walker so kurz angebunden war, sie konnte sich nicht dazu durchringen, die Verbindung zu unterbrechen.

Sie konnte ihn am anderen Ende der Leitung atmen hören und konzentrierte sich darauf. Sie versuchte, ihre eigenen Atemzüge mit seinen zu synchronisieren. Überraschenderweise beruhigte es sie. Er keuchte und schnaufte nicht und wirkte weder nervös noch ausgeflippt.

Luis und Henry hörten endlich auf zu streiten und Luis stapfte in Richtung des hinteren Teils des Flugzeugs davon. Henry fuhr sich aufgeregt mit der Hand durch die Haare und grunzte, bevor auch er sich von dem Platz entfernte, an dem Gillian saß. Er ging nicht weit, nur bis zum Ende der Kabine der ersten Klasse, aber das gab ihr ein bisschen Privatsphäre.

»Walker?«, flüsterte sie.

»Es tut mir leid, Di.«

»Was ist passiert?«, fragte sie.

»Ich musste ihr Gespräch hören«, erklärte Walker ihr.

Dann verstand Gillian. »Was haben sie gesagt?«

»Ich weiß es nicht. Aber mein Teamkamerad wird es herausfinden. Er ist auf dem Weg und wird sich die Aufnahme unseres Gesprächs anhören, sobald er hier ist.«

»Wird der Kerl wirklich bald freigelassen?«

»Ja«, sagte Walker schlicht.

»Und das Flugzeug wird aufgetankt?«

»Ich nehme an, dass Ihnen im Moment niemand zuhört?«, fragte Walker.

»Nein, Henry schmollt. Oh! Luis, Jesus, Alberto, Carlos, Henry und Isaac. Das sind die Namen der Geiselnehmer.«

»Braves Mädchen«, sagte Walker, wobei die Bewunderung in seinem Tonfall leicht zu hören war. »Und das Ganze wird bald vorbei sein.«

»Sie werden *wirklich* anfangen, Menschen zu töten«, warnte Gillian ihn. »Sie haben gesagt, sie würden mit den Frauen anfangen.«

»Das glaube ich Ihnen, aber dazu wird es nicht kommen.«

»Versprochen?« Sie wusste, es war nicht wirklich fair, das von ihm zu verlangen, aber sie war verzweifelt. Ihr rutschte das Herz in die Hose, als Walker nicht sofort antwortete. »Tut mir leid. Ignorieren Sie mich, ich –«

»Ich bin kein Wahrsager, Süße. Ich wünschte, ich wäre es. Ich wünschte, ich könnte dir mit Sicherheit sagen, was in den nächsten paar Stunden passieren wird. Ich kann dir aber nur versprechen, dass ich mein Bestes tue, um dich und alle anderen in diesem Flugzeug in einem Stück da rauszuholen.«

»Bitte lasst sie nicht mit uns allen in diesem Flugzeug abheben.«

»Auf gar keinen Fall«, sagte Walker inbrünstig.

Sie glaubte ihm. »Ich habe beobachtet, wie Luis die Tür gesichert hat. Ich bin sicher, dass ich etwas tun kann, um sie zu öffnen oder sie nicht richtig schließen zu lassen. Wir können nicht abheben, ohne dass die Tür verriegelt ist, richtig? Vielleicht kann jemand beim Auftanken des Flugzeugs eine Waffe oder so etwas in einem Geheimfach deponieren, an das ich herankomme, sodass ich sie ausschalten kann. Ich könnte ...«

»Diana Prince, von Kopf bis Fuß«, unterbrach Walker.

»Was?«

»Wir haben das im Griff, Di. Du musst nur mit dem Strom schwimmen, den Kopf unten halten und dich nicht in die Schusslinie begeben, okay?«

»Okay. Walker?«

»Ja?«

»Das warst du mit der Nahrung und dem Wasser, nicht wahr?«

»Das war ich.«

Gillian kam sich ein bisschen dumm vor. Natürlich war er es. Er hatte es vorhin mit seinem Nicken bestätigt. Aber ihre Gefühle waren völlig durcheinander. Sie war erschöpft, gestresst und ausgeflippt. Ganz zu schweigen davon, dass sie das Gefühl hatte, grässlich zu riechen ... sie konnte es nicht wirklich sagen, da alle um sie herum auch grässlich rochen. Sie hasste es, dass Walker sie in ihrem schlimmsten Zustand gesehen hatte. Sie wollte ihn beeindrucken. Sie wollte wie die tollen Frauen in den Filmen aussehen, die das

Schlimmste überstehen und es trotzdem schaffen, den Helden zu verführen.

»Das dachte ich mir«, sagte sie gedämpft, als das Schweigen zu lange andauerte.

»Was geht dir durch den Kopf?«, fragte er.

Gillian schloss die Augen und stützte die Stirn auf ihre Knie. Sie hatte Schmerzen. Überall. Sie war erschöpft und verängstigt. Und sie war offenbar so eitel, dass sie wollte, dass Walker sie mochte ... obwohl sie sich mitten in einer *verdammten Geiselnahme* befanden. Sie war eindeutig übergeschnappt. »Nichts.«

»Willst du wissen, was ich gesehen habe, als ich die Leiter hochgeklettert bin?«, fragte Walker leise.

Gillian schüttelte den Kopf, antwortete aber: »Vielleicht.«

Er lachte leise – und verblüffte sie dann. »Ich sah eine Frau, die am Ende ihrer Kräfte war, die aber trotzdem weiterhin durchhält. Nicht nur das, ich sah auch einen Anführer. Jemanden, zu dem wahrscheinlich jeder in diesem Flugzeug aufschaut. Jemand, der vielleicht Angst hat, aber sein Bestes tut, um zum Wohle des restlichen Teams durchzuhalten. Ich sah eine Frau, die ich bewundere und der ich auf der Stelle schwor, dass sie nicht zu einer Statistik oder einer kurzen Meldung in den Nachrichten werden würde.« Und dann, nach einer Pause, fügte er hinzu: »Ich sah eine Frau, die ich besser kennenlernen möchte.«

Seine Worte fühlten sich gut an. Verdammt gut. Sie holte tief Luft und fragte: »Willst du wissen, was ich gesehen habe, als ich *dich* ansah?«

»Sicher, Di, sag es mir.«

»Hoffnung.«

Sie schwiegen beide einen Moment lang. »Das gefällt mir viel mehr, als es sollte. Haltet noch ein bisschen durch,

Gillian. Bleibt wachsam und so ruhig, wie ihr könnt, in Ordnung?«

»Ja.« Da kam ihr etwas in den Sinn. Etwas, an das sie vorher hätte denken sollen. »Walker? Du hast gesagt, du nimmst auf, wenn ich dich anrufe?«

»Ja.«

»Was, wenn ich ihnen das Telefon zurückgebe und behaupte, ich hätte das Gespräch beendet, es aber nicht tue?«

»Nein.«

»Aber –«

»Nein. Wenn sie merken, was du getan hast, werden sie dir wehtun.«

»Sie werden mir sowieso wehtun. Sie *haben* mir schon wehgetan. Bis jetzt haben sie nur mit mir gespielt, aber ich weiß, dass Luis oder einer der anderen große Freude daran haben wird, mich leiden zu lassen, sobald er die Gelegenheit dazu bekommt. Aber wenn du ihre Gespräche hören kannst, dann kannst du sie vielleicht fangen, wenn sie abfliegen.«

»Du bist viel wichtiger.«

Gillian wusste, dass sie diese vier Worte für den Rest ihres Lebens – egal wie kurz es auch sein mochte – immer und immer wieder in ihrem Kopf abspielen würde.

Sie hatte schon einige Freunde gehabt, aber meistens hatte sie nicht das Gefühl, an erster Stelle zu stehen. Sie war mit einem Musiker zusammen gewesen, der nach L.A. gezogen war, um Karriere zu machen. Sie wäre mit ihm gegangen ... wenn er sie gefragt hätte. Hatte er aber nicht. Dann war da noch der Steuerberater, der regelmäßig monatelang keine Zeit für sie gehabt hatte, wenn sich die Frist zur Einreichung der Steuererklärung näherte. Und der Typ, der Sport so sehr liebte, dass er sie nie zu sich einlud, wenn sein Lieblingsteam spielte, weil sie ihn sonst abgelenkt hätte.

Walker kannte sie nicht einmal und er stellte *sie* über die Geiselnahme von sechs skrupellosen terroristischen Entführern.

»Ich tue es«, sagte sie zu ihm. »Ich hoffe, dass ich dich bald offiziell kennenlernen kann, Walker Nelson. Pass auf dich auf.« Dann, ohne auf seine Antwort zu warten – denn sie hatte das Gefühl, dass er es ihr ausreden könnte –, schaltete sie den Bildschirm aus. Als er schwarz wurde, betete sie, dass ihr Plan tatsächlich funktionieren würde und die Arschlöcher, die sie als Geiseln hielten, tatsächlich etwas Belastendes sagen würden und dass Walker und seine Freunde sie hören könnten.

Sie hielt das Telefon mit dem Bildschirm nach oben und wartete darauf, dass Henry merkte, dass er sie mit seinem Handy allein gelassen hatte. Überraschenderweise dauerte es noch ein paar Minuten. Als er es merkte, eilte er den Gang zurück und riss ihr das Handy aus der Hand. Er steckte es in seine Gesäßtasche und verpasste ihr eine Ohrfeige. »Was hast du ihm gesagt?«, bellte er.

»Nichts«, protestierte Gillian. »Ich habe aufgelegt, als du gegangen bist.«

»Wehe, du lügst«, zischte er, während er sich drohend über sie stellte.

»Tue ich nicht. Ich schwöre es!«

Er gab ihr noch einen Tritt, dann drehte Henry sich um und ging. Gillian fing den Blick von Andrea auf und versuchte, beruhigend zu lächeln. Sie wollte ihr und den anderen sagen, dass Hilfe kommen würde. Dass das alles hoffentlich bald eine schlechte Erinnerung sein würde, aber sie wagte es nicht.

Sie hoffte, dass Walker ehrlich zu ihr war und dass der Kamerad der Entführer freigelassen werden würde. Vielleicht würden sie dann alle mit dem Leben davonkommen.

KAPITEL VIER

Trigger stand am Rande des Rollfelds. Jeder Muskel in seinem Körper war angespannt. Er hatte gehört, wie Gillian herumgeschubst wurde, und hasste es, die Angst in ihrer Stimme zu hören. Aber er konnte nicht leugnen, dass das, was sie getan hatte, hilfreich sein würde. Vielleicht nicht jetzt, aber später, wenn das hier vorbei war, konnte das Team den Entführern beim Reden zuhören und erfahren, was ihr Plan gewesen war. Soweit er das beurteilen konnte, hatte der Entführer, der das Telefon genommen hatte, nicht bemerkt, dass es noch eingeschaltet war, und er betete, dass die Aufnahmen hörbar sein würden.

Im Augenblick mussten sie, wie auch immer, ein Flugzeug stürmen und Geiseln befreien. Das war ihr Hauptziel. Der Grund, warum sie überhaupt hier waren.

Und sie hatten keine Zeit mehr. Es war null vierhundert Uhr und die Frist, die die Entführer gesetzt hatten, rückte schnell näher. Hugo Lamas war freigelassen worden, aber in der Sekunde, in der das Fahrzeug das Gefängnisgelände verlassen hatte, war es von einer Panzerfaust getroffen worden. Hugo und alle anderen im Fahrzeug wurden in Stücke gerissen.

Keiner wusste, wer hinter dem Anschlag steckte. War es das Kartell der Sonnen, das sich um einen der ihren kümmerte, damit er nicht redete? War es jemand aus dem Militär oder der Regierung, der nicht wollte, dass er freikommt? Eine rivalisierende Drogenbande? Keiner hatte Antworten, und das machte Trigger und sein Team ungeduldig. Wer auch immer hinter dem Attentat steckte, hatte entweder Insiderinformationen über seine Freilassung oder hatte beobachtet und abgewartet. So oder so, wenn Luis und die anderen Entführer Wind von der Tatsache bekamen, dass ihr Freund getötet worden war, wer wusste, was sie als Vergeltung tun würden?

Es war keine Zeit mehr, um sie hinzuhalten. Die Männer im Flugzeug erwarteten, dass ihr Kamerad auftauchen würde, und wenn er nicht auftauchte, würden sie anfangen, unschuldige Zivilisten zu töten. Es war die Aufgabe der Deltas, genau das zu verhindern.

»Kennt jeder seine Rolle?«, fragte Trigger durch ihre Freisprechfunkgeräte, die sie um den Hals trugen. Wenn sie sprachen, stellte sich die Verbindung her.

»Zehn-vier.«

»Ja.«

»Verstanden.«

Die Antworten kamen sofort und selbstsicher. Trigger strömte Adrenalin durch die Adern. Sie waren bereit, das Flugzeug zu stürmen. Er und Lefty würden durch dieselbe Tür reingehen, durch die die Vorräte geliefert wurden. Grover, Brain und Oz würden durch die hintere Luke eindringen, Doc würde die Notausgangstür auf der einen Seite an den Flügeln ausschalten und Lucky würde die andere Seite nehmen. Sie hofften, dass der gleichzeitige Einbruch eine Massenverwirrung bei den Entführern auslösen würde und sie in der Lage sein würden, genug von ihnen auszuschalten, bevor sie sich mit dem Erschießen der Geiseln rächen konnten.

Es war verdammt riskant, aber da es keine andere Möglichkeit gab, in das Flugzeug zu gelangen, war es der beste Plan und eine Maßnahme, die sie im Training immer wieder geübt hatten. Sie waren bereit. Trigger hoffte nur, dass Gillian und die anderen es auch waren.

»Der Tankwagen ist gleich startklar«, sagte Doc. »Alle halten sich bereit. Wir benutzen ihn als Deckung und sobald wir beim Flugzeug sind, verteilen wir uns. Eins, zwei ... Verdammt! Was zum Teufel?«

Trigger schaute dorthin, wo der Tankwagen im Leerlauf stand – und sah, wie sich ein kleines zweimotoriges Propellerflugzeug vom Terminal her näherte. Die Propeller liefen und es war klar, dass es sich nicht nur um einen ahnungslosen Piloten handelte, der sich der Situation nicht bewusst war. Die Maschine konnte bis zu zwölf Personen aufnehmen – und sie rollte direkt auf das entführte Flugzeug zu, ohne die Geschwindigkeit zu verringern.

Ihr sorgfältig geplanter Einsatz wurde soeben zunichtegemacht.

Trigger schwenkte den Kopf zurück in Richtung des entführten Flugzeugs, als er hörte, wie sich eine der Notrutschen aufblies.

»Verdammt, verdammt, verdammt«, murmelte Trigger und gab seinem Team ein Zeichen, sich zu entfernen.

Bevor sie das Flugzeug erreichen konnten, begannen die Leute auszusteigen. Zwei auf einmal. Ein Mann und eine Frau. Sobald das erste Paar den Boden der Rutsche erreicht hatte, lief es auf die kleine Propellermaschine zu.

Sie hatten keine Ahnung, wie die Entführer aussahen, also wusste er nicht, ob die laufenden Leute ihre Ziele waren oder nicht.

Nach und nach rutschten immer mehr Menschen die Notrutsche hinunter und liefen auf das kleinere Flugzeug zu, das nun in der Nähe stand.

Die ersten wichen dem Flugzeug aus und liefen auf das dahinter liegende Terminal zu.

Das Flugzeug genau in der Mitte des Weges zu parken, den die Geiseln nehmen würden, um sich in Sicherheit zu bringen, war verdammt genial. Es machte die Unterscheidung zwischen den Guten und den Bösen um einiges schwieriger.

Es war klar, dass die Entführer nie die Absicht hatten, das große Flugzeug von dort wegzufliegen. Sie wollten mit dem kleineren, manövrierfähigeren Flugzeug entkommen, das unter dem Radar fliegen und spurlos in Mittelamerika verschwinden konnte.

Trigger lief neben Lefty, als das Team auf die panischen Passagiere zuging, die sich darauf konzentrierten, der Hölle zu entfliehen, die sie während der letzten drei Tage durchlebt hatten.

»Sie benutzen die Passagiere als Deckung«, sagte Trigger zu seinem Team. Er wusste, dass die anderen es bereits wussten, aber es musste trotzdem ausgesprochen werden. »Schießt, um zu töten, aber stellt sicher, dass die Person, auf die ihr schießt, tatsächlich ein Entführer ist!«

Sie hatten eine Menge offenes Gelände zu überwinden, bevor sie zu einem der beiden Flugzeuge gelangen konnten, und Trigger hatte sich noch nie so sehr wie ein leichtes Ziel gefühlt wie in diesem Moment.

Ein lauter Schuss ertönte und alle sieben Deltas schlugen gleichzeitig auf dem Boden auf und rollten. Sie hatten keine Deckung, aber sie würden auch nicht einfach herumstehen und darauf warten, erschossen zu werden. Innerhalb von Sekunden waren sie wieder auf den Beinen und liefen zum Flugzeug. Keiner wusste, wer schoss oder von wo aus, aber sie konnten die Mission jetzt nicht mehr abbrechen.

Nach einer gefühlten Stunde erreichten sie schließlich die Vorderräder des entführten Flugzeugs. Sie stellten sich in einer Reihe auf und nutzten die Räder und sich gegenseitig als Deckung. Trigger war ganz vorn und er suchte verzweifelt nach dem, der auf sie schoss.

Die Szene war das reinste Chaos. Frauen weinten, Männer schrien und Trigger wusste, dass sie sofort herausfinden mussten, wer ein Entführer und wer ein unschuldiger Zivilist war.

»Grover, schalte den Piloten in der Propellermaschine aus«, befahl Trigger. »Doc, gib ihm Deckung. Lefty, du und Brain, ihr müsst einen Weg finden, die Zivilisten umzuleiten ... sie von unseren Zielen zu trennen. Oz und Lucky, wir kümmern uns um die Entführer.«

Ohne ein Wort schwärmten die Männer seines Teams aus. Trigger hörte Lefty so laut pfeifen, wie er konnte, während Brain begann, die Geiseln aufzufordern, in die entgegengesetzte Richtung der Propellermaschine zu laufen.

Als hätten die verängstigten Männer und Frauen nur darauf gewartet, dass ihnen jemand sagte, was sie tun sollten, machten sie sofort eine scharfe Rechtskurve und liefen auf die beiden Männer zu, die sie verzweifelt herbeiwinkten.

Mit der Veränderung der Menschenmasse konnte Trigger leicht ausmachen, wer ein Bösewicht war und wer nicht. Aber jetzt gab es ein neues Problem – die Entführer benutzten die Frauen und Kinder als Schutzschilde.

Ein Mann hatte ein kleines Kind in seinen Armen. Er hielt ihm ein Messer an die Kehle, als er auf das kleine Flugzeug zustürmte.

Ein anderer hatte den Lauf eines Gewehrs in die Seite

SUSAN STOKER

einer Frau gerammt, als er sie zwang, in Richtung der Propellermaschine zu laufen.

Dann entdeckte Trigger Gillian.

Ihr blondes Haar stach selbst im schwachen Licht der aufgehenden Sonne hervor. Ein Mann hatte einen Arm um ihren Hals gelegt und versuchte, rückwärts auf ihr Fluchtflugzeug zuzulaufen, während er wahllos auf die sich zurückziehenden Geiseln und Triggers Team schoss.

Etwas in Trigger bewegte sich und ein Gefühl, das er während der Ausübung seines Jobs noch nie erlebt hatte, überkam ihn.

Furcht.

Plötzlich hatte er Angst, dass der Mann mit Gillian in das kleine Flugzeug steigen und er sie nie wiedersehen würde. Nie mehr ihre Stimme hören würde.

Das würde er nicht zulassen. Niemals.

Seine Augen verengten sich und er konzentrierte sich auf den Mann. Tunnelblick. Trigger wusste, was es war, aber er versuchte nicht, sich davon loszureißen. Er hatte Vertrauen in sein Team. Es würde ihm Deckung geben und sich um die anderen Entführer kümmern. Das Arschloch, das Gillian verletzt hatte, würde sterben.

Gillian drehte sich der Kopf. Als die Entführer plötzlich alle Frauen zusammengetrieben und sie mit den Männern in den hinteren Teil des Flugzeugs gezwungen hatten, hatte sie gedacht, dass sie sie alle gehen lassen würden. Dass das Flugzeug endlich aufgetankt worden war und sie sich zum Abflug bereit machten. Als sie eine Luke geöffnet hatten, waren ihre Schlussfolgerungen bestätigt worden. Sie konnte sich ein Lächeln nicht verkneifen.

Aber dann hatte Luis in ein Handfunkgerät gesprochen,

das sie vorher nicht gesehen hatte, und begonnen, die Geiseln zu paaren. Ein Mann mit einer Frau. Er schob das erste Paar aus der Tür und eine Rutsche hinunter, ohne ihnen eine Vorwarnung zu geben. Dann dasselbe mit dem nächsten. Und mit dem nächsten. Dann schnappte Henry sich Alice und sprang hinter einem der Geiselpaare hervor.

Was um alles in der Welt passierte da?

Sie schaute aus der Luke und sah ein kleines Flugzeug auf sie zukommen – schnell.

Und es machte klick.

Die Entführer hatten nicht vor, mit dem größeren Flugzeug zu verschwinden. Sie hatten einen Kameraden, der sie abholte und in dem zweimotorigen Flugzeug wegbrachte.

Gillian war so betäubt, dass sie aufgehört hatte, darauf zu achten, was um sie herum geschah, sodass sie nicht darauf vorbereitet war, als Alberto ihren Arm packte und sie an seinen Körper zog. Er drückte ihren Arm so fest, dass Gillian vor Schmerz aufschrie.

»Du kommst mit mir«, zischte Alberto. »Und wenn du wegläufst, werde ich dich erschießen, verstanden?«

Gillian konnte nur nicken.

Er schob sich zwischen einige der anderen Geiseln, die ängstlich auf ihre Chance warteten, aus dem Flugzeug zu entkommen, und zerrte sie hinter Luis und Andrea her. Der andere Entführer hielt eine kleine Pistole an Andreas Schläfe und sagte etwas auf Spanisch zu ihr. Als sie und Alberto hinter ihnen auftauchten, richtete Luis sich auf, entfernte aber nicht die Pistole von Andreas Kopf.

»Wir haben doch Spaß, oder?«, fragte er mit einem hämischen Lächeln. Dann lehnte er sich an Andrea und leckte ihr über die Wange. »Die nehme ich mit. Sie hat meinen Schwanz so gut gelutscht, wie könnte ich nicht? Sie und ich werden noch viel mehr Spaß haben, nicht wahr?«

Gillian erschauderte, als Andrea die Augen schloss.

»Komm schon«, befahl Luis, »wir haben nicht viel Zeit. Sind alle draußen?«

»*Sí*, Isaac ist hinter mir«, sagte Alberto.

Gillian drehte sich um und sah, dass Isaac tatsächlich hinter ihnen stand. Neben ihm stand Leyton, der hispanische Mann, der vorhin mit den Kartons geholfen hatte.

»Ich werde mit ihr gehen«, sagte er, als ihre Blicke sich trafen.

Sie runzelte verwirrt die Stirn.

Leyton griff nach ihrem Arm. »Ich werde sie mitnehmen«, wiederholte er.

Gillian hatte keine Ahnung, warum Leyton anbot, mit ihr zu gehen, wenn es offensichtlich war, dass Alberto plante, sie als Schutzschild zu benutzen. Dann sah sie Wade, Alice' Ehemann, der zu Beginn des Ganzen in der gleichen Reihe wie Gillian gesessen hatte.

»Nein, ich werde mit ihr springen«, sagte Wade.

Gillian begriff endlich, dass die Männer alles taten, um ihr zu helfen. Um sie von dem Entführer wegzubringen.

Leyton griff sogar nach vorn und hielt sich an ihrem Arm fest. Für eine kurze Sekunde hatten er und Alberto eine Art Tauziehen mit Gillian zwischen sich.

»Willst du auch mit uns kommen?« Alberto grinste, dann legte er Leyton eine Hand auf die Brust und stieß zu. Hart. Der junge Mann fiel zurück, aber er ließ den Entführer nicht aus den Augen. »Halt dich zurück«, sagte Alberto streng. »Und das gilt auch für den Rest von euch«, fuhr er fort und sprach zu den anderen, die um sie herum versammelt waren. »Tut, *was* wir euch sagen, *wenn* wir es euch sagen, und ihr überlebt das hier vielleicht. Lasst euch ein Hirn wachsen, und ich bringe euch hier und jetzt um!«

»Wir müssen hier raus«, unterbrach Luis ungeduldig, bevor er Andrea nach vorn schob. Sie rutschten beide die aufgeblasene Rutsche nach unten.

Bevor sie fertig war, sprang Alberto selbst auf die Rutsche und zog Gillian mit sich. In der Sekunde, in der ihre Füße das Rollfeld berührten, riss er sie hoch und zog sie zu dem kleinen Flugzeug, das auf sie wartete.

Überall liefen Menschen herum. Es herrschte große Verwirrung. Die befreiten Geiseln wussten nicht, wohin sie sich wenden sollten. Einige liefen in Richtung des kleinen Flugzeugs, aber andere hatten sich umgedreht und liefen nach rechts in Richtung eines ganz in Schwarz gekleideten Mannes. Schüsse ertönten, aber man konnte nirgends Deckung finden.

Alberto schlang einen Arm um ihren Hals und zog sie an seine Brust. Gillian ließ die Hände zu seinem Arm wandern und versuchte, ihn von ihrer Kehle wegzuziehen. Er schnitt ihr die Luft ab, sodass sie sich nur noch darauf konzentrieren konnte, Sauerstoff in die Lunge zu bekommen. Während sie rückwärtsgingen, hob Alberto sein Gewehr und schoss auf die Männer und Frauen, die in die entgegengesetzte Richtung liefen, dann lachte er, als um sie herum Schreie ertönten.

»Hört auf mit dem Scheiß!«, schrie Luis von hinten. »Lauft zum Flugzeug!«

Gillian kämpfte dagegen an. Sie hatte nicht vor, mit diesen herzlosen Arschlöchern in ein weiteres Flugzeug zu steigen. Sie wusste, wenn sie sie an Bord bekämen, würde niemand sie je wiedersehen. Nicht ihre Eltern, nicht ihre besten Freundinnen, niemand. Sie würden sie misshandeln, ihr wehtun und ihre Leiche irgendwo tief im Dschungel entsorgen.

Das wollte sie nicht einfach so geschehen lassen.

Alberto war offensichtlich von ihrem Kampf überrascht, denn er hörte auf zu schießen und ließ seine Waffe fallen. Sie war mit einem Riemen um seinen Rücken geschlungen, aber er musste beide Hände benutzen, um zu versuchen, sie zu bändigen.

Doch egal wie sehr sie sich wehrte, Gillian konnte sich nicht aus Albertos Griff befreien. Erst als sie Luis auf Spanisch fluchen hörte, wurde ihr klar, dass sie das kleinere Flugzeug erreicht hatten.

Bevor sie verarbeiten konnte, was passiert war, schrie Andrea. Die arme kleine Renee weinte ebenfalls von irgendwo in der Nähe.

Abgelenkt bemerkte Gillian, dass Leyton ihnen aus dem Flugzeug gefolgt sein musste. Er stand in der Nähe. Er half weder ihr noch Andrea oder gar Renee. Er stand einfach nur da und sah zu, fast so, als stünde er unter Schock.

Sie wollte ihn anschreien, er solle weglaufen, weg von dem Flugzeug und den Entführern, um sich selbst zu retten, aber sie hatte keine Gelegenheit dazu.

In der einen Sekunde stand Gillian noch und in der nächsten lagen sie und Alberto am Boden. Sie waren heftig mit Andrea und Luis zusammengeprallt und alle vier gingen zu Boden. Das andere Paar lag nun unter ihnen. Sie lagen am Fuß der drei Stufen, die in das zweimotorige Flugzeug führten, und Luis schrie auf Spanisch und versuchte, auf die Beine zu kommen.

Renee lag zusammengerollt daneben und weinte nach ihrer Mutter.

Alles war chaotisch und verwirrend und geschah zu schnell, als dass Gillian es hätte verarbeiten können.

Ein lauter Schuss ertönte – und alle schienen zu erstarren. Das Geräusch von zerbrechendem Glas folgte unmittelbar auf den Schuss, und Scherben regneten auf die vier Personen am Fuß der Treppe herab.

»Verdammt!«, rief Luis, bevor er sich endlich von Andrea löste und aufstand. Er drehte sich um, um die Treppe hinaufzuklettern, aber ein weiterer Schuss erfüllte die Luft und der Anführer der Entführer sackte gegen die Treppe, die er gerade hinaufsteigen wollte.

Andrea schrie wieder.

Alberto riss Gillian auf die Knie, aber bevor sie auf die Beine kommen konnte, ertönte ein weiterer Schuss ...

Und Alberto sackte gegen sie.

Sie spürte, wie Nässe gegen ihr Gesicht spritzte, bevor sie wieder zu Boden ging, da Albertos Gewicht sie nach unten drückte.

Andrea schrie weiter, Renee weinte weiter und Gillian hatte den unbarmherzigen Gedanken, dass sie sich wünschte, sie würden einfach die Klappe halten. Sie konnte noch mehr Schreie und Weinen um sie herum hören.

Gillian kämpfte unter Alberto und vernahm weitere Schüsse, diesmal viel näher. Sie zuckte bei jedem Schuss zusammen und beschloss zu bleiben, wo sie war. Es war irrational, aber irgendwie fühlte sie sich sicherer, sich unter Albertos totem Körper zu verstecken, als aufzustehen und sich den fliegenden Kugeln auszusetzen.

Es waren vielleicht zwei Minuten oder zwei Sekunden, sie war sich nicht sicher, aber schließlich registrierte sie die aufgekommene Stille.

Dann: »Gillian!«

Sie würde diese Stimme überall erkennen.

Walker.

Gillian versuchte erneut, sich von Albertos Gewicht zu befreien, und gab ihr Bestes, um sich freizukämpfen. Es dauerte nur wenige Sekunden, bis sie den Körper des Mannes von sich schieben konnte. Als sie den Kopf drehte, sah Gillian in die besorgten grauen Augen von Walker, der auf sie zulief.

Er sah ganz anders aus als das letzte Mal, als sie ihn gesehen hatte. Weg war der graue Overall. Jetzt war er in Schwarz gekleidet und hatte sich sogar schwarze Farbe ins

Gesicht geschmiert. Er hielt eine Art Gewehr in der Hand und hatte etwas um seinen Hals gewickelt.

Er griff nach unten, half ihr mit einer Hand hoch, das Gewehr im Anschlag, und zog sie zu sich heran.

Gillian ließ sich bereitwillig ziehen.

Er war am ganzen Körper hart, hauptsächlich wegen der kugelsicheren Weste, die er offensichtlich trug, aber selbst sein Bizeps war hart wie Stein.

Sie hatte sich in ihrem ganzen Leben noch nie so sicher gefühlt.

Sie erlaubte sich eine Sekunde, die Augen zu schließen und sich an ihm zu entspannen, bevor der Klang von Andreas Schluchzen sie zwang, sie wieder zu öffnen. Als sie nach rechts blickte, sah sie einen Mann, der ähnlich wie Walker gekleidet war und Andrea auf die Beine half. Sie sah zu Tode erschrocken aus. So sehr, dass sie nicht einmal laufen konnte; der Mann musste sie aufheben, um sie in Sicherheit zu bringen.

Luis' Körper war von der Treppe gestoßen worden und er lag tot auf dem Rollfeld neben dem kleinen Flugzeug. Ein anderer Mann, offensichtlich ein Mitglied von Walkers Team, stand in der Tür des Flugzeugs. Er runzelte die Stirn und erschreckte Gillian mit seinem mürrischen Gesichtsausdruck ein wenig.

Als sie sich umdrehte, sah sie, dass Renee nicht mehr auf dem Boden lag. Einer von Walkers Teamkameraden deutete ihr den Weg zum Terminal und forderte sie auf, dorthin zu laufen.

Gillian klingelten die Ohren. »Ist es vorbei?«, flüsterte sie und kam sich dumm vor.

»Es ist vorbei«, bestätigte Walker.

»Drei Tote drinnen, den Piloten nicht mitgerechnet«, sagte der Mann, der im Flugzeug stand.

»Hier draußen sind noch drei weitere. Gute Arbeit,

Leute«, sagte jemand, der hinter ihnen stand und Gillian einen gehörigen Schreck einjagte.

»Ganz ruhig, Di«, murmelte Walker, ohne den Griff um sie zu lockern.

Das war auch gut so, denn Gillian wusste, dass sie ohne seine Unterstützung zu Boden gefallen wäre.

Sie sah sich um und deutete auf Luis. »Das ist Luis.« Dann nickte sie zu Alberto. »Und der, bei dem ich war, war Alberto.« Als sie sich umdrehte, schaute sie auf den toten Mann hinter ihr. »Und das ist Jesus.«

»Wir brauchen sie, um die anderen zu identifizieren«, sagte der Mann im Flugzeug.

»Nein«, erwiderte Walker.

»Okay«, antwortete Gillian zur gleichen Zeit.

»Du musst das nicht tun«, sagte Walker streng zu ihr. »Jemand anderes kann sich darum kümmern.«

Sie schüttelte den Kopf. »Ich muss wissen, dass sie tot sind.«

Walker presste die Lippen zusammen. Sie konnte sehen, dass er nicht glücklich war, aber er versuchte nicht, es ihr auszureden. »Oz, bring sie zur Tür. Sie kann sie von hier aus identifizieren.«

Der große Mann im Flugzeug nickte und verschwand für einen Moment aus dem Blickfeld. Dann war er wieder da und zerrte Carlos' Körper am Oberarm.

»Carlos«, sagte Gillian leise.

Oz nickte und wiederholte die Aktion noch zweimal, während sie Isaac und Henry identifizierte.

Gillian wusste, dass sie unter Schock stand. Das konnte nicht ihr Leben sein. Stand sie wirklich mitten auf einer Landebahn in Venezuela und identifizierte tote Männer? Männer, die aus Löchern in ihren Köpfen bluteten?

Sirenen ertönten in der Ferne, das Geräusch war schrill und unwillkommen.

Walker hielt einen Arm um ihre Schultern, drehte sie aber so, dass sie ihm zugewandt war. »Bist du verletzt?«

»Nicht wirklich. Ich meine, ich bin am Leben, viel mehr kann ich nicht verlangen. Was ist gerade passiert?«

»Die Entführer hatten offensichtlich nie vor, mit dem Jet zu verschwinden.«

Gillian nickte. »Der Treibstoff war ein Täuschungsmanöver.« Der Ausdruck von Bewunderung in Walkers Augen gefiel ihr. Sie war zerzaust und fühlte sich überfordert, aber sie hatte auch das Gefühl, alles tun zu können, wenn er sie weiterhin ansah, als sei sie etwas Besonderes.

»Genau. Sie ließen die Geiseln zur Ablenkung paarweise gehen. Da niemand gesehen hatte, wie sie aussahen, wussten wir nicht, wer ein Entführer und wer ein unschuldiger Zivilist war. Das war schlau. Aber nachdem Lefty und Brain die Geiseln umgelenkt hatten, war es leicht zu unterscheiden, wer auf das Propellerflugzeug zulief und wer einfach nur versuchte zu entkommen.«

Gillian nickte.

»Die anderen drei schafften es zum Fluchtflugzeug und ließen die Frauen und Kinder los, die sie als Schutzschilde benutzten. Es sah so aus, als wollte Luis Andrea mit ins Flugzeug ziehen, als du und dieses Arschloch«, er trat Alberto zu ihren Füßen, »in sie hineinliefen und alle zu Fall brachten. Das gab uns genügend Zeit, um zu ihnen zu gelangen, bevor sie ins Innere gelangen konnten. Grover tötete den Piloten, indem er ihn durch das Fenster erschoss, und Oz ging rein und schaltete die anderen aus. Und jetzt … sind wir hier.«

In Gillians Kopf drehte sich alles. Sie war sich sicherer als je zuvor, dass Walker und sein Team eine Art von Spezialeinheit waren. Alles schien so schnell zu gehen nach den drei längsten Tagen ihres Lebens. Sie hatten einfach gehandelt. Gott sei Dank.

»Wo ist Leyton hin?«

»Wer?«

»Leyton. Er war einer der Geiseln. Er ist uns zum Flugzeug gefolgt, dann ist er einfach verschwunden.«

»Ich weiß es nicht und im Moment ist es mir auch egal. Mir ist nur wichtig, dass sie tot sind und du nicht«, sagte Walker.

»Ich glaube, sie wollten mich mitnehmen«, flüsterte sie. »Danke, dass du das verhindert hast.«

»Auf gar keinen Fall hätte ich das zugelassen«, sagte Walker zu ihr. Dann zog er sie langsam wieder an sich heran.

Gillian lehnte ihre Wange an seine Brust. Er war größer als sie, aber sie passten trotzdem perfekt zusammen. Sie wusste, dass sie eine Dusche brauchte, und sie hatte Albertos Blut in ihren Haaren und auf ihrer Kleidung, aber sie konnte sich nicht dazu bewegen, sich darum zu scheren. Sie konnte sich momentan nur auf den Mann konzentrieren, der sie hielt.

Sie hatte noch nie für jemanden so viel empfunden wie in diesem Moment für Walker.

Sie war sich bewusst, dass es daran lag, dass sie fast gestorben wäre. Sie zitterte, weil immer noch zu viel Adrenalin durch ihre Adern floss. Aber ein entlegener, hartnäckiger Teil von ihr flüsterte ihr zu, dass es echt war. Dass Walker *etwas* für sie empfand, und das nicht nur, weil er seinen Job machte.

»Wir müssen verschwinden«, sagte einer seiner Kameraden sanft von der Seite neben ihnen.

Eine Sekunde lang umklammerte Gillian Walker fester, dann holte sie tief Luft und hob den Kopf von seiner Brust. Er lockerte seinen Griff nicht sofort. Sie starrten sich einen langen Moment an, bevor er widerwillig – zumindest dachte sie, dass es widerwillig war – seine Arme fallen ließ.

Gillian schwankte und Walker streckte sofort eine Hand aus, um sie mit einer Hand auf ihrem Oberarm zu stabilisieren. Sie zuckte zurück und er runzelte die Stirn.

»Was ist los? Bist du etwa doch verletzt? Lass mich mal sehen.«

»Mir geht es gut«, beruhigte Gillian ihn. »Das ist nur die Stelle, an der diese Mistkerle mich gern gepackt und herumgeschleift haben. Es sind nur blaue Flecke. Das wird heilen.«

Sie dachte, er murmelte etwas darüber, wie er sie langsam hätte töten sollen, aber dann brachte er seine Hand zu ihrem Gesicht. Mit dem Daumen strich er über ihre Wange und sie beobachtete, wie er sie langsam in sich aufsog. Sein Blick glitt von ihrem Scheitel zu ihren Augen, dann zu ihren Wangen und schließlich zu ihrem Mund.

Sie konnte nicht anders, als mit der Zunge über ihre plötzlich trockenen Lippen zu streichen, und es gefiel ihr, dass seine Pupillen sich beim Anblick dieser Bewegung zu weiten schienen.

»Was passiert jetzt?«, fragte sie leise.

»Die US-Regierung hat einen Flug gechartert, um dich und die anderen Amerikaner so schnell wie möglich wieder nach Hause zu bringen. Venezuela ist kein Land, in dem man im Moment mehr Zeit als nötig verbringen sollte. Ein Großteil der Regierung ist korrupt und es ist verdammt gefährlich.«

»Ja, ich glaube, das habe ich auf die harte Tour erfahren«, scherzte Gillian.

Seine Lippen verzogen sich zu einem Lächeln, aber er wurde schnell wieder ernst. »Ich bin sicher, du wirst zu dem befragt werden, was passiert ist. Du solltest auch einen Arzt aufsuchen, um sicherzustellen, dass du körperlich in Ordnung bist.«

»Das werde ich«, versprach sie ihm. »Was soll ich über dich und deine Kameraden sagen?«

»Was meinst du?«, fragte er stirnrunzelnd.

»Ich ... ich schätze, ich habe angenommen, ihr würdet wollen, dass eure Rolle bei dem, was hier passiert ist, heruntergespielt wird.«

»Wie kommst du denn darauf?«, fragte Walker.

Gillian fühlte sich unbehaglich, als hätte sie vielleicht die ganze Situation falsch verstanden. »Du sagtest, ihr wärt in Texas stationiert, was bedeutet, dass ihr beim Militär seid. Und da nur ihr hier seid und nicht ein ganzer Trupp Soldaten, nehme ich auch an, dass ihr eine Art Spezialeinheit seid. Und wegen der Beziehung zwischen den USA und Venezuela nehme ich außerdem an, dass das, was ihr heute getan habt, heruntergespielt werden sollte.«

Als niemand etwas sagte, blickte Gillian auf ihre Füße hinunter. »Oder ich bin einfach ein Mädchen, das zu viel liest. Egal, vergiss, dass ich etwas gesagt habe.«

Sie spürte einen Finger unter ihrem Kinn und schaute zu Walker hoch. »Ich wusste, dass du klug bist. Ich bin sicher, die Leute, die dich befragen, werden wissen, wer wir sind und welche Rolle wir gespielt haben, also kannst du ehrlich zu ihnen sein. Aber wenn du erst einmal zu Hause bist ... ja, es wäre gut, wenn du nicht mit den Medien oder sonst jemandem über uns sprichst.«

»Was ist mit meinen Freundinnen? Ann, Wendy, Clarissa und ich erzählen uns gegenseitig alles. Wir sind mehr wie Schwestern als Freundinnen. Ich kann die meisten Details geheim halten, aber sie wissen, dass ich lüge, wenn ich ihnen etwas verschweige.«

»Benutze dein Urteilsvermögen«, sagte Walker.

»Ich mag sie«, sagte einer seiner Kameraden hinter ihnen.

»Ich auch«, mischte sich ein anderer ein.

Sie sah, wie Walker belustigt über seine Freunde den Kopf schüttelte, aber er wandte den Blick nicht von ihr ab. Er beugte sich vor und sagte leise: »Du bist beeindruckend, Gillian Romano. Ich bewundere deine Stärke.«

Dann richtete er sich auf und ging einen Schritt von ihr weg.

Gillian fröstelte, obwohl es nicht mal ansatzweise kalt war.

Sie hörte Schreie und drehte den Kopf, um zu sehen, dass mindestens ein Dutzend Männer in Tarnuniform auf sie zukamen. Sie blickte zurück zu Walker und bemerkte, dass er wieder im Eisatzmodus war. Es sah aus, als hätte sich eine Maske über seine Gesichtszüge gelegt.

»Werde ich dich wiedersehen?«, platzte sie heraus. Als er nicht sofort antwortete, fügte sie unbeholfen hinzu: »Ich meine, ich lebe in Austin und ich nehme an, dass du in Fort Hood stationiert bist, weil, du weißt schon … es handelt sich um die Armee und es ist wirklich groß dort.«

Sie konnte seine Mimik nicht deuten, aber sie war erleichtert, als sie sah, wie sich sein Ausdruck veränderte. Er wurde weicher.

»Geh mit den venezolanischen Beamten«, drängte er. »Sei vorsichtig, Di. Man weiß nie, wer eines Tages vor deiner Tür auftauchen könnte.«

Alles in Gillian entspannte sich. Er hatte zwar nicht direkt gesagt, dass er sie wiedersehen würde, aber er hatte es angedeutet. Das nahm sie so hin.

»Ich danke euch allen«, sagte sie zu den Männern, die um sie herumstanden. »Ich meine es ernst. Ich danke euch.«

Sie alle nickten ihr zu.

Und dann sah sie nur noch, wie Walker sich umdrehte und mit seinen sechs Freunden und Teamkameraden um sich loslief.

KAPITEL FÜNF

Drei Wochen später

»Was ist los mit dir, Mann?«, fragte Lucky ungeduldig. »Du hast jetzt schon seit Wochen schlechte Laune.«

Es war sechs Uhr morgens und Trigger und sein Team machten ihren üblichen Fünf-Kilometer-Aufwärmlauf, bevor sie mit dem Rest ihrer Trainingsübungen begannen.

»So ist er schon seit Venezuela«, fügte Grover hilfreich hinzu.

»Seit er *sie* getroffen hat«, sagte Lefty nicht so hilfreich.

»Verpisst euch«, murmelte Trigger. Er liebte seine Freunde, aber sie waren Nervensägen.

»Warum rufst du sie nicht einfach an?«, fragte Doc ernst.

»Du weißt warum«, antwortete Trigger.

»Nein, weiß ich nicht«, konterte Doc.

»Wegen dem, was wir sind«, erklärte Trigger ihm.

»Was? Männer?«

Trigger hörte auf zu laufen und blickte seine Freunde

an, die ebenfalls stehen blieben und ihn verwirrt anstarrten.

»Wir sind Deltas«, sagte er einfach.

»Und?«, fragte Oz, als niemand sonst etwas sagte.

Trigger schnaufte frustriert. »Ihr wisst alle so gut wie ich, was das bedeutet. Unser Leben ist nicht unser eigenes. Wir könnten heute Nachmittag für wer weiß wie lange einberufen werden. Wir könnten im Einsatz getötet werden und niemand würde je erfahren, wie oder wo wir gestorben sind. Wir haben uns alle schon mal verabredet, und es hat nie geklappt. Manche Frauen wollen nur einen Delta vögeln. Sie lieben die *Vorstellung* von dem, was wir sind, und nicht, wer wir als Menschen sind. Ganz zu schweigen davon, dass viele Tussen schnell die Nase voll haben von der ganzen Geheimniskrämerei und es schließlich beenden. Das werde ich Gillian nicht antun.«

»Ghost und sein Team haben es geschafft«, sagte Brain sachlich.

Trigger versuchte, sich ein sinnvolles Argument einfallen zu lassen, aber es gelang ihm nicht. Tatsache war, dass er verdammt neidisch auf Ghost, Fletch, Coach und die anderen war. Sie hatten es tatsächlich geschafft, dass ihre Beziehungen funktionierten. Sie hatten Frauen, die sie liebten, und viele von ihnen hatten sogar schon Kinder. Wie Annie. Die Knalltüte, die ihn und jeden, mit dem sie in Kontakt kam, um den kleinen Finger wickelte.

Er seufzte. »Ich fürchte, sie ist zu gut für mich«, sagte Trigger leise und hasste es, die Wahrheit zuzugeben. »Ich habe einen zweiten Blick auf die Informationen geworfen, die wir vom FBI erhalten haben, und soweit ich das beurteilen kann, ist sie klug, extrem fleißig und engagiert in ihrem Job.«

»Und das sind schlechte Eigenschaften?«, fragte Brain.

»Nein, aber ihr wisst, wie das Leben beim Militär ist. Es ist hart. Ich habe Angst, dass ich sie irgendwie ... verunreinige. Sie ist verdammt stark und dazu noch unabhängig. Sie hat eine liebevolle Familie und Freundinnen, die alles für sie tun würden. Ich will das nicht kaputt machen. Ihr wisst so gut wie ich, dass eine Beziehung mit einem von uns einen möglichen Umzug bedeutet, und das heißt, sie aus ihrem sozialen Umfeld wegzubringen.«

»Mir scheint«, sagte Lefty, »das ist genau die Art von Frau, die du wollen *solltest*. Die wir *alle* wollen. Wir brauchen einen Partner, der nicht zusammenbricht, wenn wir im Einsatz sind. Jemand, der den Rasen mäht und in der Lage ist, einen verdammten Klempner zu rufen, wenn die Toilette überläuft. Es ist eine gute Sache, dass sie ein unterstützendes Umfeld hat. Und selbst wenn wir aus Texas wegziehen, hat sie ein neues Netzwerk, nämlich mit anderen Delta-Frauen. Außerdem sagt niemand, dass du die Kleine *heiraten* musst. Du magst sie, sie mag dich offensichtlich auch. Was stört dich also *wirklich*?«

Trigger zögerte. Er wusste, dass das, was er sagen wollte, verrückt klingen würde, aber dies waren seine besten Freunde. Männer, für die er sterben würde, und sie würden dasselbe für ihn tun.

»Ich glaube, sie ist es«, sagte er und legte eine Hand auf seinen Bauch, der sich drehte und wälzte.

»Sie ist was?«, fragte Grover verwirrt.

»Ich weiß nicht, wie ich es erklären soll, aber es hat bei uns geklickt. Es ist dumm, das ist mir klar. Eindeutig. Wir kennen uns doch gar nicht. Aber etwas in mir weiß, dass sie es für mich sein könnte. Und wenn ich sie besser kennenlerne, werde ich sie nicht mehr gehen lassen können. Wenn sie mich absurviert, wird mich das umbringen.«

Einen langen Moment sagte niemand etwas, dann lächelte Brain bis über beide Ohren. »Glückwunsch!«

Die anderen schlossen sich mit ihren Glückwünschen an.

»Wartet mal, Leute«, beschwerte sich Trigger, »es ist nichts passiert. Sie hat mich wahrscheinlich schon völlig vergessen.«

»Es gibt nur einen Weg, das herauszufinden«, sagte Doc vernünftig. »Ruf sie an.«

»Ich habe ihre Nummer nicht«, gab Trigger zurück.

»Ich werde sie für dich finden«, bot Brain an. »Und ihre Adresse auch.«

»Sprich mit ihr, Mann«, drängte Lucky. »Was kann es schaden?«

»Warum treibt ihr das so auf die Spitze?«, fragte Trigger. Er konnte nicht leugnen, dass er sich über ihre Unterstützung freute, aber er war auch ein wenig verwirrt davon.

»Weil keiner von uns jünger wird«, sagte Lefty vernünftig. »Du ganz besonders.«

Trigger schlug ihm auf den Arm und alle lachten.

»Aber im Ernst, wir alle lieben die Armee und das, was wir tun, aber wir werden nicht ewig Deltas sein. Es wird eine Zeit kommen, in der wir uns umsehen und merken, dass wir allein sind. Und das ist scheiße. Ich will jemanden finden, der klug, unabhängig und verdammt frech ist. Jemand, der mich küsst und mir sagt, ich soll einem bösen Kerl in den Arsch treten, wenn ich gehe, und der sich freut, mich zu sehen, wenn ich zurückkomme. Jemand, der mich nicht betrügt und nicht beschließt, dass sie es leid ist, auf mich zu warten, bis ich nach Hause komme.

Ich möchte, dass sie versteht, dass das, was ich tue, mir wichtig ist. Im Gegenzug werde ich sie wie eine Königin behandeln. Sie wird der Mittelpunkt meiner Welt sein und ich werde dafür sorgen, dass sie das weiß. Beziehungen sind verdammt hart, erst recht für uns. Wenn du also das Gefühl hast, dass diese Frau die Eine ist, werde ich alles Mögliche dafür tun, um das für dich zu erreichen. Und ich werde verdammt noch mal jeden umbringen, der versucht, sich zwischen dich und deine Frau zu stellen.«

Trigger war sich nicht sicher, was er sagen sollte. Er war völlig überwältigt.

»Was Lefty gesagt hat«, witzelte Grover.

Alle lachten wieder.

»Ich werde darüber nachdenken«, sagte Trigger.

Brain rollte mit den Augen. »Ich werde die Infos heute Nachmittag haben.«

Trigger nickte, dann lief er los. Er drehte sich um und sagte: »Kommt ihr mit oder lasst ihr euch von diesem alten Mann in den Arsch treten?«

Das war alles, was die anderen Jungs brauchten, um sich ihm an die Fersen zu heften und hinterherzujagen.

Später am Nachmittag saß Trigger in seinem Büro, als ein Klopfen an der Tür ertönte. Er schaute auf und sah, dass es Brain war.

»Weißt du, du hättest dich *wirklich* nicht beeilen müssen, um mir Gillians Kontaktdaten zu besorgen«, scherzte er.

Aber Brain verzog keine Miene. »Wir müssen uns unterhalten«, sagte er stattdessen.

Trigger versteifte sich sofort. Er nickte zu einem Stuhl vor seinem Schreibtisch.

Brain setzte sich und ließ ihn nicht warten. »Weißt du noch, wie Gillian beim letzten Mal die Telefonverbindung nicht abgeschaltet hatte, in der Hoffnung, dass wir etwas von den Entführern erfahren, wenn sie miteinander reden?«

»Ja«, sagte Trigger.

»Wir haben etwas.«

Trigger lehnte sich vor. »Was?«

»Wie wir am Ende feststellten, hatten sie nicht die

Absicht, mit dem verdammten Jet wegzufliegen. Ein Pilot vom Kartell sollte sie mit dem Propellerflugzeug abholen, um sie zurück nach Mexiko zu bringen.«

»Mexiko?«, fragte Trigger erstaunt.

»Ja. Sie gehörten zu Sinaloa.«

»Scheiße«, sagte Trigger und lehnte sich mit einem Ruck in seinem Stuhl zurück.

»Sie wollten nicht, dass Hugo Lamas freigelassen wird, damit er mit ihnen fliehen kann. Sie wollten, dass er getötet wird, um dem Kartell der Sonnen eine Botschaft zu senden. Im Grunde haben sie einen Krieg begonnen.«

»Und wie jedem anderen Drogenkartell auch war es ihnen egal, wer ins Kreuzfeuer gerät«, sagte Trigger angewidert. »Die Leute, die sie im Flugzeug getötet haben, waren ihnen scheißegal. Es ging ihnen nur darum, es den Venezolanern anzuhängen. Sie wissen zu lassen, dass sie sie in ihrem eigenen Revier überlistet haben.«

»Genau. Aber da ist noch mehr«, fügte Brain hinzu.

»Was?«

»Es gab Gerüchte über einen siebenten Entführer.«

»Was willst du damit sagen? Dass wir einen Entführer übersehen haben und er entkommen konnte?«, fragte Trigger.

»Ja, das ist genau das, was ich sage. Auf den Bändern haben sie sich über das Propellerflugzeug gestritten. Luis sagte, es sei gut, weil es bis zu zwölf Leute fassen könne – und es waren sieben mit dem Piloten, plus zwei weitere mit den Frauen, die er und Alberto mitnehmen wollten, sodass noch Platz für ihren ›Amigo‹ und zwei weitere blieb, falls noch jemand ein ›Spielzeug‹ mitnehmen wollte.«

Trigger wollte Luis und die anderen Entführer noch einmal töten. Alberto hatte geplant, Gillian mitzunehmen. Der Gedanke daran, was mit ihr passiert wäre, wenn er sie tief in das Gebiet des Sinaloa-Kartells gebracht hätte, war zu beunruhigend, um sich damit zu beschäftigen.

Brain fuhr fort: »Aber dann sagte ein anderer etwas davon, dass es für ihren ›Amigo‹ besser wäre, mit dem Rest der Geiseln zu gehen, um so viele Informationen wie möglich zu erhalten. Um herauszufinden, was die Regierung und das Kartell der Sonnen über die Operation wussten. Soweit ich das beurteilen kann, stritten sie sich noch immer darüber, als das Gespräch abrupt unterbrochen wurde. Die eine Hälfte dieser Arschlöcher wollte den Maulwurf mit den anderen Zivilisten versteckt und getarnt bleiben lassen, die anderen wollten ihn gleich rausholen.«

»Also muss die CIA die Hintergründe aller Geiseln, die im Flugzeug saßen, untersuchen. Herausfinden, wer Verbindungen zu Sinaloa und Mexiko hat«, sagte Trigger.

»Nicht so einfach«, sagte Brain achselzuckend. »Selbst wenn wir es eingrenzen *könnten*, sind alle untergetaucht. Sie sind alle in ihr Land und in ihr Leben zurückgekehrt. Zum Teufel, unsere Zielperson könnte einen falschen Namen benutzt haben. Aber ich glaube, wir haben größere Probleme.«

»Größere?«, fragte Trigger.

»Wer auch immer mit den Entführern unter einer Decke steckt, weiß alles, was in diesem Flugzeug passiert ist. *Alles.* Er weiß wahrscheinlich, wie seine Freunde getötet wurden ... und dass Gillian ein wichtiger Faktor war, um uns Zeit zu verschaffen, zu ihnen zu gelangen, um Luis, Alberto, den Piloten und die anderen auszuschalten. Er oder sie könnte nicht allzu glücklich darüber sein, dass Gillian entkommen ist ... könnte sogar wissen, dass sie uns Informationen gegeben hat.«

»Aber warum sollte man sie aussondern? Es gibt keinen Grund dafür«, merkte Trigger an. »Es waren viele andere

Passagiere in dem Flugzeug, die mit den Entführern inter-
agiert haben.«

»Ich habe mit einem der Agenten gesprochen, die die
Geiseln befragt haben. Mehrere sagten, sie hätten gesehen,
wie Gillian mit Alberto kämpfte, und sie haben beobachtet,
wie die beiden zu Boden gingen und über Luis und Andrea
stolperten. Sie sahen auch, wie ihr euch umarmt habt. Es
war das Gesprächsthema in der Gruppe. Wie beeindruckt
sie von Gillian waren und für wie mutig sie sie hielten ...
aber auch, wie vertraut ihr beide zu sein schient. Als kanntet
ihr euch vielleicht schon vor der Entführung und *Gillian* der
Grund war, dass das Team reingeschickt wurde. Wenn ich
ein Insider wäre, wäre ich jetzt ziemlich wütend auf sie. Vor
allem, nachdem ich gehört habe, dass alle anderen Passagiere sie so hoch gelobt haben.«

Trigger stand so schnell auf, dass sein Stuhl hinter ihm
auf den Boden fiel. »Adresse?«

Brain lächelte nicht ganz, aber seine Lippen zuckten, als
er ein Stück Papier aus seiner Tasche zog. »Sie wohnt im
Norden von Georgetown. Es sollte nicht allzu lange dauern,
dorthin zu gelangen.«

»Das ist nicht lustig«, sagte Trigger mit einem finsteren
Blick.

Brain stand auf. »Ich habe nie gesagt, dass es das ist. Egal
wie sehr es dich stört, was du tust und wer du bist, sie muss
wissen, dass sie in Gefahr sein könnte.«

»Ich weiß.«

»Das Sinaloa-Kartell macht keine Witze. Wenn die sie
tot sehen wollen, wird es ein Wunder brauchen, damit das
nicht passiert«, sagte Brain ernsthaft.

Trigger knirschte mit den Zähnen. Er wandte sich zum
Gehen, aber er hatte noch eine Frage. Er blickte zurück zu
seinem Freund. »Haben sie wirklich einen internationalen
Flug entführt, nur um einen Grenzschutzbeamten zu töten,

der mit einem rivalisierenden Drogenkartell zusammenarbeitete?«

Brain seufzte und schüttelte den Kopf. »Das bezweifle ich. Soweit die DEA sagen kann, war es eine Ablenkung von ihrem Hauptziel. Das Schmuggeln von achthundert Kilo Kokain und Meth aus Venezuela. Sinaloa hat es vom Kartell der Sonnen gestohlen. Während die Aufmerksamkeit der Welt und der Führer Venezuelas auf dem Flughafen lag, beluden sie ein Schiff mit den Drogen und segelten davon, ohne dass die Behörden auch nur einen zweiten Blick darauf warfen.«

Trigger konnte nur den Kopf schütteln. All diese Todesfälle wegen Drogen. Nun, genauer gesagt wegen Geld. Er würde es nie verstehen. »Danke für die Meldung«, sagte er zu Brain.

Sein Freund winkte ab. »Am besten bringst du sie hierher nach Killeen, damit wir ein Auge auf sie haben können.«

Trigger schnaubte. »Glaubst du wirklich, dass das passieren wird? Du hast doch gehört, wie ich gesagt habe, dass sie unabhängig und klug ist, oder?«

Brain lächelte zum ersten Mal richtig. »Allerdings. Du musst sie nur überzeugen. Zeig ihr etwas ... dein nacktes Bein ... oder so.«

Trigger rollte mit den Augen und drehte sich um, um aus seinem Büro zu gehen. Er wusste, dass es keine Chance gab, Gillian davon zu überzeugen, bei ihm zu leben, nicht einmal für ihre eigene Sicherheit. Aber er konnte nicht leugnen, dass der Gedanke, sie in seiner Wohnung zu haben, verdammt verlockend war.

Gillian stand vor dem Badezimmerspiegel und starrte auf ihr Spiegelbild. Sie sah verdammt gut aus, wenn sie das selbst so sagen durfte. Sie ging heute Abend mit Ann, Wendy und Clarissa aus und hatte sich dem Anlass entsprechend gekleidet. Sie trug eine enge Jeans, die ihren Hintern und ihre Oberschenkel betonte, und hochhackige Sandalen mit funkelnden Kristallen, die sie schicker aussehen ließen, als sie wirklich waren. Außerdem hatte sie ihr schwarzes Lieblings-Wickelshirt gewählt, das ihre Brüste betonte und ihr ein üppiges Dekolleté bescherte.

Sie hatte ihr Make-up stärker aufgetragen als sonst und trug ihre Lieblingskette, einen zweikarätigen Diamanten, der genau in der Mitte ihrer Brust saß und die Aufmerksamkeit auf besagtes Dekolleté lenkte.

Ihr Haar fiel in Locken um ihr Gesicht und obwohl Gillian wusste, dass sie wahrscheinlich am Ende des Abends verschwunden wären, würde sie den Abend wenigstens gut aussehend beginnen.

Seufzend stützte sie sich mit den Händen auf dem Tresen ab und senkte den Kopf. Wenn sie sich jetzt nur so gut *fühlen* würde, wie sie aussah ...

Drei Wochen. Drei Wochen waren seit ihrer Tortur in Venezuela vergangen und manchmal kam es ihr immer noch vor wie gestern. Ihre Eltern hatten darauf bestanden herzufliegen, um sich zu vergewissern, dass es ihr gut ging, und die Woche, in der sie geblieben waren, hatte ihr sehr gutgetan. Sie war es nicht gewohnt, im Mittelpunkt der Aufmerksamkeit zu stehen, und mit der Presse zu sprechen machte sie extrem nervös, aber ihre Mutter hatte ihr versichert, dass die Informationen, die sie den Reportern zukommen ließ, kurz und klar waren, ohne zu sehr ins Detail zu gehen, was eine große Erleichterung war. Es war ihr unangenehm, wie sich einige der anderen Passagiere darüber gerühmt hatten, was für einen guten Job sie unter

Druck gemacht hatte, aber auch hier war die Anwesenheit ihrer Eltern eine gute Ablenkung von allem.

Aber letztendlich konnten selbst die Zuneigung und die Zuwendung, mit denen ihre Mutter und ihr Vater sie überschüttet hatten, die schlimmen Erinnerungen an das, was passiert war, nicht auslöschen.

Sie schlief immer noch mit eingeschaltetem Licht und schreckte bei jedem kleinen Geräusch auf. Sie war wieder in ihre alte Routine zurückgefallen, mehr oder weniger, was gut war ... aber ein kleiner Teil von ihr starb innerlich, als sie nichts von *ihm* hörte. Sie hatte erwartet, dass er beschäftigt war, wenn sie nach Hause kam, aber mit jedem Tag, der ohne einen Anruf oder auch nur eine E-Mail verging, begann sie zu glauben, dass die Verbindung, die sie gespürt hatte, einseitig war.

Sie war sich so sicher gewesen, dass sie sich auf einer Ebene verbunden fühlten, die sie bei keinem anderen Menschen je empfunden hatte. Er hatte gesagt, er würde sich melden ... oder etwa nicht? Sie zweifelte mehr und mehr an dieser Möglichkeit.

Vom Verstand her wusste sie, dass es unwahrscheinlich war, dass sie wieder etwas von Walker Nelson hören würde. Er hatte nur seinen Job gemacht. Wenn er ein Mitglied der Spezialeinheit war, machte er so etwas die ganze Zeit. Wahrscheinlich hat er schon Hunderte von Menschen gerettet. Wahrscheinlich war er sogar jetzt auf einer anderen Mission, rettete jemand anderen. Warum sollte er mit *ihr* in Kontakt treten wollen? Nur weil sie sich mit ihm verbunden fühlte, hieß das nicht, dass er das auch spürte.

Das war dumm von ihr.

Gillian wusste, dass sie eine Romantikerin war, und deshalb hoffte sie jeden Morgen, wenn sie aufstand, dass heute der Tag sein würde. Walker würde irgendwie ihre Nummer herausfinden und sie anrufen oder ihr eine SMS schicken und sagen, dass er sie wiedersehen wollte. Oder er würde vor ihrem Apartmentgebäude auf sie warten, lässig an die Wand gelehnt, und er würde sein Kinn zur Begrüßung anheben, wenn er sie sah.

Seufzend atmete Gillian aus, stellte sich gerade hin und strich ihr Hemd glatt. Nein, es war offensichtlich, dass das nicht passieren würde. Er hatte sich weiterentwickelt, und sie musste das auch tun.

Ihr Telefon klingelte mit einer SMS, und sie nahm es vom Tresen und sah, dass sie ein paar Nachrichten verpasst hatte, während sie geduscht und sich fertig gemacht hatte.

Die erste war von Janet. Sie war nach der Entführung in Kontakt geblieben und Gillian hörte äußerst gern Neuigkeiten über ihre Tochter Renee. Zuerst war das junge Mädchen traumatisiert gewesen, aber Janet berichtete, dass die Kleine endlich anfing, mehr wie das Mädchen zu sein, das sie vor ihrer Entführung gewesen war, nachdem sie einen Therapeuten aufgesucht hatten. Sie hatte dem Text ein Bild von Renee beigefügt. Sie hing kopfüber an einem Klettergerüst. Das Lächeln in ihrem Gesicht brachte Gillian zum Grinsen. Der Text zum Bild lautete: *Dank dir habe ich mein Mädchen zurück*.

Sie fühlte sich unwohl bei dem Lob. Als alle Geiseln zusammen in einem Raum auf dem Flughafen in Caracas zusammengepfercht waren und darauf warteten, einzeln befragt zu werden, hatten sie über alles gesprochen, was passiert war. Und als die CIA und das FBI eintrafen, um sie zu befragen, hatten sie den Passagieren irgendwie den Eindruck vermittelt – oder vielleicht waren es die Geiseln, die den *Beamten* den Eindruck vermittelt hatten –, dass Gillian gewissermaßen ihre Anführerin gewesen war.

Dass es *ihr* zu verdanken war, dass so viele Menschen die Geiselnahme überlebt hatten.

Kopfschüttelnd las Gillian die nächste SMS. Sie war von

Andrea. Sie lebte auch in Austin, aber sie war noch nicht bereit, sich wieder persönlich mit ihr zu treffen. Gillian wusste, dass sie wegen des sexuellen Missbrauchs durch Luis zu kämpfen hatte und wie traumatisiert sie gewesen war, nachdem Luis sie gezwungen hatte, mit ihm zu gehen.

Zuvor hatte Gillian ihr eine kurze SMS geschickt, um Andrea wissen zu lassen, dass sie an sie denkt. Andrea hatte geantwortet mit: *Danke. Es geht mir besser und ich melde mich bald wieder. Ich möchte wirklich stark genug sein, um dich persönlich zu umarmen.*

Es gab noch eine weitere SMS, und zwar von Alice, der jungen Frau, die ursprünglich neben Gillian auf dem Flug von Costa Rica gesessen hatte. Sie und ihr Mann hatten beide überlebt und bauten sich im Bundesstaat Washington ihr Leben wieder auf. Sie schrieben sich nicht oft, aber Gillian war froh, von ihr zu hören, auch wenn es nur die Nachricht war, dass sie in ein neues Apartmentgebäude gezogen waren, eines mit rund um die Uhr Überwachung.

Während sie ihre Nachrichten las, vibrierte Gillians Telefon mit einer weiteren eingehenden Nachricht. Diesmal von Wendy.

Wendy: Bist du schon weg? Hör auf, so viel zu grübeln, und beweg deinen Arsch in die Kneipe. Deine erste Margarita wartet schon auf dich!

Lächelnd schrieb Gillian ihrer Freundin eine kurze Nachricht, dass sie auf dem Weg sei, dann drehte sie ihrem Spiegelbild den Rücken zu und verließ das Badezimmer. Sie schnappte sich ihre Umhängetasche von ihrem ungemachten Bett und schlang sich den Riemen über den Kopf.

Sie ging gerade in ihr Wohnzimmer, als es an der Tür klopfte.

Gillian blieb stehen und bemühte sich bewusst, ihren Herzschlag zu verlangsamen. Es kam nicht oft vor, dass Leute uneingeladen vor ihrer Tür standen, aber es kam vor. Es gab unten eine Klingel, die die Leute benutzen sollten, um ins Gebäude zu gelangen, aber manchmal schlüpften sie hinter einem anderen Bewohner rein.

Vorsichtig und so leise wie möglich schlich Gillian zu ihrer Tür und spähte durch den Spion.

Unglaublich geschockt von der Person, die sie dort stehen sah, fummelte Gillian an den Schlössern herum, als sie versuchte, sie zu öffnen. Ihre Hände zitterten und sie konnte die Tür nicht schnell genug öffnen.

»Hi«, sagte sie, als sie endlich dem Mann gegenüberstand, von dem sie dachte, sie würde ihn nie wiedersehen.

»Hi«, erwiderte Walker Nelson.

Gillian seufzte innerlich. Wenn sie dachte, dass er in seiner schwarzen Tarnuniform und mit schwarzer Farbe im Gesicht gut aussah, war das nichts im Vergleich zu dem Anblick, den er ihr in dieser Sekunde vor ihrer Tür bot.

Er trug ein königsblaues kurzärmeliges Hemd, das seinen muskulösen Bizeps nur noch mehr betonte. Auch seine Unterarme waren dick und Gillian musste sich zwingen, in diesem Moment nicht in Ohnmacht zu fallen. Sie hatte schon immer auf Oberarme gestanden und Walker enttäuschte definitiv nicht. Er trug eine verblichene blaue Jeans, die seine Oberschenkel gut zur Geltung brachte. Sie versuchte, nicht zu lange auf seine Leistengegend zu starren, bemerkte aber, dass er diesen Teil seiner Jeans gut ausfüllte. Schließlich trug er noch ein Paar schwarze Kampfstiefel, die hier in Texas eigentlich fehl am Platz sein müssten, aber irgendwie schienen sie ihm perfekt zu passen.

Er hatte einen Dreitagebart, der seinen Kiefer, sein Kinn

und seine Wangenknochen umrahmte. Gillians Finger zuckten vor Verlangen, ihn zu berühren, um zu sehen, ob er stachelig oder weich war. Seine grauen Augen wiesen braune Flecke auf – und er betrachtete sie, als wäre sie in dieser Sekunde der einzige Mensch auf der Welt. Sie hatte noch nie diese Art von Aufmerksamkeit von Männern erhalten, und dass *dieser* Mann sie so intensiv anstarrte, dass sie glaubte, sie würde verbrennen, war ein berauschendes Gefühl.

Sie starrten sich so lange an, dass Gillian plötzlich peinlich berührt war. »Ähm, komm rein«, sagte sie, trat einen Schritt zurück und wies mit der Hand auf ihre Wohnung.

»Danke«, sagte Walker und kam ihr nur einen Moment näher, bevor er in dem kleinen Flur an ihr vorbeiging.

Während sie sich ermahnte, sich zusammenzureißen, versuchte Gillian, ihren Herzschlag zu verlangsamen. Ihr war schwindelig vor Aufregung, dass Walker tatsächlich hier war. Dass er sie doch noch aufgespürt hatte. Ausreden, um sich vor ihren Plänen mit ihren Freundinnen zu drücken, gingen ihr durch den Kopf, als sie Walker in ihre Wohnung folgte. Sie versuchte, den Blick von seinem Hintern abzuwenden ... ohne viel Glück. Er füllte die Rückseite seiner Jeans genauso gut aus wie die Vorderseite.

Sie atmete tief ein, um sich zu beherrschen und sich nicht auf ihn zu stürzen, und sein männlicher Duft erfüllte ihre Nase. Sie erinnerte sich nicht mehr daran, wie er gerochen hatte, als sie ihn das letzte Mal gesehen hatte, aber das lag wahrscheinlich daran, dass *sie* wie ein stinkender Fischkopf gerochen hatte, der eine Woche oder länger in der Sonne gelegen hatte und verrottet war. Damals konnte sie nichts anderes riechen als ihren eigenen Angstschweiß.

Er blieb vor der Theke stehen, die ihre Küche vom Rest der Wohnung trennte, und drehte sich zu ihr um. »Du siehst toll aus. Komme ich ungelegen?«

Gillian war plötzlich sehr froh, dass sie geplant hatte, an diesem Abend mit ihren Freundinnen auszugehen. Sonst hätte sie ihre weite Hose getragen – eine weite, lockere Baumwollhose mit elastischem Bund – und keinen BH. Ihr Haar wäre zu einem unordentlichen Dutt hochgesteckt gewesen und sie hätte sich gedemütigt gefühlt. Wenigstens sah sie jetzt gut aus.

»Danke. Und eigentlich war ich gerade auf dem Weg zu einer Kneipe namens *The Funky Walrus*, um mit meinen Freundinnen abzuhängen.«

Walker lächelte und Gillian konnte sich bei seinem Anblick kaum beherrschen. Stirnrunzelnd und ernst sah er gut aus. Aber lächelnd? Lächelnd war er gefährlich.

»*The Funky Walrus*?«, fragte Walker.

Gillian kicherte. »Ich weiß, der Name ist seltsam, aber andererseits ist vieles in Austin seltsam, also passt es. Es ist keine College-Kneipe und die meisten Gäste sind Geschäftsleute und Frauen in ihren Dreißigern und Vierzigern. Es ist unaufdringlich und entspannt und wir versuchen, uns mindestens einmal alle paar Wochen zu treffen, um uns auszutauschen.«

Walker nickte und das darauffolgende Schweigen zwischen ihnen dehnte sich aus.

Gillian fing an zu zappeln. Das war seltsam ... und ganz und gar nicht so, wie sie sich dieses Treffen vorgestellt hatte. Sie hatte sich vorgestellt, dass sie witzig und amüsant sein und Walker ihr sagen würde, wie sehr er an sie gedacht hatte und dass er sie unbedingt besuchen wollte.

Gillian atmete tief durch und beschloss, den ersten Schritt zu machen. Es schien unwahrscheinlich, aber vielleicht war Walker ja auch nervös.

»Ich bin froh, dich zu sehen.«

»Wir müssen uns unterhalten.«

Sie hatten gleichzeitig gesprochen und Gillian wurde

rot. Walker klang nicht froh darüber, dass er mit ihr reden musste, und er klang ganz sicher nicht so, als würde er flirten, wie sie es bei ihm versuchte. »Ähm ... okay«, stammelte sie.

Er fuhr sich mit der Hand über den Kopf und seufzte, und Gillian wappnete sich für das, was er gleich sagen würde.

»Ich bin vorbeigekommen, weil wir die Information erhalten haben, dass sich ein siebenter Entführer im Flugzeug befand. Anhand des Audios, das wir aufzeichnen konnten – das letzte Mal, als wir gesprochen haben, hast du die Verbindung offen gelassen, als du das Telefon zurückgegeben hast –, wurde festgestellt, dass ein Entführer sich als Passagier ausgegeben hat. Luis und ein anderer Entführer haben über ihn gesprochen, aber sie haben uns keine Hinweise gegeben, wer er sein könnte.«

Gillian stutzte – und sie spürte, wie ihr das Herz in die Hose rutschte.

Ihr war lediglich klar, dass Walker *nicht* gekommen war, um sie um eine Verabredung zu bitten oder um sie besser kennenzulernen. Sie hatte drei Wochen lang von ihm geträumt und verzweifelt gebetet, dass der Funke, den sie zwischen ihnen gespürt hatte, nicht einseitig gewesen war. Mit diesem Satz hatte er jegliche Hoffnung zunichtegemacht, dass zwischen ihnen mehr sein könnte.

»Oh ...« Das war alles, was sie sagen konnte. Ihre Kehle war wie zugeschnürt und es fiel ihr schwer zu schlucken.

»Ich wollte dich warnen, dich wissen lassen, dass du in Gefahr sein könntest. Wir wissen nicht, was diese siebente Person denkt. Wir wissen nicht, ob derjenige sich vielleicht für den Tod seiner Freunde rächen will oder ob er denkt, dass du zu viel gehört hast, während du an Bord warst, oder ob du ihn identifizieren könntest.«

Gillian hörte ihn kaum. Die Enttäuschung und Verlegenheit, die sie empfand, waren überwältigend. Sie wusste, dass sie sich mehr Sorgen machen sollte, dass es noch einen Entführer da draußen gab, aber ihre Enttäuschung über den Grund für Walkers Besuch hatte alles andere völlig überschattet.

Ihre Schultern sackten unbewusst nach vorn. »Nun ... danke, dass du mir Bescheid gesagt hast«, sagte sie unbeholfen.

Walker runzelte die Stirn. »Geht es dir gut?«

»Bestens. Gut. Ja, mir geht's gut«, sagte sie etwas zu fröhlich und tat ihr Bestes, um so zu tun, als hätte Walker ihre Fantasie, dass sie beide zusammenkommen könnten, nicht zunichtegemacht. »Ich weiß es zu schätzen, dass du mir das sagst. Ich werde die Augen offen halten.«

»Ich dachte, wir könnten uns unterhalten. Gehen wir deine Erinnerungen an die Passagiere durch und schauen, ob wir eingrenzen können, wer der Maulwurf sein könnte.«

Mehr Zeit mit ihm verbringen? Wenn er doch nur Informationen wollte? Nein danke. Vielleicht würde sie später – in ein oder zwei Jahren – in der Lage sein, ihm gegenüberzusitzen und ein absolut professionelles Gespräch über die Entführung zu führen, bei der sie als Vermittlerin zwischen den Terroristen und den Verhandlungsführern fungieren musste. Aber heute war nicht dieser Tag.

Sie nickte schnell, denn sie hatte das Gefühl, wie eine kleine Stoffpuppe auszusehen. »Sicher. Ja, gut. Aber ich kann jetzt nicht. Ich muss jetzt los. Ich habe eine Verabredung ... mit meinen Freunden. Meinen Freundinnen.«

Walker runzelte die Stirn. »Ich bin mir nicht sicher, ob das im Moment die beste Idee ist. Nicht, solange wir nicht wissen, wer der siebente Entführer ist und wo er sich aufhalten könnte.«

Gillian schnaubte. »Er wird sich nicht für mich interessieren. Ich bin ein Niemand und völlig harmlos. Außerdem

EIN HELD FÜR GILLIAN

schließe ich meine Tür immer ab und Fremde von der Straße können nicht einfach ins Gebäude spazieren. Sie müssen von einem Bewohner reingelassen werden. Ich komme schon zurecht.«

»*Ich* bin einfach so reingekommen«, sagte Walker flach.

Gillian war verzweifelt und wollte ihn loswerden. Sie wollte weinen. War kurz davor zu weinen. Und sie wäre lieber über glühende Kohlen gelaufen, als Walker sehen zu lassen, wie aufgewühlt sie war. »Ich werde vorsichtig sein«, versprach sie ihm. »Es war schön, dich zu sehen, aber ich muss jetzt wirklich gehen.« Sie drehte sich um und ging auf die Wohnungstür zu. Sie öffnete sie und wollte gerade gehen, als Walker hinter ihr das Wort ergriff.

»Ähm, Gillian?«

Sie drehte sich um. »Ja?«

»Du willst mich in deiner Wohnung lassen?«

Scheiße, scheiße, scheiße. Sie versuchte, ihren Fehler zu vertuschen. Sie schüttelte den Kopf und sagte: »Nein, ich habe dir die Tür aufgehalten.«

Er grinste, als wüsste er, dass sie log, aber er ging wortlos auf sie zu. Er blieb stehen, als er direkt vor ihr war. Gillian wagte es nicht, zu ihm aufzusehen. Sie hatte das Gefühl, dass er ihren Übermut sofort durchschauen würde.

»Gillian?«

»Ja?«, fragte sie und starrte auf seinen Adamsapfel, als wäre er das Faszinierendste, was sie je gesehen hatte.

»Sieh mich an.«

Sich innerlich stärkend hob Gillian das Kinn und ließ ihren Blick auf seinen treffen.

»Was ist los?«

»Nichts«, sagte sie schnell – zu schnell. »Ich bin gerade auf dem Weg nach draußen und du hast mich überrumpelt.«

»Bist du sicher, dass wir nicht wieder reingehen und uns

unterhalten können? Ich fühle mich nicht wohl dabei, dich so zu verlassen.«

Eine Sekunde lang wurde Gillian wütend. *Er* fühlte sich nicht wohl? Natürlich ging es nur um ihn. Sie war nur ein dummes, romantisches Mädchen, das blöderweise geglaubt hatte, sie würden wegen einer intensiven Situation zusammenkommen.

Die meiste Zeit über hatte sie ein hohes Selbstwertgefühl. Sie war dreißig und besaß ihr eigenes, sehr erfolgreiches Geschäft. Sie hatte tolle Freundinnen und die Leute schienen sie zu mögen. Sie hatte die Gabe, fast jede Situation entschärfen zu können, was ihr sehr gelegen kam, da sie in ihrem Job täglich mit stressigen Situationen zu tun hatte.

Aber das Einzige, was ihr fehlte, war die Liebe. Die Art, die einen Mann dazu brachte, sie an erste Stelle zu setzen, egal was sonst in seinem Leben passierte. Sie war mehr als bereit, das zu erwidern, und hatte alles in jede ernsthafte Beziehung gesteckt, die sie eingegangen war. Aber wenn es hart auf hart kam, hatten die Männer, die sie zu lieben glaubte, bewiesen, dass sie nur an zweiter Stelle stand.

Sie atmete tief ein und versuchte zu ignorieren, wie gut Walker roch, denn sie wusste, dass sie irrational war. Aber seine Worte taten ihr trotzdem weh. Sie schüttelte den Kopf. »Ich werde schon klarkommen. Das schaffe ich immer«, sagte sie und in ihrer Stimme schwang eine Traurigkeit mit, die sie nicht verbergen konnte. Dann zuckte sie mit den Schultern und schlüpfte von ihm weg in den Flur. »Könntest du bitte die Tür schließen?«, fragte sie so gleichmäßig wie möglich.

Walker runzelte weiterhin die Stirn, aber er griff nach dem Knauf und zog die Tür zu. Gillian machte sich schnell daran, die Schlösser zu sichern, und packte ihren Schlüsselbund fest an. »Nun, danke, dass du vorbeigekommen bist«, sagte sie, nicht in der Lage, unhöflich zu sein, egal wie niedergeschlagen sie sich innerlich fühlte. »Danke noch mal an dein, ähm … Team von mir. Ich bin spät dran und muss wirklich los, sonst werden meine Freundinnen sich fragen, wo ich bin.«

»Ich bringe dich zu deinem Wagen«, sagte Walker.

Sie presste die Lippen aufeinander und nickte. Sie zählte jede Stufe, als sie die Treppe zum Erdgeschoss hinuntergingen. Das Schweigen zwischen ihnen war unbehaglich, oder vielleicht empfand nur Gillian das so.

Den Verlust von etwas betrauernd, das sie nie gehabt hatte, machte sie sich auf den Weg zu ihrem Toyota RAV4. Sie öffnete die Tür und drehte sich noch einmal zu Walker um. Sie wollte ihn fragen, was mit ihr nicht stimmte. Wie es möglich war, dass sie sich so mit ihm verbunden fühlte, während er im Gegenzug nichts empfand. Aber sie zwang ihre Lippen nur zu einem Lächeln und sagte: »Pass auf dich auf, Walker. Es war schön, dich zu sehen.«

»Du auch«, erwiderte er, die Augenbrauen nach unten gezogen, als würde er versuchen, etwas zu begreifen. »Ich glaube wirklich –«

»Tschüss!« Gillian unterbrach ihn, weil sie wollte, dass es vorbei war. Sie schlüpfte auf den Fahrersitz und schloss die Tür. Sie blinzelte, so schnell sie konnte, um die Tränen nicht überlaufen zu lassen, zwang sich zu einem Lächeln in die Richtung, in der Walker gestanden hatte, legte den Rückwärtsgang ein und fuhr aus der Parklücke. Es war gut, dass sie schon oft im *Funky Walrus* gewesen war und den Weg dorthin auswendig kannte.

Gillian weigerte sich, in den Rückspiegel auf den Mann zu schauen, der ihr gerade, ohne es zu merken, das Herz gebrochen hatte.

Trigger starrte auf die Rücklichter von Gillians Geländewagen, als sie vom Parkplatz fuhr.

»Das ist nicht so gelaufen, wie ich es mir vorgestellt hatte«, murmelte er vor sich hin.

Er war sich nicht sicher, was er erwartet hatte, als er nach Georgetown gefahren war, um Gillian aufzusuchen. Zuerst hatte sie sich gefreut, ihn zu sehen. Und Trigger würde nie vergessen, wie sein Herz einen Schlag ausgesetzt hatte, als sie die Tür geöffnet hatte.

Sie war absolut umwerfend. Nicht zu groß, aber auch nicht klein. An allen richtigen Stellen kurvig. Sein Blick war sofort von ihren Brüsten angezogen worden. Gott, sie waren perfekt. Am liebsten hätte er sein Gesicht zwischen den fleischigen Kugeln vergraben und sie stundenlang angebetet, aber er hatte sich gezwungen, ein Gentleman zu sein und nicht zu lange zu starren.

Ihre Jeans schmiegte sich an ihre Kurven und es kostete ihn seine ganze Willenskraft, nicht umgehend einen Steifen zu bekommen. Sie hätte ihm die Tür vor der Nase zugeschlagen, wenn sie nach unten geschaut und seinen Ständer gesehen hätte, der gegen seine Jeans drückte wie der eines vorpubertären Teenagers.

Sie hatte irgendetwas mit ihrem Make-up gemacht, das ihre grünen Augen besonders betonte, und in ihren Absätzen standen sie sich fast auf Augenhöhe gegenüber. Als sie ihn hereingebeten hatte und er an ihr vorbeigegangen war, hatte er Heckenkirsche gerochen. Er hatte keine Ahnung, ob es ihr Parfüm war oder ihr Shampoo oder was auch immer, aber es machte es verdammt schwer, sie nicht zu packen, sie an sich zu ziehen und zu küssen.

Als er ihren kleinen Küchenbereich erreichte, hatte er sich größtenteils unter Kontrolle, obwohl das Lächeln, das sie ihm geschenkt hatte, seine Finger zum Kribbeln brachte.

Er hatte keine Ahnung, was er überhaupt zu ihr gesagt hatte, als er die Wohnung betreten hatte.

Er war erleichterter, als er zugeben mochte, dass sie mit ihren Freundinnen ausging und nicht mit einem Mann. Er hatte Angst, dass er zu lange gewartet hatte. Dass er seine Chance verpasst hatte. Nicht dass ihre Verabredung ihn davon abgehalten hätte, sie zu verfolgen. Er war sich nicht sicher gewesen, ob er sie wiedersehen würde, aber als er es tat, war er entschlossen gewesen, sie wissen zu lassen, dass *er* derjenige sein wollte, der sie ausführt. Der sie zum Essen einlädt. Um sie bei einem lustigen Film lachen zu sehen. Um ihre Hand zu halten, wenn sie gemütlich am Flussufer in Austin entlangschlenderten.

Er wollte erst die geschäftliche Seite seines Besuchs hinter sich bringen, dann konnte er ihr sagen, dass er nicht aufhören konnte, an sie zu denken. Wie stolz er auf sie war und darauf, wie sie sich in Venezuela verhalten hatte. Er wollte ihr sagen, dass er sich mit einer Frau noch nie so verbunden gefühlt hatte wie mit ihr, und obwohl es verrückt war, wollte er sehen, ob sie das Gleiche empfand.

Aber irgendetwas war geschehen. Gleich nachdem er ihr von dem siebenten Entführer erzählt hatte, schien sie abzuschalten. Er hatte gesehen, wie das Leuchten aus ihren Augen verschwunden war, und obwohl er wusste, dass das, was er gesagt hatte, schockierend war, schien ihre Reaktion nicht mit dem übereinzustimmen, was er über sie wusste.

Hatte sie sich vor der Möglichkeit eines versteckten Entführers gefürchtet? Hatte das bloße Reden über den Vorfall sie in eine mentale Abwärtsspirale geschickt? Er hatte keinen Anhaltspunkt.

Sie war höflich, aber distanziert. Die Funken, die zwischen ihnen geflogen waren, waren plötzlich erloschen, und er war sich nicht sicher warum. Dann war es mehr als offensichtlich, dass sie versucht hatte, ihn aus ihrer Wohnung zu drängen, dass sie von ihm wegwollte.

Trigger hasste das. *Hasste* es.

Verdammt, in ihrer Eile zu fliehen hatte sie ihn fast in ihrer Wohnung eingesperrt.

Es war zwar gut, dass ihr Wohngebäude über rudimentäre Sicherheitsvorkehrungen verfügte, aber das hielt keinen Terroristen ab. Trigger brauchte nur drei Minuten zu warten, bis ein Bewohner erschien. Er hatte den Mann einfach angelächelt und der hatte sich überhaupt keine Gedanken darüber gemacht, ihn hinter sich hineinschlüpfen zu lassen.

Nein, Gillian war hier definitiv nicht sicher, wenn der Entführer aus irgendeinem Grund beschloss, sie ins Visier zu nehmen.

Aber sie hatte keinen Hehl daraus gemacht, dass sie nicht gerade darauf brannte, ihn wiederzusehen.

Trigger seufzte frustriert und war sich nicht sicher, was er tun sollte. Er wollte nicht zurück in seine Wohnung in Killeen. Er hatte die letzten drei Wochen damit verbracht, an nichts anderes als an Gillian zu denken, und jetzt zu gehen fühlte sich zu ... endgültig an. Er hatte das Gefühl, er würde sie nie wiedersehen, wenn er jetzt ginge, was nicht infrage kam.

Tief durchatmend diskutierte Trigger mit sich selbst über seine nächste Vorgehensweise. Gillian folgen und sie dazu bringen, ihm zu erklären, warum ihre anfänglich herzliche Begrüßung so abgekühlt war? Sich zurückziehen und es erneut versuchen, sobald er mehr Informationen über den Entführer hatte? Das würde ihm einen Grund geben, zurückzukommen und sie zu sehen.

Warten und sich davon überzeugen, dass sie gut nach Hause kam?

Wieder seufzend machte Trigger sich auf den Weg zu

seinem Wagen. Er wusste nicht, was er tun sollte, und für den Moment musste er nachdenken. Er würde in seinem Fahrzeug sitzen und versuchen zu verarbeiten, wie der Abend von voller Vorfreude und Aufregung zu einer kalten Schulter geworden war.

Trigger bewunderte Gillian. Er hatte nicht eine Sache an ihr herausgefunden, die ihn abtörnte ... was höchst ungewöhnlich war.

Er mochte es, alleine zu sein. Er mochte es, keine Verantwortung zu haben. Aber etwas an Gillian brachte ihn dazu, sich binden zu *wollen*. Er *wollte* sich um sie kümmern. Er *wollte* jemanden haben, außer sich selbst, um den er sich kümmern konnte.

Es war verdammt verwirrend ... und Trigger musste mit seinen Gefühlen ins Reine kommen, bevor er eine Entscheidung darüber traf, was sein nächster Schritt sein würde.

KAPITEL SECHS

»Damit ich das richtig verstehe«, sagte Wendy, »er ist nur zu dir gekommen, weil er dir von diesem anderen Entführer erzählen wollte?«

Gillian nickte kläglich und nahm einen weiteren großen Schluck von ihrer Margarita. Es war erstaunlich, wie problemlos sie runtergingen, wenn sie sich scheiße fühlte. Sie war bei ihrem dritten und spürte eindeutig die Auswirkungen des Alkohols. Sie war keine starke Trinkerin, aber sie hatte vorhin die größte Enttäuschung ihres Lebens erfahren und musste ihren Kummer ertränken. »Ja. Er sagte, ich sähe toll aus, und anfangs konnte er den Blick nicht von meinen Brüsten lassen. Aber es wurde schnell klar, dass er nur aus beruflichen Gründen da war.«

Sie blickte zu ihren Freundinnen auf, die sie mitleidig ansahen, und platzte ein wenig zu laut heraus: »Ich meine, meine Brüste sind heute Abend tatsächlich perfekt in Form. Meine Haare haben ausnahmsweise mal gemacht, was ich wollte, und ich habe meinen Arsch in diese Jeans gezwängt. Und er hat nicht einmal *geblinzelt*.«

»Du hast gesagt, er hat dir auf die Brüste gestarrt«, sagte Ann mitfühlend.

»Hat er auch!«, rief Gillian aus. »Aber offensichtlich war er nicht begeistert.« Ihre Gefühle hatten den ganzen Abend über zwischen Empörung und Trauer geschwankt, und plötzlich war sie erschöpft. Sie stützte den Kopf auf ihren Unterarm auf dem Tisch und sagte leise: »Ich dachte, er wäre der Richtige.«

»Oh, Gilly«, sagte Clarissa mitfühlend.

Das war alles, was es brauchte, damit die Tränen, die Gillian den ganzen Abend zurückgehalten hatte, überschwappten. Sie hob den Kopf und wischte sie ungeduldig weg. Sie schaute ihre besten Freundinnen an. »Ich liebe euch, Leute. Clarissa, dein Mann ist unglaublich. Ich erinnere mich noch an das eine Mal, als du krank warst und er sich zwei Tage freigenommen hat, um bei dir zu sein. Als du es nicht ins Bad geschafft hast und überall hingekotzt hast, hat er es weggeputzt, ohne auch nur ein einziges Würgegeräusch zu machen.«

Clarissa kicherte. »Ich bin mir nicht sicher, ob das das beste Beispiel dafür ist, wie toll Johnathan ist.«

»Doch, das ist es«, beharrte Gillian. »Und *du*, Ann. Du bist so alt wie ich und hast schon zwei Kinder! Die zwei schönsten und klügsten Kinder auf diesem Planeten. Sie sind höflich und nett, und das liegt an dir und Tom und daran, wie ihr sie erzogen habt.«

»Sie sind aber manchmal Nervensägen, Gillian. Sie sind nicht immer höflich und nett.«

Gillian ignorierte sie. »Und Wendy ...« Ihre Augen füllten sich wieder mit Tränen und sie schloss sie, um zu versuchen, sich zu beherrschen. »Du und Wyatt, ihr seid perfekt zusammen. Jedes Mal wenn er dich ansieht, ist es offensichtlich, dass du ihm die Welt bedeutest. Weißt du noch, als wir alle auf dem Festival in der Innenstadt von Austin waren und dieser Typ anfing, uns zu belästigen? Wir haben ihn ignoriert, aber er wollte nicht die Klappe halten. Wyatt ging sofort zu ihm rüber und sagte ihm, wenn er sich nicht verdrückt, wird er ihm die Eier so weit in den Unterleib schieben, dass er sie nur noch mit einem Brecheisen wiederfinden kann. Das war so romantisch!« Das letzte Wort kam als Heulen heraus, aber Gillian konnte es nicht verhindern.

»Gilly, der Typ hätte Wyatt fast verprügelt. Er war einen halben Kopf größer und viel stärker. Wyatt war ein Idiot, es war nicht romantisch. Wir hatten Glück, dass der andere Kerl es lustig fand und nicht beleidigt war«, erinnerte Wendy sie.

Gillian schüttelte den Kopf. »Aber er hat es trotzdem getan. Weil er dich liebt«, sagte sie leise. »Du verstehst das nicht. Er würde alles für dich tun. *Alles*.«

»Ich glaube, sie hatte genug Margaritas«, sagte Clarissa trocken und versuchte, Gillian das Glas zu entreißen.

»Nein! Ich weiß genau, was ich sage«, protestierte Gillian und behielt ihr Glas in der Hand. »Ich bin nicht ihr, also weiß ich nicht, was ihr gefühlt habt, als ihr eure Männer zum ersten Mal gesehen habt, aber ihr habt mir alle gesagt, dass sich tief im Inneren etwas ... *richtig* anfühlte. Als ich Walkers Stimme zum ersten Mal hörte, wusste ich es.«

»Du wusstest was, Gilly?«, fragte Ann.

»Dass er zu mir gehört«, sagte sie schlicht.

Gillian schüttelte den Kopf über die Skepsis, die sie in den Gesichtern ihrer Freundinnen sah, und versuchte, es zu erklären. »Ich weiß, es klingt verrückt. Bescheuert. Dumm. Aber ich kann es nicht leugnen. Ich dachte, zwischen uns hat es gefunkt«, sagte sie traurig. »Ich dachte, er spürt es auch. Er hat mir einen Kosenamen gegeben. Er hat mir sogar gesagt, dass er auf meiner Türschwelle auftauchen würde.«

»Ganz so hat er das aber nicht formuliert«, sagte Wendy.

Gillian wedelte mit der Hand in der Luft. »So ungefähr. Es ging mehr um die unterschwellige Bedeutung seiner Worte. Seitdem hoffe ich jeden Tag, dass es so weit ist. Ich hoffe, er wird auftauchen und mir sagen, dass er mich so sehr vermisst und nicht mehr länger fernbleiben kann. Und dann war er tatsächlich da! So wundervoll. Und er roch soooo gut. Aber er war nicht für mich da. War nicht da, um mir zu sagen, dass er nicht mehr ohne mich leben kann. Er kam nur vorbei, weil er sich *verpflichtet* fühlte.«

»Du verdienst alles Gute dieser Welt«, sagte Clarissa sanft. »Du verdienst einen Mann, der Berge versetzen würde, um an deiner Seite zu sein. Du bist erfolgreich, hübsch und so verdammt klug.«

»Wenn ich so hübsch, klug und unwiderstehlich bin, warum sitze ich dann hier allein und einsam?«, fragte Gillian traurig.

Sie hasste es, die Gruppe herunterzuziehen. Hasste es, dass ihre schlechte Laune den Abend für alle ruinierte. Sie atmete tief durch und nahm einen langen Schluck von ihrem Drink, bevor sie sich die letzten Tränen von den Wangen wischte. »Wisst ihr was? Scheiß auf ihn. Es spielt keine Rolle. Er ist wahrscheinlich sowieso ein Arschloch. Bestimmt ist er wirklich gut im Bett und wir hätten vielleicht eine tolle Chemie beim Sex gehabt, aber er hat wahrscheinlich keine Ahnung, wie man ein guter Partner ist.«

»Gillian –«, sagte Ann, aber Gillian unterbrach sie.

»Zum Beispiel würde er wahrscheinlich darauf bestehen, dass wir die Rechnung teilen, wenn wir essen gehen, und er würde mich zwingen, auf der Außenseite des Bürgersteigs zu gehen, damit ich zuerst von einem Auto überfahren werde.«

»Gillian, du solltest ...«

Diesmal war es Wendy, die unterbrechen wollte, aber Gillian war in Fahrt. »Und er hat wahrscheinlich sowieso einen kleinen Schwanz. Die Beule, die ich in seiner Hose gesehen habe, war wahrscheinlich eine Socke oder so. Und es würde mich nicht überraschen, wenn er Blowjobs wollte, sich aber weigerte, im Gegenzug an mir zu rezipieren ... zu lutschen ... zu saugen.«

»Gillian!«, zischte Clarissa scharf.

»*Was?*«, fragte Gillian.

»Hatte dein Walker ein blaues Hemd, Jeans und Kampfstiefel an, als du ihn heute Abend gesehen hast?«

Gillians Augen weiteten sich. »Woher weißt du das? Nur dass sein Hemd nicht ganz blau war. Es war dunkelblau, eine Art Königsblau, und es schimmerte irgendwie im Licht. Ich weiß nicht, aus welchem Material es gemacht war, aber es sah seidig aus. Ich wünschte, ich hätte ihn berühren können ...«

»Er steht hinter dir«, sagte Clarissa mit einem kleinen Grinsen.

Gillian rollte mit den Augen. »Nein, das tut er nicht. Er ist auf dem Weg zurück zu seinem Stützpunkt. Er hat seine Pflicht erfüllt, indem er mir von dem Entführer erzählt hat, und jetzt ist er weg.«

Clarissa und Ann setzten sich beide auf ihre Seite der Nische zurück und lächelten. Wendy drehte sich in der Hüfte und schaute hinter sich. »Heilige Scheiße«, sagte sie leise. »Wenn ich nicht mit Wyatt zusammen wäre, hättest du vielleicht einen Streit am Hals, Gilly.«

Gillian erstarrte. Sie blickte zu Wendy zu ihrer Linken hinüber, die immer noch hinter sich starrte. »Sag mir, dass das ein Scherz ist«, flüsterte sie.

»Absolut nicht«, sagte Wendy grinsend.

»Wie lange steht er schon da?«, fragte sie Clarissa und

dachte, dass sie während ihrer Schimpftirade leise war, obwohl in Wirklichkeit die Gäste an den Tischen, die ihnen am nächsten waren, ihre Worte wahrscheinlich problemlos hören konnten.

»Du sitzt da als Single und wunderschön, weil du *mich* noch nicht kennengelernt hast«, sagte eine Stimme, von der Gillian schon seit Wochen träumte, hinter ihr. »Wenn wir ausgehen, wirst du nie bezahlen, und auf gar keinen Fall wirst du direkt an der Straße gehen – oder auf der Seite des Bettes neben der Tür schlafen. Und nur fürs Protokoll, ich habe keine Socke in der Hose und ich kann dir so ziemlich garantieren, dass es eine meiner Lieblingsbeschäftigungen sein wird, dich so oft zu lecken, wie du mich lässt, wenn ich erst einmal auf den Geschmack gekommen bin.«

»Heilige Scheiße«, sagte Ann und fächelte sich mit der Hand Luft zu.

Clarissa wurde nur noch rot, aber ihr breites Lächeln verriet, dass sie zustimmte.

Und Wendy konnte nur mit offenem Mund starren.

Wäre sie nicht betrunken gewesen, hätte Gillian wahrscheinlich nicht das getan, was sie tat, aber da sie keine Angst hatte und ihre Hemmungen gesunken waren, drehte sie sich um und starrte Walker an. »Was machst du hier?«, platzte sie abwehrend heraus. »Stalkst du mich?«

Er lachte leise. »Dich wiederzusehen ist nicht so gelaufen, wie ich es mir vorgestellt hatte. Ich habe irgendetwas Falsches gesagt und wusste nicht was. Ich dachte, ich könnte es vielleicht noch einmal versuchen.«

Gillian blinzelte.

»Du bist nur wegen des siebenten Entführers zu ihr gekommen«, sagte Ann hilfsbereit.

»Sie dachte, du wolltest *sie* sehen, aber stattdessen warst du aus beruflichen Gründen da«, fügte Clarissa hinzu.

»Nicht cool«, schimpfte Wendy.

»Das hast du gedacht?«, fragte Walker, den Blick auf Gillian geheftet.

Sie konnte den Blick nicht von ihm abwenden, verlor sich in den Gefühlen, die sie in seinen Augen sah, und nickte.

»Ich habe es wirklich versaut«, murmelte er. Dann kam er um den Tisch herum und hockte sich neben die Stelle, an der Gillian saß. Er legte eine Hand auf ihr Bein und sie hätte schwören können, dass sie ein Kribbeln in ihrem Oberschenkel spürte. »Ich bin heute Abend nicht aus Pflichtgefühl zu dir gekommen, Di. Das FBI hätte jemanden schicken können, um dich über den Entführer zu informieren. Ich habe es als Ausrede benutzt, um dich wiederzusehen. Und ich habe dich nicht vorher angerufen, weil ich nicht sicher war, ob du daran erinnert werden willst, was du durchgemacht hast. Ich dachte, dass ich vielleicht eine schlechte Erinnerung für dich sein würde.«

»Du warst die *beste* Erinnerung an diese ganze Situation«, platzte Gillian heraus.

»Können wir noch einmal von vorn beginnen?«, fragte er und wandte den Blick nicht eine Sekunde von ihren Augen ab.

Gillian wollte Ja sagen. Wollte die Chance ergreifen. Aber sie hatte gerade genügend Alkohol getrunken, um völlig ehrlich zu sein. Sie schüttelte traurig den Kopf. »Ich kann nicht.«

»Warum nicht?«, fragte er.

»Ja, warum nicht?«, echote Clarissa. »Gilly, du hast gerade hier gesessen und uns erzählt, dass du das Gefühl hattest, er wäre –«

»Ich weiß, was ich zu euch gesagt habe«, entgegnete sie schnell, schnitt Clarissa das Wort ab und sah dann wieder zu Walker. »Es ist nur ... wenn ich schon nach einem kleinen

Missverständnis *so verletzt* bin, und ich kenne dich nicht einmal ... stell dir vor, wir fangen an, miteinander auszugehen, und du beschließt, dass du mich satt hast oder dass ich zu nervig bin oder zu romantisch und bedürftig ... das würde mich umbringen.« Die letzten Worte waren geflüstert.

»Ich habe während der letzten drei Wochen an nichts anderes gedacht als an dich«, sagte Walker, ohne zu zögern. »Ich habe mich gefragt, was du tust und wie du mit dem umgehst, was passiert ist. Bis ich sicher wusste, dass du und die anderen Venezuela verlassen hattet, habe ich mir Sorgen gemacht, dass du irgendwie dort festsitzen könntest. Du kannst jeden meiner Freunde fragen, ich war abgelenkt und eine große Nervensäge für alle. Und als ich hörte, dass du in Gefahr sein könntest, war mein erster Gedanke, zu dir zu kommen und dafür zu sorgen, dass du in Sicherheit bist. *Ich* bin derjenige, der sich Sorgen machen muss, dass du es leid wirst, mit einem Soldaten wie mir auszugehen. Du wirst es leid sein, nicht zu wissen, wo ich bin oder wann ich nach Hause komme. Glaub mir, Di, ich weiß, wer hier der Glückliche ist, und das bist nicht du. Ich bin es. Das bin definitiv ich.«

Wendy stupste sie an der Schulter an, als sie nichts sagte.

Gillian sah erst ihre Freundin an, dann wieder zu Walker. Er hatte sich nicht bewegt. Er hockte immer noch neben ihr. Er hatte den Blick nicht von ihrem Gesicht abgewendet. Er war voll und ganz auf sie konzentriert. Es fühlte sich seltsam an ... und gut.

»Ich bin betrunken«, informierte sie ihn.

Seine Lippen verzogen sich zu einem kleinen Lächeln. »Das kann ich sehen.«

»Ich werde mich um dich sorgen, wenn du weg bist, aber ich werde nicht zu Hause sitzen und Tag und Nacht jammern, bis du zurückkommst. Ich habe ein Geschäft zu führen. Ich habe Freundinnen.«

»Gut«, sagte er ruhig.

»Ich hatte noch nie einen Kerl, der mich geleckt hat, also weiß ich eigentlich nicht, ob es mir gefallen wird oder nicht.«

Sein Lächeln wurde breiter. »Es wird dir gefallen.«

Gillian rollte mit den Augen und sah Ann und Clarissa an. »Er ist arrogant.«

Clarissa zuckte mit den Schultern. »Man muss das Selbstvertrauen eines Mannes einfach lieben.«

»Du hast immer gesagt, du willst einen Alphamann«, fügte Ann hinzu.

Gillian sah wieder zu Walker hinunter. »Tu mir nicht weh«, flehte sie.

»Das werde ich nicht.«

Die Worte kamen so selbstbewusst daher, dass Gillian nicht anders konnte, als ihm zu glauben. »Okay.«

Walker stand sofort auf und hielt ihr die Hand hin. »Komm, ich bringe dich nach Hause.«

»Aber ich bin mit meinen Mädels unterwegs.«

»Geh«, sagte Wendy und drückte Gillian gegen die Schulter. »Ich glaube, wir können den Rest des Abends auch ohne dich überstehen. Außerdem glaube ich, dass ich nach all dem heißen Gerede nach Hause fahren und Wyatt anrufen werde ... um zu fragen, ob er vorbeikommen will.«

»Ich werde dafür sorgen, dass sie gut nach Hause kommt«, versprach Walker ihren Freundinnen, und Gillian konnte nicht anders, als bei seinem Ton zu erschauern. Er war befehlend und warm zugleich ... und brachte sie dazu, darüber nachzudenken, was sie zusammen tun könnten, wenn sie wieder in ihrer Wohnung waren.

»Oh, aber mein Wagen ist hier«, sagte sie mit einem Kopfschütteln.

»Du wirst nicht fahren«, knurrte Walker.

Gillian rollte wieder mit den Augen. »Natürlich werde ich das nicht. Ich würde nie trinken und fahren. Das wäre das Dümmste überhaupt. Ich wollte mir eine Mitfahrgelegenheit suchen.«

»Das wirst du auch nicht tun«, sagte Walker.

»Warum nicht?«

»Erstens, weil ich hier bin und dich nach Hause bringe. Zweitens, weil es nicht sicher ist, ins Internet zu gehen und sich mit einem Fremden in seinem Fahrzeug zu verabreden. Guckst du denn keine Krimis? Sobald du mit jemandem, der dir etwas antun will, in einem Wagen sitzt, liegt die Wahrscheinlichkeit, dass du irgendwo tot im Maisfeld endest, bei neunzig Prozent aufwärts.«

Gillian verengte die Augen. »Hast du dir das ausgedacht?« Dann, ohne ihm Zeit für eine Antwort zu geben, wandte sie sich an ihre Freundinnen. »Denkt er sich das aus?«

»Ich habe keine Ahnung«, sagte Ann. »Aber in Zukunft werde ich es mir zweimal überlegen, ob ich noch mal nach so einer Mitfahrgelegenheit suche. Ich bin mir nicht sicher, ob es hier in der Gegend Maisfelder gibt, aber wenn ich das nächste Mal eins sehe, werde ich nur noch daran denken können, ob da irgendwelche armen Frauen drin sind, die nur eine Fahrgelegenheit brauchten.«

»Gut«, sagte Walker. »Seid ihr Damen in der Lage zu fahren? Ich kann euch ein Taxi rufen oder euch nach Hause bringen, wenn ihr das wollt.«

Clarissa lächelte breit. »Uns geht es gut. Wir hatten alle unsere übliche eine Margarita«, sie sah auf die Uhr, »vor zwei Stunden. Und wir haben alle gegessen. Nur Gillian hier hat beschlossen, dass sie sich volllaufen lassen muss und keinen Hunger hat.«

Gillian sah den Ausdruck des Bedauerns auf Walkers

Gesicht und sie konnte nicht leugnen, dass es ihr einen Schauer über den Rücken jagte.

»Komm schon, Di, bringen wir dich nach Hause.«

»Was ist mit meinem Wagen?«

»Dafür finden wir eine Lösung.«

Wir. Das gefiel ihr. Und zwar sehr.

Sie stand vom Tisch auf und wäre mit dem Gesicht auf dem Boden gelandet, wenn Walker nicht da gewesen wäre und einen Arm um ihre Taille gelegt hätte.

»Walker?«, sagte Clarissa, als sie gerade gehen wollten.

»Ja?«

»Verarsch sie nicht. Wir sind vielleicht Frauen und du bist vielleicht eine Art Supersoldat, der Entführern in den Arsch treten kann, aber wir werden einen Weg finden, dir das Leben zur Hölle zu machen, wenn du Gilly wehtust.«

Gillian war peinlich berührt, aber als sie zu Walker aufsah, lächelte er seltsamerweise.

»Verstanden«, sagte er. »Und fürs Protokoll: Ich werde ihr nicht wehtun. Ich bin froh, dass sie Freundinnen wie euch drei hat, die ihr den Rücken frei halten.«

»Vergiss das nur nicht«, mahnte Ann.

Er nickte ihnen zu und sah dann zu Gillian hinunter. »Bereit?«

Sie schlang ihren Arm um seine Taille und war nicht überrascht, als sie kein Gramm Fett unter ihrer Hand spürte, und sie nickte. Sie stolperte neben Walker her, als er sie aus dem Restaurant und auf den Parkplatz führte. Er half ihr in seinen Chevy Blazer hinein und griff sogar über sie hinweg, um ihr den Sicherheitsgurt anzulegen. Aber anstatt sich zurückzuziehen und die Tür zu schließen, blieb er in ihrem Blickfeld.

»Was ist los?«, fragte sie nervös.

»Nichts«, sagte er. »Ich präge mir nur diesen Moment ein.«

Gillian runzelte die Stirn. »Welchen Moment?«

»Diesen.« Dann hob er seine Hand an die Seite ihres Halses und drehte ihren Kopf zu sich. Er lehnte sich vor, um ihr Zeit zu geben, seinen Annäherungsversuch zurückzuweisen.

Aber auf gar keinen Fall würde Gillian irgendetwas zurückweisen, was dieser Mann ihr geben wollte. Sie lehnte sich zu ihm hin, streckte die Hand aus und griff mit der rechten Hand nach seinem Bizeps.

Walkers Lippen berührten ihre sanft. Einmal. Zweimal. Neckische kleine Berührungen, die Gillians Zehen zum Kribbeln brachten. Mit der Zunge leckte er über ihre Unterlippe, bevor er seine Lippen noch einmal auf die ihren presste.

Was Küsse anging, war es keusch und viel zu kurz ... aber es war das Romantischste, was je jemand für sie getan hatte.

Walker legte seine Stirn an ihre und sie konnte seinen warmen Atem auf ihrer Haut spüren.

»Danke«, sagte er leise.

»Wofür?«

»Dafür, dass du mir eine zweite Chance gegeben hast«, antwortete er schlicht. Dann strich er einmal mit dem Daumen über ihre Wange und zog sich zurück. Er schloss ihre Tür und ging um die Vorderseite des Fahrzeugs herum. Er stieg auf der Fahrerseite ein und ließ den Motor an. Einen Arm legte er auf die Sitzlehne und drehte sich, um hinter sich zu schauen, bevor er rückwärts aus der Parklücke und auf die Straße fuhr.

»Dieser Kuss war unglaublich«, sagte Gillian zu ihm, deren Filter durch die Menge an Alkohol, die sie getrunken hatte, etwas aus dem Gleichgewicht gebracht worden war.

»Stimmt«, sagte Walker mit einem Lächeln.

»Aber ich will mehr.«

»Ja?«

»Ja.«

»Ich gebe dir gern genau das, was du willst ... wenn du nicht gerade völlig betrunken bist.«

Gillian runzelte die Stirn. »Ich weiß, was ich tue. Ich hab noch nie so viel betrunken, dass ich mich nicht mehr erinnern kann.«

»Be-trunken?«, fragte er mit einem Lachen.

»Besoffen, betrunken, getrunken, was auch immer«, erwiderte Gillian.

»Wie dem auch sei«, sagte Walker, »ich habe noch nie eine Frau ausgenutzt und ich werde auch jetzt nicht damit anfangen.«

Gillian schmollte. »Nicht einmal, wenn sie es will?«

Walker lachte laut und lange. Gillian war fasziniert. Sie hätte nie vermutet, dass er ein Mann war, der sich so gehen ließ. Sie ertappte sich dabei, dass sie im Gegenzug lächelte. Dann wurde sie nüchtern. »Das ist eigenartig. Ist es eigenartig?«

»Nein«, sagte Walker sofort.

»Doch«, erwiderte Gillian. »Ich meine, wir kennen uns nicht, nicht wirklich. Und du hast mich davor bewahrt, in einem Flugzeug in das Versteck irgendeines Drogenbarons verfrachtet und schrecklich missbraucht und vielleicht zwangsweise drogenabhängig gemacht zu werden. Und du hast Leute für mich *getötet*. Hast sie erschossen! PENG! Direkt in den Kopf. Und ich hatte Gehirnmasse und andere ekelhafte Sachen an mir. Ich sah scheiße aus, als wir uns trafen. Ich hatte ewig nicht geduscht und roch furchtbar. Und obwohl ich weiß, dass es damals nicht angebracht war, konnte ich nicht anders, als mich zu fragen, wie du ohne Kleidung aussiehst. Das ist verkorkst, Walker. Und wie kann ich so tun, als würde ich dich *kennen*, wenn ich es in Wirklichkeit nicht tue?«

»Als ich das erste Mal deine Stimme gehört habe, wurde ich hart«, sagte Walker ganz sachlich.

Gillian starrte ihn mit großen Augen an, als er fortfuhr: »Es war so unpassend. Du warst eine Geisel und zu Tode verängstigt. Du hast nur gesagt: ›Ich bin hier‹, und: ›Ich bin okay.‹ Und das war's. Ich war hin und weg. Ich meldete mich freiwillig, um die Nahrungsmittel zum Flugzeug zu bringen, nur damit ich einen Blick auf die Frau werfen konnte, die mich schwer beeindruckt hatte und die mich allein mit ihren Worten mehr fühlen ließ als es in jeder ernsthaften Beziehung, die ich zuvor geführt hatte, jemals der Fall gewesen war. Wenn das seltsam ist, dann ist das für mich in Ordnung.«

»Walker«, flüsterte Gillian.

Er griff hinüber und nahm ihre Hand in seine eigene. »Schließ die Augen, Di. Ich bringe dich sicher und gesund nach Hause.«

»Ich weiß«, seufzte sie und tat, wie geheißen.

Der ganze Wagen drehte sich, als befände er sich inmitten eines starken Tornados. Es war schon lange her, dass sie so viel getrunken hatte wie heute. Sie hatte den Abend deprimiert und traurig begonnen und irgendwie saß sie jetzt hier ... neben Walker, der sich um sie kümmerte und dafür sorgte, dass sie gut nach Hause kam.

War das wirklich ihr Leben?

Fünfundvierzig Minuten später starrte Trigger auf eine schlafende – oder ohnmächtige – Gillian. Er hatte sie in ihre Wohnung gebracht, ihr ein T-Shirt, das er in ihrer Schublade gefunden hatte, in die Hand gedrückt und ihr den Weg zum Badezimmer gezeigt. Er hoffte inständig, dass sie lange genug wach bleiben würde, um sich umzuziehen, denn er war sich nicht sicher, ob er es überstehen würde, wenn er ihr Jeans und Oberteil ausziehen müsste.

Er hatte den ganzen Heimweg über auf ihre üppigen Brüste gestarrt; ihr Hemd war ein wenig geöffnet und zeigte ihm ein Stück cremefarbene, herrliche Haut, die er lecken und kosten wollte. Aber sie hatte es geschafft, das T-Shirt anzuziehen, und während es ihr Dekolleté bedeckte, ließ es ihre langen Beine nackt. Er hatte keine Ahnung, ob sie Unterwäsche trug oder nicht, und er schloss die Augen, als sie unter die Decke kroch.

»Drück einfach auf den Knopf an der Türklinke, wenn du gehst. So wird die Tür beim Schließen verriegelt«, lallte sie, während sie die Augen schloss und ein Kissen an ihre Brust drückte.

Trigger antwortete nicht. Er mochte den Gedanken nicht, dass ihr einziger Schutz vor jemandem, der einbrechen wollte, ein fadenscheiniges Schloss an einem Türknauf war. Er beugte sich über sie, atmete tief ein und wurde erneut mit dem Geruch von Heckenkirsche belohnt. Er entschied, dass der Duft aus ihrem Haar kam, hob eine Strähne an und hielt sie an seine Nase. Jup ... definitiv ihr Shampoo.

Gillian regte sich unter ihm und Trigger ließ ihr Haar fallen und stand auf. Verdammt, er hing über ihr wie eine Art Perverser. Sie hustete und er spannte sich an, bis sie sich wieder beruhigt hatte.

Sie war besoffen. Er konnte sie nicht verlassen. Was, wenn sie sich im Bett übergeben würde? Wenn sie erstickte? Er musste zu ihrer eigenen Sicherheit bleiben.

Trigger wusste, dass er sich lächerlich machte, aber er konnte sich nicht zwingen zu gehen. Er ging zur Wohnungstür und schob den Riegel vor, legte die Kette an und drehte das Schloss am Türknauf zu. Dann schnappte er sich einen Stuhl von dem kleinen Tisch in ihrer Küche und brachte ihn zurück in ihr Schlafzimmer. Er stellte ihn auf die andere Seite des Raumes vom Bett und setzte sich langsam hin. Er hatte einen perfekten Blickwinkel sowohl auf Gillian als auch auf den Wohnbereich der Wohnung.

Er hatte keine Ahnung, ob der siebente Entführer aus irgendeinem Grund beschließen würde, Gillian zu holen, aber er würde da sein, wenn er es tat ... zumindest für heute Nacht.

Da er wusste, dass er es am Morgen nicht zum Training schaffen würde – zum ersten Mal in seiner Karriere –, zog Trigger sein Handy heraus und schickte Brain eine SMS.

Trigger: Es ist etwas dazwischengekommen. Ich werde morgen früh nicht zum Training erscheinen.

Sein Freund antwortete sofort.

Brain: Bist du okay?
Trigger: Ja.
Brain: Gillian?
Trigger: Sie hat zu viel getrunken. Ich sorge dafür, dass es ihr gut geht. Ich melde mich später wieder.
Brain: Hat sie irgendwelche Hinweise auf den Entführer?

Trigger runzelte die Stirn. Er hatte gar nicht daran gedacht, sie danach zu fragen. Erstens war sie betrunken; sie konnte wahrscheinlich sowieso nicht klar denken. Aber zweitens wurde ihm klar, dass er keine Lust hatte, über die beschissene Situation zu reden, in der sie sich in Venezuela befunden hatten.

Irgendwann würden sie darüber reden müssen. Er musste herausfinden, ob sie einen Verdacht hatte, wer der mögliche Terrorist sein könnte. Sie hatte mehr Zeit mit den anderen Passagieren verbracht als irgendjemand sonst und hatte wahrscheinlich bessere Einblicke, als ihm irgendein Bericht geben könnte. Aber im Moment wollte er nur versuchen, die verrückten Gefühle zu verstehen, die in ihm herumschwirrten.

Trigger: Wir haben nicht darüber geredet.
   Brain: Ernsthaft?
   Trigger: Ernsthaft.
   Brain: Bringst du sie in deine Wohnung? :)

Trigger lachte leise vor sich hin. Das war Brains Ratschlag gewesen, als sie das erste Mal von dem siebenten Entführer erfahren hatten. Und obwohl es nun eine bessere Idee zu sein schien als je zuvor, wusste er, dass Gillian niemals zustimmen würde. Sie war zu unabhängig und sie hatte ein Leben hier in Georgetown.

So sehr Trigger sie auch in Watte packen wollte, um sie zu beschützen, wollte er ihr auch niemals die Flügel stutzen. Er *mochte* ihre Unabhängigkeit. Er würde einfach andere Wege finden müssen, um auf sie aufzupassen, um sie vor dem Bösen in der Welt zu schützen. Das wäre keine Schwierigkeit.

Trigger: Nein. Wir sprechen uns morgen.
   Brain: Bis morgen.

. . .

Trigger steckte das Telefon zurück in seine Tasche, lehnte sich nach vorn, stützte die Ellbogen auf seine Knie und starrte Gillian an. Was hatte sie an sich, das so anders war als bei allen anderen? Er war sich nicht sicher, aber er war begierig darauf, es herauszufinden.

KAPITEL SIEBEN

Gillian wachte am nächsten Morgen gegen sechs Uhr auf und wollte am liebsten sterben. Sie stolperte ins Badezimmer und sah ihre Kleidung in einem Haufen auf dem Boden liegen, wo sie sie hingeworfen hatte, nachdem sie sich am Abend zuvor ausgezogen hatte.

Sie benutzte die Toilette, setzte sich auf den Rand der Badewanne und stützte den Kopf in die Hände. Sie fühlte sich beschissen. Nicht so schlimm, um zu kotzen ... dachte sie ... aber schlimm genug. Sie hätte es besser wissen müssen, als den ganzen Tequila zu trinken. Aber die Margaritas hatten viel zu gut geschmeckt.

Sie erinnerte sich an alles von gestern Abend.

Es war immer noch schwer zu glauben, dass Walker ins *Funky Walrus* gekommen war, um sie zu sehen ... und dass er gesagt hatte, er fühle die gleiche verrückte Verbindung zu ihr wie sie zu ihm.

Gillian hatte keine Ahnung, was sie jetzt tun sollte. Sie hatte keine Möglichkeit, ihn zu kontaktieren – sie hatte vergessen, sich seine Telefonnummer zu besorgen, bevor er gestern Abend gegangen war. Sie würde in den sozialen

Medien nach ihm suchen, aber sie wusste, dass das wahrscheinlich aussichtslos wäre. Wenn er der war, für den sie ihn hielt, würde er keine Facebook-Seite haben. Und er schien definitiv nicht der Typ zu sein, der eine verdammte Instagram-Seite hatte.

Seufzend stand Gillian auf und ging zum Waschbecken. Ihr war nicht nach Duschen zumute, aber sie wusch sich das Make-up aus dem Gesicht und band sich ihre nun wild zerzausten Haare zu einem Knoten zusammen. Sie schlurfte zurück in ihr Schlafzimmer und zog sich eine schwarze Jogginghose mit riesigen gelben und orangefarbenen Blumen darauf an.

Sie beschloss, sich für eine Weile auf die Couch zu legen und so zu tun, als wäre sie nicht total verkatert, und verließ das Schlafzimmer.

Sie erstarrte im Flur, als sie jemanden in ihrer Küche hörte.

Alle Bedenken, die Walker gehabt hatte, kamen ihr sofort in den Sinn. Vielleicht hatte er gar nicht so danebengelegen, als er gesagt hatte, er mache sich Sorgen um sie. War der mysteriöse Entführer in dieser Sekunde in ihrer Wohnung, bereit, sie zu töten, sobald sie sich zeigte?

Eine Sekunde lang war Gillian wie gelähmt vor Angst ... dann atmete sie ein.

Und roch Kaffee?

Würde jemand, der sie umbringen wollte, zuerst einmal Kaffee kochen?

Völlig verwirrt ging Gillian schweigend den Flur hinunter. Sie blieb stehen, als sie einen Blick in ihre kleine Küche warf.

Walker Nelson saß an ihrem Küchentisch, trank eine Tasse Kaffee, hielt sein Telefon in der anderen Hand und las konzentriert etwas. Er trug dasselbe Hemd und dieselbe Jeans wie am Abend zuvor, aber jetzt standen seine Haare hinten hoch und an seinen Füßen trug er nur ein Paar weiße Socken.

Gillians Herz schlug schneller. Er sah absolut perfekt aus, wie er da in ihrer Küche saß. Sie führte eine Hand zu ihrer Brust und fühlte, wie ihr Herz hart unter ihrer Handfläche pochte. Gott, das war so nahe an den Fantasien, die sie während der letzten drei Wochen gehabt hatte, dass es unheimlich war.

Sie musste irgendein Geräusch gemacht haben, denn plötzlich blickte Walker auf und sah, wie sie in ihrem eigenen Flur lauerte und ihn anstarrte. Er stellte seine Tasse ab, legte sein Telefon aus der Hand und stand sofort auf. Er kam auf sie zu und Gillian konnte nur zusehen, wie er sich näherte.

Sie neigte den Kopf zurück, um Augenkontakt mit ihm zu halten, und war schockiert, als er nicht stehen blieb, als er näher kam. Er drang in ihren persönlichen Raum ein und legte seine Hände rechts und links an ihren Kopf.

»Guten Morgen«, sagte er leise und seine brummige Stimme ließ Gillians Brustwarzen kribbeln.

Sie wusste, wenn er nach unten schauen würde, würde er die Wirkung sehen, die er auf ihren Körper hatte, aber er behielt seinen Blick auf dem ihren.

»Hallo«, sagte sie nach einem Moment. »Was machst du denn hier?«

»Ich wollte dich gestern Abend auf keinen Fall allein lassen. Nicht so betrunken, wie du warst.«

»Du bist nicht gegangen?«, fragte sie. Es war eine dumme Frage. Natürlich war er das nicht. Er trug dieselben Klamotten wie gestern und es war nicht so, als wäre er gegangen und heute Morgen den ganzen Weg zurück nach Georgetown gefahren.

Er grinste. »Ich bin nicht gegangen«, bestätigte er.

»Wo hast du denn geschlafen?«

»Auf deiner Couch.«

Gillian biss sich auf die Lippe. »Aber so bequem ist das nicht.«

Walker zuckte nur mit den Schultern. »Es ist in Ordnung. Ich habe in meinem Leben definitiv schon an schlimmeren Orten geschlafen. Und sie riecht nach dir.«

Sie hatte absolut keine Ahnung, was sie darauf erwidern sollte, also starrte sie einfach zu ihm hoch. Er ließ den Blick von ihren Augen zu ihren Haaren wandern, dann zu ihren Lippen, an ihrem Körper hinunter und nahm ihr Hemd und ihre ausgefallene Hose in Augenschein.

Gillian wollte vor Verlegenheit im Erdboden versinken. Hätte sie gewusst, dass er da war, hätte sie sich etwas Richtiges angezogen. Einen BH. Hätte etwas mit ihren Haaren gemacht ... sie zum Beispiel gebürstet.

Gerade als sie überlegte, ob es seltsam wäre, wenn sie ihn wegstieß und in ihr Schlafzimmer flüchtete, um sich umzuziehen, sprach er.

»Ich fand dich schon vor drei Wochen umwerfend, und das nach allem, was du durchgemacht hattest. Und gestern Abend hast du mich fast umgehauen, als du an die Tür gegangen bist. Aber das hier? In diesem Moment? Ich habe in meinem Leben noch nie etwas Schöneres gesehen.«

Gillian drehte sich der Magen um. »Ich bin verkatert, trage keinen BH, habe mir gerade erst das Make-up aus dem Gesicht geschrubbt, was ich gestern Abend hätte tun sollen, und ich glaube, in meinem Haar hat sich eine Maus eingenistet«, platzte sie heraus.

»Du bist real«, konterte Walker. »Du siehst zerzaust und entspannt aus. Genau so, wie ich dich mir in meinen schmutzigen Fantasien vorgestellt habe.«

Gillian wusste, dass sie rot wurde, konnte es aber nicht verhindern. »Und du siehst so perfekt zurechtgemacht aus, wie jedes Mal, wenn ich dich sehe. Wie machst du das nur?«

Aber er antwortete ihr nicht. Stattdessen fragte er: »Bist du hungrig?«

Gillian rümpfte die Nase. »Ich weiß es nicht.«

»Ich wollte nichts kochen, falls dir vom Geruch der Eier oder des Specks schlecht wird«, erklärte Walker ihr und Gillian seufzte innerlich. Scheiße, er war perfekt. Wie zum Teufel konnte jemand so perfekt sein?

»Ein einfacher Bagel«, platzte Gillian heraus. »Getoastet. Trocken. Ich denke, den könnte ich vielleicht essen.«

»Okay, Gilly, dann isst du das«, sagte er zu ihr.

Es fühlte sich gut an, dass er den Spitznamen benutzte, mit dem ihre besten Freundinnen sie anredeten.

Er beugte sich hinunter und küsste sie auf die Stirn, wobei seine Lippen einen langen Moment dort verweilten. Dann löste er die Hände von ihrem Kopf und legte seinen Arm um ihre Taille, während er sie in den Wohnbereich führte. Er lenkte sie zur Couch und forderte sie auf, sich zu setzen. Sobald sie das getan hatte, schüttelte er die Decke aus, die sie immer auf der Rückseite der Couch aufbewahrte, und deckte sie damit zu.

»Bleib sitzen. Ich mache dir einen Bagel.«

Gillian sah zu, wie er in ihre Küche ging. Er öffnete den Kühlschrank und nahm eine Flasche Wasser heraus, brach das Siegel des Deckels auf und ging zurück zu ihr. Er reichte sie ihr mit einem Lächeln, drehte sich dann um und ging zurück in die Küche.

Sie nahm einen Schluck und sah zu, wie Walker anfing, ihr Frühstück zu machen ... mehr oder weniger. Er schien sich in ihrer kleinen Küche völlig wohlzufühlen. Er wusste, wo alles war, und tat so, als wäre er schon Hunderte Male dort gewesen.

Verloren in ihrer Bewunderung für Walkers Hintern und wie er sich in ihrer Gegenwart bewegte, blinzelte sie überrascht, als er sich mit einem einfachen getoasteten

Bagel auf einem Teller in der Hand neben sie setzte. Sie drehte sich auf ihrem Sitz um und schenkte ihm ein kleines Lächeln des Dankes.

Sie knabberte vorsichtig ein Stück von dem Brot und war froh, als sie es bei sich behalten konnte und nicht das Bedürfnis hatte, es wieder hochzuwürgen.

»Wir müssen uns unterhalten.«

Seine Worte ließen sie sofort erstarren. Es waren dieselben vier Worte, die er am Abend zuvor benutzt hatte und die sie in ein tiefes Loch gestürzt hatten.

»Nein, nicht nervös werden«, sagte Walker, legte eine Hand auf ihren Oberschenkel und lehnte sich an sie. »Hör mir zu, okay?«

Der Bissen Bagel, den sie heruntergeschluckt hatte, drohte nun doch wieder hochzukommen. Er schien ihr im Hals stecken zu bleiben und sie hätte selbst dann nichts sagen können, wenn ihr Leben davon abgehangen hätte.

»Ich habe dir das gestern Abend gesagt, aber ich weiß nicht, woran du dich erinnerst und woran nicht.«

»Ich erinnere mich an alles«, gab Gillian leise zu.

»Gut, dann wiederhole ich es, damit du es noch einmal hörst. Ja, ich bin hierher nach Georgetown gekommen, um dich über den siebenten Entführer zu informieren. Aber das war nur eine Ausrede. Ich habe nicht aufhören können, an dich zu denken. Du hast mich vor drei Wochen beeindruckt. Du warst besonnen und hast alles richtig gemacht. Du bist nicht in Panik geraten, als die Kacke am Dampfen war. Ich wollte nichts mehr, als da zu sein, um dich zu beruhigen und dir bei den Befragungen und dem ganzen Scheiß zu helfen, der folgte.

Ich habe dich vermisst, Gillian. Was nicht normal ist, wenn man bedenkt, dass ich dich kaum kenne. Ich bin hergekommen, um die Nachricht persönlich zu überbringen, in der Hoffnung, dass wir uns danach unterhalten können. Um uns kennenzulernen. Damit ich dich fragen kann, ob du mal mit mir essen gehen würdest. Ich wollte es langsam angehen, um zu sehen, ob diese Begierde, die ich für dich zu haben scheine, eine Folge der Situation ist ... oder mehr.«

Gillian wusste, dass ihre Augen riesig waren, aber sie konnte nicht aufhören, Walker erstaunt anzustarren.

»Ich wusste, dass ich es irgendwie vermasselt hatte, als du gegangen bist. Ich sah, wie das Strahlen aus deinen Augen verschwand, und es machte mich fertig, dass ich das verursacht hatte. Ich wusste nicht wie, aber es war offensichtlich. Also fand ich heraus, wo sich das *Funky Walrus* befindet, und fuhr dorthin mit der Absicht, mich für das zu entschuldigen, was immer ich gesagt hatte.«

Gillian stieß ein kleines Lachen aus. »Ja, und dann hast du mich sturzbetrunken vorgefunden, während ich die peinlichsten Dinge von mir gab.«

»Sie waren nicht peinlich«, sagte Walker ernsthaft. »Sie waren ehrlich. Ich hasse es, dass du auch nur eine Sekunde lang gedacht hast, dass du für mich nur ein Job bist. Das warst du nicht. Das *bist* du nicht.«

»Schon okay«, sagte sie zu ihm.

»Du bist viel zu nachsichtig«, entgegnete er mit einem kleinen Kopfschütteln, aber er gab ihr keine Zeit, etwas anderes zu sagen. »Es war wahrscheinlich unheimlich und falsch von mir, letzte Nacht zu bleiben, aber ich hätte es mir nie verziehen, wenn jemand eingebrochen wäre, als du verletzlich warst, oder wenn du mitten in der Nacht gebrochen hättest und erstickt wärst. Aber ich kann es nicht bereuen, weil ich dich so sehen durfte ...« Sein Blick fiel zu Boden und Gillian wusste, dass er ihre harten Brustwarzen durch ihr T-Shirt erkennen konnte.

Er räusperte sich und fuhr fort: »Ich möchte mit dir ausgehen, Gillian. Dich anrufen und bis in die frühen

Morgenstunden mit dir reden. Dir SMS schicken, um dich wissen zu lassen, dass ich an dich denke. Dich zum Essen ausführen und in meinem Wagen auf dem Parkplatz rummachen, nachdem ich dich abgesetzt habe. Ich will deine Freundinnen kennenlernen und mit dir lachen. Irgendwann, wenn die Zeit für uns beide reif ist, will ich dich die ganze Nacht im Arm halten, wenn du schläfst, nachdem wir miteinander geschlafen haben. Ich möchte jeden Zentimeter deines Körpers erforschen und dich im Gegenzug meinen erkunden lassen. Wir hatten von Anfang an eine Verbindung und so sehr ich dich *jetzt* näher kennenlernen möchte, möchte ich es genießen, alles über dich zu erfahren. Erfahren, wer Gillian Romano ist. Was sie antreibt.«

Jedes Wort aus seinem Mund brachte Gillian dazu, sich mehr in ihn zu verlieben. Sie wollte den Kopf schütteln, ihm sagen, dass sie nicht langsam vorgehen wollte. Dass sie in dieser Sekunde seine Hände und seine Zunge an ihr spüren wollte. Aber ein anderer Teil von ihr wollte das, was er beschrieben hatte. Wollte das schwindelerregende Gefühl, das entsteht, wenn man einen Mann kennenlernt. Wollte die Anrufe und SMS. Wollte die sexuelle Spannung.

Sie wollte umworben werden. Vor allem, weil sie sich erhoffte, dass Walker ihr das Gefühl geben würde, nach dem sie sich sehnte ... als würde sie begehrt werden. Und sie vermutete, dass er ihr nie das Gefühl geben würde, dass sie an zweiter Stelle steht.

»Ich ... das würde mir gefallen.«

Er ließ die Schultern sinken, als hätte er Angst, sie würde ihn abweisen. Es war schwer zu glauben, dass dieser Mann, dieser verdammt starke, schöne Mann, sich Sorgen machte, dass *sie ihn* abweisen könnte.

»Aber du musst wissen, dass ich keine hysterische Tussi bin«, fügte sie hinzu.

»Was meinst du damit?«, fragte er.

»Ich bin anders als die meisten Frauen. Ich mache kein Drama. Frauen im Allgemeinen sind wirklich gut darin. Sie werden eifersüchtig und zickig und müssen deswegen übertrieben reagieren. Wenn sie nicht bekommen, was sie wollen, machen sie eine Szene. Sie denken, ihnen stünde mehr Aufmerksamkeit zu, als sie bekommen, also kleiden sich manche extravagant und unverschämt. So bin ich nicht. Ich sage es, wie es ist, aber ich tue es nicht, um irgendeine Reaktion zu bekommen. Ich ziehe Ehrlichkeit den Lügen vor, weil es einfach einfacher ist.«

»Das gefällt mir. Es ist eine Erleichterung.«

»Aber Walker, wenn wir das machen ... dann betrüg mich nicht.«

Er schien schockiert über ihre Worte. »Warum sagst du das überhaupt? Ich gehe nicht fremd. Und ich kann mir nicht vorstellen, dass ich jemals so dumm wäre fremdzugehen, wenn wir so zusammen sind, wie ich es mit dir sein möchte.«

Gillian zuckte mit den Schultern. »Andere haben es getan.«

»Dich betrogen? Dann waren sie Idioten.«

Seine Worte waren direkt und herzlich und sie ließen Gillian ein wenig entspannen. »Sie wollten wohl etwas mehr als mich. Einer hat mich auch geschlagen. Wenn du so etwas tust, bin ich schneller mit dir fertig, als du blinzeln kannst.«

Walker setzte sich aufrecht hin und als er sprach, war sein Tonfall leise und irgendwie unheimlich. »Jemand hat dich *geschlagen*?«

Gillian wurde klar, dass sie es gleich mit einem extrem wütenden Alphamann zu tun haben würde, wenn sie nicht Schadensbegrenzung betreiben würde. Und zwar sofort. »Ja, ein Typ. Einmal. Es war das letzte Mal, dass ich ihn gesehen habe. Ich habe dieses Arschloch umgehend verlassen und Anzeige erstattet. Ich will damit sagen, dass ich mir so einen Scheiß nicht gefallen lasse. Besonders nicht von jemandem, mit dem ich zusammen bin. Ich bin mehr wert als das. Ich bin eine verdammt gute Freundin. Zuvorkommend und großzügig. Wenn ich mit jemandem zusammen bin, stelle ich ihn an erste Stelle. Wenn jemand mich braucht, bin ich da, und ich will jemanden finden, der genauso für mich empfindet. Und zu betrügen, zu stehlen und mich zu verprügeln bedeutet, dass ich nicht an erster Stelle stehe.«

Sie konnte sehen, dass es Walker schwerfiel, den Gedanken loszulassen, dass jemand sie geschlagen hatte. Sie milderte ihren Tonfall. »Das kommt vor, Walker. Leider immer wieder. Wenn man die Straße entlanggeht, denken die Männer, dass es in Ordnung ist, zu pfeifen und zu grölen. Sie starren uns auf die Brüste und sagen uns, wie angetörnt sie sind. Viele von ihnen haben das Gefühl, dass es in Ordnung ist, eine Frau zu schlagen, nur weil sie ein *Mann* sind, stärker und besser als eine Frau, weil sie mehr Muskeln und ein hängendes Stück Fleisch zwischen ihren Beinen haben, mit dem sie pinkeln. Das macht es nicht richtig, aber guten Frauen passieren immer wieder schlimme Dinge.«

»Dir nicht. Nicht mehr«, sagte Walker in einem besitzergreifenden Ton, der Gänsehaut auf Gillians Armen entstehen ließ.

»Okay«, stimmte sie leichthin zu.

Walker nahm sich einen Moment Zeit, um sichtlich zu versuchen, seine extreme Reaktion auf ihr Bekenntnis, dass sie geschlagen worden war, zu kontrollieren, dann sagte er: »Ich kann nicht viel länger bleiben, da ich zurück nach Fort Hood muss. Mein Team wird mir die Hölle heißmachen, weil ich heute Morgen das Training verpasst habe. Ich habe es noch nie verpasst. Kein einziges Mal.«

Gillian blinzelte. »Wirklich?«

»Wirklich«, bestätigte er. »Du warst wichtiger, als zurückzufahren, um zehn Kilometer mit meinen Freunden zu laufen.«

Das fühlte sich gut an. *Wirklich* gut.

»Aber bevor ich gehe, gibt es noch etwas, worüber wir reden müssen.«

»Der Entführer«, sagte Gillian düster. Obwohl sie vor Glück ein Kribbeln im Bauch verspürte, wusste sie, dass sie darüber sprechen mussten.

»Ja«, sagte Walker, sein Gesicht ernst. »Niemand weiß, wer er ist, was er denkt oder wo er sich im Moment aufhält.«

»Aber warum sollte er sich für mich oder einen der anderen Passagiere interessieren?«

Walker starrte sie einen Moment lang an und Gillian konnte erkennen, dass er abwog, was er sagen sollte und was nicht.

»Ich möchte, dass du ehrlich bist«, sagte sie leise. »Ich verstehe, dass du mich nicht verletzen willst, aber ich muss alles wissen.«

»Richtig. Alle arbeiten an der Sache. Das FBI, die CIA, die DEA. Die Antiterrororganisationen aus anderen Ländern. Jeder, der in dem Flugzeug war, wird unter die Lupe genommen, sogar du. Deine Freundinnen werden vielleicht ebenfalls befragt. Deine Steuer- und Geschäftsunterlagen werden nach Ungereimtheiten durchkämmt werden. Es tut mir sehr leid.«

Gillian zuckte mit den Schultern. »Ich habe nichts zu verbergen, Walker. Ich bin nicht begeistert, aber je eher sie herausfinden, dass ich nur ich bin, desto besser.«

Er lächelte kurz, dann wurde er wieder nüchtern. »Es gibt mehr Fragen zu diesem siebenten Entführer als Antworten. Warum hatte er sich unter den Passagieren versteckt? Wie wütend ist er, dass seine Komplizen getötet wurden? Wir wissen jetzt, dass die Entführer nicht für das Kartell der Sonnen arbeiteten, sondern von einem rivalisierenden Drogensyndikat, dem Sinaloa-Kartell in Mexiko, stammten. Sie wollten Hugo Lamas nicht befreien, sondern ihn töten, was ihnen auch gelang. Sie brachten das Kartell der Sonnen in Bedrängnis und begannen einen brutalen Krieg.«

Ach du lieber Gott! Sie kannte sich mit den verschiedenen Kartellen kaum aus und hatte ihnen vor ihrer Entführung nicht wirklich viel Beachtung geschenkt, aber selbst sie wusste über das Sinaloa-Kartell Bescheid, das es gelegentlich in die Lokalnachrichten schaffte. Was sie darüber in Erinnerung hatte, war erschreckend. »Warum sollte jemand hinter *mir* her sein?«

»Um herauszufinden, was du weißt. Weil du einer der Gründe warst, warum Luis und all die anderen getötet wurden. Du hast sie gerade genug hingehalten, du hast dich gewehrt. Alberto wollte dich in dem Flugzeug haben, und weil er dich wollte, könnte jemand anderes denken, es gäbe einen guten Grund.«

»Aber Luis wollte Andrea mitnehmen«, gab Gillian zu bedenken.

»Ich weiß. Und das bedeutet, dass sie auch in Gefahr sein könnte. Sie wird ebenfalls überprüft.«

»Oh«, sagte Gillian und ihre Gedanken wirbelten herum.

»Nach all dem denke ich, dass die Chance, dass jemand vom Sinaloa-Kartell oder vom Kartell der Sonnen hinter dir her ist, gering ist. Aber ich bin nicht bereit, mein Leben darauf zu verwetten ... oder deins. Du musst sehr vorsichtig sein, Gillian. Geh nirgendwo alleine hin, wenn es sich vermeiden lässt. Und gehe kein Risiko ein. Verschließ immer deine Tür. Besorg dir ein Sicherheitssystem oder zumindest diese Bewegungssensor-Kameras, die heutzutage so beliebt sind. Und um Himmels willen, suche dir keine Mitfahrgelegenheit im Internet mehr.«

Gillian konnte sich ein Lächeln nicht verkneifen. »Du magst diese Webseiten wirklich nicht, oder?«

»Nein«, knurrte er. »Man hat keine Ahnung, wer hinter dem Steuer sitzt. Welche Vorstrafen derjenige hat, ob er getrunken oder Drogen genommen hat oder ob er gerade wegen sexueller Übergriffe aus dem Gefängnis entlassen wurde. Sobald du in ein Auto steigst, bist du verletzlich. Du könntest überall hingefahren werden ... mitten ins Nirgendwo ... und nie wiedergesehen werden.«

»Okay, Walker«, sagte sie und legte ihre Hand auf seine auf ihrem Bein. »Ich werde vorsichtig sein. Kann ich ... wissen die anderen Passagiere von dem Typen? Ich meine, ich schreibe einigen von ihnen E-Mails und SMS. Ich weiß nicht, was ich sagen darf und was nicht.«

»Einige werden informiert sein, andere nicht. Die Sache ist die, dass derjenige, mit dem du sprichst, sehr wohl der siebente Entführer sein könnte, Gillian.«

Sie schüttelte den Kopf. »Nein. Das glaube ich nicht.«

Ihr gefiel der Blick in Walkers Augen nicht.

»Nein«, sagte sie wieder. »Janet ist auf keinen Fall eine Terroristin. Vielleicht denkst du, es ist die kleine Renee? Oder Reed? Vielleicht einer der Studenten? Alice, die Frau, die so verängstigt war, dass sie sich buchstäblich in die Hose gepinkelt hat? Oder Andrea, die Frau, die Luis gezwungen hat, seinen Schwanz zu lutschen? Nein, *auf keinen Fall*.«

»Atme, Gilly«, sagte Walker sanft und drehte seine Hand so, dass er ihre Finger ineinander verweben konnte. »Es gibt noch etwas anderes, was du tun musst ... und zwar mit den Behörden über die anderen Passagiere sprechen. Erzähle ihnen alles, was passiert ist, bis ins kleinste Detail. Selbst die kleinste Sache könnte wichtig sein, könnte ein Anhaltspunkt dafür sein, wer der andere Entführer war.«

Gillian atmete tief ein und versuchte, ihre Panik zu kontrollieren. Es wurde ihr erst jetzt bewusst, dass jemand, den sie kennengelernt hatte, mit dem sie sich während des schrecklichen Erlebnisses angefreundet hatte, wirklich auf der Seite der Entführer gestanden haben könnte. »So viel weiß ich nicht, Walker. Die Männer wurden am anderen Ende des Flugzeugs festgehalten, das weißt du. Ich habe nur kurz mit den meisten von ihnen gesprochen. Mateo, Charles, Muhammad ... sie schienen alle nett zu sein. Nun, ich weiß es einfach nicht. Oh! Aber jetzt, wo ich darüber nachdenke, Leyton war ein bisschen seltsam. Als Alberto versuchte, mich ins Flugzeug zu ziehen, stand Leyton in der Nähe und sah uns einfach zu. Er hat nicht geholfen und ist nicht weggelaufen wie die anderen. Aber ganz ehrlich, ich glaube, er stand einfach unter Schock. Es ging alles so schnell.«

»Okay, Gillian, ich bin nicht derjenige, der die Details wissen muss, das sind die Ermittler.«

Sie sah ihn stirnrunzelnd an. »Du willst es nicht wissen?«

Er zuckte mit den Schultern. »Ich will wissen, was immer du mir erzählen willst. Aber mein Job in Venezuela bestand nicht darin, das Rätsel zu lösen, wer das Flugzeug entführt hatte und warum. Es ging darum, Geiseln zu retten, und wenn das bedeutete, die Entführer zu töten, dann sollte es so sein. Ich bin nicht an den Ermittlungen beteiligt. In diesem Moment besteht meine einzige Aufgabe darin, dafür zu sorgen, dass *du* in Sicherheit bist.«

Das fühlte sich wirklich gut an.

»Wenn du mit mir darüber reden willst, was du durchgemacht hast, werde ich zuhören. Ich habe in meinem Leben ziemlich viel Scheiße durchgestanden und ich kann dir helfen, mit dem klarzukommen, was passiert ist, wenn du das brauchst. Aber ab heute bin ich der Mann, mit dem du dich triffst, nicht jemand, der bei dir ist, um Informationen von dir zu bekommen, okay?«

Gillian nickte.

»Aber du musst wissen, dass ich dich darauf ansprechen werde, wenn ich denke, dass du leichtsinnig mit deiner Sicherheit umgehst oder die Sache nicht so ernst nimmst, wie du solltest.«

Das beunruhigte Gillian nicht so sehr, wie es sie vielleicht beunruhigt hätte, wenn es jemand anderes gewesen wäre, der das zu ihr gesagt hätte.

»Sollte ich Neuigkeiten erfahren, werde ich sie sicher weitergeben, vor allem wenn sie deine Sicherheit betreffen. Aber soweit es mich betrifft, sind wir nur ein Mann und eine Frau, die sich gerade kennenlernen.«

»Das gefällt mir.«

»Mir auch«, sagte Walker mit einem Lächeln. »Und als Teil dieser Kennenlernphase musst du wissen, dass ich einen seltsamen Job habe. Ich habe keine geregelten Arbeitszeiten.«

»Ich glaube, das habe ich verstanden«, sagte Gillian mit einem seltsamen Kichern.

»Ich glaube nicht, dass du das hast«, sagte er ernst. »Ich könnte jeden Moment zu einer Mission beordert werden. Ich werde mein Bestes tun, um dir Bescheid zu geben, aber es könnte sein, dass ich manchmal keine Gelegenheit habe, dich anzurufen ... die Dinge können für mich sehr schnell wild und hektisch werden.«

Gillian leckte sich über die Lippen und nickte.

»Ich bin vielleicht ein paar Tage weg oder ein paar Wochen. Ich weiß nie, wie lange ein Einsatz dauern wird.«

»Okay.«

»Glaubst du, du schaffst das?«, fragte er.

Gillian konnte die Sorge in seiner Stimme hören und beruhigte ihn schnell. »Walker, wie ich gestern Abend schon gesagt habe, werde ich mich nicht damit aufhalten, darauf zu warten, dass du zurückkommst. Ich werde dich vermissen, aber ich habe ein Leben. Einen Job, der mich beschäftigen wird. Und wenn ich traurig bin, treffe ich mich einfach mit Ann, Wendy und Clarissa und feiere eine Selbstmitleidsparty und lebe mein Leben weiter. Ich bin ein Jahrzehnt lang allein zurechtgekommen. Ich werde nicht zusammenbrechen, wenn du im Einsatz bist. Ich bin stolz, dass du unserem Land dienst. Und ...« Ihre Stimme wurde leiser und sie konnte nicht anders, als sich in ihrer Wohnung umzusehen. Sie war sich nicht sicher, was sie zu sehen erwartete; es war ja nicht so, als wären Leute in der Nähe, die sie belauschen könnten. »Ich weiß, dass du kein normaler Soldat bist.«

»Wirklich?«, fragte er mit einem kleinen Grinsen.

»Ja. Ich lebe schon lange genug in dieser Gegend, um zu wissen, dass typische Einsätze von diesem Stützpunkt aus etwa sechs Monate oder länger dauern. Ein Team von sieben regulären Infanteriesoldaten wird nicht mit einem riesigen Flugzeug nach Venezuela geschickt, um Geiseln zu retten.«

»Du hast recht, das geschieht nicht«, sagte Walker schlicht.

Gillian nickte. Er wollte ihr nicht genau sagen, was er tat, und das war in Ordnung. »Es ist mir egal, Walker«, versicherte sie ihm. »Ich sorge mich darum, dass du sicher bist und unversehrt von deinen Missionen zurückkommst, aber du könntest der persönliche Leibwächter des Präsidenten sein und es würde keinen Unterschied machen, was ich für dich empfinde.«

Walker schloss für eine Sekunde die Augen und atmete tief ein. Als er sie wieder öffnete, bemerkte Gillian, dass seine Pupillen sich leicht geweitet hatten. Er lehnte sich zu ihr und vergrub seine Nase in dem Haar an ihrem Ohr.

»Heckenkirsche«, murmelte er. »Ich werde nie wieder in der Lage sein, das zu riechen, ohne einen Steifen zu bekommen.« Dann, als hätte er nicht gerade eines der lustvollsten Dinge gesagt, die sie je gehört hatte, zog er sich zurück, um ihr noch einmal in die Augen zu sehen. »Habe ich gesagt, dass ich es langsam angehen will?«, fragte er. »Ich glaube, ich bin ein Idiot.«

Gillian lachte. Sie konnte sehen, dass er seine Meinung nicht geändert hatte, aber es fühlte sich gut an zu wissen, dass er nicht ganz unbeeinflusst von ihr war.

»Ich bitte dich nur darum, dass du besonders vorsichtig bist, bis die Behörden herausgefunden haben, wer der siebente Entführer ist«, sagte er. »Es ist unwahrscheinlich, dass er nach Austin kommt, um dir etwas anzutun, aber solange wir seine Identität nicht kennen, bin ich nicht bereit, ein Risiko einzugehen.«

»Okay.«

Walker blickte auf die Uhr. »Geht es dir gut?«, fragte er.

Sie nickte, sagte aber: »Nein. Mir ist nicht übel, aber ich fühle mich auch nicht besonders gut.«

Er lächelte und fuhr mit einer Hand über ihr Haar. »Die arme Gilly. Was wirst du heute noch machen?«

»Hier auf der Couch sitzen und Serien gucken, die meinen Intelligenzquotienten um zehn Punkte senken, und versuchen, nicht einmal daran zu denken, jemals wieder zu trinken.«

»Klingt gut. Kann ich dich später anrufen?«

»Ja.«

»Es ist Donnerstag, hast du Pläne fürs Wochenende?«

»Freitagabend richte ich eine Geburtstagsparty aus und Samstagmorgen habe ich eine Veranstaltung auf dem Golfplatz.«

»Würdest du am Samstagabend gern mit mir essen gehen?«

»Ja.«

Er lächelte. »Wie wäre es, wenn ich dich gegen vier abhole? Es gibt ein tolles Lokal in Killeen, in das ich dich gern mitnehmen würde. Wir können essen und dann würde ich dir gern Fort Hood und meinen Stützpunkt zeigen.«

»Das würde mir gefallen.«

»Gut. Wenn es dir recht ist, rufe ich mir ein Taxi und fahre mit deinem Wagen hierher zurück, bevor ich mich auf den Weg mache.«

»Das musst du nicht tun«, sagte Gillian, schockiert darüber, dass er es überhaupt anbot. »Ich kann ihn später holen.«

»Ich weiß, dass ich das nicht muss. Aber du fühlst dich beschissen und für mich ist es keine große Sache, ihn zu holen.«

Sie war sich nicht sicher, was sie sagen sollte. Sie hatte schon geplant, entweder eine ihrer Freundinnen zu bitten, sie abzuholen, oder später ein Taxi zum *Funky Walrus* zu nehmen, um ihren Wagen zu holen. Aber sie konnte nicht leugnen, dass es ihr gefiel, dass Walker ihr anbot, es für sie zu tun. »Danke. Das würde ich zu schätzen wissen.«

»Toll. Dann kümmere ich mich für dich darum. Gillian?«

»Ja?«

»Ich hoffe, du weißt, worauf du dich mit mir einlässt.«

»Das tue ich«, sagte sie schlicht. Und das tat sie. Sie hatte verdammt lange darauf gewartet, dass ein Mann wie Walker sie fand. Sie war stark genug, um seine Frau zu sein ... wenn er sie lassen würde.

KAPITEL ACHT

Als der Samstagabend anbrach, war Gillian erschöpft, aber sie fühlte sich auch, als hätte sie viel zu viele Espressos getrunken. In ein paar Minuten würde Walker bei ihrer Wohnung sein, um sie für ihre Verabredung abzuholen.

Sie hatte an diesem Morgen auf dem Golfplatz ein bisschen zu viel Sonne abbekommen, aber sie wusste, dass die Röte in Kürze verblassen würde. Gillian hatte Walker gefragt, was sie anziehen sollte, und er hatte ihr geantwortet, dass Jeans und eine Bluse perfekt wären. Er hatte ihr nicht verraten, wohin sie fahren würden, aber sie vertraute ihm.

Es war eine etwa vierzigminütige Fahrt nach Killeen und Gillian freute sich darauf, währenddessen einfach mehr mit Walker zu reden. Getreu seinem Wort hatte er am Donnerstagabend angerufen. Sie hatten sich am Ende drei Stunden lang unterhalten, was Gillian überraschte. Sie hatte die Erfahrung gemacht, dass die meisten Männer nicht gern so viel am Telefon redeten. Aber es hatte keine einzige Pause in ihrem Gespräch gegeben. Sie hatten sich unterhalten, als würden sie sich schon ihr ganzes Leben lang kennen.

Als sie Walker erzählte, dass er der erste Mann war, dem

es nichts auszumachen schien, so lange am Telefon zu reden, hatte er ihr gesagt, dass er nicht wie die Männer war, mit denen sie in der Vergangenheit ausgegangen war. Normalerweise war er nicht sehr gesprächig, aber wenn es um sie ging, so könnte er jeden Abend stundenlang mit ihr reden und vollkommen glücklich damit sein.

Er schien immer das Richtige zu sagen, aber Gillian glaubte nicht, dass er nur das sagte, von dem er dachte, dass sie es hören wollte. Ihre Unterhaltung war zu glatt, zu einfach, um vorgetäuscht zu sein.

Er hatte ihr am Freitag eine SMS geschickt ... mehrmals. Und jedes Mal, wenn ihr Telefon vibrierte, lächelte sie voller Vorfreude. Dann hatte er sie an diesem Morgen kurz angerufen, um zu fragen, wie die Geburtstagfeier gelaufen war, und um ihr viel Glück für die Veranstaltung auf dem Golfplatz zu wünschen.

Es war eine neue Erfahrung für Gillian, dass sich jemand so sehr auf ihren Zeitplan einstellte. Walker war begeistert und wissbegierig, was ihre Arbeit anging. Er schien fasziniert davon zu sein, wie organisiert sie war und wie viele verschiedene Arten von Veranstaltungen sie ausrichtete. Er hatte sie gebeten, auf Nummer sicher zu gehen, und sie hatten Pläne für den Abend geschmiedet.

Da Walker ihr versichert hatte, Jeans seien in Ordnung, ging sie das Risiko ein und trug ihr Lieblingspaar brauner und türkisfarbener Cowboystiefel dazu. Sie wählte ein dazu passendes türkisfarbenes Hemd und hatte ihr Haar zu zwei langen Zöpfen geflochten, die ihr über die Brust hingen. Außerdem hatte sie ein paar Bänder aus einer Schublade geholt und jeden Zopf mit einem Stück abgebunden.

Sie fand, dass sie niedlich aussah ... aber vielleicht war es zu viel des Guten. Sie sah definitiv ein wenig touristisch aus in ihrem Cowgirl-Kostüm, aber sie fühlte sich gut, also beschloss sie, es so zu belassen.

Gillian war gerade aus dem Schlafzimmer gekommen, als die Klingel ertönte und sie wissen ließ, dass jemand unten an der Tür war. Sie drückte auf den Knopf für die Gegensprechanlage. »Hallo?«

»Ich bin's«, sagte Walker in seinem unverwechselbaren tiefen Grollen.

Ohne ein weiteres Wort drückte Gillian auf den Knopf, um die Tür zu öffnen und ihn hereinzulassen. Sie wusste, dass sie vielleicht zwei Minuten Zeit hatte, bevor er an ihrer Wohnungstür ankommen würde. Sie holte einmal tief Luft, dann noch einmal. Sie war verdammt nervös, was verrückt war, wenn man bedenkt, dass Walker sie definitiv schon von ihrer schlechtesten Seite gesehen hatte ... zweimal sogar.

Sie wollte heute Abend nett für ihn aussehen, um ihn wissen zu lassen, dass sie sich darauf freute, Zeit mit ihm zu verbringen. Das Klopfen an der Tür kam etwa eine Minute, bevor sie es erwartet hatte. Sie lächelte und freute sich darüber, wie aufgeregt auch Walker wegen ihrer Verabredung zu sein schien, schaute durch den Spion und vergewisserte sich, dass er es war, bevor sie mit einem breiten Lächeln die Tür öffnete.

»Hi«, sagte sie strahlend. »Du bist aber schnell hier oben.«

Sie hatte kaum Gelegenheit zu registrieren, was Walker anhatte, bevor er sie in ihre Wohnung führte und die Tür schloss. Er drückte sie mit dem Rücken gegen die Wand neben der Eingangstür, dann nahm er ihr Gesicht in seine Hände und neigte ihren Kopf nach oben. Gillian griff nach seinen Oberarmen und schaute ihn überrascht an.

Er sagte nichts, was Gillian irgendwie aus der Fassung brachte. »Walker?«

»Hmmm?«, murmelte er.

»Geht es dir gut?«

»Gut. Großartig, jetzt, wo ich bei dir bin.«

Sie lächelte unsicher.

»Scheiße«, sagte er leise. »Ich versaue das.« Dann holte er tief Luft, schnitt eine Grimasse und ging einen Schritt von ihr weg.

Sie erschauderte, als sie die Wärme seiner Hände auf ihrem Gesicht nicht mehr spürte. »Was ist los?«, fragte sie und biss sich auf die Lippe.

Er hob noch einmal die Hand und zog ihre Lippe zwischen ihren Zähnen hervor, dann strich er mit dem Finger über ihre Unterlippe. »Nichts ist los. Ich habe nur ... für eine Sekunde fast vergessen, dass wir die Dinge langsam angehen. Dich zu sehen hat mich fast aus der Bahn geworfen.«

Gillian runzelte die Stirn. Sie sah an ihrer Jeans und ihren Stiefeln hinunter, dann wieder zu ihm hoch.

»Du siehst umwerfend aus«, sagte Walker sanft. Er griff nach einem ihrer Zöpfe und spielte einen Moment lang damit. »Jedes Mal wenn ich dich sehe, überraschst du mich damit, dass du noch hübscher bist als beim letzten Mal.«

»Muss ich ... ist das okay für den Ort, an dem wir heute Abend essen gehen? Ich weiß, es ist ein bisschen viel, aber ich liebe meine Stiefel und dachte, wenn du sagst, dass Jeans okay sind, würden sie wahrscheinlich reichen. Und ich habe dieses Hemd schon eine Weile nicht mehr getragen. Und nachdem ich mich angezogen hatte, erschien es mir einfach angemessener, mein Haar so zu tragen, als es offen zu lassen.« Gillian wusste, dass sie plapperte, aber Walkers Reaktion hatte sie aus dem Gleichgewicht gebracht.

»Es ist absolut perfekt«, beruhigte Walker sie. »Wie gesagt, ich hätte fast mein Versprechen vergessen, die Dinge langsam anzugehen, als ich dich sah und etwas tat, von dem ich mir versprochen hatte, es nicht zu tun.«

»Was war das?«

»Dich so zu küssen, wie ich es mir immer erträumt habe.

Mit einer Hand unter deinem Hemd und der anderen in deiner Hose. Dich gegen die Wand zu drücken, während ich meine Nase in deinem Haar vergraben habe, um deinen süßen Duft besser einatmen zu können.«

Gillian erstarrte. Heilige Scheiße. Walker war viel intensiver als jeder andere, mit dem sie je zusammen gewesen war – aber sie mochte es. Nein, sie liebte es, dass er genau wusste, was er wollte, und sich nicht scheute, es zuzugeben.

»Scheiße, ich habe dich erschreckt, oder?«, fragte er und ging einen weiteren Schritt von ihr weg.

»Nein! Ich meine, vielleicht ein bisschen, aber nicht auf eine schlechte Art. Ich bin es nur nicht gewohnt, dass jemand so ehrlich ist, aber ich mag es. Und ... so sehr ich mich auch mit dir verbunden fühle ... ich ... es ist ein bisschen früh dafür. Aber ...« Sie zögerte.

»Was?«, fragte Walker. »Du kannst mir alles sagen. Sag mir, ich soll mich zurückhalten, dass ich viel zu schnell bin, dass ich dich bedränge, dass du Zeit brauchst ... und ich werde es respektieren.«

Sie schüttelte den Kopf. »Ich wollte gerade sagen, dass ich vielleicht noch nicht bereit für all das bin ... könnte ich vielleicht einen Gutschein haben?«

»Für das Über-dich-herfallen-an-der-Wand?«, fragte Walker mit einem kleinen Lächeln.

»Ja, das.«

»Den bekommst du, Di.«

Sie lächelten sich an und Gillian merkte, wie sie es vermisste, seine Hände an sich zu haben. Sie liebte es, dass sie ihn dazu bringen konnte zu handeln, ohne nachzudenken. Sie hatte das Gefühl, dass das bei ihm nicht oft vorkam. Sie griff nach seiner Hand und verschränkte ihre Finger mit seinen. »Führst du mich zum Essen aus?«, fragte sie leise.

Er drückte ihre Hand und nickte. Gemeinsam gingen sie

in den Wohnbereich, damit sie ihre Handtasche holen konnte.

»Ich habe gestern eins von diesen Kameradingern online bestellt«, erzählte Gillian ihm. »Es soll am Montag geliefert werden.«

»Gut.«

»Und ich habe meinen beiden Nachbarn erzählt, dass ein ehemaliger Kunde sauer auf mich ist und dass sie die Polizei anrufen sollen, wenn sie etwas Seltsames aus meiner Wohnung hören.«

Sie blickte zu Walker auf und stellte fest, dass er sie mit einem zufriedenen Blick anstarrte. »Ich danke dir.«

»Wofür?«

»Dafür, dass du die Sache ernst nimmst. Ich weiß, dass das ständige Nachdenken über deine Sicherheit nervt und auch ein bisschen beängstigend sein kann. Aber zu wissen, dass du dich ernsthaft damit befasst, gibt mir ein viel besseres Gefühl, wenn ich so weit weg von dir bin.«

Daran hatte Gillian auch schon gedacht. Sie wohnten mindestens vierzig Minuten voneinander entfernt. Wenn jemand einbrach oder anderweitig versuchte, ihr etwas anzutun, würde er kurzfristig nichts dagegen unternehmen können, selbst wenn es ihr gelänge, ihn anzurufen. »Ich bin vielleicht blond, aber ich bin keine Närrin«, erklärte sie ihm. »Ich will auf keinen Fall wieder als Geisel enden. Es war schon beim ersten Mal nicht witzig und ich habe keine Lust, das zu wiederholen. Wenn du denkst, dass ich in Gefahr sein könnte, wäre ich dumm, deinen Verdacht zu ignorieren.«

»Gut. Also, hast du Hunger?«

»Ja«, antwortete sie.

»Kannst du es noch eine Stunde aushalten oder brauchst du einen Snack?«

Gillian kicherte. »Ich bin nicht gerade am Verhungern,

Walker. Ich denke, ich kann durchhalten, bis wir im Restaurant sind.«

Walker zog an ihrer Hand, sodass sie mit einem Ruck gegen ihn fiel.

»Du verachtest deinen Körper doch wohl nicht, oder?«, fragte er.

Gillian schüttelte den Kopf. Eine Hand lag immer noch in seiner, gefangen hinter ihrem Rücken, wo er sie an sich drückte. Die andere ruhte auf seiner Brust, während sie zu ihm aufsah. »Nein. Aber ich weiß, was ich bin und was ich nicht bin. Und ich habe nun mal den Körper dieser Frauen, die die Männer auf den Laufstegen und in den Magazinen anscheinend so gern anschauen. Damit habe ich kein Problem, denn ich esse gern. Ich liebe Chips und Salsa, und ich werde meine Schokolade nicht aufgeben.«

Walker lächelte auf sie herab. »Gott, du bist so erfrischend«, sagte er sanft. »Du sagst wirklich, wie es ist, nicht wahr?«

»Ja.«

»Gut, ich schaue mir nicht diese schicken Shows mit Leuten an, die lächerliche Kleidung tragen, und ich habe keine Zeit, mir Zeitschriften wie Maxim und Playboy anzusehen. Aber ich mag, wie du dich in meinen Armen anfühlst. An mir.« Er drückte fester auf ihren Rücken, bis sie an seine Brust gepresst war. Gillian konnte seine Erektion an ihrem Bauch spüren und sie schluckte schwer.

»Ich werde auf jeden Fall einen Vorrat an Schokolade anlegen, damit du welche haben kannst, wenn du Lust darauf hast. Und Chips und Salsa gehören auch zu meinen Lieblingssnacks. Scharf oder mild?«

»Mittel«, flüsterte Gillian und widerstand dem Drang, sich an ihn zu schmiegen.

»Ich mag es scharf«, sagte Walker andeutungsweise.

Gillian warf den Kopf zurück und konnte sich ein

Lachen nicht verkneifen. Als sie sich unter Kontrolle hatte, sah sie wieder zu ihm auf. »Warum überrascht mich das nicht?«

Walker grinste auf sie herab. »Weil du mich schon nach so kurzer Zeit kennst«, sagte er.

Sie blieben eine ganze Minute lang so. Sie sprachen nicht, sondern genossen es einfach nebeneinanderzustehen. Gillian spürte, wie sein Herz unter ihrer Hand schnell schlug, und es gefiel ihr, dass er von ihrer Nähe nicht unberührt blieb.

Walker holte tief Luft und sagte dann: »Und jetzt müssen wir wirklich los.«

»Stimmt, du hast sicher einen Tisch reserviert«, stimmte sie zu.

»Auch deswegen«, sagte Walker.

Gillian konnte das Kichern nicht unterdrücken, das ihr entwich. Es gefiel ihr, dass er sich nicht scheute, sie wissen zu lassen, wie sehr er sie wollte. Sie wollte ihn auch, aber sie war noch nicht bereit, mit ihm zu schlafen. Sie wollte ihn noch besser kennenlernen. Ihr Herz sagte ihr, dass er der Mann war, mit dem sie den Rest ihres Lebens verbringen könnte, aber ihr Verstand sagte ihr, sie solle es langsam angehen lassen.

Sie gingen gemeinsam zur Wohnungstür und er schloss hinter ihnen ab. Hand in Hand gingen sie die Treppe hinunter und hinaus zu seinem Wagen. Wieder öffnete er ihr die Tür und half ihr, den Sicherheitsgurt anzulegen. Dann ging er auf die Fahrerseite.

Gillian fühlte sich bei ihm sicher. Als er den Parkplatz ihres Apartmentgebäudes verließ und auf die Straße zusteuerte, die in Richtung Norden nach Killeen führte, entspannte sie sich. Der Abend hatte gerade erst begonnen und es war bereits eine der besten Verabredungen, die sie je gehabt hatte.

Trigger saß Gillian in seinem Lieblings-Grillrestaurant in Killeen gegenüber und merkte, dass er den Blick nicht von ihr abwenden konnte. Als er sie das erste Mal in ihrer Wohnung gesehen hatte, hatte er gehandelt, ohne nachzudenken. Er hatte sie nach drinnen und an die Wand gedrückt, bevor sein Gehirn sich eingeschaltet hatte.

Sie sah bezaubernd aus. Ihre Zöpfe, die Stiefel, die engen Jeans ... all das brachte ihn dazu, sie auf der Stelle nehmen zu wollen. Zum Glück war er zur Vernunft gekommen. Er handelte nie impulsiv. Das würde ihn auf einer Mission umbringen und im Laufe der Jahre hatte sein gesunder Menschenverstand alle Aspekte seines Lebens übernommen. Er war immer methodisch und vorsichtig ... außer wenn es um Gillian Romano ging.

Es hatte ihm sehr gefallen, die ganze Woche über mit ihr zu reden. Sie war lustig und unterhaltsam. Sie übernahm während des Gesprächs nicht die Führung, sie stellte ihm Fragen und hatte kein Problem damit, auch seine zu beantworten. Er hatte nicht einmal bemerkt, dass sie sich stundenlang unterhalten hatten, bis er auf die Uhr schaute und sich erschrak.

Sie hatte etwas Soße am Kinn und, ohne nachzudenken, griff Trigger hinüber, um sie abzuwischen. Anstatt sich zu schämen, lachte sie nur. »Bin ich mit dem Zeug besudelt?«, fragte sie lächelnd, während sie eine Serviette an ihr Gesicht hielt.

»Nein, es war nur ein bisschen am Kinn«, erklärte er ihr lächelnd.

Das Restaurant war voll, denn es war ein Samstagabend und es gab hier die besten Grillspezialitäten in Killeen. Die meisten Gäste waren Soldaten vom Stützpunkt, aber es waren auch ein paar Familien da. Es war ein unkonventioneller Ort, um Gillian zu ihrer ersten Verabredung auszuführen, aber er wollte, dass sie sich wohlfühlte. Und nirgendwo war es so gemütlich wie hier.

»Erzähl mir von deinen Teamkameraden«, bat sie, während sie ihre geräucherte Rinderbrust und ihr Hühnchen verschlangen. »Ich meine, ich habe sie alle in Venezuela gesehen, aber ich habe sie nicht wirklich kennengelernt.«

»Sie sind einige der besten Männer, denen ich je begegnet bin«, sagte Trigger ehrlich. »Sie sind fleißig, mutig und loyal, und sie sind auch Arschlöcher.«

Gillian kicherte.

Das war eine weitere Sache, die Trigger an ihr liebte ... sie schien zu wissen, wann er mit ihr scherzte und wann er es ernst meinte. Er war einmal mit einer Frau ausgegangen, die an allem Anstoß nahm, was er sagte, ob er nun sarkastisch war oder nur herumalberte.

»Aber im Ernst, sie können ein bisschen grob sein, aber ich denke, das sind wir alle. Wir sind alle Single und waren es die meiste Zeit unseres Erwachsenenlebens. Die Armee ist unsere Geliebte und es kann schwer sein, unsere Einstellung dazu zu ändern.«

Gillian schenkte ihm ihre volle Aufmerksamkeit. »Wie lange bist du schon dabei?«, fragte sie.

»Ich bin siebenunddreißig. Im Vergleich zu anderen bin ich der Armee erst relativ spät beigetreten. Ich schloss das College ab und fing einen Job an, dann merkte ich, dass ich es hasste, den ganzen Tag in einem Büro eingesperrt zu sein. Gegenüber meiner Arbeitsstelle gab es eine Rekrutierungsstation und eines Tages, in meiner Mittagspause, fand ich mich dort im Büro wieder, um über einen Eintritt zu sprechen. Das war vor etwa dreizehn Jahren.«

»Dann bist du also ein Lebenslänglicher.« Das war keine Frage.

»Ja, ich habe noch nicht darüber nachgedacht, wann ich in den Ruhestand gehen werde, aber ich möchte mindestens zwanzig Jahre bleiben«, erklärte Trigger. »Ich habe meine Teamkameraden während der Ausbildung kennengelernt.« Er musste aufpassen, dass er ihr nicht zu viel erzählte, aber sie hatte schon ziemlich genau erraten, dass er bei der Spezialeinheit war, also fuhr er fort: »Lefty, Grover und ich waren in der gleichen Rekrutierungsklasse. Wir sind durch den Schlamm gewatet, haben gekotzt, wurden vom Regen überrascht, wurden mit Gummigeschossen bombardiert und sind zusammen fast ertrunken. Wir haben ein Band geschmiedet, das nie gebrochen werden kann, egal was wir in der Zukunft tun oder wohin wir gehen.«

»Nun, das klingt nach Spaß ... oder auch nicht«, sagte Gillian lächelnd.

»Das war es nicht, aber irgendwie auch schon«, entgegnete Trigger mit einem Lächeln. »Ich wusste, dass ich etwas tun würde, was einen Unterschied in der Welt machen würde. Selbst wenn ich mit niemandem darüber sprechen könnte, ich würde es wissen.«

»Zum Beispiel Geiseln aus einem entführten Flugzeug in Venezuela zu retten«, sagte sie leise.

»Genau«, stimmte Trigger zu und griff über den Tisch hinweg nach ihrer Hand. Er streichelte ihren Handrücken mit dem Daumen und brach den Blickkontakt mit ihr nicht ab. »Wir haben Brain, Oz, Doc und Lucky erst später kennengelernt, als wir zusammen ein Team bildeten. Manchmal habe ich das Gefühl, als würde ich sie schon mein ganzes Leben lang kennen. Wir können die Sätze des anderen beenden und wenn sie verletzt sind, bin ich verletzt, und andersherum. Es ist eine Bindung, die ich mir immer gewünscht habe, als ich aufwuchs. Ich bin ein Einzelkind und wollte immer einen Bruder oder eine Schwester haben.«

»Und jetzt hast du sechs Brüder.«

»Allerdings.«

Gillian lächelte, dann leckte sie sich über die Lippen und sah zu Boden.

»Was? Was ist denn los?«, fragte Trigger und hielt ihre Hand fest, als sie versuchte, sich von ihm zurückzuziehen.

»Ich ... was ist, wenn sie mich nicht mögen?«

Trigger konnte es nicht verhindern. Er lachte.

Als er sich wieder unter Kontrolle hatte und zu Gillian zurückblickte, starrte sie ihn an. Noch einmal versuchte sie, ihre Hand aus seinem Griff zu ziehen, aber er hielt sie fest.

»Ich lache nicht über dich«, beschwichtigte er sie. »Ich lache, weil ich mir sonst Sorgen machen muss, dass du beschließt, sie mehr zu mögen als mich. Sie werden dich lieben; sie tun es jetzt schon.«

Sie runzelte die Stirn. »Ich habe sie noch nicht einmal richtig kennengelernt.«

»Das stimmt, aber ich habe von dir gesprochen. Sehr viel.«

»Aber wir haben uns doch selbst erst vor ein paar Tagen kennengelernt.«

Trigger schüttelte den Kopf. »Falsch. Wir haben uns vor ein paar Wochen getroffen. Und die Jungs haben gesehen, was für ein Mensch du damals warst, und nachdem ich während der letzten Tage über nichts anderes als dich reden konnte, haben sie dich noch besser kennengelernt.«

Gillian errötete und Trigger konnte sich ein Grinsen nicht verkneifen. Er drückte ihre Hand. »Du brauchst dir keine Sorgen zu machen, Di«, sagte er leise. »Ich glaube, es gibt mehr, worüber *ich* mir Sorgen machen muss. Meine besten Freunde sind alle Single. Sie sind geile Hunde und werden dich wahrscheinlich bis zum Ende nerven. Sie sind ein bisschen ungehobelt und frech. Du könntest sie kennenlernen und sie hassen, und das würde nichts Gutes für unsere Beziehung bedeuten.«

»Ich werde sie nicht hassen«, versicherte sie. »Sie sind deine Freunde ... wie könnte ich sie hassen?«

Sie schauten sich gerade gegenseitig an, als jemand von der anderen Seite des Restaurants rief: »Trigger!«

Er drehte sich um und lächelte, als er sah, wer sich näherte. Trigger stand auf, schüttelte die Hand des Mannes und lächelte die Frau an seiner Seite an. Gillian war ebenfalls aufgestanden und Trigger stellte alle gegenseitig vor.

»Gillian, das sind mein Freund Truck und seine Frau Mary. Das ist Gillian, meine Freundin.«

Mary sah sofort aus, als hätte sie tausend Fragen, aber sie schaffte es, sie für sich zu behalten, während sie Gillians Hand schüttelte.

»Freut mich, dich kennenzulernen«, sagte Truck. »Wir wussten gar nicht, dass Trigger eine Freundin hat.«

Trigger grinste und legte seinen Arm um Gillians Taille. »Nun, ich habe eine«, sagte er mit Nachdruck. Dann sah er zu Gillian hinunter. »Truck gehört zu einer Gruppe von Soldaten, mit denen wir in der Vergangenheit zusammengearbeitet haben. Sein Team und meines sind miteinander befreundet. Es kommt mir vor, als wäre es erst gestern gewesen, dass wir auf Trucks und Marys Hochzeit waren.« Dann drehte er sich wieder zu seinem Freund um und fragte: »Freut ihr euch darauf, eure Kinder zu holen?«

»Auf jeden Fall«, sagte Truck mit einem Lächeln. »Es fühlt sich an, als hätten wir ewig darauf gewartet, dass der Papierkram erledigt wird, damit wir Aarav und Deeba abholen können. Wir haben Tonbänder mit unseren Stimmen und viele Bilder geschickt, aber wer weiß, wie sie reagieren werden, wenn sie uns zum ersten Mal sehen.«

»Sie adoptieren zwei kleine Kinder aus Indien«, erklärte Trigger Gillian.

»Herzlichen Glückwunsch«, sagte sie mit einem breiten Lächeln.

»Danke«, erwiderte Truck. »Wir sind bereit, sie nach Hause zu holen.«

»Moment mal, bist du Gillian Romano?«, fragte Mary wie aus heiterem Himmel. Sie hatte gelächelt und genickt, während ihr Mann sprach, aber es war offensichtlich, dass es in ihrem Gehirn gerade klick gemacht hatte.

Trigger spannte sich an. Er wusste, es gab die Möglichkeit, dass Gillian erkannt werden könnte. Ihr Name und ihr Bild waren nach der Entführung in Zeitungen im ganzen Land erschienen. Sie hatte nicht viele Interviews gegeben, aber das spielte keine Rolle. Sie war eine seltsame Art von Berühmtheit.

Er spürte, wie sie sich neben ihm anspannte, aber sie antwortete höflich: »Die bin ich.«

»Du bist unglaublich«, sagte Mary sofort. »Ich habe gelesen, was in dem Flugzeug passiert ist, und es klingt, als wäre es schrecklich gewesen. Ich meine, als ich in der Bank, in der ich arbeitete, gefangen gehalten wurde, hatte ich schreckliche Angst, aber das war nur für etwa zwanzig Minuten. Ich kann mir nicht vorstellen, über zwei Tage in dieser Situation zu sein.«

Trigger spürte, wie Gillian sich an ihn schmiegte. »Es war nicht lustig«, sagte sie zu Mary.

»Das ist die Untertreibung des Jahrhunderts«, murmelte Trigger.

»Wie wir sehen, seid ihr gerade beim Essen, also lassen wir euch in Ruhe«, sagte Truck zu ihnen. »Gillian, es war schön, dich kennenzulernen.«

»Gleichfalls«, erwiderte Gillian.

Trigger schüttelte wieder Trucks Hand und sagte: »Steht die Trainingsübung nächste Woche noch? Dein Team gegen meines?«

»Verdammt, ja«, entgegnete Truck grinsend. »Möge das bessere Team gewinnen.«

»Und das wird meins sein«, sagte Trigger. »Auf keinen Fall lassen wir uns von einem Haufen alter Männer schlagen.«

»Wir werden sehen«, sagte Truck. »Wir werden sehen.«

»Komm schon, He-Man«, stichelte Mary. »Ich habe Hunger, und wenn ihr zwei hier noch länger rumsteht und mit eurem Können angebt, bekomme ich nie etwas zu essen.«

Gillian kicherte und Trigger liebte das Geräusch. Er nickte Truck zum Abschied zu und Truck tat es ihm gleich. Dann wartete er, bis Gillian Platz genommen hatte, bevor er sich wieder auf seinem eigenen Stuhl niederließ.

»Ihr scheint euch nahezustehen«, bemerkte sie, während sie aßen.

»Das tun wir«, stimmte Trigger zu.

»Ich mag Marys Haare.«

»Wage es ja nicht, dir Strähnchen in deines machen zu lassen«, knurrte Trigger.

Gillian hob überrascht den Blick zu ihm. »Warum?«

»Weil es perfekt ist, so wie es ist. Ich liebe die Farbe, die es jetzt hat. Sie erinnert mich an die Weizenfelder, die im Mittleren Westen wachsen.«

Für eine Sekunde dachte Trigger, er wäre zu weit gegangen. Er konnte den Ausdruck auf Gillians Gesicht nicht deuten. Aber schließlich lächelte sie.

»Danke. Ich hatte nicht wirklich vor, mir die Haare färben zu lassen. Ich bewundere nur andere, denen das steht.«

Sie beendeten ihr Essen ohne weitere Unterbrechungen und Trigger war froh, als sie das laute Innere des Restaurants hinter sich ließen und wieder in seinen Wagen stiegen. Nachdem sie beide Platz genommen hatten, wandte er sich an sie. »Willst du etwas von unserem Stützpunkt sehen?«

»Gern«, sagte sie aufgeregt.

Also fuhr Trigger sie während der nächsten zwei Stunden durch Fort Hood. Er zeigte ihr, wo sein Büro war, und führte sie sogar durch einen der Fuhrparks. Als sie zugab, dass sie noch nie einen Panzer von innen gesehen hätte, fragte er einen der Mechaniker, der gerade an einem Panzer arbeitete, ob sie einen Blick hineinwerfen dürfe. Er machte Fotos von ihr, wie sie im Inneren saß, und Trigger wusste, dass er nie vergessen würde, wie glücklich sie aussah.

»Das hat Spaß gemacht«, sagte sie zu ihm, als sie den Stützpunkt verließen.

»Ja«, stimmte er leise zu.

»Was ist los?«, fragte sie und konnte seine Stimmung leicht lesen.

Trigger blickte zu ihr hinüber. Er konnte ihr Gesicht nur aus dem Augenwinkel erkennen, während sie unter den Straßenlaternen entlangspazierten, da es draußen dunkel geworden war. Er hatte alles getan, was er konnte, um ihre Zeit auf dem Stützpunkt zu verlängern, aber irgendwann hatte es nichts mehr gegeben, das er ihr zeigen konnte.

»Ich bin noch nicht bereit, dich nach Hause zu bringen«, platzte er heraus und zuckte dann zusammen. Er sollte es langsam angehen lassen, und die ganze Nacht mit ihr unterwegs zu sein war nicht gerade hilfreich.

»Ich bin noch nicht bereit, nach Hause zu gehen«, sagte sie und überraschte ihn. »Was schwebt dir denn vor?«

»Ich bin sicher, es gibt eine Spätvorstellung, die wir uns ansehen könnten«, schlug Trigger vor. »Oder wir könnten uns eine Kneipe suchen und dort etwas trinken. Oder ...« Er verstummte.

»Oder was?«

Als er wieder zu ihr hinübersah, spürte Trigger das vertraute Stechen in seinem Magen. Sie war so hübsch. Ihre Haare hatten begonnen, sich aus den Zöpfen zu lösen, und sie sah etwas zerzaust aus, nachdem sie im Inneren des Panzers herumgekrochen war. Aber sie wirkte völlig entspannt, lehnte mit einem angewinkelten Knie an der Tür seines Wagens und hatte den Fuß unter den Oberschenkel geschoben.

»Ich wollte vorschlagen, dass wir vielleicht zurück in meine Wohnung fahren und uns dort einen Film ansehen oder so. Da wäre es ruhiger und wir könnten uns leichter unterhalten ... aber ich bin mir nicht sicher, ob das eine gute Idee ist.«

»Das klingt eigentlich ganz nett«, sagte Gillian. »Ehrlich gesagt habe ich leichte Kopfschmerzen, weil ich mich heute den ganzen Tag in der Sonne aufgehalten habe.«

Trigger führte einen inneren Kampf mit sich selbst. Er wollte Gillian mit zu sich nach Hause nehmen. Wollte sie auf seiner Couch sehen, entspannt und glücklich. Aber er wusste, wenn sie dorthin zurückkehrten, würde es extrem schwierig werden, seine Hände – und seine Lippen – von ihr zu lassen. Er hatte noch nie ein Problem damit gehabt, sich in der Nähe von Frauen zu beherrschen, aber irgendetwas an Gillian brachte ihn völlig aus dem Konzept. »Bei mir bist du sicher«, versprach er ihr.

Sie sah überrascht aus, entgegnete aber: »Ich weiß. Ich hätte nicht zugestimmt, dass du mich hierher nach Killeen fährst, wenn ich nicht davon überzeugt wäre, dass ich in Sicherheit bin.«

»Wir gehen die Dinge langsam an«, fügte er hinzu, ein wenig schärfer, als er es beabsichtigt hatte.

»Das weiß ich auch«, stimmte sie zu.

»Dass ich dich in meine Wohnung mitnehme, ist kein Trick, um dich in mein Bett zu bekommen.« Trigger wusste nicht, warum er unbedingt auf dem Thema herumhacken musste. Wahrscheinlich weil ein Teil von ihm hoffte, sie würde ihm versichern, dass es in Ordnung war. Dass sie nicht mehr langsam vorgehen wollte.

Sie rutschte auf ihrem Sitz hin und her und legte ihre Hand auf seinen Arm. »Wenn du mich nach Hause bringen musst, ist das okay«, sagte sie leise.

»Nein!«, platzte er heraus.

Nach einer Weile lachten sie beide leise.

»Ich versaue das schon wieder«, sagte Trigger zu ihr, irgendwie froh, dass er fuhr und ihr nicht in die Augen sehen musste. »Ich habe es heute Abend genossen, mit dir zusammen zu sein. Du hast einfach etwas an dir, das mich glücklich macht. Du freust dich über kleine Dinge und flippst nicht aus, wenn du ein bisschen Grillsoße am Kinn hast oder meine Freunde und Bekannten kennenlernen musst. Je mehr Zeit ich mit dir verbringe, desto mehr Zeit möchte ich mit dir verbringen.«

»Mir geht es genauso. Ich fühle mich wohl in deiner Nähe, Walker. Ich habe nicht das Gefühl, dass ich vorgeben muss, jemand zu sein, der ich nicht bin. Und du hast keine Ahnung, wie toll das ist. Ich will noch nicht nach Hause zurückkehren, aber wenn es dich stresst, mich in deiner Nähe zu haben, dann kannst du mich nach Hause bringen.«

»Wie wäre es damit«, sagte Trigger, »wir fahren zu mir nach Hause und schauen einen Film. Bis der zu Ende ist, ist es nach Mitternacht, dann bringe ich dich nach Hause und wir überlegen uns, wann wir uns wiedersehen.«

»Abgemacht«, sagte Gillian sofort. »Aber ich darf den Film aussuchen.«

Trigger grinste. »Okay, aber du solltest wissen, dass ich keine romantischen Komödien habe.«

»Ich bin sicher, du hast etwas, das mir gefallen wird.«

Trigger wollte erwidern, dass er definitiv etwas hatte, das ihr gefallen würde, aber er behielt die Bemerkung für sich.

Erleichtert, dass er sich noch nicht von ihr verabschieden musste, fuhr Trigger den Rest des Weges zu seiner Wohnung mit einem breiten Grinsen im Gesicht.

Zweieinhalb Stunden später lag Trigger auf seiner Couch mit einer komatösen Gillian in den Armen. Sie hatte sich ihrer Stiefel entledigt und ihre Zöpfe gelöst. Ihr Haar war extrem wellig und fiel ihr unordentlich um die Schultern. Trigger wollte mit seinen Händen hindurchfahren, unterließ es aber.

Gillian hatte »Stirb langsam« für sie ausgesucht, einen Film, den er schon unzählige Male gesehen hatte. Sie hatten sich darüber gestritten, ob es ein Weihnachtsfilm war oder nicht, und nur etwa zwanzig Minuten, nachdem der erste Schuss auf der Leinwand gefallen war, war Gillian fest eingeschlafen.

Sie hatte neben ihm auf der Couch gesessen und ihr Hals hatte sich in einem ungünstigen Winkel zur Seite geneigt, und Trigger wusste, dass das nicht bequem sein konnte. Also zog er sie an sich und schob sie so hin, dass sein Kopf auf der Armlehne ruhte und sie sich zwischen ihn und die Lehne der Couch schmiegte.

Sie bewegte sich noch ein wenig, kam dann aber zur Ruhe. Ihre Wange lag auf seiner Brust über seinem Herzen, ein Arm und ein Bein waren über seinen Körper geschlungen. Sie hielt ihn so fest, wie er sie hielt.

Trigger war müde – es war ein langer Tag voller Vorfreude auf das Wiedersehen mit ihr gewesen –, aber er konnte nicht schlafen. Er hatte den Film ausgeschaltet und die einzigen Geräusche in der Wohnung waren Gillians tiefe Atemzüge und das gelegentliche Rufen oder Aufheulen eines Motors von draußen.

Er wusste, dass er sie aufwecken und nach Hause bringen sollte, aber Trigger konnte sich nicht dazu bringen, sich zu bewegen. Gillian zu halten fühlte sich richtig an. Es beruhigte ihn auf eine Weise, die er noch nie zuvor erlebt hatte. Er war nicht erregt, verspürte nicht das Bedürfnis zu vögeln. Er war zufrieden damit, sie einfach zu halten, während sie schlief.

Er drehte sich so, dass er eine Hand auf Gillians Hinterkopf legen konnte, und atmete tief ein. Der Duft von Heckenkirsche umgab ihn, als stünde er in einem Blumenfeld. Er würde nie wieder in der Lage sein, ihn zu riechen und nicht an diesen Moment zu denken.

Er beschloss, nur kurz die Augen zu schließen, dann würden sie beide aufstehen, damit er sie nach Hause bringen konnte. Damit ließ Trigger sich noch weiter in die Kissen fallen.

Er fiel in einen tiefen Schlaf, so zufrieden und behaglich mit der Frau in seinen Armen, dass er bis zum Sonnenaufgang nicht mehr aufwachte.

KAPITEL NEUN

Gillian wachte auf und fühlte sich so ausgeruht wie seit einer gefühlten Ewigkeit nicht mehr. Sie hatte keine schlechten Träume gehabt, an die sie sich erinnern konnte, und sie fühlte sich eigentlich ziemlich gut.

Als sie sich umdrehte, merkte sie sofort, dass sie nicht allein war. Schnell öffnete sie die Augen und bemerkte, dass sie immer noch auf Walkers Couch lag. Sie schlief sogar in seinen Armen. Sie lag mit dem Rücken zu den Kissen und ihre Brust lehnte an Walkers Seite.

Als sie den Kopf hob, starrte sie in Walkers graue Augen. Leichte Bartstoppeln erinnerten sie daran, wie er in Venezuela ausgesehen hatte. Nur dass er jetzt nicht mehr so wachsam war und etwas verletzlich wirkte.

»Morgen«, sagte er leise.

»Ich wollte nicht auf dir einschlafen«, entgegnete sie.

»Und ich wollte überhaupt nicht einschlafen«, gab er zurück. »Ich wollte nur kurz die Augen schließen und dich dann aufwecken und nach Hause bringen.«

Gillian schenkte ihm ein kleines Lächeln. »Ich bin froh,

dass du es nicht getan hast. Ich habe letzte Nacht so gut geschlafen wie seit Wochen nicht mehr.«

Er runzelte die Stirn. »Du schläfst nicht gut?«

Als sie ihren Fehler bemerkte, versuchte Gillian, die Bemerkung herunterzuspielen. »Ich meinte nur ganz allgemein.«

»Nein, mach das nicht. Du schläfst nicht gut?«, wiederholte er.

Gillian presste die Lippen aufeinander und schüttelte leicht den Kopf.

»Albträume?«

»Manchmal.«

»Flashbacks?«

Sie nickte.

»Musst du das Licht anlassen?«

Gillian nickte wieder. »Woher weißt du das?«

»Ich habe das schon erlebt, Gilly. Eine Posttraumatische Belastungsstörung ist kein Spaß.«

»Oh, es ist keine Posttraumatische Belastungsstörung«, protestierte sie. »Es fällt mir nur schwer, mich wieder an das Leben von früher zu gewöhnen.«

»Genau das ist eine Posttraumatische Belastungsstörung«, beharrte Walker.

Dann bewegte er sich so schnell, dass Gillian keine Chance hatte zu protestieren und stattdessen kurz aufschrie. Er saß aufrecht und hatte sie auf seinem Schoß, bevor sie einen Gedanken fassen konnte. Er schob seine Hände in ihr Haar auf beiden Seiten ihres Kopfes und hielt sie fest. Sie hätte sich Sorgen darüber machen sollen, wie leicht er sie manövriert hatte. Wie er sie festhielt und nicht losließ ... aber sie tat es nicht.

»Es ist nichts, wofür du dich schämen müsstest. Was du durchgemacht hast, war furchtbar, Di. Du bist verdammt stark, aber auch wenn ich dich nach Wonder Woman benannt habe, bist du nicht sie. Du musst mit jemandem reden, ich werde dir die Namen von ein paar Spezialisten besorgen. Es ist in Ordnung, wenn du das Licht anlassen musst; einige der stärksten Männer, die ich kenne, haben überall in ihren Häusern Nachtlichter. Du tust, was du tun musst, um damit fertigzuwerden. Punkt.«

»Ich habe letzte Nacht nicht geträumt«, erklärte sie ihm.

»Was?«

»Ich habe nicht geträumt. Und ich habe nicht mal gemerkt, dass das Licht nicht an war. Ich wusste, dass ich in Sicherheit bin, da du mich gehalten hast.«

»Scheiße«, sagte Walker leise und schloss kurz die Augen, bevor er sie wieder öffnete und sie mit einem Feuer anstarrte, von dem sie sich nicht losreißen wollte. »Ich werde dich küssen, Gillian«, warnte er.

»Okay«, flüsterte sie.

»Aber das ist alles. Nur ein Kuss.«

Gillian nickte und leckte sich erwartungsvoll über die Lippen.

Mit einer Hand wanderte er über ihr Haar und strich es nach unten. Dann legte er seine Finger unter ihr Kinn und hob sanft ihren Kopf an.

Gillian spürte, wie ihr Herz raste. Sie umklammerte seine Arme und grub ihre Fingernägel in seine Haut. Sie wollte, dass er sich beeilte und gleichzeitig langsamer wurde. Sie wollte, dass dieser Moment ewig dauerte, aber sie wollte auch, dass er sie endlich küsste.

Sie beobachtete, wie er sich über die Lippen leckte, dann ließ er ganz langsam den Kopf sinken.

Ein wenig wimmernd lehnte sie sich vor und kam ihm entgegen.

Zuerst war der Kuss ein wenig zaghaft. Ihre Lippen berührten sich einmal. Zweimal. Dann knurrte er und bewegte die Hand an ihrem Kinn, um ihren Nacken zu greifen. Er beugte die Finger und bedeckte ihren Mund mit seinem. Er neckte sie nicht, leckte nicht über ihre Lippen, um sie um Erlaubnis zu bitten, eindringen zu dürfen.

Er nahm sie einfach.

Und Gillian ließ ihn bereitwillig gewähren.

Sie öffnete den Mund weiter und spürte, wie er mit der Zunge über ihre strich.

Wie lange sie dort saßen und sich küssten, wusste sie nicht. Sie wusste nur, dass sie sich noch nie so erregt und geborgen gefühlt hatte wie in Walkers Armen. Er hielt sie fest an sich gedrückt. Er zog ein wenig an ihrem Haar, wenn er ihren Kopf bewegen wollte, aber es tat nicht weh. Nein, Walker Nelsons Küsse taten nicht im Geringsten weh.

Gillian saugte an seiner Zunge und spürte das Knurren, das er ausstieß, mehr als dass sie es hörte. Nicht allzu lange danach zog er sich abrupt zurück und drückte ihre Stirn auf seine Schulter. Gillian konnte spüren, wie sich sein Brustkorb unter ihr hob und senkte, und empfand eine gewisse Befriedigung darüber, dass er genauso schnell atmete wie sie.

»Heilige Scheiße«, murmelte er und Gillian konnte nicht anders. Sie kicherte.

Mit seiner Hand immer noch an ihrem Nacken zog Walker sie aufrecht. »Lachst du etwa über mich, Frau?«

Sie versuchte aufzuhören, konnte es aber nicht. Als sie sich wieder unter Kontrolle hatte und Walker in die Augen sehen konnte, war sie überrascht, wie sanft der Ausdruck in ihren Augen war.

Selbstbewusst führte sie sich eine Hand an den Mund und rieb darüber. »Was? Ist da etwas in meinem Gesicht?«

Er schob ihre Hand zärtlich beiseite und fuhr mit dem Daumen über ihre Unterlippe. »Deine Lippen sind rosa und geschwollen«, erklärte er ihr. »Ich mag es zu wissen, dass ich dafür verantwortlich bin.«

Gillian leckte über Walkers Daumen und sie bemerkte, wie seine Pupillen sich weiteten.

»Schluss damit. Sonst denke ich noch, dass du versuchst, mich zu verführen. So ein Typ bin ich nicht«, stichelte er.

Da sie sich ihrer Position in seinem Schoß bewusst war, wie sie rittlings auf ihm saß, und seinen erigierten Schwanz an sich spüren konnte, bewegte sie sich und hob die Augenbrauen an. »Ach nein?«

Plötzlich stand Walker auf und Gillian wurde einmal mehr bewusst, wie stark er war und wie leicht er ihren Körper bewegen konnte. Er stellte sie auf die Füße, zog sie aber zu sich heran. Sie berührten sich vom Oberkörper abwärts, standen einen Moment lang da und starrten sich an.

»Danke für den besten Kuss, den ich je bekommen habe«, sagte er zu ihr.

»Ich danke dir«, gab sie zurück.

»Und danke, dass du nicht ausgeflippt bist, als du heute Morgen auf meiner Couch aufgewacht bist. Ich schwöre, ich hatte gute Absichten. Ich wollte dich nach Hause bringen, dir einen Kuss auf der Türschwelle geben und dann wie ein Gentleman gehen.«

»Ich habe lieber in deinen Armen geschlafen«, sagte sie ehrlich.

»Hast du schon Pläne für heute?«, fragte er.

Gillian schüttelte den Kopf. »Nicht wirklich. Ich muss noch etwas für eine Geburtstagsparty erledigen, die ich plane, aber ansonsten ist der Sonntag mein freier Tag.«

»Wie wäre es, wenn ich dir einen Kaffee mache? Du kannst ihn trinken, während ich dusche. Dann bringe ich dich nach Hause, du kannst dich umziehen und ich führe dich zum Frühstück aus. Dann lasse ich dich in Ruhe, damit du deinen freien Tag hast.«

»Das klingt gut«, sagte Gillian. Und das tat es auch. Es würde ihr nichts ausmachen, den Tag mit ihm zu verbringen, aber sie hatte auch irgendwie das Gefühl, etwas Freiraum zu brauchen. Sie war dabei, sich Hals über Kopf in diesen Mann zu verlieben, und das machte ihr eine Heidenangst. Ja, sie war von dem Moment an, in dem sie zum ersten Mal seine Stimme gehört hatte, davon überzeugt gewesen, dass er der Richtige für sie war, aber jetzt, wo sie dabei war, ihn kennenzulernen, flippte sie ein bisschen aus, weil er so perfekt schien.

Walker beugte sich vor und küsste sie sanft auf die Stirn. Und irgendwie fühlte sich dieser Kuss genauso intim an wie der, den sie gerade miteinander erlebt hatten.

»Es gibt ein kleines Bad am Ende des Flurs. Unter dem Waschbecken ist ein Haufen zusätzlicher Toilettenartikel ... meine Mutter hat mich bei ihrem letzten Besuch damit eingedeckt. Anscheinend ist es ihr egal, dass ich fast vierzig bin, sie hat immer noch das Bedürfnis, sich um ihren Sohn zu kümmern.«

Gillian grinste. »Und dir gefällt das.«

»Natürlich tut es das. Ich glaube nicht, dass ich schon jemals in meinem Leben eine Zahnbürste gekauft habe. Ich benutze sie, bis sie auseinanderfällt, und dann bin ich verdammt froh, dass meine Mom so vorausschauend war, dafür zu sorgen, dass ich Ersatz zur Hand habe.«

Gillian lachte und wurde sich in diesem Moment klar darüber, dass sie verloren war. Eine Verabredung, eine Nacht in seinen Armen und hören, wie er sich über sich selbst lustig machte und wie sehr er es mochte, wenn seine Mutter sich um ihn kümmerte ... und schon war sie verliebt. Anstatt beängstigend zu sein, fühlte es sich einfach richtig an.

Als wüsste er, dass sich etwas verändert hatte, fuhr Walker mit dem Handrücken über ihre Wange. »Geh, Di.

Bevor ich etwas Dummes tue, dich über meine Schulter werfe und in mein Nest schleppe.«

Da sie wusste, dass er nur halb scherzte, wich Gillian langsam von ihm zurück. Sein Hemd war zerknittert und er musste sich rasieren, aber er war so schön, dass es ihr fast im Herzen wehtat.

Schließlich drehte sie sich um und machte sich auf den Weg ins Bad ... wobei sie darauf achtete, ihre Hüften ein wenig mehr als sonst zu schwingen, da sie wusste, dass er ihr auf den Hintern starrte, als sie ging.

»Ich rufe dich später an, okay?«, sagte Trigger, als er Gillian vor ihrer Tür in den Armen hielt. Er konnte sich nicht an einen besseren Morgen erinnern. Er hatte geduscht, während sie sich mit Koffein vollgepumpt hatte, dann hatten sie den ganzen Weg zurück nach Georgetown gelacht und gescherzt. Es hatte ihn alles gekostet, nicht zu ihr ins Badezimmer zu platzen, als er hörte, wie sie die Dusche anstellte.

Er konnte nur daran denken, wie sie nackt aussah, während das Wasser über ihren kurvigen Körper floss. Glücklicherweise hatte sie etwa zwanzig Minuten gebraucht, um sich fertig zu machen, und das hatte ihm die Chance gegeben, seine Libido unter Kontrolle zu bringen.

Sie hatte ihn zu einem kleinen Imbiss in der Nähe ihres Apartmentgebäudes gelotst und er hatte dort das beste Omelett bekommen, das er seit Ewigkeiten gegessen hatte. Jetzt waren sie wieder in ihrer Wohnung und er wollte sich verabschieden. Er war sich nicht sicher, wann sie sich wiedersehen würden, aber er hoffte, dass er das eher früher als später hinbekommen würde.

»Es ist mehr als okay«, versicherte sie ihm.

Er sah auf ihre Handtasche hinunter, als er das Geräusch einer weiteren SMS hörte. Sie hatte den ganzen Morgen über SMS bekommen und außer einer kurzen Antwort an ihre Freundinnen, um ihnen zu sagen, dass sie lebte und es ihr gut ginge, hatte sie sie ignoriert.

»Du bist sehr beliebt«, bemerkte er.

»Ich bin freundlich«, sagte sie mit einem Achselzucken. »Und ich kenne eine Menge Leute. Sowohl beruflich als auch privat.«

»Sei vorsichtig«, sagte Trigger zu ihr. »Ich möchte dich nicht verlieren, jetzt, wo ich dich gefunden habe.«

Ihr Gesichtsausdruck wurde sanfter. »Das werde ich.«

»Es war sehr schön mit dir«, sagte er zu ihr und verlängerte ihren Abschied.

»Mit dir ebenfalls.«

»Okay, bevor ich zu rührselig werde, gehe ich jetzt.« Er beugte sich vor und war begeistert, wie schnell sich Gillian auf ihre Zehenspitzen erhob, um seinem Mund entgegenzukommen. Er küsste sie, nicht so fest oder so lange, wie er gewollt hätte, aber lange genug, sodass sich seine Zehen kräuselten und sein Schwanz hart wurde.

»Wir sprechen uns bald wieder.«

»Okay. Bis später.«

»Tschüss, Di.«

Trigger wich zurück, dann drehte er sich um und ging zielstrebig auf das Treppenhaus zu. Er musste gehen, bevor er seinen Vorsatz, es langsam angehen zu lassen, in den Wind schoss.

KAPITEL ZEHN

Gillian lächelte, als sie den Hörer auflegte. Sie hatte gerade den Ballsaal in einem nahe gelegenen Hotel für die Feier der goldenen Hochzeit eines wirklich wunderbares Paares reserviert. Die Tochter wollte eine riesige Party für ihre Eltern veranstalten und Gillian freute sich darauf, dem Paar zu einer außergewöhnlichen Feier zu verhelfen.

Der letzte Monat war unglaublich gewesen. Obwohl ihr die Entführung auch zwei Monate später noch immer frisch im Gedächtnis war, war sie nie glücklicher gewesen.

Walker war besser, als sie es sich je von einem Freund hätte vorstellen können. Natürlich hatte sie sich in der Vergangenheit mit anderen Männern verabredet, aber sie hatte sich noch nie zuvor so behaglich gefühlt wie mit Walker. An den Tagen, an denen sie sich nicht sahen, schrieb er SMS und E-Mails und rief an. Sie hatte im letzten Monat mehr mit ihm kommuniziert als mit ihrem letzten Freund während all der Zeit, in der sie sozusagen zusammen gewesen waren.

Sie wusste, dass Walker seinen Eltern sehr nahestand,

auch wenn sie in Maine lebten. Sie genossen ihre Einsamkeit und hatten kein Problem mit den langen, kalten Wintern in dem nordöstlichen Staat, den sie zu ihrer Heimat gemacht hatten. Es war lustig, wie anders ihre Eltern waren, denn ihre waren nach Florida gezogen, weil sie die Kälte gehasst hatten. Barbara und Thomas Romano waren auch sehr gesellig. Sie wohnten direkt neben einem Golfplatz und jeden Tag fuhr ihre Mutter den Golfwagen für ihren Vater, während er neun Löcher spielte. Natürlich tat sie das nur, damit sie die anderen Ehefrauen, die ihre Männer herumfuhren, sehen und mit ihnen tratschen konnte.

Gillian hatte jedes Wochenende mit Walker verbracht. Seit jenem ersten Abend, an dem sie auf seiner Couch eingeschlafen war, war es eine unausgesprochene Vereinbarung, dass sie bei ihm übernachtete, wenn er sie ausführte. Er war nichts weiter als ein Gentleman und ging in Bezug auf ihre körperliche Beziehung nicht weiter als ein paar sehr intensive Küsse. Sie wachte in seinen Armen auf seiner Couch auf und konnte sich nicht erinnern, jemals besser geschlafen zu haben.

Letztes Wochenende hatten Ann, Wendy und Clarissa darauf bestanden, Zeit mit Walker zu verbringen, also waren sie alle zusammen mit ihren Partnern zum Essen ausgegangen. Gillian war begeistert gewesen, als Walker sich problemlos zu Tom, Wyatt und Johnathan gesellt hatte. Am Ende des Abends hatten die Männer alle Nummern ausgetauscht und Walker hatte die anderen irgendwie dazu gebracht zuzustimmen, sie im Auge zu behalten ... nur für den Fall.

Der siebente Entführer war immer noch nicht identifiziert worden und am nächsten Tag traf sie sich mit einem Mitarbeiter der Drogenbehörde und jemandem vom FBI, um im Detail zu besprechen, woran sie sich über jeden der

Passagiere, mit denen sie gefangen gehalten worden war, erinnern konnte.

Gillian freute sich nicht auf das Treffen, aber Walker hatte versprochen, sie zu begleiten, was ihr ein zehnmal besseres Gefühl bei der ganzen Sache gab. Ein Teil von ihr fühlte sich schwach, als wäre sie nicht mehr die unabhängige Geschäftsinhaberin, als die sie gern gesehen werden wollte, aber einem anderen Teil war das egal.

Sie war gern mit Walker zusammen. Und das Treffen mit den Mitarbeitern der beiden Behörden machte sie verdammt nervös. Sie war keine Unruhestifterin. War noch nie zu schnell gefahren. Zum Teufel, als sie das erste Mal einen Strafzettel wegen Falschparkens bekommen hatte, war sie fast in Panik ausgebrochen, weil es sich anfühlte, als hätte sie gegen ein wichtiges Gesetz verstoßen.

Gillian saß gerade in ihrer Wohnung und starrte ins Leere, während sie über Walker nachdachte, als ihr Telefon in ihrer Hand vibrierte. Als sie nach unten blickte, entdeckte sie eine SMS von Andrea.

Während der letzten Wochen hatte die andere Frau langsam angefangen, sich häufiger bei ihr zu melden, und Gillian war erleichtert zu sehen, dass sie begann, sich von ihrer Tortur zu erholen. Gillian wusste, dass sie viel leichter davongekommen war als Andrea. Luis hatte Gefallen an der anderen Frau gefunden und sich ihr aufgedrängt. Es war schon schwer genug für Gillian, mit dem Geschehenen zurechtzukommen ... selbst ohne die Nachwirkungen eines sexuellen Missbrauchs.

Andrea: Hey. Wie ist dein Tag gelaufen? Hast du das Hotel für diese Party gebucht?

Gillian: Ja. Das Marriott erwies sich als zu teuer, aber das Driskill ist ebenso perfekt.

Andrea: Cool!

Gillian: Wollen wir uns vielleicht bald mal auf einen Kaffee treffen oder so?

Gillian wollte Andrea wirklich gern persönlich sehen. Bisher hatte sich die andere Frau jedes Mal, wenn sie ein Treffen vorgeschlagen hatte, dagegen gesträubt und behauptet, sie sei noch nicht so weit. Dass die Dinge noch frisch in ihrem Gedächtnis wären und sie Angst hätte, dass ein Treffen mit einer der anderen Geiseln zu viele unwillkommene Erinnerungen wachrufen würde. Obwohl Gillian es hasste, dass ihr Anblick Andrea in irgendeiner Weise unglücklich machen könnte, verstand sie es vollkommen.

Andrea: Bald.

Gillian: Gut. Ich habe morgen ein Treffen mit der DEA und dem FBI. Ich freue mich nicht gerade darauf.

Andrea: Kann ich dir nicht verdenken. Die würden mich vollkommen einschüchtern.

Gillian: Eben!

Andrea: Was wollen die denn wissen?

Gillian: Ich schätze, sie versuchen immer noch, den siebenten Entführer zu identifizieren, und sie wollen, dass ich ihnen alles erzähle, woran ich mich bei jedem einzelnen erinnern kann.

Andrea: Meine Güte, die verlangen nicht viel, was?

Gillian: Nicht wahr? Ich sage ihnen immer wieder, dass ich nicht viel Zeit mit den Männern verbracht habe, da sie uns getrennt hielten, ich kann mir also nicht vorstellen, wer der andere Entführer ist. Ehrlich gesagt versuche ich, das alles hinter mir zu lassen, aber wenn das FBI dich um ein Treffen bittet, ist es irgendwie schwer, Nein zu sagen.

Andrea: Stimmt. Wie auch immer, ich bin froh, dass du die Party hinbekommen hast. Wann ist sie noch mal?

Gillian: In knapp zwei Monaten.

Andrea: Ist es nicht etwas spät, um den Ballsaal zu reservieren?

Gillian: Lol. Allerdings! Der Tochter fiel es schwer, sich für einen Veranstaltungsort zu entscheiden. Sie hatte einfach Glück, dass das Driskill noch verfügbar war. Wenn nicht, hätte die Party vielleicht im Super 8 Motel oder so stattfinden müssen.

Andrea: Ich bin sicher, wenn das passiert wäre, hättest du es immer noch fantastisch gemacht.

Gillian: Danke.

Andrea: Ich melde mich später wegen eines Treffens.

Gillian: Mach das. Pass auf dich auf und sei gnädig zu dir selbst, Andrea. Was passiert ist, war nicht deine Schuld, und du hättest nichts anders machen können, ohne dich in große Gefahr zu bringen.

Andrea: Ich werde es versuchen. Bis später.

Gillian: Tschüss.

Gillian seufzte und legte ihr Handy weg. Alles, was sie zu Andrea gesagt hatte, war die Wahrheit. Sie hätte nichts anders machen können. Hätte sie sich gegen Luis gewehrt und sich geweigert, das zu tun, was er wollte, hätte er sie umgebracht. Er hatte bereits bewiesen, dass er kein Problem damit hatte, Menschen zu benutzen und zu verletzen, um zu bekommen, was er wollte.

Sie dachte an Janet und ihre Tochter. Luis hatte immer wieder gedroht, das kleine Mädchen zu verletzen, wenn Gillian nicht tat, was er wollte, und sie wusste ohne Zweifel, dass er es durchgezogen hätte. Er hatte sogar zugelassen, dass einer seiner Freunde die kleine Renee als Schutzschild benutzte, als sie zu dem Propellerflugzeug geflüchtet waren.

Frauen und Kinder zu benutzen, um zu entkommen, war schäbig. Wirklich schäbig. Aber Gillian war nicht überrascht. Immerhin waren sie mit Drogen handelnde Terroristen.

Gillian versuchte, ihre plötzliche schlechte Laune abzuschütteln, und ging in die Küche, um sich etwas zum Abendessen zuzubereiten. Sie war nicht mehr wirklich hungrig, aber sie wusste, dass sie etwas essen musste, sonst würde ihr morgen schlecht werden, wenn sie über die Hölle sprechen musste, die sie vor zwei Monaten durchgemacht hatte.

Sie starrte ausdruckslos in ihre Speisekammer und versuchte zu entscheiden, was sie kochen sollte, als die Türklingel ertönte. Stirnrunzelnd, weil sie niemanden erwartet hatte, ging Gillian zur Eingangstür und drückte den Knopf an der Sprechanlage, um herauszufinden, wer da war.

»Hallo?«

»Hey, ich bin's.«

Sofort schlug Gillians Stimmung um. »Walker! Was machst du denn hier?«

Er lachte leise. »Lass mich rein und ich sag's dir.«

Gillian drückte sofort den Knopf, um die Tür zum Gebäude zu öffnen. Sie fuhr sich mit der Hand über das Haar und fragte sich, wie sie wohl aussehen mochte. Walker hatte ihr deutlich zu verstehen gegeben, dass er sie genau so mochte, wie sie war – mit zerzaustem Haar am Morgen oder geschminkt für eine ihrer Verabredungen –, aber sie konnte trotzdem nicht anders, als ihr Bestes für ihn geben zu wollen.

Sie hatte Walker noch nie anders als perfekt zurechtgemacht gesehen. Sogar in Venezuela. Er war schmutzig und verschwitzt gewesen, aber sie fand, dass er in seinem schwarzen Soldatenanzug trotzdem einschüchternd und *heiß* aussah. Nicht nur das, er strahlte zu jeder Zeit Selbstbewusstsein und Männlichkeit aus jeder Pore aus.

Gillian öffnete die Wohnungstür und wartete ungeduldig auf ihn, als er ins Treppenhaus kam und in ihre Richtung ging. Er hielt einen großen Blumenstrauß in der Hand und innerlich schmolz sie ein wenig dahin. Einen so großen, maskulinen Mann mit einem zarten Blumenstrauß in der Hand zu sehen, machte ihn noch hinreißender.

Das Lächeln auf seinem Gesicht, als er sich näherte, erhöhte ihren Herzschlag und sie reckte ihr Kinn, als er näher kam. Das Gefühl seiner Lippen auf ihren sandte einen elektrischen Schlag von den Haarspitzen bis zu ihren Zehen. Wie üblich vertiefte er den Kuss jedoch nicht, sondern legte seine Hand an ihre Taille und brachte sie dazu, wieder in ihre Wohnung zu gehen.

Als sich die Tür hinter ihnen schloss und er sie verriegelt hatte, fragte sie: »Was machst du denn hier?«

»Kann ich nicht mein Mädchen besuchen?«

»Natürlich«, erklärte sie ihm lächelnd, »aber es ist Mittwoch.«

»Ich darf nicht mitten in der Woche zu Besuch kommen?«, fragte er.

»Du darfst, aber du musst morgen arbeiten. Frühes Training. Und es sieht dir nicht ähnlich, an einem Mittwoch einfach so vorbeizuschauen.«

Das kleine Lächeln, das auf seinem Gesicht gewesen war, verschwand und er legte die Blumen auf ihrem Küchentisch ab. Dann beugte er sich vor und nahm ihr Gesicht in seine Hände.

Gillian liebte es, wenn er das tat. Sie blickte zu ihm auf, als er sprach.

»Der morgige Tag wird hart für dich sein. Ich wollte dich auf keinen Fall allein damit lassen, sondern ich wollte dich unterstützen. *Du* brauchst mich hier nicht, aber ich *muss* hier sein.«

Gillian konnte sich nicht daran erinnern, dass sich die Worte eines Mannes jemals so gut angefühlt hatten.

»Und das Training?«, fragte sie.

»Die Jungs wissen, dass ich nicht teilnehmen werde.«

»Das sind zwei«, sagte sie zu ihm.

»Zwei was?«

»Zweimal hast du meinetwegen schon das Training verpasst.«

Sein Lächeln war zärtlich. »Und ich würde es noch hundertmal öfter verpassen, wenn du mich brauchst.«

»Walker«, seufzte sie.

»Komm her«, sagte er und zog sie an sich.

Gillian ging bereitwillig. Ohne Schuhe war sie ein ganzes Stück kleiner als er und sie konnte leicht ihre Nase in seiner Halsbeuge vergraben. Sie atmete tief ein und liebte die Art und Weise, wie sein herber Duft ihr das Gefühl von Sicherheit und Geborgenheit gab.

Sie standen einige Minuten lang so da, bevor er sich zurückzog. »Dein Termin ist um neun, richtig?«

Sie nickte.

»Der Verkehr in Austin ist ätzend, also fahren wir um halb acht los, und wenn wir zu früh sind, können wir noch anhalten und ein paar Schokodonuts für dich besorgen.«

Lächelnd hob Gillian den Kopf. »Was habe ich getan, dass ich so viel Glück habe, dich zu finden?«

Walker antwortete nicht, aber sein Lächeln sagte alles. »Wie ist dein Anruf wegen der goldenen Hochzeit der Howards heute gelaufen? Hast du einen Veranstaltungsort gefunden?«

»Ja, das Driskill hat meinen Bedingungen zugestimmt. Die Party ist in knapp zwei Monaten.«

»Das freut mich, dass sie zugestimmt haben«, sagte er zu ihr.

»Nächstes Wochenende habe ich eine Firmenveranstaltung, die ich organisiert habe. Es ist eine lockere Angelegenheit, die der Geschäftsführer schmeißt, um seine Wertschätzung für seine Mitarbeiter zu zeigen. Er hat den Zoo in Austin für vier Stunden gemietet und es werden vier Imbisswagen in der Nähe parken, wo jeder kostenlos Mittagessen und Getränke bekommen kann ... möchtest du mich begleiten?«

»Du willst, dass ich mitkomme?«

»Nun ... ja. Ich hätte nicht gefragt, wenn ich es nicht wollte.«

»Ich werde dir nicht in die Quere kommen?«

Gillian kicherte. »Nun, wenn du darauf bestehst, mir so dicht auf den Fersen zu sein, dass ich dich jedes Mal anremple, wenn ich mich umdrehe, und wenn du mich nicht mein Ding machen lässt, um sicherzugehen, dass alles vorbereitet und startklar ist, dann wirst du das schon. Aber ich denke, ich kenne dich gut genug, um zu wissen, dass du dich zurückhalten und mich aus der Ferne beobachten wirst, also nein, du wirst mir nicht in die Quere kommen.«

Er lächelte. »Dann komme ich gern und schaue dir bei der Arbeit zu.«

»Warst du schon mal im Zoo?«

»Di, sehe ich aus wie ein Mann, der seine Zeit in Zoos verbringt?«

»Nein.«

»Richtig.«

»Du warst also noch nie da?«

Er grinste. »Nein, Gilly, ich war noch nie im Zoo.«

»Es wird dir gefallen.«

»Nichts für ungut, aber ich mag normalerweise keine Zoos. Oder Zirkusse. Ich mag es nicht, Tiere zur Belustigung von Menschen eingepfercht zu sehen. Aber abgesehen davon kann ich es kaum erwarten, nächstes Wochenende in den Zoo zu gehen, nur weil das bedeutet, dass ich mit dir zusammen sein werde und sehen kann, wie du dich in deinem Job schlägst. Das möchte ich sehr gern erleben. Und wenn du damit fertig bist, die Imbisswagen zu organisieren und dafür zu sorgen, dass jeder Mann, jede Frau und jedes Kind großen Spaß hatte, darf ich voller Stolz Hand in Hand mit dir spazieren gehen und mich geehrt fühlen, dass du *mich* auserwählt hast und nicht einen der anderen Männer, die nur scharf darauf sind, bei dir zum Zuge zu kommen.«

Gillian rollte mit den Augen. »Niemand ist *scharf* darauf, mit mir auszugehen, Walker. Du scheinst eine verdrehte Vorstellung von meiner Attraktivität zu haben.«

Walker lehnte sich zu ihr. Einen Arm legte er um ihre Taille, um sie an sich zu ziehen, und den anderen schlängelte er hinter ihren Kopf und griff ihren Nacken. »Nein, das habe ich nicht. Du bist einfach unwissend. Du siehst nicht, wie die Jungs im Supermarkt dir auf den Hintern gucken. Du ignorierst die Typen, die in diesem Wohngebäude leben und dir praktisch nachsabbern, wenn du vorbeigehst, und du nimmst keine Notiz von den vielen Soldaten auf dem Stützpunkt, die den Blick nicht von dir lassen können. Es ist mir scheißegal, ob sie hinsehen, aber solange du bei mir bist, werde ich dafür sorgen, dass sie wissen, dass du tabu bist.«

»Walker«, flüsterte Gillian, überwältigt von Gefühlen, von denen sie nicht wusste, wie sie sie verarbeiten sollte. Sie dachte immer noch, er würde Dinge sehen, die einfach nicht da waren. Sie war nicht beliebt gewesen in der Highschool. Auf dem College wurde sie nicht oft um eine Verabredung gebeten. Und seit ihrem Abschluss hatte sie Probleme, Männer zu finden, die ihr gefielen. Aber die Tatsache, dass Walker sie für die Art von Frau hielt, die

Männer einfach anstarren mussten, fühlte sich verdammt gut an.

Er lehnte seine Stirn gegen ihre, als er sie an sich drückte, und Gillian hob sein Hemd leicht an und legte ihre Hände auf die nackte Haut an seiner Taille. Sie spürte, wie er zitterte, aber er bewegte sich mehrere Minuten lang nicht.

Sie wusste sofort, dass er sich zurückziehen würde, und einen Moment lang widerstand sie. Sie hatte kein Problem damit gehabt, dass er es langsam angehen wollte. Sie hatte ihn sogar dazu ermutigt. Aber je mehr Zeit Gillian mit Walker verbrachte, desto mehr wollte sie, dass er ein bisschen schneller machte.

Sie wollte seine Hände auf ihr. Wollte wissen, wie sich all die Intensität anfühlte, die sie in seinen Blicken und seinen kurzen Küssen spürte, wenn er sich gehen ließ.

Sie wusste, dass er ein bisschen grob und überwältigend sein würde, aber sie *wollte* das. Sie wollte sich ein einziges Mal in ihrem Leben in der Leidenschaft verlieren. Jedes andere Mal, wenn sie mit einem Mann zusammen gewesen war, konnte sie nicht aufhören, darüber nachzudenken, wo sie ihre Hände hintun sollte. Oder ob die Geräusche, die sie machte, komisch waren oder nicht. Aber Gillian hatte den Eindruck, dass sie an nichts anderes als ihre Gefühle denken würde, sobald Walker endlich seine Zurückhaltung aufgab.

Als er ihren Hals und ihre Taille losließ, trat Walker tatsächlich einen Schritt zurück. »Hast du schon gegessen?«

Gillian schüttelte den Kopf.

»Worauf hast du Appetit?«

»Ich weiß es nicht. Ich bin nicht wirklich hungrig, um ehrlich zu sein.«

»Du musst etwas essen«, sagte er.

»Ich weiß.«

»Wie wäre es, wenn wir uns im Internet etwas zu essen zum Liefern bestellen?«

»Lass mich das kurz zusammenfassen, es ist okay, sich im Internet etwas zu essen zu bestellen, aber es ist nicht okay, nach einer Mitfahrgelegenheit zu suchen?«

»Richtig«, sagte er mit einem Grinsen.

»Aber jemand könnte in mein Essen spucken. Oder es mit Rattengift kontaminieren. Oder es mit Drogen versetzen oder so.«

Sie konnte sehen, wie Walker über ihre Worte nachdachte. Dann sagte er: »Du hast recht. Wenn du etwas willst, rufen wir an, um es zu bestellen, und ich hole es ab.«

»Das war ein Scherz.«

»Nein, du hast recht.«

»Ich will nichts bestellen«, sagte Gillian, eher weil sie nicht wollte, dass er jetzt, wo er da war, wieder ging, selbst wenn es nur für zwanzig oder dreißig Minuten war, um das Abendessen abzuholen. »Ich bin sicher, ich habe hier etwas, das wir zubereiten können. Im Kühlschrank ist noch etwas Hühnchen, das ich wahrscheinlich aufbrauchen muss. Wir können es überbacken, wenn das okay ist.«

»Klingt perfekt. Ich werde helfen«, sagte Walker.

Es dauerte nur etwa fünfzehn Minuten, um den Ofen aufzuheizen und das Hähnchen zuzubereiten. Sie sahen sich eine Kochsendung im Fernsehen an, bis das Huhn fertig war, dann setzten sie sich an den Tisch und aßen gemeinsam.

Gillian lebte seit fast einem Jahrzehnt allein und sie hatte sich daran gewöhnt, allein zu essen, ihre Lieblingssendungen im Fernsehen zu sehen und so ziemlich alles zu tun, was sie wollte. Aber sie war einsam gewesen. Walker an den Wochenenden zu sehen, hatte sie verwöhnt. Sie dachte die ganze Woche über an ihn und zählte die Tage herunter, bis sie ihn wiedersehen konnte.

Ja, sie war mit ihrer Arbeit beschäftigt, aber das hieß nicht, dass sie es nicht genoss, mit ihm zu reden und Zeit mit ihm zu verbringen. Dass er an einem Mittwoch auftauchte, war eine Überraschung. Eine schöne noch dazu. Und Gillian konnte spüren, wie viel zufriedener sie war, wenn er in ihrer Nähe war.

»Du ... du bleibst doch über Nacht, oder?«, fragte sie, nachdem sie gegessen und das Geschirr weggeräumt hatten.

»Das hatte ich vor ... es sei denn, du willst es nicht«, erklärte er ihr.

»Nein! Ich will. Aber du hast keine Tasche oder so dabei.«

»Die ist im Wagen. Ich wollte nichts voraussetzen.«

Gillian beschloss, es zu riskieren. Sie beugte sich vor, bis ihr Oberschenkel seinen berührte, und legte ihre Hand auf sein Knie. »Walker, ich glaube nicht, dass es ein Geheimnis ist, dass ich dich mag. Ich lebe für die Wochenenden. Du bist lustig und süß, und je mehr ich dich kennenlerne, desto mehr genieße ich es, Zeit mit dir zu verbringen. Ich kann es nicht erwarten, deine Freunde offiziell kennenzulernen, und ich hoffe sehr, dass sie mich mögen. Ich weiß, dass meine Freundinnen dich von ganzem Herzen mögen, und ich würde gern glauben, dass wir mit unserer Beziehung vorankommen. Es ist nicht anmaßend von dir zu denken, dass du die Nacht hier verbringen wirst. Ich wäre wahrscheinlich beleidigt oder zumindest sehr verwirrt, wenn du es nicht tätest. Wir reden nicht mal mehr darüber, dass ich am Wochenende bei dir übernachte. Ist das *anmaßend*? Sollte ich ein schlechtes Gewissen haben, weil ich nicht einmal darüber nachdenke, eine Übernachtungstasche mitzubringen, wenn du mich freitags abholst?«

»Nein«, knurrte er, während er sich so ruckartig über Gillian beugte, dass sie rückwärts auf die Couch fiel. Er stützte sich auf seine Hände, während er über ihr schwebte.

»Meine Freunde werden dich lieben. Tatsächlich gehen wir beide dieses Wochenende mit ihnen zu einer Veranstaltung auf dem Stützpunkt. Es ist eine Veranstaltung für Kinder und das kleine Mädchen einer unserer Freunde nimmt daran teil. Alle werden dort sein und wir werden sie anfeuern und du kannst die Jungs kennenlernen.

Ich gebe mir wirklich Mühe, dich nicht zu überfordern, Gillian, aber es ist schwer. Ich denke, das Einzige, was mich davon abhält, zu schnell zu handeln, ist die Tatsache, dass du sechzig Kilometer entfernt wohnst. Ich bin nicht der Typ, der SMS schreibt. Oder jemand, der gern viel telefoniert, aber bei dir merke ich, dass ich es nicht erwarten kann, dir von dem Scheiß zu erzählen, der mir tagsüber widerfährt. Ich musste meine Handygesellschaft anrufen und zum ersten Mal in meinem Leben das unbegrenzte SMS-Paket abschließen, nur damit ich nicht achthundert Dollar für Verbindungsgebühren ausgeben muss. Es fühlt sich irgendwie anders an, wenn du bei mir bleibst ... als wäre es einfach selbstverständlich. Aber ich würde niemals meine Anwesenheit bei dir übertreiben oder etwas tun wollen, das dir Unbehagen bereitet ... wie mich selbst ohne deine Erlaubnis zum Bleiben einzuladen.«

»Erlaubnis erteilt«, sagte Gillian und fuhr mit ihren Händen unter seinem T-Shirt zu seiner Brust hinauf. Er konnte ihre Hände nicht ergreifen und sie aufhalten, da er seine Arme benutzte, um sich aufrecht zu halten.

Sie spürte, wie sich seine Brustwarzen bei ihrer Berührung sofort verhärteten, aber bevor sie die Tatsache, dass sie ihn anmachte, überhaupt genießen konnte, stand er schon neben der Couch.

»Ich hole meine Tasche. Schließ die Tür hinter mir ab.«

Und bevor Gillian etwas sagen konnte, war er verschwunden.

Es gab keinen Zweifel, Walker war intensiv und ein

ganzer Mann. Aber er hielt sich sehr zurück, und das begann, sie zu beunruhigen.

Sie holte tief Luft und versuchte, ihre außer Kontrolle geratenen Hormone in den Griff zu bekommen. Sie war feucht zwischen den Beinen, so wie sie es meistens war, wenn Walker den Alphamann spielte. So sehr sie auch seine Hände an ihr haben wollte, hatte sie doch das Gefühl, er würde es wert sein, wenn sie nur warten könnte, bis *er* bereit war.

KAPITEL ELF

So sehr Trigger es auch genossen hatte, mit Gillian in seinen Armen aufzuwachen – sie hatte sich geweigert, in ihr Bett zu gehen, und es vorgezogen, mit ihm auf der Couch zu bleiben –, so wusste er doch, dass sie etwas zu erledigen hatten. Er musste sie aufwecken, ihr etwas Kaffee einflößen und sie zum Gerichtsgebäude in der Innenstadt bringen, um sich mit der DEA und dem FBI zu treffen.

Sie hatten gestern Abend ein wenig darüber geredet und er wusste, dass Gillian selbst immer noch keine Ahnung hatte, wer der siebente Entführer sein könnte. Sie neigte dazu, Leyton zu verdächtigen, aber seine Handlungen ließen sich durch den Schock über die Geschehnisse erklären. Sie war nervös wegen des Verhörs, von dem sie sicher war, dass sie es durchmachen würde, obwohl Trigger versucht hatte, ihr zu versichern, dass es nur ein Treffen sein würde und kein Verhör.

Selbst mit seinem Sicherheitsstatus dürfte er nicht an der Besprechung teilnehmen; dies war nicht seine Untersuchung. Es war frustrierend, aber er hatte es nicht anders erwartet. Er konnte nur versuchen, Gillian so gut wie möglich zu beruhigen.

Sie war ruhig an diesem Morgen, und das war nicht normal. Er hatte inzwischen genügend Morgen mit ihr verbracht, um zu wissen, dass sie von Natur aus gesprächig war und nicht davor zurückschreckte, über alles zu reden, was ihr nach dem Aufwachen in den Sinn kam. Aber heute Morgen war sie nicht so lebhaft wie sonst.

Trigger hasste es, dass sie sich wegen des Treffens Sorgen machte, aber er konnte nicht viel dagegen tun und hielt einfach ihre Hand, als er sie in die Innenstadt von Austin fuhr. Der Verkehr war wie immer schlimm, aber da sie sehr früh losgefahren waren, machte sich keiner von ihnen deswegen Stress.

Nachdem er in einem Parkhaus in der Nähe des Gerichtsgebäudes geparkt hatte, drehte er sich zu Gillian um. »Alles okay?«

Sie holte tief Luft. »Ja. Ich ... ich versuche nur ständig herauszufinden, wer da mit drinstecken könnte. Und es scheint unmöglich, dass *irgendjemand* mit diesen Mördern unter einer Decke stecken könnte. Jeder, den ich gesehen habe, hat geweint oder sich wie ein Zombie verhalten, weil er geschockt war von dem, was passiert ist. Sogar die Männer. Okay, sie weinten nicht, aber es war offensichtlich, dass sie nicht glücklich waren. Sie waren diejenigen, die nach unserer Landung in Venezuela die Leichen der Passagiere der ersten Klasse aus der Luke werfen mussten, und es war einfach schrecklich. Es ist schwer zu glauben, dass jemand so ein guter Schauspieler ist. Vielleicht haben Brain und die anderen Beamten das Gespräch zwischen den anderen Entführern falsch übersetzt? Vielleicht ist noch jemand ganz anderes beteiligt?«

Trigger wollte ihr zustimmen, aber er konnte es nicht. Er

schüttelte traurig den Kopf. »Es war nicht zu überhören, was sie gesagt haben, Gilly.«

»Ich hasse das«, flüsterte sie.

Ohne ein Wort ließ Trigger ihre Hand los und kletterte aus dem Wagen. Er ging schnell zur Beifahrertür, öffnete sie und anstatt ihr hinauszuhelfen, schlang er die Arme um sie und zog sie an sich. Sie schmiegte sich an seinen Oberkörper und klammerte sich mit mehr Verzweiflung an ihn, als er in ihr gespürt hatte, seit er sie zum ersten Mal auf dem Rollfeld in Venezuela in die Arme genommen hatte.

»Es wird alles gut«, murmelte er.

»Ich weiß«, erwiderte sie.

Trigger gab ihr noch ein paar Augenblicke, dann zog er sich zurück und legte seine Hände auf ihre Schultern. »Es ist nicht deine Aufgabe herauszufinden, wer hier der Bösewicht ist. Du musst nur den Ermittlern alles erzählen, woran du dich erinnern kannst. Hinterfrage nicht die Handlungen der anderen. Sie werden deine Informationen mit den Daten vergleichen, die sie aus den anderen Geiselbefragungen erhalten haben, und hoffentlich zu einer Schlussfolgerung kommen. Es ist *nicht* deine Aufgabe, ihnen zu sagen, wer deiner Meinung nach der siebente Entführer ist. Sie sind die Experten, nicht du, verstanden?«

Gillian holte tief Luft, dann nickte sie. »Ich danke dir. Das musste ich hören.«

Trigger beugte sich vor und küsste sie sanft, dann sagte er: »Gut. Bereit?«

»Bereit«, entgegnete sie mit energischerer Stimme.

Er konnte nicht anders, als stolz auf sie zu sein. Sie stieg aus seinem Wagen und er schloss ihn ab, während sie Hand in Hand aus dem Parkhaus in Richtung Gerichtsgebäude gingen.

Gillian setzte sich auf den Stuhl, auf den der DEA-Ermittler deutete, und wischte sich die verschwitzten Handflächen an ihrer Hose ab. Sie versuchte, sich in ihrem Leben von niemandem einschüchtern zu lassen; sie hatte sich schon mit Geschäftsführern, Vorstandsvorsitzenden, Managern einiger der besten Hotels der Welt und Politikern getroffen, ohne mit der Wimper zu zucken.

Aber aus irgendeinem Grund machte ihr das Zusammensitzen mit FBI Special Agent Tucker und Calum Branch, dem DEA-Ermittler, Angst.

»Danke, dass Sie heute zu uns gekommen sind«, sagte Gary Tucker. Er war ein Mann mittleren Alters mit zurückweichendem Haaransatz und einem leichten Bauch. Er war so gekleidet, wie sie sich einen typischen FBI-Agenten vorstellte ... schwarze Hose, dunkles Hemd und eine blaue Krawatte, die nicht zu seiner Hose passte.

»Ja. Wir sind beide sehr froh, dass Sie leben und gesund sind«, fügte Calum hinzu. Er war etwas jünger als Gary und trug Jeans, Cowboystiefel und ein graues, langärmeliges Hemd mit Knöpfen. Er hatte sogar einen Cowboyhut auf dem Tisch neben sich liegen. Aber statt wie ein texanischer Cowboy sah er wie ein Tourist aus, der zu sehr versuchte, einem einheimischen Farmer nachzueifern.

»Damit sind wir schon zu dritt«, sagte Gillian nervös. Sie wünschte sich, Walker wäre bei ihr, aber sie verstand, warum er es nicht sein konnte. Er saß direkt vor dem kleinen Besprechungsraum und sah viel zu groß aus für den unbequemen kleinen Bürostuhl, in dem er sich niedergelassen hatte. Er hatte versprochen, sich nicht zu rühren und gleich da zu sein, wenn sie fertig war, egal wie lange das Gespräch dauerte.

»Wenn es Ihnen recht ist, kommen wir gleich zur Sache«, sagte Gary. »Wie wäre es, wenn Sie uns erzählen, was von dem Moment an, in dem Sie merkten, dass etwas nicht stimmt, bis zu Ihrer Rettung passiert ist.«

Gillian wollte lachen. Sie machten keine Witze. Sie holte tief Luft und erzählte ihnen alles, woran sie sich erinnern konnte. Wie verängstigt sie gewesen war, als sie erkannte, was passierte und dass die Entführer tatsächlich einige der Passagiere getötet hatten. Wie erschrocken sie gewesen war, als Luis ihr sagte, dass sie diejenige sein würde, die mit dem Vermittler sprechen würde. Sie erzählte den beiden Männern sogar, wie sehr sie den ersten Vermittler gehasst hatte, wie er nicht zugehört hatte und dass sie dachte, es sei seine Schuld, dass ein weiterer Passagier getötet worden war.

Sie lobte Walker und sagte, dass er einen erstaunlichen Job gemacht hatte, sie ruhig zu halten, ihre dürftigen Hinweise entschlüsselte und dafür sorgte, dass sie Nahrung und Wasser bekamen. Er hatte auch nicht dafür gesorgt, das noch jemand anderes ermordet wurde, was in Gillians Augen ein großes Plus war.

Sie dachte, sie hätte sachlich erzählt, was sie empfunden hatte, aber offensichtlich hatten die Männer ihre Gefühle für Walker bemerkt.

»Hatten Sie und Mr. Nelson vor der Entführung eine Beziehung?«, fragte Calum.

Entsetzt schüttelte Gillian den Kopf. »Nein! Ich hatte ihn vorher noch nie getroffen. Wir verkehren nicht gerade in denselben Kreisen.«

»Was wollen Sie damit sagen?«, fragte Gary.

»Genau das, was ich gesagt habe. Er ist bei der Armee. Er lebt sechzig Kilometer von mir entfernt. Ich bin mit meinem Leben und meinem Job beschäftigt, genau wie er. Er war in Venezuela, um seinen Job zu machen, und ich wurde dort ... nun ja, gefangen gehalten.«

»Aber Sie und er sind doch jetzt zusammen«, beharrte Gary.

»Ja«, sagte Gillian mit energischer Stimme. Sie hatte nicht vor, sich für Walker zu schämen.

»Finden Sie das nicht seltsam?«, bohrte Calum nach.

Sie runzelte die Stirn. »Was soll ich seltsam finden?«

»Dass Sie beide zufällig in der Nähe voneinander wohnen und er derjenige ist, der die Geiseln aus dem Flugzeug befreien sollte.«

Gillian starrte den DEA-Agenten ungläubig an. »Wollen Sie damit andeuten, dass ich unser Treffen irgendwie arrangiert habe? Dass wir das geplant haben?«

»Nun, nein«, ruderte Calum ein wenig zurück, »aber Sie müssen zugeben, dass es ein wenig zu zufällig ist.«

»Nein, das tue ich nicht«, feuerte sie zurück. »Genauso wenig zufällig wie für jeden anderen in diesem Flugzeug, der nach Texas unterwegs war. Die meisten von ihnen leben hier, so wie ich. Und ich kann nicht glauben, dass Sie hier sitzen und mich beschuldigen ... was werfen Sie mir vor?«

Calum hob die Hände in einer versöhnlichen Geste, aber Gillian merkte, dass sie ein bisschen herablassend war. »Ich werfe Ihnen gar nichts vor. Ich denke nur laut nach.«

»Dann könnten Sie vielleicht damit aufhören, denn es nervt mich.«

Sie glaubte, Gary leise lachen zu hören, aber er überspielte es geschickt mit einem Husten. »Wir machen nur unsere Arbeit, Ma'am«, erklärte er ihr. »Ich weiß, das ist schwer, aber versetzen Sie sich in unsere Lage. Wir können nicht alles abtun, was uns zu dem siebenten Entführer führen könnte. Wollen Sie, dass diese Person weiterhin frei herumläuft? Um sich möglicherweise an weiteren terroristischen Aktivitäten zu beteiligen, die beim nächsten Mal den Tod von mehr Menschen zur Folge haben könnten?«

»Natürlich nicht«, sagte Gillian, »aber –«

»Richtig, wir müssen also manchmal unbequeme Fragen stellen«, fuhr Gary geschickt fort. »Nicht dass wir glauben, dass *Sie* der unbekannte Entführer sind ... aber Sie könnten es sein. Ich meine, es wäre ziemlich schlau von Luis, jemanden, mit dem er unter einer Decke steckt, ans Telefon zu setzen, um mit den Vermittlern zu sprechen.«

Gillian konnte den anderen Mann nur erstaunt anstarren. »Ich bin kein Terrorist«, beharrte sie.

»Ist das nicht das, was der siebente Entführer behaupten würde?«, fragte Gary.

Hinter ihren Augen begann ein schmerzendes Pochen.

»Fürs Protokoll, wir glauben nicht, dass Sie diejenige sind, die wir suchen«, sagte Gary, offensichtlich in der Erwartung, dass sie die Tatsache abtun würde, dass er sie so deutlich beschuldigt hatte, mit Mördern zusammenzuarbeiten. »Aber Sie können sicher verstehen, worauf wir hinauswollen.«

»Wir müssen die Passagierliste einen nach dem anderen durchgehen. Wir möchten, dass Sie uns alles sagen, woran Sie sich bei jedem Passagier erinnern können. Was er anhatte, ob Sie sich mit ihm unterhalten haben und was Sie über ihn denken. Die kleinste Sache, an die Sie sich erinnern, könnte den Unterschied ausmachen, ob diese Person gefasst wird oder ob sie frei herumläuft, verstehen Sie?«

Ja, Gillian verstand. Sie verstand, dass dies ein verdammt langer Tag werden würde. Viel länger, als sie es erwartet hatte. Sie dachte kurz an Walker, der in diesem winzigen, unbequemen Stuhl vor der Tür saß, und sie fühlte sich schlecht. Dann hatte sie keine Zeit mehr, an etwas anderes zu denken als an ihre Mitgeiseln.

Gary und Calum begannen damit, ihr Bilder von den Passagieren der ersten Klasse zu zeigen. Sie wollten wissen, woran sie sich während des ersten Teils des Fluges erinnerte. Haben sie nach vielen Getränken gefragt? Sind sie aufgestanden, um auf die Toilette zu gehen?

Gillian versuchte, den Ermittlern zu sagen, dass sie niemandem außerhalb ihrer Reihe Aufmerksamkeit geschenkt hatte, aber sie drängten weiter. Sie wollten etwas über die Flugbegleiter wissen; sah einer von ihnen verdächtig aus, hatte sie etwas Seltsames an ihnen bemerkt, waren sie besonders freundlich zu einem der Passagiere?

Die Fragen gingen weiter und weiter und die meisten Antworten von Gillian waren: »Ich weiß es nicht«, oder: »Nicht dass ich es bemerkt hätte.«

Dann wurde das Interview härter.

Ihr wurde ein Bild nach dem anderen von ihren Mitreisenden gezeigt und sie wurde gefragt, was sie über jede Person dachte. Die Ermittler wollten, dass sie über ihre Persönlichkeiten spricht, wie sie mit der Gefangenschaft umgingen und alles, woran sie sich erinnern konnte. Im Detail.

»Wie wäre es mit Janet Cagle?«, fragte Gary und zeigte Gillian ein Bild der jungen Mutter.

»Sie war zu Tode verängstigt«, erzählte Gillian. »Die Entführer haben sie und ihre Tochter Renee ständig bedroht. Die meiste Zeit saßen sie auf dem Boden zwischen den Sitzen und versuchten, unsichtbar zu sein.«

»Welcher der Entführer hat das Mädchen als Schutzschild benutzt, als sie versuchten, in die Propellermaschine zu fliehen?«, fragte Calum.

»Ich bin mir nicht sicher ... Isaac? Carlos? In dem Chaos habe ich nicht darauf geachtet. Sie haben ein paar Männer und Frauen auf die Rutsche gezwungen und bis Alberto mich gepackt hat, habe ich nicht gemerkt, was genau sie gemacht haben.«

»Was haben sie denn gemacht?«, fragte Gary.

Gillian seufzte. Sie hatte das Gefühl, dass er die Antwort

auf seine eigene Frage kannte, aber sie wollten hören, was sie zu sagen hatte. »Sie haben versucht, Unsicherheit für unsere Retter zu schaffen. Mit einer Frau und einem Mann als Paar, die alle auf das kleinere Flugzeug zuliefen, wäre es auf den ersten Blick schwer zu erkennen, wer ein Entführer und wer eine Geisel war.«

Beide Männer nickten. »Was ist mit Maria Gomez?« Gary legte ein weiteres Bild vor sie hin.

Und so ging es weiter. Die Bilder kamen weiter, eines nach dem anderen. Camile Millan, Rebecca Crawford, Reed Stonegate, Charles Wayman. Ihre Gesichter überschlugen sich, während Gillian ihr Bestes tat, um sich an jedes kleine Detail der einzelnen Personen zu erinnern. Es war schwer, denn die meisten der Männer hatte sie nur aus der Ferne gesehen und keinen wirklichen Kontakt mit ihnen gehabt. Aber natürlich waren Gary und Calum damit nicht zufrieden. Sie verlangten nach mehr.

»Leyton Morales«, sagte Gary und legte ein weiteres Bild vor sie hin.

Gillian nahm einen Schluck Wasser und zögerte ein wenig. Sie wollte nichts Schlechtes über jemanden sagen. Wollte niemanden als Entführer hinstellen, wenn er es nicht war. Sie würde sich schrecklich fühlen, wenn sie ungerechtfertigt beschuldigt würden. »Er ... ähm ... ich fand ihn ein bisschen seltsam«, sagte sie schließlich.

»Inwiefern seltsam?«, fragte Calum.

»Einfach ... seltsam. Er starrte die Frauen aufmerksam an. Er schenkte auch den Entführern viel Aufmerksamkeit. Vielleicht stand er aber auch unter Schock. Ich weiß, dass es mir schwerfiel, alles zu verarbeiten, was da passierte. Er schien nicht ganz so verängstigt zu sein wie der Rest von uns. Ich meine, ich kenne ihn überhaupt nicht, vielleicht hatte er ein schreckliches Leben, und mit einer Waffe bedroht zu werden war keine große Sache für ihn, und deshalb hatte er nicht so viel Angst.« Gillian wusste, dass sie gerade sehr schnell redete und nach Entschuldigungen für Leyton suchte, aber sie konnte nicht anders.

»Geben Sie uns ein Beispiel«, bat Gary.

Seufzend nickte Gillian. »Als die Entführer die Rutsche aufpumpten und anfingen, die Leute rauszuschubsen, hat er irgendwie nur dagestanden und zugesehen. Als Alberto mich gepackt hat, hat Leyton ihm gesagt, dass *er* mit mir zur Rutsche gehen würde. Aber, um fair zu sein, Wade hat sich auch freiwillig gemeldet, um mit mir zu gehen. Ich glaube, sie wollten mich beide von Alberto wegbringen, was wirklich mutig von ihnen war. Alberto hat sich geweigert und dann hat Leyton tatsächlich nach meinem freien Arm gegriffen. Er und Alberto haben sich eine Sekunde lang ein Tauziehen um mich geliefert. Schließlich schob Alberto ihn mit einer Hand an der Brust von mir weg, aber Leyton wich nicht sehr weit zurück. Er starrte uns einfach weiter an. Als ich mich abmühte und versuchte, nicht in das kleinere Flugzeug geschoben zu werden, bemerkte ich, dass Leyton wieder in der Nähe stand und einfach nur zusah. Oder vielleicht starrte er ins Leere.«

»Haben Sie Wade gesehen?«, fragte Gary.

»Nein.«

»Hmmm«, sagte Gary.

Er sagte nicht mehr als das. Nur *Hmmm*. Es war zum Verrücktwerden.

»Was ist mit Andrea Vilmer? Wir haben gehört, sie hatte es im Flugzeug schwer.«

Das war die Untertreibung des Jahrhunderts. Gillian nickte.

»Was können Sie uns darüber mitteilen?«

»Was wollen Sie denn wissen?«

»Alles, woran Sie sich erinnern können«, sagte Gary ohne jede Emotion.

Ihre Frustration steigerte sich erneut. »Wollen Sie wissen, welchen Ausdruck von Abscheu sie hatte, als Luis ihr obszön den Hals leckte? Wie verängstigt sie war, als er beschloss, sie anzugreifen? Wie sie verängstigt wimmerte, als er sie durch den Gang des Flugzeugs zerrte? Vielleicht wollen Sie wissen, wie lange es dauerte, bis er kam, als er sie zwang, seinen Schwanz zu lutschen, genau dort in einer der Reihen des Flugzeugs? Was *genau* wollen Sie wissen?«

Sie atmete schnell, als sie fertig war, aber sie holte tief Luft und fuhr in einem gleichmäßigeren Ton fort: »Ich weiß nicht, warum Luis sie ausgesucht hat. Wahrscheinlich nur, weil sie hübsch ist. Ich schäme mich zuzugeben, dass ich damals einfach nur erleichtert war, dass ich es nicht war ... aber das heißt nicht, dass ich nicht an ihrer Stelle entsetzt war. Es gab nichts, was wir hätten tun können, und das wussten wir. Hätten wir versucht, uns einzumischen, hätte er uns, ohne mit der Wimper zu zucken, umgebracht. So kaltherzig war er. Ich glaube, Luis war der Erste, der gesagt hat, dass er sie mitnimmt, und das ist wahrscheinlich auch der Grund, warum Alberto versucht hat, mich in dieses Propellerflugzeug zu zerren.«

»Sie haben noch Kontakt zu Andrea«, sagte Gary. Es war keine Frage.

»Ja. Per SMS. Sie kommt mit dem, was passiert ist, nicht sehr gut klar. Sie macht eine Therapie, aber ich bin mir nicht sicher, ob die schon hilft.«

»Sie haben auch mit anderen gesprochen, richtig?«, fragte Calum.

Gillian nickte wieder. »Ja, ein paar von uns schicken sich regelmäßig Nachrichten und E-Mails. Wir haben das Gefühl, dass dieses Erlebnis uns zusammengeschweißt hat. Wir sind durch die Hölle gegangen und haben irgendwie überlebt.«

»Wie oft sprechen Sie mit ihnen?«

Gillian zuckte mit den Schultern. »Ich weiß es nicht. Mit einigen rede ich mehr als mit anderen. Ich schreibe Andrea ziemlich regelmäßig SMS. Und Janet schickt mir Nachrichten und Bilder von Renee. Wir haben darüber gesprochen, wie wir am besten mit den Gefühlen der Wut umgehen, die wir alle noch zu haben scheinen. Darüber, wie unfair es war, dass es uns passiert ist.«

»Was ist mit Alice Hicks und ihrem Mann Wade?«, fragte Calum. »Sie haben neben ihnen gesessen, bevor das Flugzeug übernommen wurde, richtig?«

»Ja.«

»Haben Sie zu ihnen Kontakt?«

»Ich habe ein oder zwei E-Mails bekommen. Die Situation war wirklich schwer für Alice. Sie und Wade sind frisch verheiratet. Sie schliefen, als alles begann, und wurden getrennt. Alice scheint die Art von Frau zu sein, die in stressigen Situationen überhaupt nicht gut zurechtkommt. Sie weinte viel und ich sah, wie Wade sein Bestes tat, um während der ganzen Tortur Augenkontakt mit ihr herzustellen.«

»Was ist mit Muhammad Nassar? Er ist Moslem. Haben Sie gesehen, dass er persönlichen Kontakt mit den Entführern hatte?«

»Nein«, antwortete Gillian. »Wie ich schon oft gesagt habe, hatte ich überhaupt keinen Kontakt zu den Männern. Ich habe die meisten von ihnen nicht einmal gesehen. Ich könnte Ihnen nicht sagen, was Muhammad getan hat, obwohl ich es nicht für fair halte, ihn allein aufgrund seiner religiösen Überzeugung für den siebenten Entführer zu halten.«

»Wir haben ihn nicht beschuldigt«, sagte Calum sanft. »Wir versuchen nur, so viele Informationen wie möglich über alle zu sammeln.«

Und so ging die Befragung weiter. Alejandro Chavez,

Mateo Herrera ... sie gingen jede einzelne Person durch, auch die Passagiere aus Kanada, Japan, Kolumbien, Panama, Indien, Nicaragua ...

Als sie fertig waren, konnte Gillian kaum noch klar denken.

Sie fühlte sich, als hätte sie den härtesten Test der Welt absolviert ... und wäre durchgefallen. Sie glaubte nicht, dass sie ihnen etwas Nützliches gegeben hatte. Wenn sie einen Verdacht gehabt hätte, wer der Wolf im Schafspelz sein könnte, hätte sie es schon früher gesagt. Die ganze Befragung schien so sinnlos zu sein. Interessierte es sie wirklich, wer wegen des Mangels an Nahrung und Wasser Magenprobleme hatte und wer nicht?

»Wenn Ihnen noch etwas einfällt, was Sie uns heute nicht erzählt haben, melden Sie sich bitte so schnell wie möglich bei uns«, sagte Gary zu ihr. »Alles, und sei es scheinbar noch so unbedeutend, könnte den Unterschied ausmachen, ob wir einen weiteren Terroristen von der Straße holen oder ob wir zulassen, dass er auch in Zukunft das Leben anderer ruiniert.«

Nun, hm, kein Druck, dachte Gillian. Sie nickte.

»Und Sie müssen extrem vorsichtig sein«, fügte Calum hinzu. »Sie wurden von Luis aus irgendeinem Grund ausgewählt, deren Sprecherin zu sein. Es könnte sein, dass der siebente Entführer wirklich derjenige war, der das Sagen hatte, und er hat Sie ausgewählt. Bis diese Person hinter Gittern ist, könnte Ihr Leben in Gefahr sein.«

Gillian erschauderte. War *das* nicht ein lustiger Gedanke? »Glauben Sie wirklich, dass, wer auch immer es ist, hinter mir her ist?«

»Das ist es ja, wir wissen es einfach nicht«, erklärte Gary ihr. »Aber Sie zu töten könnte eine Möglichkeit sein, sich dafür zu rächen, dass sechs seiner Freunde die Mission nicht überlebt haben.«

»Sie mussten wissen, dass die Wahrscheinlichkeit, dass sie nicht überleben, ziemlich groß ist«, beharrte Gillian.

Beide Ermittler zuckten mit den Schultern.

Großartig. Einfach großartig. »Kann ich jetzt gehen?«, fragte sie und hasste es, wie schwach ihre Stimme klang.

Gary und Calum standen auf, wobei ihre Stühle ein unangenehmes und ohrenbetäubendes Quietschen von sich gaben, als sie sie zurückschoben.

Steif nickte Gillian ihnen zu, ohne sich die Mühe zu machen, ihnen die Hand zu geben, und machte sich auf den Weg zur Tür. Sie wusste, dass die Männer nur ihre Arbeit machten, aber sie musste raus aus diesem Raum.

In der Sekunde, in der sie die Tür öffnete, war Walker da. Er stand vor ihr und sagte etwas, aber sie hörte es nicht. Sie ging auf ihn zu und lehnte ihren Kopf an seine Brust. Er schlang die Arme um sie und hielt sie fest.

Gillian hatte nicht einmal die Kraft, im Gegenzug ihre Arme um ihn zu legen. Sie stand einfach in seiner Umarmung, ließ die Arme schlaff an ihren Seiten hängen und schloss die Augen.

Walker hatte sie. Er würde dafür sorgen, dass sie nach Hause kam. Sie musste an nichts anderes denken als daran, wie gut er roch und wie dankbar sie war, dass er da war.

Trigger wollte unbedingt wissen, was zum Teufel hinter der geschlossenen Tür des Besprechungszimmers geschehen war. Seine Frau war verdammt erschöpft und fast katatonisch. Er hätte sich mehr anstrengen müssen, um mit ihr da rein zu dürfen. Er hätte dafür sorgen müssen, dass die beiden Ermittler sie nicht zu sehr bedrängten.

»Was haben Sie getan?«, knurrte er, als Gary und Calum den Raum verließen.

Beide schauten überrascht über seinen giftigen Tonfall. Sie sahen von ihm zu Gillian und dann wieder zurück.

»Sie hat sich gut geschlagen«, sagte Gary leise. »Viel besser, als wir erwartet hatten.«

»Es hat vielleicht ein bisschen länger gedauert als bei den anderen, aber sie hatte eine Menge wirklich nützlicher Informationen«, sagte Calum.

Wieder trat Trigger sich mental dafür, dass er sie nicht wenigstens zu einer Pause gezwungen hatte. Gillian war mehr als fünf Stunden bei ihnen gewesen. Sie hatte das Mittagessen verpasst und war offensichtlich zu weit getrieben worden.

Er wollte die Ermittler zur Rede stellen, wusste aber, dass das die Heimkehr von Gillian verzögern würde, also wandte er sich von den beiden Männern ab und beugte sich zu der erschöpften Frau in seinen Armen hinunter. Sie war verdammt stark, aber auch Superhelden hatten ihre Belastungsgrenze.

»Bereit, nach Hause zu fahren?«, fragte er sanft.

Sie nickte an seiner Brust.

»Willst du, dass ich dich trage?«

Sie schüttelte den Kopf, bewegte sich aber nicht.

Trigger konnte sich ein Lächeln nicht verkneifen. Er drängte sie nicht, sondern wartete einfach, bis sie genügend Kraft gesammelt hatte, um an seiner Seite aus dem Gebäude zu gehen. Etwa eine Minute später spürte er, wie sie tief einatmete und sich von ihm entfernte.

Er ließ sie nicht weit gehen und hielt seinen Arm um ihre Taille. Sie lehnte sich schwer an ihn und er spürte, wie sie ihren Finger in eine der Gürtelschlaufen seiner Jeans einhakte. Er wollte sie fragen, was passiert war, was gesagt wurde, aber er wusste, dass das das Letzte war, was sie brauchte. Im Moment brauchte sie etwas zu essen und das Gefühl von Sicherheit.

Gillian brauchte seinen Schutz nicht, weil sie schwach war. Sie war weit davon entfernt. Aber er musste ihn ihr geben, weil sie ihm wichtig war. Während des letzten Monats hatte er sich dabei ertappt, dass er fast jede Minute des Tages an sie dachte. Sie war schnell zu einem der wichtigsten Menschen in seinem Leben geworden. Und er würde verdammt sein, wenn er irgendetwas tun würde, was ihr in irgendeiner Weise schaden könnte.

Er brachte sie zu seinem Wagen und half ihr, sich anzuschnallen. Sie schloss die Augen und stützte den Kopf an die Rückenlehne des Sitzes. Die Erschöpfung war an ihrer Körpersprache abzulesen. Bevor er das Fahrzeug startete, nahm Trigger sich die Zeit, um in einem Imbiss in der Nähe ihrer Wohnung etwas zu essen für sie zu bestellen. Er hielt an, um es abzuholen, bevor er zu ihrer Wohnung fuhr. Sie fragte nicht einmal, was er bestellt hatte oder was er vorhatte, so müde war sie.

Als sie ihre Wohnung betraten, drehte sie sich zu ihm um. »Ich werde mich jetzt hinlegen ... ist das in Ordnung?«

Er hasste es, sie so zu sehen. »Du musst mich nicht um Erlaubnis bitten, wenn du dich in deiner eigenen Wohnung hinlegen willst, Gilly. Geh schon. Ich bringe dir gleich etwas zu essen.«

»Ich bin nicht hungrig.«

»Ich weiß, aber du musst etwas essen.«

Eine Sekunde lang sah sie aus, als wollte sie mit ihm streiten, aber schließlich nickte sie nur und ging den Flur hinunter. Er hasste es, wie sie die Schultern hängen ließ und aussah, als hätte sie gerade zehn Runden in einem Boxring hinter sich gebracht.

Er gab ihr zwanzig Minuten – die längsten zwanzig Minuten seines Lebens –, bevor er ihr folgte. Er hatte eine Schüssel mit ihrer Lieblings-Hühnchen-Fajita-Suppe und zwei von den Brotstangen, von denen sie immer schwärmte, bei sich. Sie waren weich und buttrig und würden ihr den nötigen Energieschub geben.

Sie lag auf der Seite in ihrem Bett mit dem Rücken zur Tür. Trigger stellte die Speisen ab und setzte sich auf die Bettkante. Er legte eine Hand auf ihren Oberschenkel und wartete darauf, dass sie sich rührte. Er wusste, dass sie wach war, denn sie hatte sich versteift, als er sich hingesetzt hatte, damit sie nicht in ihn hineinrollte.

Mit der Geduld, die er in seinem Training zum Delta-Force-Soldaten gelernt hatte, wartete Trigger. Schließlich rollte sie sich herum und starrte zu ihm hoch.

»Bist du in Ordnung?«, fragte er leise.

Sie nickte. »Ja. Ich ... es war nur sehr viel.«

»Es tut mir leid, Di. Ich hätte bei dir sein sollen.«

»Das durftest du nicht. Es ist okay.«

Trigger schüttelte den Kopf. »Es ist nicht okay. Wenn ich dabei gewesen wäre, hätte ich dafür sorgen können, dass sie dir ein paar Pausen gewähren. Sie ermahnt, wenn sie zu sehr drängten – und streite es nicht ab, sie haben dich hart rangenommen.«

Sie nickte ihm kurz zu. »Aber sie mussten es. Wenn sie diesen Kerl fangen wollen, müssen sie wissen –«

»Mh-mh«, sagte er mit einem Kopfschütteln. »Wenn sie diesen Kerl fangen wollen, dann müssen sie ermitteln ... und nicht unschuldige Frauen bis zum Äußersten treiben für Informationen, die keinen Unterschied machen werden.«

Gillian starrte zu ihm auf. »Du meinst also, du denkst, was ich ihnen gesagt habe, war sinnlos?«

»Nein, ganz und gar nicht«, widersprach Trigger. »Ich weiß, dass deine Befragung ihnen ein umfassenderes Bild von jedem einzelnen Passagier vermittelt hat. Du bist aufmerksam und klug; was immer du ihnen erzählt hast, war absolut nützlich. Aber es hatte keinen Sinn, dich zu drängen, bis du praktisch komatös bist, um es zu bekommen. Ich bin sicher, sie haben bereits einen Verdacht, wer der siebente Entführer ist. Sie haben nur Verhörtricks angewandt, um zu sehen, was sie aus dir herausbekommen können.«

Gillian schloss die Augen. »Ich wünschte, du wärst auch da gewesen«, sagte sie. Sie öffnete die Augen. »Aber nun ist es vorbei.«

»Wenn du darüber reden willst, bin ich da«, sagte Trigger zu ihr.

»Danke«, flüsterte sie. »Ich meine, das meiste von dem, was ich ihnen gesagt habe, habe ich dir ja schon erzählt. Ich mag nur den Gedanken nicht, dass jemand, von dem ich dachte, dass ich diese schreckliche Erfahrung mit ihm teilen würde, in die ganze Sache verwickelt sein könnte. Das macht mich krank.«

»Komm schon. Setz dich auf und iss etwas. Dann geht's dir besser. Dann können wir den Rest des Nachmittags zusammen fernsehen. Ich lasse dir heute Abend ein Bad ein und morgen früh fühlst du dich wieder wie du selbst.«

Gillian lächelte ihn an und rutschte hoch, bis sie mit dem Rücken an das Kopfteil gelehnt war. Während sie sich an ihr Mittagessen machte, ging Trigger zurück ins andere Zimmer, um ihr das Geschenk zu holen, das er in dieser Woche für sie gefunden hatte.

Er hielt die kleine Schachtel in der Hand, als er sich wieder hinsetzte.

»Was ist das?«

»Mach es auf und sieh nach«, sagte er. »Ich habe es gesehen und an dich gedacht.«

Trigger liebte es, den Funken des Lebens in ihren Augen zu erkennen. Er hasste es, sie so niedergeschlagen zu sehen, und wenn ein kleines Geschenk ausreichte, um sie zum Lächeln zu bringen, würde er es zu seinem Lebensziel machen, ihr eine Million Kleinigkeiten zu kaufen, um dieses Lächeln dauerhaft zu machen.

Sie öffnete die Schachtel und zog die Tasse heraus, die sich darin befand. Sie grinste und sagte: »Die gefällt mir.«

»Ich habe dir doch gesagt, dass sie mich an dich erinnert«, sagte Trigger. Auf der blauen Tasse waren Bilder von einer Cartoon-Wonder-Woman abgebildet. Sie hüpfte, rannte, nutzte ihre Armbänder, um Kugeln abzuwehren, und war generell super drauf.

»Ich fühle mich im Moment nicht sehr Wonder-Woman-mäßig«, gab sie zu.

»Du schaffst das schon«, entgegnete Trigger, ohne zu zögern. »Du bist ein Mensch. Du darfst fühlen, was du fühlst. Du bist immer noch einer der stärksten Menschen, die ich kenne.«

»Danke.«

»Gern geschehen. Jetzt beeil dich, damit wir ins Wohnzimmer gehen und *Luther* schauen können.«

»Du bist süchtig nach dieser Serie«, sagte sie und kicherte.

»Du etwa nicht?«, fragte er.

Sie grinste nur.

Stunden später fühlte Gillian sich schon mehr wie sie selbst. Das Mittagessen hatte Wunder gewirkt, um ihre Stimmung zu heben, und dann den Rest des Tages mit Walker faul auf der Couch zu sitzen hatte sie endgültig entspannt. Ja, sie hatte einen geistig anstrengenden Morgen gehabt, aber das war vorbei, und sie musste endlich den Kopf aus dem Sand ziehen und mit ihrem Leben weitermachen.

Es war Donnerstag und Walker übernachtete bei ihr, und Gillian war fest entschlossen, ihn mit ihr im Bett schlafen zu lassen. In all den Nächten, in denen sie miteinander geschlafen hatten – *geschlafen*, nichts weiter –, hatten sie immer auf einer Couch übernachtet, seiner oder ihrer. Er hatte sie nie in ein Schlafzimmer verlegt. Und obwohl Gillian es liebte, in seinen Armen aufzuwachen, wollte sie es in ihrem Bett tun.

Nachdem sie Spaghetti zum Abendessen gekocht und bei der Zubereitung gelacht hatten, und bevor sie weitere Folgen von *Luther* ansahen, hatte sie sich ihre Schlafshorts und ihr Top angezogen. Es war das erste Mal, dass sie tatsächlich einen Schlafanzug anhatte, bevor sie sich mit Walker auf die Couch kuschelte. Oh, sie hatte Leggings und ein T-Shirt ohne BH getragen, aber das war anders. Die Schlafshorts waren *kurz* und das Oberteil war ärmellos. Sie fühlte sich sexy in dem Outfit und wünschte sich nichts sehnlicher, als Walker dazu zu verleiten, ihr ein paar Küsse zu geben und sie die ganze Nacht zu halten.

Er sah aus, als hätte er sich an etwas Saurem verschluckt, als sie nach dem Umziehen zurück in den Wohnbereich gekommen war, was nicht gerade ermutigend war. Und als er sie nicht sofort an seine Seite gezogen hatte, nachdem sie sich hingesetzt hatte, begann Gillian, sich Sorgen zu machen, dass sie es irgendwie vermasselt hatte. Nachdem er sich vorhin so aufmerksam und besorgt um sie gekümmert hatte, war sie sich sicher, dass dies der perfekte Zeitpunkt war, um ihre Beziehung voranzubringen.

Aber jetzt saß Walker steif am anderen Ende der Couch und starrte auf den Fernsehbildschirm, als wäre er die faszinierendste Sache der Welt. Es war entmutigend.

Da Gillian die mutige, schlagfertige Frau sein wollte, nach der er sie benannt hatte, beschloss sie, sich das zu nehmen, was sie haben wollte.

»Walker?«

»Hmmm?«, fragte er, ohne sie anzuschauen.

»Geht es dir gut?«

»Ja, warum?«

Wenigstens hatte er sich umgedreht, um sie anzusehen. »Weil du dich weigerst, mich anzusehen, seit ich mich umgezogen habe, als würdest du dir die Pest holen, wenn du auch nur einen Blick riskierst.«

Er seufzte. »Es liegt nicht an dir.«

Oh, scheiße, es gefiel ihr gar nicht, wie das klang. »Was meinst du?«

»Du hattest einen anstrengenden Tag ... vielleicht solltest du dich früh hinlegen.«

Gillian konnte Walker nur ungläubig anstarren. Hatte er das wirklich gesagt?

Ja, das hatte er.

So viel dazu, dass sie sich selbst gut fühlte und Vertrauen in die Beziehung hatte, die sie aufgebaut hatten.

Sie war noch nie so verwirrt gewesen. Walker hatte sie den ganzen Tag verwöhnt und behandelt, als wäre sie das Wertvollste in seinem Leben. Und in der Sekunde, in der sie sich etwas Freizügigeres angezogen hatte – es war ja nicht so, als hätte sie sexy Dessous oder so an; sie trug Shorts und ein Trägerhemd –, war er erstarrt und versuchte verzweifelt, so zu tun, als wäre sie gar nicht da.

Ohne ein weiteres Wort – was sollte sie denn sagen? Ihn anflehen, sie anzuschauen? Um ihr zu verraten, warum er sich plötzlich in einen Eismenschen verwandelt hatte? – stand Gillian von der Couch auf und ging in ihr Schlafzimmer. Sie zog ihr süßes kleines Schlafset aus und entschied sich für Leggings und ein langärmeliges Hemd. Sie hatte das Bedürfnis, sich komplett zu bedecken, bevor sie zu Bett ging.

Als sie unter die Decke kroch, tat sie ihr Bestes, um nicht zu weinen ... aber es war sinnlos. Tränen rannen aus ihren

Augen und sie versuchte, leise zu sein, während sie schluchzte und sich fragte, was zum Teufel mit ihr los war.

Trigger ballte die Hände zu Fäusten und es kostete ihn alles, was er hatte, um zu bleiben, wo er war. Er konnte Gillian weinen hören, und das zerrte an ihm. Als sie aus ihrem Zimmer kam und dieses verdammt sexy Schlafset trug, hatte er sofort einen Steifen bekommen.

Er respektierte Gillian mehr, als sie je erfahren würde, und er tat sein Bestes, um es langsam anzugehen. Deshalb musste er seinen Schwanz in der Hose lassen. Frauen mochten es nicht, für Sex benutzt zu werden, und obwohl das bei Weitem nicht das war, was er tun würde, wenn er mit ihr schlief, wollte er nicht, dass sie einen falschen Eindruck bekam.

Er wollte Gillian. Andauernd. Aber er wollte nichts tun, was sie glauben lassen könnte, dass es sich um eine kurzfristige Beziehung handelte. Als er ihre seidige Haut sah und wusste, dass die Shorts ihm leichten Zugang zu dem Teil von ihr verschaffen würden, den er immer verzweifelter zu berühren, zu schmecken suchte, musste er sich distanzieren.

Er war schwach. Wenn er sie an seine Seite gezogen hätte, hätte er seine Hände nicht von ihr lassen können. Nach dem Tag, den sie hinter sich hatte, wollte er ihr nur noch zeigen, wie stolz er war. Sie vom Scheitel bis zu den Zehenspitzen verehren. Aber es war noch zu früh. Sie waren erst seit einem Monat zusammen. Er hatte keine Ahnung, wie die Regeln für Sex in der heutigen Welt aussahen, aber er respektierte Gillian zu sehr, als dass er sie in eine körperliche Beziehung drängen wollte, bevor sie dazu bereit war. Sie war verletzlich und er wäre verdammt, wenn er irgendetwas tun würde, um das auszunutzen.

Aber jetzt war sie in ihrem Schlafzimmer und weinte. Und das hatte *er* angerichtet.

Er hatte es vermasselt. Anstatt sie zu respektieren, hatte sie gedacht, er würde sie *zurückweisen*.

Bevor er registrierte, was er tat, war Trigger schon auf den Beinen und auf dem Weg zu ihrem Schlafzimmer. Es war offensichtlich, dass sie versuchte, leise zu sein, aber er konnte ihr Schluchzen immer noch durch die geschlossene Tür hören. Ohne anzuklopfen, öffnete er die Tür und trat ein.

Im ganzen Raum roch es nach Heckenkirsche, was seinen Schwanz wieder einmal hart werden ließ. Er ignorierte seinen Körper und ging zu ihr hinüber, wo sie unter ihrer Decke auf der Matratze kauerte. Er zuckte zusammen, als er sah, dass sie jetzt ein langärmeliges Hemd trug. Als er den sexy Pyjama sah, der neben dem Badezimmer auf dem Boden lag, wusste er, dass sie wahrscheinlich auch noch Leggings übergezogen hatte.

Ohne zu zögern, kletterte er zu ihr ins Bett und kuschelte sich hinter sie. Einen Arm legte er um ihre Taille und den anderen schob er unter ihren Kopf, sodass sie ihn nun als Kopfkissen benutzte.

»Geh weg, Walker«, sagte sie leise.

»Nein.«

»Ich hab's verstanden. Du bist nicht bereit für eine Beziehung. Das ist in Ordnung. Ich brauche nur im Moment etwas Abstand von dir.«

»Und den bekommst du nicht«, sagte Trigger standhaft. »Du musst mir zuhören.«

»Das kann ich nicht«, sagte sie und schüttelte den Kopf. »Verstehst du es nicht? Du hast heute Abend schon genug gesagt.«

SUSAN STOKER

»Als du vorhin aus dem Schlafzimmer kamst, konnte ich mich kaum beherrschen. Am liebsten hätte ich dich auf den Boden geworfen, dich nackt ausgezogen und dich gefickt, bis keiner von uns mehr gehen kann.«

Die Worte kamen ohne Nachdenken heraus. Sie waren reine, nackte Emotion.

Gillian erstarrte in seinen Armen. Sie hatte ihn nicht angewidert weggestoßen, also machte Trigger weiter.

»Wir sind erst seit einem Monat zusammen. Ich möchte dich nicht in eine körperliche Beziehung mit mir drängen. Ich versuche, ein Gentleman zu sein. Du hattest einen harten Tag und ich wollte das nicht ausnutzen. Ich wusste, wenn ich dich berühre, während du dieses kurze Schlafding trägst, würde ich mich nicht mit ein bisschen Kuscheln zufriedengeben.«

»Was ist, wenn ich gar nicht will, dass du dich damit zufriedengibst?«, fragte sie.

Sie lag mit dem Rücken dicht an seinem Oberkörper und konnte nicht umhin, seine Erektion an ihrem Hintern zu bemerken, also machte Trigger sich nicht einmal die Mühe, sie vor ihr zu verbergen. »Ich muss warten«, sagte er einfach. »Ich kann dir nicht genau sagen warum. Ich habe einfach das Bedürfnis, dich mit Respekt zu behandeln, wie die erstaunliche Frau, die du bist. Ich darf dich nicht zum Sex drängen, nur weil ich dich so sehr will. Ich will, dass diese Beziehung zwischen uns andauert. Für immer, hoffentlich ... und ein Teil von mir hat das Gefühl, dass ich meine Gefühle für dich herabwürdige, wenn ich uns ins Bett hetze.«

Trigger kam sich dumm vor, seine Gedanken laut auszusprechen, aber er würde sie nicht für sich behalten, wenn sein Schweigen sie verletzte. Er wollte keine Missverständnisse zwischen ihnen.

»Glaub mir, Gilly, ich will dich. Aber ich will die Dinge

richtig machen. Auf keinen Fall möchte ich, dass du denkst, ich benutze dich in irgendeiner Weise. Ich habe mich gut unter Kontrolle, aber du gibst mir das Gefühl, als wäre ich wieder fünfzehn und würde versuchen, meine Erektion in Miss Noonbreakers Klasse zu verstecken.«

Er spürte, wie sie sich kichernd an ihn schmiegte und sich ein wenig entspannte.

»Ich dachte, du willst mich nicht.«

»Ich will dich«, sagte er sofort. »Zweifle nie daran.«

»Bleibst du über Nacht bei mir? Hier?«

Trigger zuckte zusammen. »Ich kann nicht«, flüsterte er.

Gillian drehte sich in seiner Umarmung um und Trigger ertappte sich dabei, wie er in ihre geschwollenen, geröteten Augen starrte, und er wollte sich schon wieder dafür treten, dass er sie verletzt hatte.

»Ich vertraue dir«, flüsterte sie.

»Ich weiß das zu schätzen, mehr als du dir vorstellen kannst, aber ich kann nicht«, wiederholte er und betete, dass sie ihm das glauben und es auf sich beruhen lassen würde.

»Warum nicht?«, fragte sie.

Trigger schloss die Augen, denn er hatte gewusst, dass sie diese Frage stellen würde. Er öffnete die Augen wieder und starrte sie an. »Weil du dich zu gut anfühlst. In deinem Bett zu liegen ist zu nahe an dem, was ich für den Rest meines Lebens will. Alles hier drinnen riecht nach Heckenkirsche und es gibt keine Möglichkeit, dass ich schlafen kann. Ich weiß, ich rede Unsinn ... Ich kann dich in meinen Armen auf der Couch halten und die ganze Nacht schlafen, weil ein Teil von mir weiß, dass wir nicht in einem Bett sind. Das erste Mal, dass wir Sex miteinander haben, wird nicht auf einem verdammten Sofa sein. Also kann ich mich beherrschen. Aber wenn ich mit dir in einem Bett einschlafe, traue ich mir nicht zu, dich nicht zu berühren. Mir zu nehmen, wonach mein Unterbewusstsein schreit.«

Sie starrte einen Moment lang zu ihm auf, bevor sie nickte. »Okay.«

»Okay?«, fragte Trigger. »Sagst du das, weil du denkst, dass es das ist, was ich hören will, oder weil du es verstehst?«

»Ich habe es verstanden. Ich will dich auch, Walker. Ich war von Anfang an davon überzeugt, dass du mir gehörst. Zumindest wollte ich, dass du das tust. Ich kann warten, bis du bereit bist.«

Trigger lachte leise, aber es war kein humorvoller Laut. »Wie kommt es, dass ich der Unsichere in unserer Beziehung bin?«

»Ich finde es niedlich. Frustrierend, aber niedlich«, erklärte Gillian ihm. Dann wurde sie ernst. »Ich fühle mich geschmeichelt, dass du mich respektieren willst. Ich hatte noch nie einen Mann, der mich so behandelt hat, wie du es tust. Den anderen ging es nur um sich selbst und darum zu bekommen, was sie wollten.«

»Ich werde dich immer an erste Stelle setzen, Gillian. Auch wenn es gegen meine Wünsche geht. Verstehst du das?«

»Ich fange an, es zu verstehen.«

»Sag mir, dass du verstehst, warum ich nicht mit dir in diesem Bett schlafen kann. Und bitte meine es auch so.«

»Ich verstehe es. Wäre es okay, wenn ich ins Wohnzimmer komme und bei dir auf der Couch schlafe?«

Trigger starrte auf sie herab. Mit dem Daumen wischte er die anhaltende Nässe auf ihren Wangen weg. »Ich hasse es, dass ich dich zum Weinen gebracht habe.«

Gillian zuckte mit den Schultern. »Ich habe überreagiert.«

»Nein, das hast du nicht. Ich war ein Arsch und habe

mich nicht erklärt. Ich werde versuchen, das in Zukunft zu vermeiden, aber ... ich bin ein Kerl, also wird es wahrscheinlich wieder passieren. Aber lass mich zukünftig nicht mit meiner Verschlossenheit davonkommen und so. Geh mir auf die Nerven und zwing mich, mit dir zu reden. Schleich dich nicht weg und weine, weil ich dir ein schlechtes Gewissen gemacht habe, okay?«

»Ich ... ich werde es versuchen.«

»Okay. Und ja, wenn du meinst, dass du dich damit wohlfühlst, würde ich dich gern in meinen Armen schlafen lassen – auf der Couch.«

»Ich fühle mich überall wohl, wo du bist«, beruhigte sie ihn.

Er strich ihr sanft mit der Hand über das Haar und konnte nicht anders, als sich zu fragen, wie zum Teufel er so viel Glück gehabt hatte. Nach Venezuela zu fliegen hätte nur eine weitere Mission sein sollen. Nur eine weitere Gelegenheit, einige der bösen Jungs in der Welt auszuschalten. Stattdessen hatte es sein Leben für immer verändert. Es hatte ihm Gillian gebracht.

Er befreite sich aus ihrem Griff und half ihr aufzustehen. Schuldgefühle überfluteten ihn erneut, als er sah, dass sie tatsächlich Leggings trug. Dass sie sich von Kopf bis Fuß in Stoff gehüllt hatte. Er wünschte, er wäre stark genug, um ihr zu sagen, dass sie ihre Shorts und ihr Trägerhemd wieder anziehen sollte, und führte sie aus dem Schlafzimmer zur Couch und zu ihrem Bett für die Nacht.

Er setzte sich und zog sie sofort in seine Umarmung. Er schwang seine Füße auf das weiche Leder und lehnte sich mit ihr vor ihm zurück. Sie waren dort zusammengepfercht und das Sofa war nicht übermäßig bequem, aber es war das, was Trigger brauchte, um sich unter Kontrolle zu halten. Er fühlte sich schlecht, dass er seine eigenen Bedürfnisse über die von Gillian stellte, aber er änderte seine Meinung über ihr Schlafarrangement nicht.

»Es tut mir leid, dass du einen harten Tag hattest«, sagte er sanft.

»Du hast ihn am Ende besser gemacht«, erwiderte sie.

Trigger küsste ihren Hinterkopf und atmete ihren süßen Duft ein, der jede Zelle seines Körpers mit ihrem Duft von Heckenkirsche erfüllte.

»Schlaf gut.«

»Das werde ich, jetzt, wo du hier bist«, sagte sie schläfrig.

Trigger blieb noch lange wach und war dankbar, dass er die Dinge zwischen ihnen nicht so sehr versaut hatte, dass sie ihn vor die Tür gesetzt hatte. Gillian war immer so kompetent, so selbstbewusst und zuversichtlich, dass er besonders aufpassen musste, nichts zu sagen oder zu tun, was sie verletzen könnte. Er liebte sie genau so, wie sie war.

KAPITEL ZWÖLF

Am Freitag musste Gillian arbeiten und zu ihrer Überraschung war es Walker völlig recht, nur in ihrer Wohnung herumzuhängen. Er erledigte selbst ein paar Arbeiten an seinem Laptop, verwöhnte sie aber ansonsten nach Strich und Faden. Er brachte ihr Kaffee in ihrer neuen Wonder-Woman-Tasse und machte ihr ein fantastisches Frühstück mit Eiern und Speck und selbstgebackenen Brötchen als Krönung. Zum Mittagessen ging er los und besorgte ihnen Sushi. Nachdem sie ein paar Kunden angerufen und einige Nachforschungen über die Veranstaltungen angestellt hatte, die sie planen sollte, sprachen sie und Walker weiter darüber, wo sie den folgenden Tag verbringen würden.

Anscheinend war die Tochter eines seiner Armeekameraden ein Wildfang und liebte es, an den Hindernisläufen teilzunehmen, die auf dem Stützpunkt für Kinder veranstaltet wurden. Sie war zwölf Jahre alt und laut Walker eines der süßesten Kinder, die er je getroffen hatte.

Gillian hatte noch nicht viel Zeit mit Kindern verbracht, aber sie freute sich darauf, Annie kennenzulernen und Zeit mit den Jungs aus Walkers Team zu verbringen. Sie hatte sie natürlich schon in Venezuela getroffen, aber sie hatte bisher noch nicht viel Zeit mit ihnen verbracht. Sie war nervös, freute sich aber darauf, alle kennenzulernen.

Zum Abendessen grillte Walker Steaks auf ihrem billigen kleinen Grill – und beschwerte sich die ganze Zeit darüber, wie beschissen er sei und dass er ihr einen neuen besorgen müsse, da er viel Zeit bei ihr verbringen würde.

Gillian gefiel dieser Gedanke.

In dieser Nacht schliefen sie wieder auf ihrer Couch ein, aber dieses Mal dachte Gillian nicht zu viel darüber nach. Sie wollte ihre Beziehung zu Walker vorantreiben, aber sie wollte, dass er das auch wollte. Es fühlte sich ein wenig seltsam an, diejenige zu sein, die auf mehr drängte, aber selbst das machte Walker für sie noch attraktiver.

Am Samstagmorgen wachten sie früh auf und während Gillian duschte, bereitete Walker wieder einmal ihren Kaffee und das Frühstück zu.

»Du verwöhnst mich total«, beschwerte sie sich spöttisch, als sie angezogen aus ihrem Schlafzimmer kam und bereit war, nach Fort Hood zu fahren.

»Gut«, sagte er mit einem Lächeln. »Ich schmiere dir nur Honig ums Maul, damit es dir leichter fällt, mir zu verzeihen, wenn ich Mist baue.«

Gillian wusste, dass er scherzte, runzelte aber trotzdem die Stirn. »Walker, ich erwarte nicht, dass du die ganze Zeit perfekt bist. Du wirst Fehler machen, genau wie ich. Ich würde gern denken, dass ich, auch wenn ich verärgert sein sollte, es hinter mir lassen kann. Ich mag dich so, wie du bist.«

»Gut«, sagte er und zog sie in eine Umarmung. »Denn ich mag dich auch so, wie du bist. Und wenn du mich verrückt machst, indem du schmutzige Klamotten auf dem Boden liegen lässt, kann ich auch darüber hinwegsehen.«

Sie kicherte und schlug ihm spielerisch auf den Arm.

»Ich nehme an, das ist deine Art, mir zu sagen, dass du ein Ordnungsfreak bist?«

Er lächelte. »Jup. Die Armee hat mich gut ausgebildet.«

»Solange du keine Bartreste im Waschbecken liegen lässt, ist das für mich in Ordnung.«

Er sah entsetzt aus. »Tue ich nicht.«

»Gut. Darf ich deinen Rasierer in der Dusche benutzen?«

»Nein. Irgendwo muss ich die Grenze ziehen«, sagte er mit einem Lächeln. »Ich werde dir deinen eigenen Rasierer besorgen.«

»Abgemacht.«

Gillian seufzte zufrieden. Sie genoss es, Zeit mit Walker zu verbringen. Sie wusste, dass er nächste Woche wieder arbeiten und sie mit ihren eigenen Angelegenheiten beschäftigt sein würde, aber sie würde es hassen, nicht mehr mit ihm aufwachen und scherzen zu können, wie sie es im Moment taten.

»Was ist das für ein Blick?«, fragte er mit geneigtem Kopf.

»Ich mag das«, sagte sie.

»Was?«

»Das. Necken. Plaudern. Dass du mir Kaffee machst und mit mir frühstückst. Ich habe gerade daran gedacht, wie sehr ich es vermissen werde ... dich ... nächste Woche, wenn wir wieder in unser normales Leben zurückkehren. Sechzig Kilometer sind nicht sehr viel, aber wenn ich am Montagmorgen alleine aufwache, wird es sich wie tausend anfühlen.«

»Ich weiß, Di. Mir geht es genauso. Wir müssen einfach das Beste aus der Zeit machen, die wir zusammen verbringen können«, sagte Walker sanft.

Sie nickte. »Ich freue mich schon auf heute.«

»Ich mich auch. Komm schon, genug Melancholie. Konzentrieren wir uns auf einen Tag nach dem anderen.«

»Einverstanden.«

Eine Stunde später waren sie auf dem Weg zum Armee-stützpunkt und Gillian konnte es kaum erwarten. Sie fuhren auf das Gelände, wo erst mal ihre Ausweise kontrolliert wurden, und dann weiter zum Parkplatz für den Wettbe-werb. Es war voll und Walker hatte Probleme, einen Park-platz zu finden, was Gillian überraschte. Sie hatte keine Ahnung, dass so etwas so gut besucht sein würde.

Walker nahm ihre Hand und ging um ein Gebäude herum zu dem Feld, auf dem sich der Hindernisparcours befand. Gillian fiel es schwer zu glauben, dass Kinder den Parcours bewältigen könnten, der vor ihr aufgebaut war.

Er hatte Reifen und Seile, aber es gab auch Holzbretter, die so hoch angebracht waren, dass sie nicht glaubte, dass irgendein Kind in der Lage sein würde, darüber zu klettern.

»Heiliger Strohsack«, sagte sie atemlos.

»Beeindruckend, nicht wahr?«, sagte Walker mit einem leisen Lachen.

»Allerdings.«

»Als ich das erste Mal bei so etwas dabei war, dachte ich, dass ein *Kind* es auf keinen Fall schaffen kann, aber ich wurde ziemlich schnell eines Besseren belehrt. Da drüben«, sagte er und zeigte auf die Seite, »ist der Hindernisparcours für die Kinder unter sechs Jahren, aber alle ab sieben Jahren benutzen den Hauptparcours.«

»Ich kann mir nur schwer vorstellen, dass *irgendjemand* in der Lage ist, das zu schaffen ... geschweige denn ein Kind.«

»Warte nur ab. Sie sind ziemlich beeindruckend.«

»Ich bin schon beeindruckt und ich habe noch nicht einmal gesehen, dass es überhaupt jemand geschafft hat«, sagte Gillian.

Als wüsste er genau, wo seine Freunde sein würden, steuerte Walker die Tribüne hinauf zu einem Bereich oben rechts. Dort saßen bereits sechs Männer, als sie ankamen.

»Hey«, sagte Walker zu der Gruppe.

Ein paar der Männer hoben das Kinn zur Begrüßung und die anderen grüßten ihn verbal.

»Wird auch Zeit, dass du kommst«, rief einer der Männer.

»Wie auch immer«, sagte Walker. »Wir sind pünktlich. Leute, ich weiß, ihr habt sie schon kennengelernt, aber das ist Gillian Romano. Gillian, das sind Lefty, Grover, Brain, Oz, Doc und Lucky.«

Sie schüttelte jedem von ihnen die Hand, als sie vorgestellt wurden, und Gillian konnte sich nicht zurückhalten zu sagen: »Ich kann es kaum erwarten herauszufinden, was eure Spitznamen bedeuten.«

Alle brachen in Lachen aus.

»Ich glaube, damit warten wir noch einen Tag«, sagte Walker mit einem Augenzwinkern und wies auf einen Platz. »Ich möchte nicht, dass du denkst, wir wären alle völlig verrückt.«

»Schön, dass es dir besser geht nach allem, was passiert ist«, sagte Doc.

Gillian lächelte. »Danke. Es geht mir jeden Tag besser. Nachts habe ich manchmal noch ein paar Probleme, aber sonst geht es mir gut.«

»Es kann eine Weile dauern, bis die Träume aufhören«, erklärte Oz ihr mitfühlend.

»Wie ist die Besprechung am Donnerstag gelaufen?«, fragte Lefty.

Gillian zuckte mit den Schultern. »So gut, wie es eben ging, denke ich. Ich habe ihnen alles erzählt, woran ich mich erinnern konnte, sie haben mich darauf aufmerksam gemacht, dass der siebente Entführer immer noch hinter mir her sein könnte und dass ich vorsichtig sein sollte, und das war's.«

Stirnrunzelnd betrachtete Walker seinen Teamkameraden und Gillian legte ihm ihre Hand aufs Knie. »Es ist okay, Walker. Es macht mir nichts aus, darüber zu reden.«

»Es macht *mir* was aus«, antwortete er. Er wandte sich an Lefty. »Können wir jetzt bitte nicht darüber reden?«

»Tut mir leid«, sagte Lefty.

»Ist schon in Ordnung«, erklärte Gillian nachdrücklich. »Walker, ich will nicht, dass deine Freunde in meiner Nähe wie auf Eierschalen laufen. Sie sollen in der Lage sein zu sagen, was sie wollen. Es ist kein Geheimnis, was passiert ist, klar, ihr wart ja dabei. Es ist irgendwie nett, dass sie sich Sorgen machen. Also bitte, halt dich zurück, okay?«

Brain grinste. »Ich mag sie«, sagte er.

»Ich auch«, stimmte Grover zu. »Wenn du dich entschließt, dieses Arschloch abzuservieren, gebe ich dir meine Nummer.«

»Halt die Klappe«, murmelte Walker und trat Grover gegen das Bein. »Sie wird mich nicht abservieren, und selbst wenn, dich würde sie nicht anrufen.«

Gillian kicherte. Es war lustig, wie verärgert Walker klang. »Ich weiß das zu schätzen«, sagte sie zu Grover, »doch ich bin ziemlich glücklich mit Walker. Aber im Ernst, ja, die Besprechung war nicht gerade lustig. Ich musste mir das Foto jedes einzelnen Passagiers ansehen und den Ermittlern erzählen, was ich über ihn weiß. In den meisten Fällen war es nicht viel, was sie sehr enttäuschte und mich stresste. Aber ich habe ihnen gesagt, was ich konnte, und das war's. Ich habe einen Haufen von diesen Videokamera-Dingern gekauft und bin so vorsichtig wie möglich. Es gibt keinen Grund für mich, ins Visier genommen zu werden, und ich kann mein Leben nicht eingesperrt in meiner Wohnung verbringen.«

»Klingt, als würdest du das ernst nehmen, was gut ist«, sagte Lucky zu ihr. »Wir haben schon viel zu viele Leute gesehen, die dumm sind, wenn es um die Sicherheit oder ihr eigenes Wohlbefinden geht.«

»Wem sagst du das«, murmelte Lefty. »Manchmal werden wir mit der Sicherheit von Würdenträgern und anderen hohen Tieren beauftragt. Wir waren mal für diesen einen Typen zuständig, der auf nichts hörte, was wir sagten. Erst als er sich auf der falschen Seite einer Streikpostenkette wiederfand und in einen Tränengasangriff geriet und fast zu Tode getrampelt wurde, beschloss er zu tun, was wir ihm sagten.«

»Lefty«, warnte Walker.

Gillian war fasziniert. Walker sprach nicht darüber, was er und sein Team taten, aber sie wusste, dass er kein gewöhnlicher Soldat war. Sie legte ihre Hand auf Walkers Knie und drückte sie.

»Ich will auf keinen Fall als traurige Geschichte in den Abendnachrichten enden. Die Ermittler haben mir zwar versichert, dass sie das Risiko für minimal halten, aber sie konnten auch nicht vollkommen ausschließen, dass ich in Gefahr bin. Also halte ich mich bedeckt und lebe mein Leben ... vorsichtig.«

»Gut«, sagte Lefty und nickte. »Wenn du dich jemals aus irgendeinem Grund unwohl fühlst, bring dich aus der Situation heraus, auch wenn du denkst, dass du dadurch unhöflich wirkst. Du bist lieber am Leben, als verletzt oder getötet zu werden, weil du versucht hast, höflich zu sein.«

»Ist euch das schon mal passiert? Ich meine mit jemandem, den ihr beschützen wolltet?«, fragte Gillian.

Kurzfristig bemerkte sie eine extreme Emotion in Leftys Augen, bevor er sie verdrängte.

»Irgendwie schon«, antwortete er mit einem Achselzucken. »Sie war die Assistentin von dem hohen Tier, das ich vorhin erwähnt habe. Sie hat alles in ihrer Macht Stehende getan, um ihren Arbeitgeber dazu zu bringen, auf uns zu hören, aber als er das nicht tat, geriet diese Person natürlich gleich mit in Gefahr. Es war ätzend zu sehen, dass sie verstand, dass sie ihr Leben in Gefahr brachte, aber nichts dagegen tun konnte, weil sie tun musste, was ihr Arbeitgeber wollte, oder ohne Job enden würde.«

»Das ist wirklich schrecklich«, stimmte Gillian zu. »Hat sie danach gekündigt? Hat sie sich etwas anderes gesucht, um als Assistentin zu arbeiten?«

»Nein«, sagte Lefty schlicht. »Nicht, soweit ich weiß.«

Gillian war sich nicht sicher, was sie dazu sagen sollte. Es hörte sich an, als wäre Lefty emotional an diese Assistentin gebunden, wer auch immer sie war, und sie war ein bisschen traurig, sowohl in Bezug auf die Frau als auch auf Lefty.

»Wie dem auch sei«, sagte Grover und versuchte offensichtlich, die Stimmung aufzulockern, »ich weiß aus zuverlässiger Quelle, dass du den Hindernisparcours nach dem Wettbewerb gern ausprobieren kannst, wenn du möchtest.«

»Ha. Im Ernst?«, fragte Gillian. »Das wird nicht passieren. Obwohl, wenn ihr wollt, dann nur zu. Ich meine, ihr seid offensichtlich alle in Form, ich hätte nichts dagegen, wenn ihr euch bis auf die Shorts auszieht und es ausprobieren wollt.«

Walker knurrte neben ihr und Gillian konnte sich ein Lachen nicht verkneifen.

»Du wirst nur mich anstarren, Frau«, sagte er in ihr Ohr, während seine Freunde um sie herum leise lachten.

In diesem Moment ertönte eine Männerstimme über einen Lautsprecher, was Gillian davor bewahrte, ihrem eifersüchtigen Freund antworten zu müssen.

»Willkommen zu einem weiteren unterhaltsamen Wettkampftag! Den Anfang macht unsere Altersgruppe von sieben bis zehn Jahren. Wenn sich alle Teilnehmer hinter der Startlinie aufstellen könnten, fangen wir gleich an!«

Gillian beobachtete gespannt, wie sich sechs Kinder, sowohl Jungen als auch Mädchen, ganz links am Rand des Feldes vor ihnen aufstellten.

»Mann, ich kann gar nicht glauben, wie nervös ich wegen der Kinder bin«, sagte Gillian mit einem kleinen Lachen. »Ich kenne sie nicht einmal und meine Handflächen sind schweißnass.«

Walker griff nach einer ihrer Hände und streichelte sie. »Überhaupt nicht schwitzig«, erklärte er grinsend.

Gillian rollte mit den Augen und konzentrierte sich auf das Feld.

Innerhalb weniger Minuten war der erste Durchgang der Teilnehmer gestartet.

Gillian beobachtete ehrfürchtig, wie die Kinder auf eine Reihe von Reifen zustürmten. Sie mussten mit jeweils einem Fuß in der Mitte durch sie hindurchlaufen und die ganze Reihe überstehen, ohne zu stolpern. Dann rannten sie auf tief hängende Seile zu, ließen sich auf den Bauch fallen und krochen darunter durch. Das nächste Hindernis war eine Reihe von Baumstümpfen in verschiedenen Höhen. Sie mussten von einem zum anderen springen, und wenn sie herunterfielen, mussten sie zurückgehen und von vorn beginnen.

Es gab ein Hindernis nach dem anderen und es schien, als wurde der Parcours mit jedem Hindernis schwieriger.

Als die Kinder am Ende ankamen, mussten sie an einem Seil etwa drei Meter hoch zu einer Plattform klettern, wo sie sich dann mit den Händen von einem Ring zum nächsten hangelten bis hinüber zu einer zweiten Plattform. Dort mussten sie hochspringen und sich an einem Haltegriff festhalten, um sich mit der Kraft ihres Oberkörpers über eine drei Meter hohe Wand zu ziehen. Um nach unten zu gelangen, mussten sie ein Spinnennetz aus Seilen bis zum Boden durchqueren, dann über drei Hindernisse springen, bevor sie sich wieder auf den Bauch legten und in einer Grube aus Wasser und Schlamm unter einer Reihe von Baumstämmen hindurchkrochen, bevor sie schließlich zur Ziellinie rannten.

Gillian war schon vom Zuschauen erschöpft, aber jedes einzelne Kind des ersten Durchgangs kam ins Ziel ... und sie alle hatten obendrein ein breites Grinsen im Gesicht.

»Sie lieben das, nicht wahr?«, fragte Gillian Walker.

Aber es war Brain, der antwortete. »Ja. Viele der Kinder trainieren monatelang für diese Art von Wettbewerb.«

»Was bekommen sie, wenn sie gewinnen?«, fragte Gillian.

»Nun, jeder Teilnehmer bekommt eine kleine Medaille«, sagte Brain. »Normalerweise bin ich gegen jede Art von Teilnahme-Trophäe, aber in diesem Fall ist sie völlig gerechtfertigt. Das ist nicht irgendein Sommervereinssport, bei dem sie ein paar Wochen lang auf einem leeren Feld herumstehen und dafür einen Preis bekommen. Die schuften sich den Arsch ab. Aber der Gewinner jeder der sechs Läufe kommt in die Endrunde, und der Sieger *dieses* Laufs bekommt einen Hundert-Dollar-Gutschein für den PX ... den kleinen Laden auf dem Stützpunkt, wo er kaufen kann, was er möchte.«

»Cool«, hauchte Gillian. »In welchem Lauf ist das Kind deines Freundes?«

»Drei«, sagte Oz. »Annie ist die Siegerin vom letzten Jahr. Sie war damals schneller als die Gruppe der Fünfzehnjährigen, und sie war erst elf. Sie war nicht in ihrer Wettkampfgruppe, aber sie hätte sie geschlagen, wenn sie in der Gruppe gewesen wäre. Sie wird auch dieses Jahr auf jeden Fall gewinnen.«

»Und ihr Vater ist einverstanden, dass sie das tut?«

»Fletch? Oh ja, er ist mehr als einverstanden damit«, antwortete Walker. »Er bringt Annie oft mit, wenn er mit seinen Freunden den Hindernislauf für Erwachsene übt. Ich habe sie mehr als einmal sagen hören, dass der der Kinder zu leicht für sie ist.«

»Meine Güte, sie muss verrückt sein«, murmelte Gillian.

»Nee«, sagte Walker, »nur verrückt danach, genau wie ihr Vater zu sein. Ihre Mutter hat schon früh gelernt, dass sie ihr nur verbieten muss, den Hindernisparcours zu benutzen, wenn sie nicht gehorcht. Das funktioniert hervorragend.«

»Stehst du Annie nahe?«, fragte Gillian.

»Nicht so nahe, wie ich es mir wünschen würde. Fletch und sein Team sind schon etwas länger dabei als wir und sie haben in den letzten Jahren ihre Einsätze zurückgefahren. Aber glaub mir, das Mädchen wird etwas Besonderes sein, wenn es erwachsen ist. Ich weiß nicht, was die Kleine tun wird, aber es wird etwas verdammt Erstaunliches sein.«

»Ich würde sie gern kennenlernen«, sagte Gillian.

»Ich werde es möglich machen«, versprach Walker ihr.

Dann richtete sich ihre Aufmerksamkeit wieder auf das Feld, als sie dem zweiten Lauf der Kinder durch den Hindernisparcours zusahen. Es war beim zweiten Mal genauso beeindruckend wie beim ersten Mal.

»Komm schon, Annie!«, brüllte Lefty, als sich die dritte Gruppe hinter der Startlinie aufstellte.

»Du schaffst das!«, rief Oz.

Gillian sah eine andere Gruppe von Männern, die näher am Feld standen und ebenfalls nach Annie riefen.

»Das sind ihr Vater und sein Team«, sagte Walker in ihr Ohr.

Da sie die Spannung nicht mehr aushalten konnte, stand Gillian auf, ebenso wie der Rest der Jungs um sie herum. Da sie sich im hinteren Teil der Tribüne befanden, versperrten sie niemandem die Sicht.

»Ich kenne sie nicht einmal und ich möchte mich übergeben, so nervös bin ich«, murmelte Gillian.

»Sie wird es schon schaffen. Mach dir keine Sorgen«, sagte Walker.

Dann zählte der Ansager herunter und die Kinder rannten los.

Annie war nicht nur schnell, sie war auch extrem geschickt. Sie war die Erste, die die Reifen hinter sich ließ, und sie warf sich praktisch auf den Boden, bevor sie ihre Arme und Beine wie einen Kolben benutzte, um sich unter die Seile zu befördern. Es schien fast so, als würde sie durch die Luft schweben, als sie über die Baumstümpfe sprang. Ihre langen Haare waren zu Zöpfen geflochten, damit sie ihr nicht in die Augen fielen, und sie flogen in der Luft auf und ab, während sie sich bewegte.

Ab und zu blickte sie hinter sich auf die Kinder, die ihr folgten. Gillian nahm an, dass sie nachsah, ob jemand dicht hinter ihr war.

Einige der anderen Kinder holten sie ein, während sie sich ihren Weg durch die Hindernisse bahnte, und als sie am Ende ankam, wo sie auf die erste hohe Plattform klettern musste, hangelte sie sich am Seil hoch, als wäre sie ein kleines Äffchen und würde das jeden Tag ihres Lebens tun.

»Sie wird ganz sicher gewinnen«, murmelte Doc.

Gillian dachte das auch – aber dann tat das kleine Mädchen etwas Überraschendes.

Sie wollte gerade mit den Ringen starten, als sie wieder hinter sich blickte. Da war ein Junge in ihrer Gruppe, der sich offensichtlich beim Seilklettern abmühte. Er hinkte schon den ganzen Parcours über hinter den älteren Kindern her, aber er hielt sich immer noch gut.

Aber egal, wie sehr er sich anstrengte, er schaffte es

nicht bis zum oberen Ende des Seils. Er schaffte es bis zur Hälfte des Seils und rutschte dann wieder herunter.

Anstatt den Parcours fortzusetzen, zu gewinnen und in die letzte Runde zu gehen, ließ Annie den ersten Ring los und fiel oben auf der Plattform über den Seilen auf die Knie.

Gillian war zu weit weg, um zu hören, was sie sagte, aber es war offensichtlich, dass sie den Jungen ermutigte. Sie ignorierte die Tatsache, dass die anderen Kinder an ihr vorbeigezogen waren und sich bereits an den Ringen entlanghangelten. Annies ganze Aufmerksamkeit war auf den Jungen gerichtet, der versuchte, das Seil zu erklimmen.

Irgendwann blieb der Junge wieder auf halber Höhe stehen und Annie rief ihm etwas zu und griff selbst nach dem Seil – dann begann sie, es nach oben zu ziehen. Der Junge hielt sich mit aller Kraft fest und Annie zog ihn mitsamt dem Seil auf die Plattform. Sie drehte sich um und wickelte das Seil um eine der Stangen, die oben zur Sicherheit dienten, was ihr mehr Hebelkraft gab und es ihr ermöglichte, schneller zu ziehen.

Gillian wandte sich an Walker. »Ist das legal?«

Walker und die anderen Männer lächelten. Es war ein breites Grinsen, das von Ohr zu Ohr reichte. »Keine Ahnung. Aber es ist ja nicht so, als würde sie den Lauf gewinnen, also was macht das schon?«

Es spielte keine Rolle. Nicht wirklich. Gillian beobachtete mit Stolz, wie ein Mädchen, das sie nicht einmal kannte, sich die Mühe machte, einem Mitstreiter zu helfen. Annie ergriff die Hand des Jungen, als sie das Seil so weit hochgezogen hatte, dass sie ihn erreichen konnte, und legte dann ihren Arm um seine Schultern, als sie nebeneinander auf der Plattform standen.

Sie hatten beide noch einige ziemlich große Hindernisse zu überwinden und Gillian war sich nicht sicher, ob der

Junge es schaffen würde. Aber nach einer kurzen Pause sah sie ihn nicken und sowohl er als auch die kleine Annie gingen auf die Ringe zu. Annie ließ es so einfach erscheinen, sich auf die andere Plattform zu schwingen, aber Gillian hielt den Atem an, als der Junge sich hinüberkämpfte. Aber auch er schaffte es, während Annie ihn von der anderen Seite aus anfeuerte.

Annie sprang auf, griff nach dem Haltegriff und zog sich bis zum oberen Ende der Wand hoch. Dann balancierte sie sich aus und beugte sich vor, wobei sie einen Arm nach unten hielt. Der Junge konnte hochspringen und den Haltegriff ergreifen, aber Annie war diejenige, die es ihm ermöglichte, hoch und über das Brett zu gelangen.

Gillian dachte sich, dass die Arme des Jungen inzwischen wie Wackelpudding sein mussten, aber er begann, spielerisch das Spinnennetz aus Seilen hinunterzulaufen, Annie direkt an seiner Seite. Sie rannten zusammen zur Schlammgrube und Gillian konnte deutlich sehen, wie das Weiß von Annies Zähnen hell leuchtete, als sie lachte und den Jungen anlächelte, während sie unter dem letzten Hindernis durchschlüpften.

Dann ergriff Annie die Hand des Jungen und sie joggten gemeinsam, Hand in Hand, zur Ziellinie. Sie waren die Letzten in ihrer Gruppe.

Aber keines der beiden Kinder schien auch nur im Geringsten enttäuscht zu sein.

Ein Mann war zum Ende des Feldes gelaufen, um Annie und den Jungen zu treffen, und er zog sie in eine riesige, schlammige Umarmung.

»Das ist ihr Vater«, sagte Walker zu ihr. »Er muss heute der stolzeste Vater hier draußen sein.«

»Das war erstaunlich«, sagte Gillian voller Ehrfurcht. »Ich meine, es ist offensichtlich, dass Annie konkurrenzfähig ist, aber sie hat nicht einmal gezögert anzuhalten, um dem anderen Kind zu helfen.«

»Ich sagte doch, sie wird in dieser Welt etwas bewirken«, sagte Walker voller Stolz.

Inzwischen stand eine ganze Gruppe von Erwachsenen um die kleine Annie herum. Sie hatten sich ein wenig an den Rand des Feldes verzogen, damit die nächste Gruppe beginnen konnte.

»Kommt schon«, sagte Walker, als die anderen die Tribüne hinuntergingen. »Lasst uns zu ihr gehen und ihr gratulieren.«

Gillian folgte Walker und seinen Freunden auf das Feld und sie konnte nicht glauben, wie aufgeregt sie war, ein zwölfjähriges Mädchen zu treffen. Es war schon lange her, dass sie von jemandem so beeindruckt gewesen war wie von Annie. Sie hatte das Gefühl, dass Walker recht hatte. Dieses Mädchen war definitiv etwas Besonderes. Und egal, was Annie mit ihrem Leben anfangen würde, sie würde etwas Großes bewirken.

Sie schlossen sich der Gruppe von Männern und Frauen an, die Annie umgaben.

»Ziemlich beeindruckend, Fletch«, sagte Walker zu einem der Männer und klopfte ihm auf den Rücken.

»Danke. Das finden wir auch«, sagte Annies Vater. Er hatte seinen Arm um eine Frau gelegt und beide platzten fast vor Stolz.

Gillian wartete geduldig, als Annies Fans ihr gratulierten, bevor sie und Walker an der Reihe waren.

»Hey, Annie. Ziemlich beeindruckend«, sagte Walker zu ihr.

»Danke, Trigger«, zwitscherte Annie fröhlich.

Wenn sie verärgert war, dass sie den Vorlauf nicht gewonnen hatte und nicht ins Finale kam, zeigte sie das nicht.

»Hast du Rob gesehen? Das war das erste Mal, dass er den Hindernislauf geschafft hat. Er war wirklich nervös, bevor er startete, aber ich habe ihm versprochen, dass ich ihm helfen würde, wenn es nötig sein sollte. Aber er hat mich nicht *wirklich* gebraucht. Er brauchte nur ein bisschen Hilfe bei den Seilen.«

»Ich habe es gesehen«, sagte Walker.

»Und es ist so, wie Dad immer sagt ... indem man jemand anderen hochhebt, hebt man sich selbst noch höher. Ich tat so, als wäre ich bei der Armee und wir wären auf einer Mission. Keiner wird zurückgelassen.«

»Das ist wohl wahr. Bist du sauer, dass du nicht im Finale antreten darfst?«, fragte Walker.

Annie spottete. »Nee. Es gibt immer ein nächstes Mal. Außerdem war es besser, Robs Lächeln zu sehen, als er die Ziellinie überquerte.«

»Annie, das hier ist Gillian. Sie ist heute nur gekommen, um dich beim Wettkampf zu sehen.«

»Hi«, sagte Annie. »Du bist wirklich hübsch. Bist du die Freundin von Trigger? Er braucht eine. Er lächelt nicht genug.«

Gillian tat ihr Bestes, um nicht zu lachen, aber sie konnte es nicht verhindern. »Das bin ich und ich gebe mir große Mühe, damit er nicht immer so ernst ist.«

»Gut.« Dann wandte Annie sich an ihren Vater. »Dad, hast du das gefilmt, damit ich es an Frankie schicken kann?«

»Natürlich, Kleines.«

»Hast du es schon abgeschickt?«

»Nein, Herrgott. Es ist erst zwei Sekunden her, dass du fertig bist.«

»Ich weiß, aber er war genauso aufgeregt wie ich wegen des Rennens.«

»Frankie ist ihr Freund.« Walker lehnte sich vor, um es zu erklären. »Er ist in ihrem Alter und lebt in Kalifornien.

Er ist taub und Annie hat die Zeichensprache gelernt, damit sie sich mit ihm unterhalten kann. Sie haben sich vor einigen Jahren kennengelernt und beide haben damals beschlossen, dass sie eines Tages heiraten werden.«

»Kommt mir irgendwie bekannt vor«, sagte Gillian mit einem Lächeln.

»Es hat mich gefreut, dich kennenzulernen«, sagte Annie zu Gillian, die sich gern ablenken ließ.

Es war offensichtlich, dass sie mit ihrem Freund Frankie telefonieren und ihm die Aufnahme des Wettkampfes zeigen wollte.

»Wenn du ein Blumenmädchen für deine Hochzeit mit Trigger brauchst, bin ich verfügbar. Ich habe schon eine Menge Übung und so, also müsstest du mir das nicht beibringen«, sagte Annie sachlich.

Gillian verschluckte sich fast. »Ähm ... das werde ich mir merken.«

»Annie Elizabeth«, schimpfte ihre Mutter.

»Was denn?«, fragte Annie und ging zu ihren Eltern hinüber.

»Nur weil sich jemand verabredet, heißt das noch lange nicht, dass er auch heiraten wird.«

»Aber du bist mit Dad ausgegangen und hast dann geheiratet«, entgegnete Annie. »Und ich gehe mit Frankie aus und werde ihn heiraten. Und Mary ist mit Truck ausgegangen, und sie haben geheiratet.«

Fletchs Frau rollte mit den Augen und schüttelte den Kopf. »Du wirst mir das wohl glauben müssen. Ein Mann und eine Frau können sich verabreden und nicht heiraten.«

»Was ist dann der Sinn der Sache?«, brummte Annie, wurde dann aber von Lefty in eine Umarmung gezogen und vergaß offensichtlich, sich über die Worte ihrer Mutter aufzuregen.

Gillian war nicht in der Nähe von Walker gewesen, als er

mit seinen Freunden zusammen war, und war angenehm überrascht, als er sie wieder an seinen Oberkörper zog und seinen Arm diagonal über ihren Körper legte. Er beugte sich herunter und sprach direkt in ihr Ohr, sodass nur sie ihn hören konnte. »Ich möchte Annie ja nicht beleidigen, aber ich habe Geschichten über die Hochzeit ihrer Eltern gehört. Es genügt zu sagen, dass bewaffnete Terroristen und Prothesen darin vorkamen, die als Waffen benutzt wurden. Es ist wahrscheinlich sicherer für uns durchzubrennen.«

Gillians Herz raste. Ihr gefiel der Gedanke, mit Walker in den Sonnenuntergang zu reiten, aber sie hielt ihre Stimme leise, als sie den Kopf drehte, um zu ihm aufzusehen. »Mit meinen Eltern, die die Kälte hassen, und deinen, die die Hitze hassen, ist es wahrscheinlich besser, wenn wir sie erst im Nachhinein informieren.«

Das Lächeln auf Walkers Gesicht war etwas, das Gillian für alle Zeiten bewahren wollte.

Sie hörte ein Klicken und drehte sich um, um Annies Mutter zu sehen, die auf ihr Telefon herunterlächelte. »Perfekt.« Dann sah sie Walker an und sagte: »Ich schicke dir eine SMS, Trigger.«

»Danke, Emily«, sagte Walker zu ihr, dann drehte er Gillian so, dass sie neben ihm stand, und begann, das Feld zu verlassen. »Wir machen uns auf den Weg«, informierte er Doc nebenbei.

»Du bleibst nicht zum Finale?«, fragte er.

Walker zuckte mit den Schultern. »Jetzt, wo Annie raus ist ... nein. Wir sehen uns Montagmorgen beim Training.«

Mit einem Grinsen nickte Doc einfach.

»Das war ziemlich unhöflich«, informierte Gillian Walker, als sie vom Feld in Richtung Parkplatz gingen.

»Möchtest du bleiben?«, fragte er, wurde aber nicht langsamer.

»Und wenn ich Ja sage?«, fragte Gillian neugierig.

Walker blieb stehen und sah zu ihr hinunter. »Dann gehen wir zurück.«

»Einfach so?«, fragte sie.

»Einfach so«, antwortete Walker ohne eine Spur von Verärgerung.

»Was möchtest *du* denn machen?«

»Ich möchte mit dir in meine Wohnung fahren und dort abhängen. Über die kommende Woche reden, was du geplant hast. Ich möchte dich küssen, aber nur, wenn wir aufrecht stehen und beide vollständig angezogen sind. Ich will mehr über die Veranstaltung wissen, zu der wir nächstes Wochenende im Zoo gehen, und ich will jede Minute unserer Zeit mit dir verbringen, bevor ich dich zurück nach Georgetown bringen muss. Ich liebe meine Freunde, aber ich sehe sie die ganze Zeit über. Ich kenne sie bereits. Ich bin egoistisch, aber ich möchte Zeit mit *dir* verbringen, nicht mit ihnen. Aber wenn du bleiben willst, um dir weitere Wettkämpfe anzusehen, ist das für mich in Ordnung, denn ich werde immer noch an deiner Seite sein.«

Walker wandte den Blick nicht von ihr ab, während er sprach, und Gillian konnte nicht anders, als sich noch mehr in ihn zu verlieben.

»Es ist mir egal, ob du Bartreste im Waschbecken liegen lässt«, informierte sie ihn. »Du kannst so ordentlich sein, wie du willst, und es wird mich nicht stören. Ich werde mir wahrscheinlich Sorgen machen, dass du zu *viel* für mich tust, dass du nicht tust, was *du* willst, also musst du aufpassen, dass du es nicht übertreibst und mich zu sehr verwöhnst, okay?«

»Auf keinen Fall. Willst du jetzt bleiben oder zurück zu mir fahren?«

»Zu dir«, sagte Gillian ohne Zögern. Es war keine schwere Entscheidung.

Walker setzte sich wieder in Bewegung und zog sie

hinter sich her. Auf dem ganzen Weg zu seiner Wohnung versuchte Gillian zu überlegen, was sie getan hatte, um das Glück zu haben, diesen Mann an ihrer Seite zu haben. Als sie bei ihm eintrafen, war ihr immer noch nichts eingefallen, also beschloss sie, es einfach so hinzunehmen. Wenn Walker nicht ausflippte, weil sie so gut zusammenpassten, warum sollte sie es dann tun?

KAPITEL DREIZEHN

Die nächste Woche verging für Triggers Verhältnisse viel zu langsam. Seit er seinem Delta-Team beigetreten war, war er zielstrebig auf seinen Job konzentriert. Er ließ sich nie ablenken und freute sich jeden Tag auf das Training und die Möglichkeit, zu einem Einsatz gerufen zu werden.

Aber seit er Gillian kannte, lebte und atmete er nicht mehr wie ein Delta. Er konnte sich immer noch konzentrieren, wenn es nötig war, aber in seiner Freizeit dachte er jetzt an *sie*. Er fragte sich, was sie gerade tat und ob sie einen guten Tag hatte. Er war ständig an seinem Telefon und schrieb ihr SMS, nur um mit ihr in Kontakt zu bleiben.

Es war Freitagnachmittag und er und der Rest seines Teams machten eine Pause von einer anstrengenden Besprechung zum Zweck des Informationsaustausches, die seit neun Uhr morgens in Gange war. Nach den Informationen, die ihnen vorlagen, sah es so aus, als stünde schon sehr bald eine Mission an.

»Es scheint gut zu laufen mit Gillian«, sagte Lefty ein wenig zu lässig, als er und Trigger allein in der texanischen Hitze standen und versuchten aufzutauen, nachdem sie den ganzen bisherigen Tag in einem kalten klimatisierten Raum zugebracht hatten.

»Das tut es«, stimmte Trigger zu.

»Sie schien sich letztes Wochenende gut zu amüsieren.«

Trigger drehte sich zu seinem Freund um. »Was?«

»Was, was?«

»Sag einfach, was du denkst, bevor du explodierst«, sagte Trigger verärgert.

»Ich mag sie«, sagte Lefty zu seinem Freund. »Das solltest du wissen, bevor du wegen dem, was ich gleich sagen werde, ausrastest.«

Trigger nickte, machte sich aber auf das gefasst, was sein Freund ihm mitteilen wollte.

»Ich will nur sichergehen, dass du es mit ihr nicht zu schnell angehst«, sagte Lefty. »Ich meine, du hast sie bei einem Einsatz kennengelernt ... das kann euch beiden den Kopf vernebeln.«

Trigger wartete und wusste, dass Lefty noch nicht fertig war. Er hatte recht.

»Gillian ist hübsch, Mann, also kann ich es dir nicht verdenken. Sie hat einen guten Job, sie ist witzig und wir alle mögen sie. Sie blieb in Venezuela bei klarem Verstand und scheint reifer zu sein, als ihr Alter anmuten lässt. Aber sie scheint auch eine Art von Mädchen für immer zu sein. Wenn du dich nur mit ihr triffst, um Sex zu haben, wirst du sie verletzen. Das ist schlecht. Sei einfach vorsichtig, mehr will ich nicht sagen.«

»Du hast dich noch nie in mein Privatleben eingemischt. Warum jetzt?«, fragte Trigger aufrichtig neugierig.

»Weil es mehr als offensichtlich ist, dass sie in dich verliebt ist. Oder zumindest denkt sie, dass sie es ist. Man erkennt es daran, wie sie dich ansieht.«

Trigger konnte sich bei den Worten seines Freundes ein Grinsen nicht verkneifen.

»Und das gefällt dir?«, fragte Lefty.

Trigger zuckte mit den Schultern. Er konnte es nicht leugnen. »Ich habe noch nicht mit ihr geschlafen«, sagte er.

Lefty starrte ihn an. »Was?«

»Ich meine, ich habe mit ihr in meinen Armen geschlafen, aber wir hatten keinen Sex«, stellte Trigger klar. »Ich bin mir schon bewusst, dass wir uns bei einem Einsatz kennengelernt haben und dass das mein Denken verzerren könnte. Ich bin extrem beschützerisch ihr gegenüber. Ich mache mir Sorgen wegen dieses siebenten Entführers und der Tatsache, dass niemand herausfinden kann, welcher der Passagiere es ist. Also gehe ich mit Vorsicht vor. Aber Lefty, ich habe noch nie so für eine Frau empfunden, und du weißt, dass ich im Laufe der Jahre mehr als genügend Jungfrauen in Not gerettet habe.«

Lefty nickte. »Daher kann ich nicht verstehen, was dich an Gillian so besessen macht.«

Trigger konnte nicht einmal leugnen, dass er besessen war. Er war es. »Ich weiß nicht, was es mit ihr auf sich hat, ich weiß nur, dass sie mir unter die Haut gegangen ist ... und das ist völlig in Ordnung für mich.«

»Ich hoffe, du bist nicht verärgert, dass ich etwas gesagt habe«, meinte Lefty.

»Natürlich nicht. Ich wäre stinksauer, wenn du es nicht getan hättest. Hast du den kurzen Strohhalm gezogen, um mit mir darüber zu reden?«, fragte Trigger mit einem Lächeln.

»So ähnlich«, gab Lefty zu. »Aber im Ernst, sie ist cool. Wir alle mögen sie. Und du hast sie *wirklich* noch nicht gefickt?«

Trigger war mit Leftys Fragen einverstanden gewesen und ihm war bewusst, dass er selbst derjenige gewesen war, der die Tatsache zur Sprache gebracht hatte, dass sie noch nicht miteinander geschlafen hatten, aber das Wort

»gefickt« zu benutzen schien das Thema hässlich zu machen. »Vorsicht«, warnte Trigger. »Ich habe kein Problem damit, dass du meine Absichten infrage stellst, weil du mein Freund bist, aber ich habe ein Problem damit, dass du dabei respektlos gegenüber Gillian bist.«

Lefty grinste, ganz und gar nicht eingeschüchtert von Trigger. »Tut mir leid.«

»Und nein, ich habe tatsächlich noch nicht mit ihr geschlafen. Das ist das Härteste, was ich je in meinem Leben getan habe.«

»Ich wette, es ist hart«, sagte Lefty mit einem schelmischen Grinsen.

Trigger konnte nicht anders, er lachte. »Halt die Klappe, Arschloch.«

Ernüchternd sagte Lefty: »Ich freue mich für dich. Ganz im Ernst. Seitdem Ghost und seine Teamkameraden sesshaft geworden sind, fühlen wir uns wohl alle ein bisschen einsam. Ich war nur besorgt, dass du einen Schritt zu weit gegangen bist und dich mit jemandem niedergelassen hast.«

»Ich werde mich nicht niederlassen«, sagte Trigger zu ihm. »Nicht mal annähernd.«

»Gut.«

»Hast du etwas von Kinley gehört?«, fragte Trigger.

Lefty runzelte die Stirn und schüttelte den Kopf. »Nein. Sie hat auf keine meiner E-Mails oder SMS geantwortet, also habe ich aufgehört, es zu versuchen. Ich habe mich bemüht, den stellvertretenden Minister für insulare und internationale Angelegenheiten im Auge zu behalten, um zu sehen, wohin er seine armen Helfer schleppt, aber ich habe aufgehört, nachdem ich herausgefunden hatte, dass er nach Afghanistan gereist ist, um dort über internationale Beziehungen zu sprechen.«

Trigger schüttelte den Kopf. »Er hat keine Ahnung, wie

sehr er sich und alle, die für ihn arbeiten, in Gefahr bringt, oder?«

»Nein«, antwortete Lefty mit einem finsteren Blick. »Und ich bezweifle, dass es ihn kümmert, selbst wenn er es wüsste. Als ich Kinley aus dieser beschissenen Situation in Afrika befreit habe, habe ich ihr geraten, sich einen neuen Job zu suchen, aber sie hat mir versichert, dass es in Ordnung sei und dass es ihr gut ginge. Das macht mich wütend.«

»Bei euch beiden hat es klick gemacht«, sagte Trigger zu seinem Freund. Er mochte den Ausdruck von Frustration und Trauer nicht, der über Leftys Gesicht huschte, bevor er ihn wieder verdrängte.

»Es hat nicht sollen sein«, entgegnete er achselzuckend. »Du fährst doch heute Abend nach Georgetown, oder?«

Er wollte ihn über Kinley ausquetschen, die erste Frau, für die sein Freund sich wirklich interessierte, seit er ihn kannte, aber Trigger ließ es widerwillig bleiben. »Ja. Sie hat eine Firmenveranstaltung im Zoo von Austin geplant und mich eingeladen mitzukommen. Ich freue mich schon darauf, Gillian in Aktion zu sehen. Sie ist wahnsinnig organisiert und ich habe das Gefühl, sie ist wie einer dieser Offiziere in unserer Ausbildung, wenn es um die tatsächliche Durchführung der Veranstaltungen geht, die sie zusammenstellt.«

»Cool. Grüß sie von uns allen.«

»Wird gemacht.«

Sie sahen beide, wie Doc ihnen von der Tür aus zuwinkte.

»Sieht so aus, als wäre die Pause vorbei«, sagte Lefty. Beide Männer gingen zurück zum Gebäude und Trigger zückte sein Handy, um Gillian eine kurze SMS zu schicken.

. . .

Trigger: Ich dachte nur, ich sage mal Hallo und dass ich mich heute Abend vielleicht etwas später auf den Weg zu dir machen werde.

Sie antwortete sofort, so wie immer. Das war eine weitere Sache, die er an ihr mochte.

Gillian: Hi. :) Und kein Problem. Lass dir Zeit und fahr vorsichtig. Ich habe den ganzen Tag Brände für die Veranstaltung morgen gelöscht. Einer der Imbisswagen hat in letzter Minute abgesagt und ich habe versucht, einen Ersatz zu finden. Ich kann es nicht erwarten, dich zu sehen.

Trigger: Ich bin mir sicher, dass du einen noch besseren finden wirst, der seinen Platz einnimmt. Ich vermisse dich auch. Ich muss los.

Gillian: Sagst du mir Bescheid, sobald du unterwegs bist, damit ich mir keine Sorgen mache?

Trigger: Ja, natürlich. Bis später.

Gillian: Bis später.

Gillian war es vielleicht nicht bewusst, aber die Art und Weise, wie sie sich immer um ihn sorgte, war ziemlich besonders für Trigger. Die meisten Frauen, mit denen er in der Vergangenheit ausgegangen war, schienen zu denken, dass er als ausgebildeter Soldat unbesiegbar sei. Aber Gillian sagte ihm immer, er solle vorsichtig sein, und warnte ihn vor Unfällen auf der Straße. Sie hatte ihm sogar von einem Restaurant in der Gegend von Killeen erzählt, das aus hygienischen Gründen geschlossen worden war, und wollte sichergehen, dass er dort in letzter Zeit nicht gegessen hatte.

Ja, er hatte kein Problem damit, dass sie sich Sorgen um ihn machte. Es war verdammt süß und er konnte nicht leugnen, dass es sich gut anfühlte.

Er atmete tief durch, steckte sein Handy zurück in die Tasche und tat sein Bestes, um seine Gedanken wieder auf die streng geheimen Informationen zu lenken, die sie vor der Pause analysiert hatten. Er konnte den ganzen Tag über Gillian nachdenken, aber im Moment musste er hundertprozentig konzentriert sein, denn es war sehr wahrscheinlich, dass sie auf Mission geschickt würden. Und zwar schon bald.

Später an diesem Abend, nachdem er nach Georgetown gefahren war, nachdem er Gillian geküsst hatte, als sie ihm die Tür geöffnet hatte, nachdem sie das Abendessen gegessen hatten, das sie in Erwartung seiner Ankunft zubereitet hatte, nachdem sie auf ihrer Couch gekuschelt hatten, während sie irgendeine Sendung im Fernsehen ansahen, und nachdem sie in seinen Armen eingeschlafen war, nahm Trigger sich die Zeit, seine Beziehung zu der Frau, die nur wenige Zentimeter neben seinem Gesicht leise schnarchte, gründlich zu analysieren.

Er versuchte, objektiv zu sein und wirklich über Leftys – und damit auch über die Bedenken seines Teams – nachzudenken. Aber schon nach kurzer Zeit wusste er mit Sicherheit, dass das, was er für Gillian empfand, nicht nur auf einen Heldenkomplex zurückzuführen war. Es war nicht das Ergebnis davon, dass er sie in Venezuela gerettet hatte. Schon als er zum ersten Mal ihre Stimme am Telefon gehört hatte, war er süchtig danach gewesen.

Trigger war kein besonders religiöser Mann. Aber er hatte einmal ein Buch über Reinkarnation gelesen, und es hatte etwas in ihm geweckt.

Der Autor erklärte, wie Seelen typischerweise zusammen reinkarnieren. Diejenigen, die man in einem

Leben kannte, würden in einem anderen wieder in der Nähe auftauchen. Der Bruder in einem Leben könnte die Mutter in einem anderen sein. Oder die Ehefrau in einem Leben könnte im nächsten Leben der beste Freund sein. Der Autor meinte auch, dass ein Mensch in jedem Leben etwas zu lernen hat. Zum Beispiel Liebe, Freundschaft, Demut. Und wenn die Lektion gelernt wurde, dann würde die Seele weiterziehen und in ihrem nächsten Leben etwas anderes lernen.

Alles daran gefiel Trigger. Es machte es einfach zu verstehen, warum er und sein Team sich so nahestanden. Es erklärte auch seine sofortige Verbindung zu Gillian.

Er wusste, dass einige Leute ihn für verrückt halten würden, dass die ganze Seelensache nur Quatsch war, aber aufgrund der Dinge, die er in seinem Leben erlebt und gesehen hatte, konnte Trigger die Theorie nicht von der Hand weisen.

Gillian seufzte, und der Arm um seinen Bauch straffte sich und sie kuschelte sich ein wenig enger an seine Brust, bevor sie sich wieder beruhigte. Er wusste, dass sie wegen des folgenden Tages gestresst war, weil sie wollte, dass alles reibungslos ablief. Sie hatte ein Glas Wein getrunken und war fast sofort eingeschlafen, als er sie an sich gedrückt hatte.

Als er den Kopf drehte, küsste Trigger sie sanft auf die Stirn und starrte wieder an die Decke. Er war sich nicht sicher, was er in diesem Leben lernen musste, aber er hoffte, dass es etwas über bedingungslose Liebe war und nicht etwas über den Umgang mit Verlust oder etwas ähnlich Deprimierendes.

Bevor er einschlief hoffte er nur noch, dass Gillian so stark war, wie sie schien. Es war unausweichlich, dass er und sein Team wieder auf Mission geschickt würden. Schon sehr bald sogar. In der Vergangenheit waren die Frauen in seinem Leben nicht damit klargekommen, dass sie nicht wussten, wohin er ging oder wie lange er weg sein würde, und die Beziehung hatte daraufhin geendet. Er wollte nicht, dass das mit ihm und Gillian passierte.

Gillian fühlte sich, als würde sie in tausend Richtungen gleichzeitig gezogen ... aber sie liebte den Adrenalinstoß, den sie bekam, wenn sie sah, wie all ihre harte Arbeit zusammenkam. Sie war an diesem Morgen in Walkers Armen aufgewacht und der Tag war von da an nur noch besser geworden.

Ihren Mann in einer Jeans und einem T-Shirt zu sehen bewirkte etwas in ihrem Inneren. Er sah gut aus, egal was er trug, aber ihn so leger gekleidet zu sehen machte sie total an. Er schien es zu wissen; es fühlte sich an, als berührte er sie an diesem Morgen viel öfter. Eine Berührung mit seinen Fingerspitzen an ihrer Taille, als er in der Küche an ihr vorbeiging, ein leichter Kuss, bevor sie sich für den Tag fertig machen wollte, sein Arm, mit dem er ihren berührte, als sie nach Austin fuhren. Er machte sie verrückt, aber sie mochte die Vorfreude.

»Miss Romano«, rief ein Mann, während er schnell auf sie zuging.

Sie wandte sich von dem bewundernden Walker ab, der neben einer Gruppe von Männern, Frauen und Kindern stand, die darauf wartete, dass der Zoo seine Tore öffnete, und wandte sich dem Mann zu, der auf sie zukam.

»Wir müssen die Zeit ändern, zu der die Imbisswagen eintreffen, weil mir gerade mitgeteilt wurde, dass die Affen-vorführung um elf beginnt.«

»Das ist in Ordnung«, informierte Gillian den gestressten Mann, der ihr zur Unterstützung zugeteilt worden war. Sie hielt ihn für den Assistenten des Firmenchefs, war sich aber nicht sicher. »Nicht jeder wird die Affen sehen wollen, und für die, die es möchten, wird es auch noch genug zu essen geben.«

»Wenn Sie meinen ...«, sagte der Mann, wobei sein Tonfall darauf hindeutete, dass sie sich irrte.

»Ich bin sicher«, sagte Gillian überzeugt. »Bitte sagen Sie den Angestellten am Ticketschalter, dass wir alle hier draußen bereit sind. Es ist zwei Minuten nach neun und Zeit, die Tore zu öffnen.«

»Ja, Ma'am«, entgegnete der Mann und eilte dann zum Haupttor.

Gillian atmete tief durch und versuchte, sich einzureden, dass sie alles getan hatte, was sie konnte, um sicherzustellen, dass alles ohne Probleme ablaufen würde.

Sie spürte, wie sich ein Arm um ihre Taille legte, und mit einem schnellen Einatmen wusste sie, dass es Walker war.

»Atme, Di. Es wird perfekt sein.«

Sie schluckte hörbar. »Das sagst du nur, um mich zu beruhigen.«

»Nein. Du hast wochenlang daran gearbeitet. Kleinigkeiten könnten schiefgehen, aber das wird niemanden stören. Sie freuen sich darauf, die Tiere zu sehen, und wollen sich amüsieren. Sie werden den kleinen Mist gar nicht bemerken.«

»Danke«, sagte Gillian und lehnte sich für einen kurzen Moment an ihn. Sie war es gewohnt, bei solchen Veranstaltungen auf sich allein gestellt zu sein. Gelegentlich hatte sie zwar Assistenten und Leute, die ihr halfen, aber letztlich lag alles auf ihren eigenen Schultern, wie es auch sein sollte, da es ihre Firma war. Aber dennoch, mit Walker an ihrer Seite schien alles viel einfacher zu sein.

Als der Tag voranschritt und Gillian damit beschäftigt war, kleine Probleme zu lösen, die immer wieder auftauchten, wusste sie, dass Walker niemals wirklich von ihrer Seite wich, egal wo sie sich aufhielt. Er ließ ihr Freiraum zum Arbeiten, blieb aber in ihrer Nähe. Er brachte ihr mehrmals Wasser, und gegen halb eins ließ er sie eine kurze zehnminütige Pause einlegen, um einen der Tacos zu verschlingen, die er von einem Imbisswagen geholt hatte. Normalerweise ließ Gillian bei solchen Veranstaltungen das Essen ganz weg, aber sie konnte nicht leugnen, dass sie sich viel besser fühlte, nachdem sie ein paar Kalorien zu sich genommen hatte.

Gegen vierzehn Uhr, als sie im hinteren Teil der Menge stand und zuhörte, wie der Geschäftsführer der Firma eine kurze Ansprache an seine Mitarbeiter hielt, in der er betonte, wie dankbar und stolz er auf seine »Familie« sei, kam Walker auf sie zu und beugte sich hinunter, um ihr ins Ohr zu flüstern.

»Können wir uns einen Moment unterhalten?«

Überrascht blickte sie zu ihm auf. Er sah düster und ernst aus und sie wusste sofort, dass etwas nicht stimmte. Sie nickte und ließ sich von ihm von der Menge weg an einen relativ ruhigen Ort in der Nähe führen. »Was ist los?«, fragte sie besorgt.

»Ich muss weg«, sagte er.

»Jetzt?«

»Ja, leider.«

»Ist alles in Ordnung? Mit deinen Freunden? Geht es ihnen gut?«

»Es geht ihnen gut. Es ist eine Mission. Ich muss aufbrechen.«

Eine Mission. Sie hatten nicht viel über seinen Job gesprochen, eher weil Gillian nicht sicher war, welche Fragen sie stellen und was er ihr antworten durfte, aber jetzt trat sie sich selbst in den Hintern. »Okay. Wann bist du wieder da?«

Ein gequälter Ausdruck ging über sein Gesicht. »Ich weiß es nicht.«

»Darf ich fragen, wohin du gehst?«

Walker presste die Lippen zusammen und schüttelte den Kopf.

Ach, verdammt. Sie hatte gewusst, dass dieser Zeitpunkt kommen würde, und Gillian tat ihr Bestes, um ihre Gefühle nicht offen zur Schau zu stellen. Sie musste bei dieser Sache stark sein. Es war ja nicht so, als wüsste sie nicht, dass Walker und seine Teamkameraden einen ziemlich ernsten Job hatten ... wenn man bedenkt, wie sie ihn kennengelernt hatte. Und sie hatte die ganze Zeit gewusst, dass er ihr höchstwahrscheinlich nicht erzählen durfte, wohin sie gehen würden. Sie musste sich einfach damit abfinden.

Um sich etwas Zeit zu verschaffen, stellte Gillian sich auf die Zehenspitzen, umarmte ihn und verbarg ihr Gesicht an seiner Schulter.

Er legte die Arme um sie und sie hatte das Gefühl, dass er sie noch ein bisschen fester hielt als sonst.

Sie zwang sich, ihre Arme zu entspannen, aber sie hielt sein Hemd an den Seiten fest. »Sei vorsichtig«, flüsterte sie.

Walker schaute lange auf sie herab, sein Ausdruck war unergründlich.

»Was?«, fragte sie. »Sag etwas.«

»Willst du mich nicht noch etwas fragen?«

»Ich möchte dir am liebsten tausend Fragen stellen«, gab Gillian zu, »aber jetzt ist nicht die Zeit dafür und du könntest sie wahrscheinlich sowieso nicht beantworten. Bitte ... komm einfach zurück zu mir. Ich kann dich nicht gefunden haben, nur um dich jetzt wieder zu verlieren.«

»Du wirst mich nicht verlieren«, versprach Walker selbstbewusst. »Ich wünschte, ich könnte dir alles darüber sagen, wohin ich gehe und was ich tue, aber ich kann es nicht. Ich kann es dir *niemals* sagen. Auch nicht, wenn ich zurückkomme. Du verstehst das doch, oder?«

Sie dachte, sie hätte es verstanden, aber jetzt, angesichts seiner ersten Mission, seit sie zusammen waren, wurde ihr klar, wie geheim Walkers Berufsleben war. Sie nickte. »Ich gebe zu, dass das für mich nicht einfach ist, aber für jemand anderen da draußen ist es noch schwieriger. Jemand, der einen Helden braucht. Aber vielleicht geht es bei dieser Mission nicht um eine Rettung. Vielleicht musst du einen Terroristen ausschalten oder so, aber irgendwann fliegst du in irgendein fremdes Land, um eine Frau zu retten, die glaubt, dass sie sterben wird. Und dann werden du und dein Team dort sein und ihr eine weitere Chance auf ein Leben geben. Ich kann damit umgehen, es nicht zu wissen, weil ich weiß, dass das, was du tust, wichtig ist. Vielleicht nicht für mich, aber für jemanden, der sich möglicherweise genauso fühlt wie ich damals in Venezuela.«

»Verdammt«, murmelte Walker, bevor er sich hinunterbeugte und sie küsste, als hinge sein Leben davon ab.

Gillian hielt sich an seinem Hemd fest und gab ihm, was er brauchte. Sie würde diesem Mann alles geben; alles, was er von ihr brauchte, gehörte ihm. Ohne Fragen zu stellen.

Der Kuss wurde sanfter und Gillian konnte nicht verhindern, dass ein kleines Stöhnen aus ihrem Inneren drang, als er ihr leicht in die Unterlippe biss und sich dann zurückzog. »Gib mir dein Handy«, befahl er sanft.

Gillian fühlte sich durch den Kuss und den Gedanken, dass er gehen würde, nicht mehr wohl, aber sie tat, was er verlangte, entsperrte es mit ihrem Daumenabdruck und reichte es ihm.

Er klickte kurz auf die Tasten, bevor er es ihr zurückgab. »Ich habe Fletchs Nummer eingespeichert. Er ist der Vater von Annie. Er wird dir nicht sagen, wo ich bin oder wann ich zurückkomme, aber er kann dich beruhigen, wenn du das brauchst. Wenn zu viel Zeit vergeht und du in Panik gerätst, ruf ihn an. Er wird sich erkundigen und dir mitteilen, was er darf, okay?«

Sie wusste, was er damit sagen wollte. Sie waren nicht verheiratet. Die Armee wusste nichts über sie. Wenn Walker bei seinem Einsatz verletzt oder getötet wurde, würde sie es nie erfahren. Aber sein Freund Fletch schon.

Gillian war dankbar, dass er ihr eine Möglichkeit gegeben hatte, etwas über ihn herauszubekommen, und konnte nur nicken. Der Kloß in ihrer Kehle drohte ihr zusammen mit ihren Worten die Luft abzuschnüren.

Walker nahm ihren Kopf in seine Hände und neigte ihn sanft, sodass sie keine andere Wahl hatte, als ihn anzuschauen. Es gefiel ihr, wie er das immer wieder tat. Umso mehr, als es eine sehr reale Möglichkeit war, dass dies das letzte Mal sein könnte, dass sie es erleben würde. Sie wusste mehr als die meisten anderen, wie gefährlich sein Job sein konnte.

»Ich habe in meinem Leben noch nie etwas mehr bereut, als nicht zu wissen, wie es sich anfühlt, in dir zu sein.«

Gillian stieß ein kleines Lachen aus. »Dann solltest du wohl besser dafür sorgen, dass du in einem Stück zurückkehrst, damit wir das nachholen können, was?«

Er grinste und Gillian wurden die Knie weich.

»Ja, ich denke schon. Ich komme zurück, Gilly«, sagte er ernst. »Das musst du mir glauben.«

»Das tue ich.«

Er starrte sie einen Moment lang an, bevor er nickte. »Okay. Ich bin stolz auf dich, weißt du. Dich heute zu beobachten hat mir eine neue Wertschätzung für das gegeben, was du tust. Du bist ein Multitalent und hast jede Krise, die an dich herangetragen wurde, mit Leichtigkeit gemeistert. Du hast kreative Lösungen für Probleme gefunden, an denen andere Menschen zerbrochen wären, wenn sie mit der gleichen Sache konfrontiert worden wären. Du bist in der Lage umzuschwenken, wenn es nötig ist, und du tust es mit einem Lächeln auf deinem Gesicht. Ich bin verdammt beeindruckt, Di. Du *bist* Wonder Woman.«

»Danke«, flüsterte sie.

Walker beugte sich vor und presste seine Lippen noch einmal auf die ihren. Es war ein keuscher Kuss, ohne Zunge, aber es war genauso intim, als hätte er ihren Mund noch einmal geplündert. »Sei vorsichtig«, warnte er. »Der siebente Entführer ist immer noch irgendwo da draußen. Ich bin nicht glücklich darüber, dass die Behörden noch nicht herausgefunden haben, um wen es sich handelt oder was sein nächster Schritt sein könnte. Wenn ich weg bin, gelten dieselben Regeln wie zuvor. Geh nicht allein aus, wenn du es vermeiden kannst, suche dir keine Mitfahrgelegenheit im Internet und lass deine Freundinnen wissen, wohin du gehst, wenn du das Haus verlässt.«

»Und geh nach elf Uhr abends nicht mehr in den Supermarkt, stimmt's?«, neckte sie.

»Ganz genau. Um diese Tageszeit passiert nichts Gutes mehr und wenn du einen Salatkopf brauchst, wartest du, bis es draußen hell ist.«

Gillian grinste zu ihm hoch und verhinderte irgendwie, dass ihr die Tränen in die Augen traten, die sie deutlich spürte. »Verstehe. Ich werde vorsichtig sein.«

»Ich muss los«, sagte Walker zu ihr.

Gillian nickte und er umarmte sie noch ein letztes Mal.

»Miss Romano?«, fragte jemand in der Nähe und sie erkannte die Stimme des jungen Mannes, der sie den ganzen Tag über auf Probleme aufmerksam gemacht hatte.

»Pass auf dich auf«, flüsterte sie Walker zu.

»Ich sage dir Bescheid, sobald ich zurück bin«, versprach er mit einem Nicken.

Sie zwang sich, loszulassen und zurückzutreten, schenkte ihm ein lahmes Lächeln und tat so, als würde sie ihn wegscheuchen. »Geh schon. Hau ab. Bevor ich mich an deinem Bein festkralle und du mich über den Bürgersteig schleifst, während du versuchst zu verschwinden.«

Er lächelte, aber es reichte nicht bis zu seinen Augen. »Es war noch nie so schwer zu gehen«, gab er zu.

»Wie lautet das Sprichwort?«, fragte sie. »Je früher du gehst, desto früher kommst du zurück? Geh und zeig's den bösen Jungs, Schatz.«

»Schatz«, sagte er leise. »Das gefällt mir.«

Gillian rollte mit den Augen. Sie wollte ihm sagen, dass sie ihn liebte, aber es war ihr unangenehm, also schwieg sie.

Walker wich von ihr zurück und wandte den Blick bis zur letzten Sekunde nicht von ihr ab, bevor er um eine Ecke biegen musste. In der einen Sekunde war er da, in der nächsten war er weg.

Gillian wollte zusammenbrechen, aber der Mann, der ihr den ganzen Tag über geholfen hatte, war mit einem anderen Problem aufgetaucht.

»Die Teenagertochter einer der Gäste flippt im Badezimmer aus, weil sie gerade ihre Periode bekommen hat und denkt, dass sie stirbt. Die Mutter kommt nicht gut damit zurecht und ... ähm ... glauben Sie ...«

»Ich komme schon«, sagte Gillian und war dankbar für die Ablenkung. Sie würde später Zeit haben, darüber zu verzweifeln, dass Walker gegangen war. Jetzt musste sie erst einmal ihren Veranstaltungsplaner-Hut aufsetzen und dafür sorgen, dass der Rest des Tages reibungslos ablief.

KAPITEL VIERZEHN

Zehn Tage.

Die zehn längsten Tage ihres Lebens.

So lange war es her, dass Walker abgereist war.

Gillian hatte die erste Woche ganz gut überstanden, aber in der vorletzten Nacht hatte sie einen Albtraum gehabt, dass Walker irgendwo umgebracht worden war und niemand es ihr sagen wollte. Sie hatte nachgegeben und seinen Freund Fletch angerufen, der ihr versicherte, dass er immer noch auf seiner Mission war und nicht tot irgendwo in einem fremden Land lag.

Sein Einsatz war nicht einfach, aber wie Gillian ihm einmal gesagt hatte, hatte sie ein geschäftiges Leben, das nicht aufhörte, nur weil er weg war. Sie nahm weiterhin Kunden für Veranstaltungen unter Vertrag und war damit beschäftigt, Hotels anzurufen und Tagungsräume zu reservieren sowie andere Details für die verschiedenen Veranstaltungen auszuarbeiten, die sie organisierte.

Mindestens einmal am Tag hörte sie von einer der anderen Geiseln. Inzwischen hatten sie alle die Nachricht erhalten, dass es einen siebenten Entführer gab, und ihr

Telefon brummte mit SMS und E-Mails von allen, denen sie nahestand. Alle spekulierten darüber, wer es sein könnte und was derjenige als Nächstes vorhatte.

Allerdings hatte Gillian seit ihrem Gespräch mit dem FBI und der DEA begonnen, sich ein wenig von den anderen zu distanzieren. Sie fühlte sich schrecklich dabei, aber sie konnte nicht anders, als sich zu fragen, ob einer ihrer Freunde oder Freundinnen tatsächlich ein kaltblütiger Mörder sein könnte. Es schien unwahrscheinlich, aber wenn jemand wie Janet, die so ängstlich um ihre Tochter gewirkt hatte, sich als Entführerin entpuppte, würde Gillian nie wieder jemandem vertrauen.

Also verbrachte sie die meiste Zeit mit ihren Freundinnen vor Ort, anstatt sich den Frauen zu nähern, die mit ihr im Flugzeug gesessen hatten. An einem Tag war sie mit Ann zum Mittagessen verabredet und an einem anderen Abend hatte sie sich mit Wendy und Clarissa zu einem Filmabend in Clarissas Haus getroffen. Sie hatte ein bisschen geweint und ein bisschen zu viel Wein getrunken, aber insgesamt war sie ziemlich stolz darauf, wie gut sie sich gehalten hatte.

Die größte Hürde war, wie sehr sie Walker vermisste. Sie vermisste seine SMS, die sie wissen ließen, dass er an sie dachte. Sie vermisste sein Lachen. Sie vermisste es, mit ihm auf ihrer Couch einzuschlafen – oder auf seiner. Es war, als fehlte ein Teil von ihr.

Aber auf der anderen Seite war sie auch wahnsinnig stolz auf ihn. Sie hatte keine Ahnung, was er tat oder wo er war, aber sie hatte im Internet recherchiert, um mehr über die Delta Force zu erfahren. Es war eine der geheimnisvollsten Spezialeinheiten, die es gab. Walker hatte nicht gescherzt, als er gesagt hatte, er würde ihr nie erzählen können, was genau er tat, wenn er weg war. Zum Teufel, sie konnte keine konkreten Nachrichten über irgendeine

Gruppe von Deltas bei irgendeinem Ereignis auf der Welt finden. Es war fast unheimlich, wie sie einfach nicht zu existieren schienen.

Es hatte ungefähr einen Tag gedauert, um es zu begreifen, aber Gillian erkannte, dass sie mit der Geheimhaltung kein Problem hatte. Solange Walker sicher zurückkehrte, war das alles, was zählte. Er hatte wahrscheinlich einige schreckliche Dinge in seinem Leben gesehen und sie wollte nichts mehr, als ihn glücklich zu machen, wenn er zu Hause war. Er brauchte Normalität. Keine Freundin, die hysterisch war, wenn er abreisen musste, und niemanden, der unnötiges Drama in sein Leben brachte. Sie wollte dieser Mensch für ihn sein.

Es war spät an einem Donnerstagabend, elf Tage nachdem er gegangen war, als Gillians Telefon klingelte. Besorgt, weil ein Anruf nach zehn Uhr abends nichts Gutes verhieß, zumindest nicht in ihrer Welt, und weil sie die Nummer, von der der Anruf kam, nicht kannte, ging Gillian nach zweimaligem Klingeln ran.

»Hallo?«

»Ich bin's.«

Zwei Worte, aber mehr brauchte es nicht und Gillian sackte vor Erleichterung zusammen. »Walker«, flüsterte sie.

»Ich bin wieder da, aber leider muss ich noch etwa sechs Stunden an einer Nachbesprechung teilnehmen, bevor ich nach Hause fahren kann. Und so sehr ich dich auch sehen möchte, ich muss schlafen. Ich bin jetzt seit sechsunddreißig Stunden wach.«

»Ist schon gut. Ich bin nur froh, dass du zu Hause bist. Geht es dir ... geht es allen gut?«

»Uns geht es gut«, sagte er sanft. »Ich wollte nur so schnell wie möglich anrufen, um dich wissen zu lassen, dass alles in Ordnung ist.«

»Danke. Ich habe dich vermisst. Mehr als du denkst.«

»Das ist mein Satz«, sagte Walker. »Geht es dir gut? Ist irgendwas Seltsames passiert, während ich weg war?«

»Du meinst, außer dass ich eine sechsköpfige Familie adoptiert habe und sie in meine Wohnung gezogen ist, weil sie nirgendwo anders hinkonnte? Nein.«

»Gillian«, sagte Walker in einem scheinbar drohenden Ton.

Sie kicherte. »Nein, es ist nichts Seltsames passiert. Ich habe gearbeitet, mich mit meinen Freundinnen getroffen und mich jeden Abend um neun Uhr in meiner Wohnung eingeschlossen.«

»Gut. Hast du irgendwelche verdächtigen SMS oder E-Mails von den anderen Passagieren bekommen?«

Gillian dachte an eine der SMS von Andrea, in der es darum ging, dass sie die Therapie aufgegeben hatte, weil sie nicht zu helfen schien, und dass sie immer noch so wütend darüber war, dass sie diejenige war, die von Luis ausgesondert worden war. Und dann war da die E-Mail von Alice, in der sie Gillian mitteilte, dass sie gehört hatte, dass Leyton festgenommen worden war, als er versucht hatte, ohne Pass nach Mexiko einzureisen.

Aber jetzt war nicht der richtige Zeitpunkt, das alles zu erwähnen. Nicht, wenn Walker gerade nach Hause gekommen und erschöpft war. »Es ist alles in Ordnung«, beruhigte sie ihn. »Geh. Mach dein Ding. Vielleicht kann ich morgen Abend über das Wochenende zu dir kommen?«, fragte sie zaghaft.

»Ja«, sagte Walker, ohne zu zögern. »Wann immer du am Nachmittag hier sein kannst. Je früher desto besser.«

»Okay. Walker?«

»Ja, Gilly?«

»Ich bin froh, dass du zu Hause bist.«

»Ich auch. Wir sehen uns morgen. Ich schicke dir eine

SMS, wenn ich wieder in meiner Wohnung bin, bevor ich schlafen gehe, okay?«

»Okay. Fahr vorsichtig. Ich wäre nicht glücklich, wenn du diese Tortur überstanden hast, nur um an deinem ersten Tag zurück in einen Autounfall zu geraten.«

Er lachte leise. »Das werde ich. Bis später.«

»Tschüss.«

Gillian legte auf, aber Walker ging ihr nicht aus dem Kopf. Ging es ihm wirklich gut? Ging es Lefty und den anderen auch so? Er sagte, er hätte seit fast zwei Tagen nicht mehr geschlafen, also hatte er wahrscheinlich auch nicht gut gegessen. Aßen Soldaten nicht immer diese Fertigmahlzeiten, wenn sie im Einsatz waren?

Gillian sprang von der Couch auf und machte sich auf den Weg in die Küche, während sich in ihrem Kopf ein Plan formte. Sie wusste, dass Walker noch an einer Besprechung teilnehmen musste. Dann musste er etwas Schlaf bekommen. Aber er musste auch etwas essen. Etwas Gutes, und nicht dieses beschissene Essen zum Mitnehmen oder das, was er noch in seiner Wohnung gehabt hatte, bevor er abgereist war.

Sie öffnete ihre Speisekammer und überlegte, was sie kochen könnte, bis er mit seinen Besprechungen fertig war. Auf keinen Fall wollte sie sich ihm aufdrängen, besonders nachdem er ihr gerade mitgeteilt hatte, dass er schlafen müsse. Aber sie konnte nicht einfach zu Hause sitzen und nichts tun. Sie musste *irgendwas* für ihn tun.

Sie holte ein paar Zutaten aus der Speisekammer und nickte entschlossen. Sie würde ihm einen Auflauf zubereiten, den er leicht aufwärmen konnte, sobald er nach Hause kam und bevor er sich schlafen legte. Auflauf war schon immer eine Lieblingsspeise von ihr gewesen, und er war schnell und einfach zuzubereiten. Sie würde einfach eine

Ladung des Nudel-Hackfleisch-Gerichts kochen und es ihm vorbeibringen.

Es war ihr egal, dass es zehn Uhr abends war und Walker sechzig Kilometer entfernt wohnte und es fast zwei Uhr morgens sein würde, bevor sie wieder in Georgetown ankam, also machte sie sich an die Arbeit.

Trigger war mehr als erschöpft. Er und das Team hatten ihren Job erledigt und waren nach Hause geflogen, ohne den Schlaf nachzuholen, den sie in den letzten anderthalb Wochen versäumt hatten. Da sie es nicht geschafft hatten, das sogenannte HRZ – das hochrangige Ziel – zu töten, sondern stattdessen ein halbes Dutzend seiner Kumpane ausgeschaltet hatten, mussten sie sich mit dem General des Stützpunktes treffen und eine Nachbesprechung abhalten. Es könnte Rückschläge geben, weil sie es nicht geschafft hatten, den Kopf der Terroristen – wie Gillian ihn nennen würde – auszuschalten, aber sie waren alle ziemlich zufrieden, dass sie zumindest einige der Terroristen aus dem Verkehr ziehen konnten.

Nicht jede Mission war so einfach wie die, in der er Gillian gefunden hatte, was frustrierend war, aber Trigger hatte gelernt, sich abzuschotten.

Er hatte sich ein Telefon von einem der Armee-Piloten geliehen, weil er und sein Team ihre persönlichen Handys immer zu Hause ließen, wenn sie auf Mission gingen, und er rief Gillian an, sobald sie tief genug gesunken waren, um das Signal von einem der vielen Mobilfunkmasten zu empfangen, die sie überflogen.

Er hätte sich schämen können, wie glücklich er war, ihre Stimme zu hören, wenn sie nicht genauso erleichtert geklungen hätte, von *ihm* zu hören.

Ihre Nachbesprechung dauerte nur vier statt sechs Stunden, wofür Trigger sehr dankbar war. Er und der Rest seines Teams waren am Ende ihrer Kräfte. Er wusste, dass sie sich neu gruppieren mussten, nachdem sie etwas Schlaf und eine anständige Mahlzeit bekommen hatten, aber im Moment war es das Beste, nach Hause zu fahren und sich ins Bett zu legen.

Trigger wünschte, er hätte Gillian sehen können, als er zurück in seine Wohnung kam, aber er stank zum Himmel und konnte kaum die Augen offen halten. Er wollte wenigstens halbwegs funktionsfähig sein, wenn er sie wiedersah.

Als er seine Wohnungstür aufschloss, erstarrte Trigger.

Irgendetwas war falsch.

Es roch ... heimelig.

Er war elf Tage lang weg gewesen. Die Luft in seiner Wohnung hätte abgestanden sein müssen, aber stattdessen umgab ihn der Duft von Speisen, der seinen Magen zum Knurren brachte.

Es war halb vier morgens. Was zum Teufel war hier los?

Trigger zog das Armeemesser heraus, das er immer bei sich trug, wenn er auf einer Mission war, schob die Wohnungstür zu und stellte seinen Seesack ab. Er schlich in seine Wohnung und bemerkte, dass in der Küche ein Licht brannte. Ein Licht, das er definitiv nicht angelassen hatte, als er vor zwölf Tagen abgereist war. Einen Moment lang war er ein wenig frustriert, weil er dachte, dass Gillian vielleicht beschlossen hatte, zu ihm zu kommen, obwohl er gesagt hatte, dass er etwas Schlaf brauchte. Es war ein beschissener Gedanke, aber er war erschöpft und nicht in der Stimmung, jemanden zu unterhalten. Nicht einmal Gillian.

Aber die Küche war leer. Trigger sah ein Stück Papier auf dem Tresen, ignorierte es aber für den Moment. Er musste den Rest der Wohnung überprüfen, sicherstellen, dass niemand im Verborgenen lauerte oder Gillian nicht irgendwo schlief. So genervt er auch von dem Gedanken war, dass sie seine Bitte ignoriert haben könnte, erst am nächsten Nachmittag zu ihm zu kommen, nachdem er sich von seiner intensiven Mission erholt hatte, wollte er sie nicht zu Tode erschrecken, indem er ein Messer zückte, falls sie beschlossen hatte, ihn zu überraschen.

Aber nach einer schnellen Suche fand Trigger seine Wohnung leer vor.

Er steckte sein Messer weg und ging zurück in die Küche. Als er den Ofen öffnete, fand er eine Glasschale vor, die mit Alufolie bedeckt war. Er befühlte die Schale und stellte fest, dass sie noch warm war.

Jetzt war er noch verwirrter – war jemand eingebrochen und hatte das Abendessen zubereitet? Natürlich nicht. Das war einfach nur dumm, also nahm er den Zettel in die Hand. Als er einen Blick auf das Ende warf, sah er, dass es eine Notiz von Gillian war. Er las schnell.

Willkommen zu Hause!

Ich weiß, du bist müde, und ich wollte dich nicht stören. Es ist überhaupt nicht dasselbe, aber ich weiß, dass ich manchmal nach einem großen Ereignis, das ich wochenlang geplant habe, mit niemandem reden will. Ich muss nach Hause fahren und mich entspannen, ohne eine Weile an jemanden oder etwas denken zu müssen.

Wie auch immer, ich dachte, wenn du müde bist, wird du wahrscheinlich auch hungrig sein. Ich bin mir sicher, dass es dort, wo du warst, nicht unseren Lieblingsimbiss gab.

Also habe ich dir einen Auflauf gemacht. Es ist nichts Ausgefallenes, nur Nudeln, Hackfleisch, Champignoncremesuppe, saure Sahne und Käse. Aber ich dachte, es würde dir vielleicht schmecken. Ich wollte deinen Ofen nicht anlassen, weil ich nicht wusste, wann du nach Hause kommst, also könnte es kalt sein. Aber du kannst es in der Mikrowelle aufwärmen.

Ich bin froh, dass du zurück bist. Seit deiner Abreise habe ich viel über deinen Job nachgedacht und fürs Protokoll ... ich komme damit klar. Ich mag es nicht, nicht zu wissen, wo du bist oder ob es dir gut geht, aber ich bin hundertprozentig sicher, dass du, wo auch immer du bist, unser Land vor Männern und Frauen beschützt, die ihm Schaden zufügen wollen, oder du hilfst jemandem wie mir ... einem normalen Menschen, der irgendwie in eine Situation geraten ist, in der er sich nie wiederfinden wollte.

Bevor ich dich getroffen habe, habe ich nie viel über Männer wie dich und deine Teamkameraden nachgedacht, aber jetzt, wo ich selbst eine Situation erlebt habe, in der ich Hilfe gebraucht habe, bin ich so stolz auf dich, wie ich nur sein kann.

Iss etwas. Schlaf etwas. Wir sehen uns bald wieder.

Gillian xoxo

PS: Ich bin nicht in deine Wohnung eingebrochen, sondern habe an die Tür des Gebäudeverwalters geklopft. Ich glaube nicht, dass er sehr glücklich darüber war, um ein Uhr morgens geweckt zu werden, aber nachdem ich ihm erzählt hatte, was ich wollte und wie toll du bist, hat er widerwillig zugestimmt, mich in deine Wohnung zu lassen. Er starrte mich die ganze Zeit an und ich glaube, er dachte, ich würde etwas stehlen, aber ich war nur etwa zehn Sekunden hier drin, lange genug, um den Auflauf in den Ofen zu schieben, das Licht anzumachen, damit du nicht in eine dunkle Wohnung kommst, diese Notiz zu schreiben und dann zu gehen.

Wie lange Trigger in seiner Küche stand und den Zettel von Gillian wieder und wieder las, wusste er nicht. In seinem ganzen Erwachsenenleben hatte noch nie jemand für ihn getan, was sie gerade getan hatte.

Als er sie angerufen hatte, war es nach zehn Uhr abends gewesen. Sie hatte die Mahlzeit für ihn zubereitet, war zu seinem Apartment gefahren, hatte den Verwalter des Apartmentgebäudes geweckt, um in seine Wohnung zu gelangen, und war dann wieder nach Hause gefahren.

Sie verstand, dass er sich entspannen musste. Sie hatte ihm *zugehört*, als er gesagt hatte, er müsse etwas schlafen. Aber sie war noch weiter gegangen und hatte verstanden, dass er in letzter Zeit wahrscheinlich auch nicht besonders gut gegessen hatte.

Er war nicht glücklich darüber, dass sie so spät nachts noch mit dem Wagen unterwegs war, aber er fand es toll, dass sie an ihn gedacht hatte.

Schließlich drehte er sich um und nahm den Auflauf aus dem Ofen. Er füllte etwas davon auf einen Teller und aß es im Stehen, direkt in seiner Küche.

Das Essen war köstlich. Es war lauwarm, aber er war zu müde und ungeduldig, um zu warten, bis es aufgewärmt war, auch wenn es nur ein oder zwei Minuten in der Mikrowelle gedauert hätte. Er aß viel zu viel, sein Magen protestierte nach den mageren Rationen, die er während der letzten anderthalb Wochen bekommen hatte, aber Trigger war das egal. Diese Mahlzeit war mit Liebe gemacht, für ihn, und er schätzte sie mehr, als er jemals in Worte fassen könnte.

Er stellte die Reste in den Kühlschrank und ging in sein Schlafzimmer. Er nahm eine kurze Dusche, um sich den restlichen Staub und Schmutz seiner Mission vom Körper zu waschen, dann fiel er ins Bett. Kurz bevor er einschlief, griff er nach seinem Handy und tippte eine kurze SMS.

. . .

Trigger: Ich bin nicht begeistert, dass du mitten in der Nacht hier-hergekommen bist, denn es ist nicht sicher, aber dieser Auflauf war buchstäblich das Beste, was ich je in meinem Leben gegessen habe. Danke, Di. Du bist wirklich Wonder Woman. MEINE Wonder Woman. Mach dich bereit, wir werden dieses Wochenende beide in meinem Bett schlafen. Ich habe es satt zu warten. Du gehörst mir und ich habe vor, dir zu zeigen, wie viel du mir bedeutest, immer und immer wieder, bis wir beide so erschöpft sind, dass wir uns nicht mehr bewegen können.

Da er wusste, dass Gillian schlief, wartete er nicht auf eine Antwort. Er legte sein Telefon mit dem Display nach unten auf den Nachttisch und fiel in einen erschöpften Schlaf.

KAPITEL FÜNFZEHN

Gillian konnte nicht glauben, wie nervös sie war. Es war lächerlich, denn sie war schon seit Wochen bereit, mit Walker zu schlafen, aber als sie die SMS las, die er ihr letzte Nacht noch geschickt hatte, war sie völlig aus dem Häuschen.

Sie war begeistert, dass er nicht wirklich sauer war, dass sie in seine Wohnung eingedrungen war, aber sie war ein bisschen überrascht über sein verändertes Verhalten, wenn es darum ging, ihre körperliche Beziehung voranzutreiben.

Er hatte darauf bestanden, es langsam angehen zu lassen, um sicherzugehen, dass sie beide auf der gleichen Seite standen, aber die SMS, die sie erhalten hatte, besagte das Gegenteil. Sie wusste genau, was es bedeutete, dass Trigger sie in seinem Bett haben wollte.

Und während Gillian sich darauf gefreut hatte, ihre Beziehung auf eine körperliche Ebene zu bringen, flippte sie jetzt aus.

Sie stand vor dem Spiegel in ihrem Badezimmer und versuchte, sich objektiv zu beurteilen. Sie hatte einen cremefarbenen BH mit dazu passendem Slip angezogen, in dem sie sich eigentlich gut fühlte. Aber jetzt, wo sie sich darin betrachtete, war sie sich nicht mehr so sicher. Walker war der Inbegriff von heiß. Er hatte Muskeln über Muskeln, und auch wenn sie seinen Bauch noch nicht gesehen hatte, hatte sie ihn doch gespürt. Sie schätzte, dass er mindestens einen Waschbrettbauch hatte und wahrscheinlich auch diese V-Muskeln, die bis zu seiner Leiste hinunterreichten.

Gillian spielte nicht annähernd in seiner Liga, wenn es um körperliche Attribute ging. Sie hatte einen schönen Busen, aber ihr Bauch war ein bisschen zu schwabbelig und ihre Schenkel berührten sich, wenn sie ging. Sie bekam zu leicht einen Sonnenbrand und hatte nie Freude daran gefunden, in der Sonne zu liegen, und sie war daher eher blass.

Sie schüttelte ihr Haar und musste zugeben, dass es eine ihrer besten Eigenschaften war. Sie mochte auch ihre grünen Augen.

Sie atmete aus und wandte sich vom Spiegel ab. Sie war, wie sie war. Nur weil sie mehr Gewicht mit sich herumtrug, als es gesellschaftlich akzeptabel war, hieß das nicht, dass sie nicht attraktiv war. Walker schien sicherlich nicht zu sehen, was *sie* sah, wenn er sie betrachtete.

Sie zog sich eine Jeans und eine hübsche rosa Bluse mit gerüschten Schultern an. Sie trug etwas mehr Make-up auf, einfach weil sie Walker seit fast zwei Wochen nicht mehr gesehen hatte und wollte, dass er sie von ihrer besten Seite sah. Er hatte sie in Venezuela sicherlich von ihrer schlechtesten Seite gesehen und auch in ihrer legeren Kleidung, die sie gern anhatte, wenn sie zu Hause war und keinen Besuch erwartete.

Immer noch nervös packte sie eine Übernachtungstasche und machte sich bereit, ihre Wohnung zu verlassen. Sie hatte den Morgen damit verbracht, an der Feier anlässlich der goldenen Hochzeit der Howards zu arbeiten. Sie hatte mit dem Personal im Driskill gesprochen und einige kleine Details in Bezug auf die Gerichte, die serviert werden sollten, und die Einrichtung des Ballsaals geklärt. Es war gut, sich zu beschäftigen, denn es lenkte sie von Walker ab ... meistens.

Aus irgendeinem Grund hatte Gillian beim Verlassen ihrer Wohnung den fantastischen Gedanken, dass ihr Leben anders sein würde, wenn sie zurückkehrte. Was verrückt war. Sex mit einem Mann war nicht gerade lebensverändernd. Frauen taten das die ganze Zeit. Aber sie hatte das Gefühl, dass der Sex mit Walker definitiv nicht alltäglich sein würde.

Die Fahrt zu seiner Wohnung schien eine Ewigkeit zu dauern und es half nicht, dass ein Unfall auf der Straße die Fahrt zusätzlich verlangsamte. Sie rief ihn an, als sie in der Stadt ankam.

»Hey, Gilly. Bist du in der Nähe?«

»Ja, endlich. Da war ein Unfall und es hat ewig gedauert, bis ich daran vorbei war.«

»Ist schon okay. Ich bin nur froh, dass du fast da bist.«

»Ich auch«, sagte Gillian etwas schüchtern.

»Fahr vorsichtig und wir sehen uns bald.«

»Das werde ich. Tschüss.«

Walker legte ohne ein weiteres Wort auf und Gillian wurde erneut nervös. Das war verrückt. Sie wollte nur Walker sehen. Er war derselbe Mann wie vor zwei Wochen, als sie ihn zuletzt gesehen hatte.

Aber war er das wirklich? Allein aufgrund der SMS, die er am Abend zuvor geschickt hatte, hatte Gillian das Gefühl, dass er anders war, und sie hatte keine Ahnung, was sie von ihm erwarten sollte.

Sie fuhr auf den Parkplatz und schnappte sich ihre Tasche, bevor sie zu seiner Wohnung ging. Zu ihrer Überraschung stand er draußen und wartete auf sie. Ohne nachzudenken, begann Gillian, auf ihn zuzulaufen. Mit ihm zu reden und SMS auszutauschen war nicht dasselbe, wie ihn persönlich zu sehen.

Er sah gut aus, genauso wie vor seiner Abreise. Keine Verbände, kein blaues Auge, keine Anzeichen irgendeiner Art von Verletzung. Ein Teil von Gillian hatte sich gefragt, ob er verletzt worden war und es ihr nur nicht sagen wollte. Aber er sah groß und stark aus, und es war eine solche Erleichterung, dass sie sich in seine Arme warf, kaum dass sie ihm näher kam.

»Dir geht es wirklich gut«, murmelte sie, als sie ihr Gesicht an seinem Hals vergrub.

Er legte seine starken Arme um sie und hob sie von den Füßen, während er sie ebenfalls umarmte. »Ich habe dir doch gesagt, dass es mir gut geht«, sagte er lachend.

Er stellte sie auf die Füße und starrte sie mit einem Blick an, der so heiß war, dass Gillian sich zwingen musste zu schlucken. »Hi«, sagte sie unbeholfen.

Walker lächelte erneut. »Hi«, gab er zurück.

Gillian legte ihm eine Hand an die Wange. »Du siehst gut aus.«

»Hast du erwartet, dass ich mit grüner Haut und kahl rasiertem Kopf zurückkomme oder so?«

Sie grinste. »Nein, aber ich kenne dich nicht gut genug, um zu wissen, ob deine Aussage, dass es dir gut geht, *wirklich* bedeutet, dass es dir gut geht, oder ob das Männer-sprache für ›Ich habe ein paar Kugeln abbekommen, aber sie haben mich nicht umgebracht, also geht es mir gut‹ ist.«

Er starrte sie einen kurzen Moment an, bevor er den Kopf zurückwarf und so heftig lachte, dass sie spüren konnte, wie sein Körper an ihrem eigenen zitterte. Das Geräusch war wunderschön. Umso mehr, weil sie es persön-lich miterlebte und es ihm nach seiner mysteriösen Mission wirklich gut ging.

Als er sich wieder unter Kontrolle hatte, beugte Walker sich herunter, bis seine Lippen fast ihre berührten, als er sprach. »Ich spiele vielleicht herunter, was ich fühle, wenn ich mit dir rede, aber ich werde nicht lügen. Wenn ich angeschossen werde, sage ich dir, dass ich angeschossen wurde. Aber du musst verstehen, dass es leider zu meinem Job gehört, verletzt zu werden. Du darfst nicht ausflippen, wenn ich mit ein paar Kratzern und blauen Flecken zu dir zurückkehre.«

»Doch, das kann und werde ich«, entgegnete Gillian. »*Du* musst verstehen, dass der Gedanke, dass du verletzt bist, mir den Magen umdreht und mich dazu bringt, in die Welt hinausmarschieren und jeden verprügeln zu wollen, der es wagt, Hand an dich zu legen. Ich werde mein Bestes tun, um mich zu beherrschen, aber du wirst dich extra anstrengen müssen, um vorsichtig zu sein, damit ich nicht den Verstand verliere, wenn du nach Hause kommst.«

Sie konnte den Ausdruck auf seinem Gesicht nicht deuten. Aber als er sagte: »Okay, Di, das kann ich tun«, entspannte sie sich in seinen Armen.

Walker starrte so lange auf sie herab, dass sie begann, sich Sorgen zu machen. Aber gerade als sie ihn fragen wollte, was los war, bewegte er sich. Er bückte sich und hob mit einer Hand ihre Tasche auf, während er den anderen Arm um ihre Taille legte. Ohne ein weiteres Wort bewegte er sie in Richtung des Gebäudes.

Er ließ sie keine Sekunde lang los, als sie sich auf den Weg zu seiner Wohnung im ersten Stock machten. Er schloss die Tür auf und führte sie hinein.

In dem Moment, in dem sich die Tür hinter ihnen schloss, ließ er ihre Tasche fallen und Gillian fand sich mit dem Rücken zur Wand im Flur wieder, während Walker hoch aufgerichtet vor ihr stand.

»Danke für den Auflauf gestern Abend … nun, eher heute Morgen.«

»Gern geschehen«, entgegnete sie und hielt sich an seinen Unterarmen fest, während sie zu ihm hochstarrte.

»Um wie viel Uhr bist du nach Hause gekommen?«, fragte er.

Gillian zuckte mit den Schultern. »So gegen zwei.«

»Das war zwar nett, aber mach so was nicht noch mal. Es ist nicht sicher, um diese Zeit noch Auto zu fahren und sich draußen aufzuhalten.«

»Ich wollte sichergehen, dass du etwas isst«, sagte sie leise.

Walker steckte seine Hand in eine seiner vorderen Hosentaschen und zog etwas heraus.

Als Gillian nach unten blickte, sah sie einen glänzenden silbernen Schlüssel in seiner Handfläche. Verwirrt blickte sie wieder zu ihm auf.

»Ich hatte heute Morgen ein Gespräch mit dem Gebäudeverwalter. Ich habe ihm gesagt, dass du immer in meine Wohnung darfst und dass er dir keine Schwierigkeiten machen soll, egal wie spät es ist. Aber ich dachte mir, es wäre einfacher, wenn ich dir einfach einen Schlüssel gebe, so musst du ihn nicht wieder wecken und dich mit seiner schlechten Laune abgeben.«

»Du gibst mir einen Schlüssel zu deiner Wohnung?«, fragte sie und runzelte die Stirn.

»Ja.«

Sie griff nicht danach, um ihn anzunehmen. Das schien eine große Sache zu sein und es fiel ihr schwer, es zu verarbeiten.

Walker hatte ein kleines Lächeln im Gesicht und er steckte den Schlüssel in die Vordertasche ihrer Jeans. Dann lehnte er sich näher heran und zwang Gillians Kopf weiter zurück.

»Hast du die SMS bekommen, die ich dir heute Morgen geschickt habe?«

Sie nickte.

»Habe ich etwas geschrieben, das du nicht verstehst oder nicht willst?«

Gillian leckte sich nervös über die Lippen. »Nein, es war ziemlich klar«, erklärte sie ihm. »Aber ... ich bin mir nicht sicher, was während der letzten zwei Wochen passiert ist, um dich dazu zu bringen, deine Meinung zu ändern – angefangen bei der ganzen Sache mit dem *Langsam angehen* und dem *Ich kann nicht mit dir in einem Bett schlafen* bis jetzt.«

»Ich bin endlich wieder bei Sinnen«, sagte Walker, ohne zu zögern. »Ich nehme an, ich war nicht fair zu dir, aber ich habe zu viele Beziehungen meiner Freunde scheitern sehen, weil ihre Freundin nicht mit der Ungewissheit umgehen konnte, die mit unserer Art von Job einhergeht.«

Gillian war ein wenig enttäuscht über seine Antwort, aber sie konnte es ihm nicht wirklich verübeln. Er fuhr fort, bevor sie etwas sagen konnte.

»Und alles, was ich dir vorher gesagt habe, ist wahr. Ich hatte Angst, mich näher an dich zu binden, denn wenn du entschieden hättest, dass du mit dem, was ich tue, nicht zurechtkommst, hätte mich das umgebracht. Soweit es mich betrifft, bist du perfekt. Du hast deine eigenen Freundinnen, du bist klug, witzig, berufstätig und du hast eine unschuldige Seele. Und das alles will ich für mich. Ich will dich nicht verderben oder irgendwie verändern, aber ich weiß, wenn du mit mir zusammen bist, werde ich genau das tun. Ich schätze, deshalb habe ich mich zurückgehalten. Aber als ich letzte Nacht nach Hause kam, todmüde und völlig erschöpft, und ich sah, dass du dir die Mühe gemacht hast, mein Bedürfnis nach Freiraum zu respektieren, um nach der Mission einen klaren Kopf zu bekommen, *und* mich zu versorgen, wurde es mir klar.«

Als er nicht weitersprach, fragte Gillian: »Was wurde dir klar?«

»Dass ich ein Idiot gewesen bin«, antwortete Walker sanft. »Ich habe dich auf Abstand gehalten, obwohl ich alles in meiner Macht Stehende hätte tun sollen, um dich näher an mich zu binden. Ich weiß, es war nur ein Einsatz, und zwar ein relativ kurzer, aber glaubst du, du kannst mit dem umgehen, was ich beruflich mache? Für eine unbekannte Zeitspanne auf dich allein gestellt zu sein, ohne eine Ahnung zu haben, wann ich zurückkomme oder was ich gerade tue?«

»Ja«, sagte Gillian schlicht. Sie mochte es nicht, im Dunkeln gelassen zu werden, aber wenn das die einzige Möglichkeit war, Walker zu haben, würde sie sich damit abfinden. Er gehörte ihr. Sie spürte es in ihren Knochen.

»Scheiße, ich verdiene dich nicht«, murmelte Walker, bevor er den Kopf sinken ließ.

Gillian hatte keine Zeit, an etwas anderes zu denken als daran, wie sich seine Lippen auf ihren anfühlten. Er neigte mit seinen Händen ihren Kopf und in der Sekunde, in der sie sich ihm öffnete, war er da.

Wie lange sie sich an der Wand in seiner Wohnung küssten, wusste Gillian nicht, aber als sie seine Hände an ihrer Taille spürte, mit denen er ihr Hemd nach oben zog, keuchte sie und zog sich zurück.

»Arme hoch«, befahl er.

Verwirrt tat sie, was er verlangte, und innerhalb von Sekunden stand sie in ihrem BH vor ihm. Sein Blick senkte sich sofort und sie hörte, wie er stöhnte, bevor er die Hand anhob, um eines der Körbchen ihres BHs nach unten zu ziehen und ihre steinharte Brustwarze freizulegen. Dann war sein Mund da, saugte hart, sodass sich ihr Rücken wölbte und sie die Finger in sein Haar bohrte und ihn an sich zog.

Sie hob ein Bein an und Walker ergriff es mit seiner freien Hand. Er zog sie an sich und brachte sie aus dem Gleichgewicht. Aber sie wusste, dass sie nicht fallen würde. Auf keinen Fall würde Walker das zulassen.

Er ließ seinen Mund nach oben wandern und saugte an dem fleischigen Teil ihrer Brust, während er mit den Fingern die Brustwarze, die er gerade im Mund gehabt hatte, zwickte und rollte. Sie schaute nach unten und atmete scharf ein angesichts der Erotik dessen, was sie sah.

Walkers leicht stoppeliger Kiefer bewegte sich, während er an ihrem Fleisch saugte. »Verpasst du mir einen Knutschfleck?«, brachte sie zwischen zwei Atemzügen heraus.

Er hob den Kopf und grinste. »Jup.«

»Wie alt bist du?«, neckte sie ihn.

»Siebenunddreißig«, antwortete er, als hätte sie eine ernsthafte Frage gestellt. »Und ich will mein Mal überall an dir sehen. Ich erhebe hier und jetzt Anspruch auf dich, Gillian. Sag mir, ich soll aufhören, wenn du das nicht willst. Ich bin ein besitzergreifender und beschützender Mistkerl. Wenn wir das tun, musst du damit einverstanden sein.«

Sein Blick war ernst und durchdringend in seiner Intensität.

»Darf ich dich auch zurückfordern?«, fragte sie. »Du wirst dich nicht aufregen, wenn ich handgreifliche Schlampen in die Schranken weise, wenn sie versuchen, dich zu berühren? Oder wegen einer aufdringlichen Tussi in einer Kneipe einen Aufstand mache? Weil ich nicht teile. Wenn du mich betrügst, war's das für mich. Du bekommst keine zweite Chance.«

Anstatt sich über das zu ärgern, was sie gesagt hatte, grinste Walker. »Ich kann es gar nicht erwarten, dass du dich in der Öffentlichkeit so besitzergreifend verhältst. Und wie ich dir schon gesagt habe, ich betrüge dich nicht. Warum zum Teufel sollte ich, wenn ich das hier habe?«, fragte er, aber es war eine rhetorische Frage, denn er senkte wieder seinen Kopf auf ihre Brust und knabberte wie ein Verhungernder an ihrer Brustwarze.

Gillians Kopf knallte mit einem lauten Geräusch rückwärts gegen die Wand.

»Au«, flüsterte sie und spürte den leichten Schmerz nicht wirklich, aber es reichte Walker, um zu reagieren. Sofort legte er seine Hand an ihren Hinterkopf und drehte sie so, dass sie den Flur hinunter in Richtung seines Schlafzimmers gingen – oder eher stolperten.

In dem Moment, in dem sie eintraten, atmete Gillian tief ein, roch Walkers einzigartigen Duft und wusste, dass ihre Brustwarzen gerade noch härter geworden waren. Sie hatte davon geträumt, mit ihm hier drin zu sein.

An der Bettkante hielt er sie an und griff nach dem Verschluss ihres BHs. Innerhalb von Sekunden war er geöffnet und fiel auf den Boden. Doch er hörte nicht auf; er öffnete den Knopf ihrer Jeans und zog den Reißverschluss herunter. Dann legte er seine Hände an ihre Taille und schob gleichzeitig ihr Höschen und ihre Jeans nach unten.

»Ausziehen«, flüsterte er, als sie ihr bis zu den Knöcheln fielen.

Gillian schaffte es, sich ihre Sandalen abzustreifen und ihrer Kleidung zu entledigen, ohne hinzufallen. Doch dann stellte sie fest, dass sie völlig nackt war, und Walker hatte immer noch alle seine Klamotten an. Es war unangenehm, aber auch irgendwie heiß.

Er stand nicht einmal einen halben Meter vor ihr, völlig unbeweglich, und ließ den Blick an ihrem Körper hinunterfahren, von ihrem Kopf bis zu den Zehen, dann wieder nach oben. Seine Brust hob sich durch seine Atemzüge, als wäre er gerade zehn Kilometer gelaufen.

Gillian zwang sich stillzustehen und wartete auf eine

Reaktion von ihm. Als er sich nicht bewegte, begann sie, sich unsicher zu fühlen.

»Walker?«, flüsterte sie. »Was ist los?«

»Nichts«, sagte er mit einem Krächzen. »Nicht das Geringste. Du bist wunderschön. Viel zu schön für jemanden wie mich.«

Gillian rollte mit den Augen. »Bitte«, sagte sie. »Wenn überhaupt, dann ist das Gegenteil der Fall.«

Er legte ihr einen Finger auf die Lippen und sein Blick traf den ihren. »Mach dich nicht runter«, befahl er. »Ich werde nicht dulden, dass jemand etwas Unvorteilhaftes über dich sagt, und das gilt auch für dich.« Er löste den Finger von ihren Lippen, unterbrach aber nicht den Kontakt mit ihrem Körper. Er strich über ihr Kinn und ihr Schlüsselbein hinunter zu ihrer linken Brust. Er ließ den Finger um ihre harte Brustwarze wirbeln und dann an ihrer Seite hinunter, wo sie sich ein wenig von ihm wegdrehte, als es kitzelte.

Er schürzte die Lippen, aber er hörte nicht auf. Mit dem Finger zeichnete er ihren Hüftknochen nach, dann strich er über die Locken zwischen ihren Beinen. Gillian presste die Knie zusammen, konnte aber nicht verhindern, dass sie scharf einatmete, als er über ihre Klitoris strich. Sie war sich nicht sicher, ob er es mit Absicht getan hatte oder nicht, aber als sein Lächeln immer breiter wurde und er es wiederholte, wurde ihr klar, dass er genau wusste, was er tat.

Gillian griff nach ihm und runzelte die Stirn, als sie mit den Händen sein T-Shirt statt seiner Haut berührte. »Wenn ich nackt bin, solltest du es auch sein«, beschwerte sie sich.

Er setzte seine Neckerei fort und griff mit der anderen Hand hinter seinen Kopf, um sein Hemd auszuziehen. Eine schnelle Bewegung, und der Stoff lag auf dem Boden zu ihren Füßen.

Gillian hatte Mühe, sich zu konzentrieren, als Walker

seine Finger tiefer zwischen ihre Falten tauchte, aber sie konnte nicht anders, als beim Anblick seines Oberkörpers zu seufzen. Er war durchtrainiert und hatte sowohl einen Waschbrettbauch als auch diese verdammt sexy V-Muskeln, von denen sie immer geträumt hatte – aber es war der große Bluterguss an seiner Seite, der ihre Aufmerksamkeit erregte. Er befand sich in einem hässlichen grüngelben Stadium, aber es war offensichtlich, dass ihn etwas hart getroffen hatte.

Ohne Worte fuhr sie mit dem Daumen sanft darüber.

»Mir geht es gut«, sagte er leise.

Gillian nickte.

»Sieh mich an«, forderte Walker.

Aber sie konnte den Blick nicht von dem Mal an seiner Seite losreißen. Sie versuchte, sich immer wieder vorzustellen, was um alles in der Welt passiert sein könnte, um ihn so schwer zu verletzen, aber ihr fiel nichts ein.

Mit einer Hand umfasste er ihre Hüfte, die andere ließ er unter ihr Kinn wandern, um ihren Blick von seiner Seite weg zu zwingen.

»Mir geht es gut«, sagte er mit Nachdruck.

Tief durch die Nase einatmend nickte Gillian. Das war es, wovon er vorhin gesprochen hatte. »Okay. Dir geht's gut«, wiederholte sie. »Aber das heißt nicht, dass ich glücklich bin. Es bedeutet nicht, dass ich nicht jeden Zentimeter von dir untersuchen will, um zu sehen, wo du noch verletzt bist. Jeden blauen Fleck küssen. Jede Schramme, damit es besser wird.«

Er lächelte. »Damit habe ich kein Problem«, versicherte er ihr. »Ich denke sogar, wir sollten es zur Tradition machen. Immer wenn ich von einem Einsatz zurückkomme, muss meine persönliche Krankenschwester meinen Körper von Kopf bis Fuß inspizieren.«

»Abgemacht«, stimmte Gillian sofort zu. »Aber ich kann

das nicht tun, wenn du noch etwas anhast. Zieh dich aus, Soldat.«

Walker stieß ein Lachen aus und Gillian lächelte. Das war es, was ihr in der Vergangenheit in ihren Beziehungen gefehlt hatte. Das Lachen. Die wenigen Male, die sie Sex gehabt hatte, war es die ganze Zeit ruhig und ernst gewesen. Mit Walker zusammen zu sein machte Spaß. Es war aufregend und nervenaufreibend, aber sie hatte noch nie einen Mann im Bett so zum Lachen gebracht.

Walker lehnte sich vor und zog die Decke zurück. Wieder stieg sein holziger Duft aus der Bettwäsche auf und Gillian stürzte sich praktisch auf die Matratze. Sie wollte sich auf dem Laken wälzen und seinen Geruch auf ihren Körper pressen, als wäre sie ein wildes Tier, aber sie hielt sich zurück. Gerade noch so.

Sie versuchte herauszufinden, wie sie am besten liegen sollte, um möglichst verführerisch zu wirken, vergaß aber bald, sich in Position zu bringen, als Walker sich schnell seiner Hose entledigte und nackt wie an dem Tag, an dem er geboren wurde, neben dem Bett stand.

Noch einmal scharf einatmend wälzte Gillian sich auf dem Bett. Sie konnte spüren, wie ihr Körper sich darauf vorbereitete, ihn zu erobern. Sie war so feucht zwischen den Beinen und sie wollte nichts mehr, als ihn in sich zu spüren ... endlich.

»Walker«, hauchte sie.

Er lächelte, dann gesellte er sich langsam zu ihr auf das Bett. Anstatt neben ihr zu liegen, spreizte er ihre Beine und schwebte über ihr, sein Gewicht auf den Unterarmen zu beiden Seiten ihres Kopfes. Sie konnte spüren, wie sein harter Schwanz gegen die Locken zwischen ihren Beinen streifte, und sie versuchte sofort, sich zu bewegen und ihre Beine weiter zu öffnen, aber seine Knie hinderten sie daran, sich so hinzulegen, wie sie es wollte.

Stöhnend fuhr sie mit ihren Händen an seinen Seiten auf und ab, wollte ihn überall gleichzeitig berühren.

»Letzte Chance«, sagte Walker zu ihr.

Als Antwort darauf schob Gillian eine Hand zwischen ihre Körper und griff nach seinem steinharten Schwanz. Sie merkte, dass ihre Hand ihn kaum ganz umschloss, und sie schaffte nur eine schnelle Auf- und Abwärtsbewegung, bevor Walker ihre Hand ergriff und sie von seinem Schwanz wegzog.

Gillian schmollte. »Hey, das ist nicht fair«, beschwerte sie sich.

Er lachte leise und wieder einmal merkte Gillian, wie sehr sie es mochte, ihn lachen zu hören.

»Dafür wird später noch Zeit sein. Wenn du mich jetzt anfasst, gehe ich ab wie ein unerfahrener Teenager. Es waren dreizehn lange Tage für mich, Süße. Sei nicht so streng mit mir.«

»Ich schätze, du kannst nicht wirklich masturbieren, während du auf einer Mission bist, was?«, fragte sie.

»Nein. Und ich war letzte Nacht zu müde, um mehr zu tun, als zu essen, zu duschen und ins Bett zu fallen.«

»Ich nehme an, du hast recht«, sagte sie lächelnd. »Ich meine, ich war letzte Nacht in der Lage, mich um mich selbst zu kümmern, als ich nach Hause kam, also ist es nur fair.«

Walker stöhnte auf. »Ernsthaft, Frau? Das war einfach nur grausam.«

Gillian lächelte. »Hey, ein Mädchen muss tun, was ein Mädchen tun muss.«

»Hast du an mich gedacht, während du dich verwöhnt hast?«, fragte er.

»Natürlich.«

»Habe ich dich berührt?«

»Ja.«

»Sag es mir«, forderte er.

Gillian errötete. Sie hatte keine Angst zuzugeben, dass sie masturbierte, aber ihm davon zu erzählen war ein bisschen furchterregend.

»Habe ich dich hier berührt?«, fragte er, als er merkte, wie schüchtern sie wurde. Er schob sich über sie und umfasste ihre Brust.

»Am Anfang«, sagte sie atemlos.

Einen Moment lang neckte er ihre Brustwarze, dann strich er mit den Fingern über ihren Bauch. »Hier?«, fragte er.

Gillian nickte, als er mit seinen Fingern ihre Klitoris berührte. Sie sah, dass Walkers Kopf gesenkt war und er seine eigenen Finger beobachtete, wie er mit ihrer feuchten Knospe spielte. Sie seufzte und legte den Kopf zurück auf sein Kissen. Sie hielt einen seiner Arme fest umklammert, während sie unter seiner Berührung begann, mit den Hüften zu kreisen.

Dann bewegte er sich nach unten, bis er auf seinem Bauch zwischen ihren Beinen lag. Er drückte ihre Schenkel auseinander und benutzte seine breiten Schultern, um sie für ihn gespreizt zu halten.

Jede Unterhaltung, die sie darüber geführt hatten, was sie beim Masturbieren gedacht hatte, war verstummt. Er konzentrierte sich zu sehr auf das, was er tat – und Gillian verlor sich zu sehr in dem Vergnügen, das er ihr bereitete.

Mit einer Hand spreizte Walker ihre Schamlippen, beugte sich herunter und atmete tief ein. Gillian wurde rot, hatte aber keine Zeit, sich zu beschweren, als der Mann zwischen ihren Beinen stöhnte und sie dann von unten nach oben leckte.

»Verdammtes Paradies«, murmelte er, bevor er es wieder tat. Dann noch einmal.

Gillian krümmte sich und legte ihre Hände auf seinen Kopf.

»*Mmmm*«, murmelte sie, als er seinen Mund um ihre Klitoris schloss und ihr mit seiner Zunge den intimsten Kuss gab, den sie je bekommen hatte.

Walker ließ sich Zeit. Er küsste, saugte und leckte jeden Zentimeter ihrer Muschi. Als er langsam einen Finger in ihre enge Vagina einführte, dachte Gillian, sie würde sterben. Sie hob ihre Hüften von der Matratze, um zu versuchen, ihn tiefer zu nehmen.

»Du bist so sexy«, sagte Walker, als er den Mund noch einmal senkte. Aber dieses Mal leckte er sie nicht, sondern nahm ihre Klitoris in Beschlag. Er saugte daran, wie er es mit ihrer Brustwarze getan hatte.

»Walker!«, rief sie und versuchte, sich von ihm loszureißen. Aber er legte seinen freien Arm über ihren Bauch und hielt sie fest, während er seinen Angriff auf ihr extrem empfindliches Nervenzentrum fortsetzte.

Gillian spürte, wie ihr Orgasmus sich hart und schnell näherte. Er fühlte sich anders an als alle anderen, die sie sich selbst beschert hatte. Sie hatte nicht die Kontrolle. Sie konnte nur daliegen und hinnehmen, was Walker ihr gab. Wenn sie spürte, dass sie kurz vor dem Höhepunkt stand, drosselte sie normalerweise die Geschwindigkeit ihres Vibrators und bereitete sich auf den Orgasmus vor.

Aber Walker hielt sich nicht zurück. Er schickte sie ohne Fallschirm über die Klippe. Sie würde fallen, und zwar tief.

Gillian griff in sein kurzes Haar und versuchte erneut, sich von seinem Mund zu lösen. Aber er ließ sie nicht los. Vielmehr schob er einen weiteren Finger in ihren Körper und begann, sie lustvoll zu ficken. Die Geräusche, die seine Finger machten, waren laut in der Stille des Raumes. Gillian wusste, dass sie klatschnass war, aber in diesem Moment empfand sie keine Verlegenheit.

Gerade als sie dachte, sie würde explodieren, hörte Walker auf zu saugen. Er hob weder den Kopf noch entfernte er seine Finger, sondern er blieb einfach still zwischen ihren Beinen.

Gillian hing am Abgrund, hin- und hergerissen zwischen froh, dass er aufgehört hatte, und ziemlich angepisst, weil er nicht weitermachte.

»Walker?«, krächzte sie.

Dann, gerade als sie dachte, sie würde den Orgasmus verlieren, auf den sie zugesteuert war, bewegte er sich. Er saugte härter als zuvor und benutzte seine Zunge, um gegen ihre Klitoris zu stoßen, während er gleichzeitig seine Finger in ihr drehte und gegen ihren G-Punkt drückte. Sein kleiner Finger strich an ihrem Anus entlang und stimulierte die Nerven dort.

Sie war wie betäubt von dem gleichzeitigen Angriff auf ihre Sinne und verlor sich sofort in einem der intensivsten Orgasmen, die sie je erlebt hatte. Sie bäumte sich auf und stieß ihre Hüften Walker entgegen, warf den Kopf zurück und schrie seinen Namen. Ihre Muskeln zitterten, als das überwältigende Vergnügen immer weiter anhielt.

Gillian hatte keine Ahnung, wann Walker die Position gewechselt hatte. Er war jetzt auf den Knien und zog sich ein Kondom über, das er wie aus dem Nichts hervorgezaubert hatte. Dankbar, dass er vernünftig genug war, sich zu schützen, konnte sie nur stöhnen, als er eines ihrer Beine anhob und es sich über die Schulter legte. Dann legte er seinen Arm unter ihr anderes Knie und lehnte sich über sie.

Sie lag weit gespreizt unter ihm und atmete tief ein, als sie spürte, wie die Spitze seines Schwanzes ihre immer noch sehr empfindlichen Falten berührte. Als sie in seine Augen schaute, bemerkte sie, dass seine Pupillen geweitet waren und seine Nasenflügel bei jedem Atemzug bebten.

»Sag mir, dass du mir gehörst«, befahl er mit tiefer, rauer Stimme.

»Nach diesem wahnsinnigen Orgasmus? Ich gehöre ganz dir«, versicherte sie ihm.

Er grinste kurz, dann stöhnte er, als er in sie eindrang.

Für sie war es eine Weile her und weil er so groß war, zuckte sie zusammen, als er in ihren Körper hineinstieß.

Er bemerkte es, hörte aber nicht auf, bis sie so eng miteinander verschmolzen waren, dass sie nicht wusste, wo sie aufhörte und er anfing. Dann griff er unter sie und umfasste ihren Hintern, zog ihre Pobacken auseinander und stieß noch weiter in sie hinein.

Zuerst fühlte sie sich, als würde sie zerrissen werden, aber nach einer Sekunde der Anpassung verwandelte sich der Schmerz in völlige Ekstase. Gillian spannte ihre inneren Muskeln an und wurde mit einem Stöhnen von Walker belohnt.

»Ich weiß, ich habe dir wehgetan, aber ich konnte nicht aufhören«, sagte er nach einem Moment. Er hatte sich kein einziges Mal bewegt, seit er in sie eingedrungen war, damit sie sich an seine Größe gewöhnen konnte.

»Es ist okay.«

»Ist es nicht«, konterte er. »Aber du warst so verdammt schön. Du hast so gut geschmeckt, dass ich mich nicht zurückhalten konnte. Es tut mir leid.«

»Hör auf, dich zu entschuldigen«, schimpfte Gillian. Sie griff nach unten, packte seinen Hintern und knetete das steinharte Fleisch dort. Dann spannte sie ihre Bauchmuskeln an und beugte sich nach oben, um seinen Kopf zu erreichen. Sie knabberte an seinem Ohr, dann saugte sie das Ohrläppchen in ihren Mund.

Sie spürte, wie er sich in ihr aufbäumte, und es gab ihr ein solches Gefühl der Macht, dass sie es noch einmal tat. »Du magst das«, sagte sie.

»Ich mag alles an dir«, gab er zurück.

Dann bewegte er seine Hand weiter auf der Matratze nach oben und nahm ihr Bein mit, da es auf seinem Arm ruhte, was sie noch mehr für ihn öffnete. Gillian spürte, wie die Innenseiten ihrer Oberschenkel gegen die Dehnung protestierten, aber das war ihr egal. Sie fühlte sich verdammt sexy, wie sie sich unter ihm ausbreitete und sein Schwanz tief in ihr steckte.

»Beweg dich«, befahl sie.

»Bist du sicher? Ich will dir nicht wehtun und ich glaube nicht, dass ich es langsam angehen kann.«

»Walker, ich bin gerade härter gekommen, als ich jemals in meinem Leben gekommen bin. Ich bin auch feuchter als je zuvor. Mir geht's gut. Fick mich.«

Das war offenbar die einzige Erlaubnis, die er brauchte, denn noch bevor die letzte Silbe aus ihrem Mund gekommen war, bewegte er seine Hüften. Zuerst langsam, als glaubte er nicht wirklich, dass sie keine Schmerzen mehr hatte. Aber mit jedem langsamen Gleiten in ihren Körper wurde er selbstbewusster, bis er so hart gegen sie stieß, dass das Geräusch ihrer Körper, die aneinanderschlugen, laut im Raum widerhallte.

Zuerst starrte Walker ihr in die Augen, während er mit ihr Liebe machte, aber nach einer Weile sah er zwischen ihren Körpern nach unten. Auch Gillians Blick fiel und der Anblick seines Schwanzes, der in ihrem Körper verschwand und dann wiederauftauchte, glänzend von ihren Säften, war höllisch erotisch. Er muss das auch gedacht haben, denn ein Muskel in seinem Kiefer spannte sich an und er stöhnte.

Gillian tat ihr Bestes, um ihre Hüften bei jedem Stoß anzuheben, aber es war unangenehm, weil ihr Knöchel auf seiner Schulter ruhte und ihr anderes Bein in seiner Ellbogenbeuge lag.

Aber ihre Hände waren frei. Also führte sie sie nach

oben und kniff in eine von Walkers Brustwarzen, während er sie fickte.

»Verdammt«, sagte er, als er härter in sie stieß.

Sie lächelte über seine Reaktion und tat es wieder, spielte mit seinen Brustwarzen, so wie er es zuvor mit ihren getan hatte. Als sie bemerkte, dass er auf ihren Busen starrte, schaute sie nach unten, um zu sehen, wie ihre Brüste bei jedem Stoß, den er in ihr machte, hüpften.

Gillian hatte sich noch nie so mächtig gefühlt. Ja, er lag auf ihr und sie konnte sich nicht viel bewegen, aber sie wusste mit einer felsenfesten Überzeugung, dass sie die Kontrolle hatte. Ein einziges Wort von ihr würde genügen, und er würde aufhören.

Sie legte ihm eine Hand an den Nacken und zog ihn zu sich herunter. Er kam etwas aus dem Rhythmus, als er tat, was sie verlangte. Da sie wusste, dass es nicht gut für ihn wäre, mit einem großen Knutschfleck am Hals zur Arbeit zu gehen, entschied sie sich, ihren Mund auf eine seiner Brustmuskeln zu legen. Ungefähr an die gleiche Stelle, an der er sie zuvor markiert hatte. Sie machte keine halben Sachen und saugte an seiner Haut, so fest sie konnte. Er stieß jetzt überhaupt nicht mehr in sie. Sein ganzer Körper war still geworden, sodass sie tun konnte, was sie wollte.

Als sie sicher war, dass sie genügend Blutgefäße unter seiner Haut durchbrochen hatte, um einen Knutschfleck zu hinterlassen, kniff sie ihn spielerisch, bevor sie sich zurückzog. Mit einem zufriedenen Lächeln starrte sie auf das Mal auf seiner Brust.

»Du hast gesagt, du wärst besitzergreifend«, bemerkte Walker leise lächelnd.

»Wenn ich dir gehöre, gehörst du mir«, sagte Gillian zu ihm.

Ohne ein Wort zu sagen, zog Walker sich aus ihrem Körper zurück.

»Walker! Nein!«, beschwerte sich Gillian. Aber in Windeseile hatte er sie umgedreht und sie befand sich auf allen vieren.

Dann stieß er von hinten in sie hinein. So fühlte er sich noch größer an, wenn das überhaupt möglich war.

Sie fiel auf die Unterarme, den Hintern in der Luft, und Walker stöhnte.

»Du hast keine Ahnung, wie gut du dich anfühlst«, sagte er.

Gillian konnte nicht antworten, als er sie hart von hinten fickte.

»Ich kann nicht aufhören«, sagte er entschuldigend.

»Gut«, hauchte sie.

Er griff unbeholfen um sie herum und versuchte erneut, ihre Klitoris zu stimulieren, aber Gillian bewegte ihren Arm nach unten und schob seine Finger aus dem Weg, während sie begann, sich selbst zu fingern.

Sie mochte diese Position, weil sie ohne Probleme ihre Lustknospe erreichen konnte, und sie konnte auch ihre andere Hand benutzen, um Walker jedes Mal zu streicheln, wenn er sich aus ihrer durchnässten Muschi herauszog.

»Verdammt, das ist so sexy, komm endlich, Gilly«, krächzte er. »Ich will spüren, wie du um meinen Schwanz herum explodierst.«

Mehr erregt als je zuvor in ihrem Leben presste Gillian den Kopf auf die Matratze und atmete Walkers Duft in ihre Lunge ein, während sie sich wie wild zu einem weiteren Orgasmus hocharbeitete.

»Das ist es. Ich kann spüren, wie du dich um mich zusammenziehst. Scheiße, ich halte das nicht mehr lange durch. Beeil dich, Süße.«

Als sie seine Dringlichkeit spürte, tat Gillian ihr Bestes, um zu gehorchen. Sie war kurz davor, als sie spürte, wie er ihre Pobacken spreizte und seinen Daumen gegen ihren

Anus drückte. Er drang dort nicht in sie ein, aber die Fleischlichkeit seiner Berührung ließ sie über den Abgrund stürzen, bevor sie Zeit hatte, sich vorzubereiten.

»Jaaaa«, zischte Walker, als sich jeder Muskel in ihrem Körper anspannte.

Er stieß noch zweimal in sie, dann zog er ihre Hüften hart gegen seine und keuchte und stöhnte, als er schließlich zum Orgasmus kam.

Für eine Sekunde dachte Gillian, sie wäre blind geworden, aber schließlich kehrte ihre Sehkraft zurück und sie stellte fest, dass sie ihr Gesicht immer noch gegen die Matratze drückte. Sie drehte den Kopf und holte tief Luft. Ihr Brustkorb hob und senkte sich und ihr Hintern war noch immer in der Luft. Walkers Schwanz steckte ebenfalls noch tief in ihr und er hielt sie so fest, dass sie das Gefühl hatte, sie würde morgen früh kleine, fingergroße blaue Flecke auf ihren Hüften haben.

»Scheiße«, flüsterte Walker. »Du machst mich fertig.«

Gillian konnte es nicht verhindern. Sie kicherte. Die Bewegung ließ Walkers nun erschlafften Schwanz aus ihrem Körper gleiten und sie stöhnten beide.

Er half ihr, sich auf die Seite zu rollen, dann zog er die Decke hoch und über sie. »Bleib genau da. Beweg dich nicht«, bestimmte er.

»Ich könnte es nicht, selbst wenn ich wollte«, murmelte sie.

Walker stieg aus dem Bett, um das Kondom zu entsorgen. Innerhalb weniger Sekunden war er zurück, kletterte zu ihr unter die Decke und zog sie an sich. Gillian lehnte ihre Wange an seine Brust und legte einen Oberschenkel über seinen.

»Ich habe es ernst gemeint«, sagte Walker nach einem langen Moment.

»Was denn?«

»Du gehörst jetzt mir. Ich werde nicht mehr züchtig auf der Couch schlafen.«

»Okay.«

»Und wenn du dachtest, dass ich vorher beschützend und nervig war mit meinen Ermahnungen, vorsichtig zu sein, wirst du wahrscheinlich unangenehm überrascht sein, wie intensiv ich mich von jetzt an um deine Sicherheit kümmern werde.«

Gillian verkrampfte sich nicht einmal. »Okay.«

»Ich meine es ernst, Di. Du bist verdammt stark und obendrein unabhängig, aber du fährst nicht mehr mitten in der Nacht hierher. Ich will, dass du mir eine SMS schickst, wenn du deine Wohnung verlässt und wenn du nach Hause kommst.«

»Fängst du jetzt an, mir vorzuschreiben, mit wem ich meine Zeit verbringen kann und was ich tun darf, wenn ich nicht bei dir bin?«, fragte Gillian.

»Nein.«

»Dann ist es für mich in Ordnung, dass du mich in Sicherheit wissen willst.«

Sie spürte, wie er einen langen Atemzug ausstieß. Sie hob den Kopf und sah ihm in die Augen. »Ich werde nicht zulassen, dass du die Kontrolle über mein Leben übernimmst. Ich werde mich immer noch mit Ann, Wendy und Clarissa treffen. Ich werde mein Geschäft immer noch so führen, wie ich es für richtig halte. Aber ich habe ewig darauf gewartet, dich zu finden, Walker. Es macht mir nichts aus, dass du mich in Sicherheit wissen willst. Dass du dir Sorgen um mich machst. Es macht mir nichts aus, dass du zu den Veranstaltungen kommst, die ich plane, wenn du kannst. Ich mag es, dich an meiner Seite zu haben. Dass du dir Sorgen um mich machst, fühlt sich gut an. Mach nur keine Kontrollsucht daraus, dann ist es okay für mich.«

»Ich will dich nicht kontrollieren«, sagte Walker sofort

und fuhr mit seiner Hand über ihren Kopf. »Aber ich kenne das Böse, das da draußen ist. Und der Gedanke, dass es dich berührt, macht mich wahnsinnig. Irgendwie hast du trotz allem, was in Venezuela passiert ist, immer noch diese Unschuld an dir, die ich beschützen möchte. Ich will nicht, dass dir wieder etwas zustößt. Niemals.«

Gillian legte den Kopf zurück auf seine Brust. »Okay.«

»Okay«, stimmte Walker zu.

Gillian wusste, dass es erst etwa halb fünf am Nachmittag war, aber sie war erschöpft. Sie hatte letzte Nacht nach ihrem spontanen Ausflug zu Walkers Wohnung nicht gut geschlafen. Und die beiden Orgasmen, die sie gerade erlebt hatte, hatten jeden Wunsch, aufzustehen und etwas zu tun, in den Wind geschlagen.

»Müde«, flüsterte sie.

»Dann schlaf«, sagte Walker zu ihr.

»Müssen wir noch etwas tun?«

»Nein.«

»Walker?«

»Ja, Süße?«

»Ich bin froh, dass du zu Hause bist.«

Sie spürte, wie er an ihrem Kopf lächelte. »Ich auch. Und jetzt halt den Mund und mach ein Nickerchen. Ich habe noch nicht annähernd genug von dir und du musst mich noch von Kopf bis Fuß untersuchen, um dich davon zu überzeugen, dass ich nirgendwo verletzt bin, außer an der Seite.«

Gillian stieß einen Atemzug aus. »Ich werde es noch bereuen, dass ich dem zugestimmt habe, nicht wahr?«

»Niemals«, versprach Walker.

Gillian wollte noch etwas sagen. Wollte fragen, wie es den anderen Jungs ging und ob sie auch verletzt worden waren. Sie wollte fragen, wie es mit ihnen weiterging, wie sie diese Halb-Fernbeziehung zum Funktionieren bringen wollten, aber sie war zu müde.

In der einen Sekunde dachte sie, dass es sich überhaupt nicht komisch anfühlte, völlig nackt mit Walker im Bett zu liegen, und in der nächsten fiel sie in einen tiefen Schlaf.

»Sie weiß es und sie spricht mit dem FBI«, sagte der mysteriöse siebente Entführer zu Alfredo Salazar.

Salazar war der Sohn einer der Anführer des Sinaloa-Kartells. Sein Vater hatte ihn nach Texas geschickt, als er zehn Jahre alt war, um das Geschäft zu erlernen und schließlich die Operation von der anderen Seite der Grenze aus zu leiten. Jetzt war er fünfundzwanzig und einer der gefürchtetsten Männer in der Gegend von Austin. Salazar war verantwortlich für Meth und Kokain in Millionenhöhe, das aus Mexiko geliefert wurde. Es war seine Aufgabe, es in ganz Texas zu verteilen, und auch im Rest des Landes. Er war genauso rücksichtslos wie sein Vater und duldete keine Bedrohung für sein Geschäft.

Er stand an der Spitze des Unternehmens, wenn es um die USA ging. Er behielt auch die Kartellmitglieder, Auftragskiller und Falken – seine Helfer – unter ihm genau im Auge. Er hatte Mitarbeiter, die letztendlich für die Überwachung der Auftragskiller und Falken verantwortlich waren, die auch einige unauffällige Exekutionen ohne seine Erlaubnis durchführen durften, aber *nichts* passierte in Salazars Organisation ohne sein Wissen.

Die Auftragskiller waren wichtig für das Unternehmen, weil sie die Sicherheit für das Kartell gewährleisteten. Ihre Hauptaufgabe bestand darin, ihr Revier vor rivalisierenden Gruppen, der Polizei und dem Militär zu verteidigen. Sie stahlen, entführten, erpressten und mordeten, wo es nötig war, um das Kartell am Laufen zu halten.

Die Falken standen am unteren Ende der Kartellhierarchie. Sie waren die Augen und Ohren der Bande und meldeten den Auftragskillern die Aktivitäten ihrer Rivalen, der Polizei und anderer, die aktiv gegen sie arbeiteten.

Normalerweise kommunizierte Salazar nicht direkt mit den Falken, dafür hatte er Mitarbeiter, die sich ihre Beschwerden anhörten und sich um ihre Probleme kümmerten. Aber heute hatte er zugestimmt, sich mit diesem speziellen Falken zu treffen, und zwar wegen dem, was vor ein paar Monaten in Venezuela passiert war.

»Bist du sicher?«, fragte Salazar.

»Absolut. Sie hatte ein Treffen in Austin mit diesem nervigen DEA-Arsch Calum Branch und auch mit irgendeinem Drecksack vom FBI. Sie war mindestens vier Stunden dort. Sie versuchen bereits, unsere Operation hier in Austin zu zerschlagen, wegen dem, was in Venezuela passiert ist. Wir können auf keinen Fall gebrauchen, dass diese Schlampe ihnen noch mehr erzählt.«

Salazar lehnte sich in seinem Stuhl zurück und beäugte den niederen Lakaien vor ihm. Er war nicht gegen den Entführungsplan gewesen, weil er ein Mittel zum Zweck war. Nämlich Hugo Lamas loszuwerden, der seinem Vater schon lange ein Dorn im Auge war, bevor er ins Gefängnis geworfen worden war. Das Sinaloa-Kartell hasste das Kartell der Sonnen. Und jeder Tag, an dem sie eines dieser Arschlöcher ausschalten konnten, war ein guter Tag.

Es war bedauerlich, dass sie dabei sechs ihrer Leute verloren hatten, aber er hatte die Männer, die die Entführung durchgeführt hatten, persönlich ausgesucht. Er hatte sie ausgewählt, weil sie entbehrlich waren. Er trauerte nicht um ihren Tod, aber er wollte auch nicht, dass noch mehr ihrer Brüder dadurch starben. Ihr Tod war ehrenvoll, aber ihr Opfer sollte keine negative Aufmerksamkeit auf das Kartell lenken.

Sollte zusätzlicher Druck auf ihre Operation hier in Austin ausgeübt werden, wäre das nicht gut. Sie verloren schon zu viel Ware wegen der Razzien an der Grenze und er konnte es sich nicht leisten, noch mehr zu verlieren.

»Bring sie zu mir«, sagte Salazar zu dem einzigen Mitglied der Gruppe, das die Entführung überlebt hatte. »Ich werde herausfinden, was sie weiß ... und ob sie sterben muss.«

»Aber ich kann sie leicht ausschalten. Ein Schlag auf den Kopf und sie ist kein Thema mehr«, protestierte der Falke.

Salazar hob eine Augenbraue. »Widersprichst du meinem Befehl?«, fragte er in einem tödlich gleichmäßigen Ton.

»Nein, natürlich nicht.«

»Gut. Dann bring sie her. Ich will selbst mit dieser Schlampe reden. Ich werde herausfinden, was sie dem FBI erzählt hat. Wenn sie für immer verschwinden muss, werde *ich* den Befehl dazu geben.« Er lehnte sich vor und fixierte den Falken mit einem tödlichen Blick. »Du bist kein Auftragskiller. Ich gebe dir diesen Auftrag als Belohnung für deine Loyalität und wegen der guten Arbeit, die du geleistet hast, um alle in Venezuela zu täuschen. Aber wenn Gillian Romano vor mir steht, erwarte ich, dass sie unversehrt ist. Hast du mich verstanden?« Seine Drohung war deutlich.

Der Falke zog eine Grimasse, nickte aber. »*Sí, Señor.*«

»Gut. Und jetzt verschwinde.«

Salazar hatte den Falken schon vergessen, sobald sich die Tür zu seinem Büro geschlossen hatte. Es gab wichtigere Dinge, um die er sich kümmern musste, als eine verdammte Frau. Wie die fünfundzwanzig Millionen Dollar teure Ladung Kokain, die an diesem Nachmittag eintreffen sollte.

KAPITEL SECHZEHN

Die letzten zwei Wochen waren für Gillian idyllisch gewesen. Sie hätten nur noch besser sein können, wenn es ihr möglich gewesen wäre, Walker unter der Woche zu sehen. Sie hatten das Wochenende, nachdem er von seiner Mission zurückgekehrt war, zusammen verbracht, und es war schwieriger gewesen als erwartet, am Sonntagabend wieder nach Georgetown zu fahren.

Aber sie hatten beide ihre Arbeit, die sie erledigen mussten. Ihre Telefonate und SMS waren viel intimer geworden, nachdem sie den Großteil des Wochenendes im Bett verbracht hatten, und Gillian liebte die Veränderung.

Walker hatte nicht gescherzt, er war sehr beschützend und besorgt um sie. Aber es war keine Schwierigkeit gewesen, ihm kurze Nachrichten zu schicken, in denen sie ihm mitteilte, wann sie ihre Wohnung verließ und wann sie zurückkam.

Es war ihm egal, wo sie war, solange sie danach sicher nach Hause zurückkehrte. Eigentlich war es Gillian gewesen, die vorgeschlagen hatte, dass sie vielleicht beide eine

Tracker-App auf ihre Handys laden könnten. Er hatte sofort zugestimmt.

Jetzt konnte sie zu jeder Tageszeit auf die App klicken und genau sehen, wo Walker sich aufhielt, und umgekehrt. Es fühlte sich ein bisschen wie Stalking an, aber Gillian konnte nicht leugnen, dass es ihr ein sicheres Gefühl gab, dass er jederzeit wusste, wo sie war.

Die goldene Hochzeit der Howards rückte schnell näher und da über dreihundert Gäste an der Feier teilnahmen, nahm sie den größten Teil ihrer Zeit und Energie in Anspruch. Es gab noch ein paar kleinere Partys und Veranstaltungen, die sie ebenfalls plante und durchführte, aber die waren ziemlich unkompliziert und erforderten nicht viel Aufwand.

Heute traf Gillian sich mit der Tochter der Howards in der Innenstadt bei einer Catering-Firma, damit sie verschiedene Torten probieren und die endgültige Entscheidung treffen konnte, was sie für die Feier haben wollte.

Das Treffen fand um zehn Uhr statt und Gillian hoffte, dass der Verkehr in Austin nicht allzu schlimm sein würde. Sie hatte die Gegend bereits ausgekundschaftet und es gab ein Parkhaus nur einen Block von ihrem Treffpunkt entfernt, was eine Erleichterung war. Sie hasste es, in der Innenstadt nach einem Parkplatz suchen zu müssen.

Gillian wusste, dass Walker an diesem Morgen in Besprechungen festsaß, aber sie beschloss, ihn kurz anzurufen, nur um ihm einen guten Morgen zu wünschen. Er hatte ihr gesagt, dass sie anrufen konnte, wann immer sie wollte, er würde immer abnehmen, solange er nicht beschäftigt war.

»Hey«, sagte er nach nur zwei Klingelzeichen.

»Hi«, sagte Gillian fröhlich. Sie kam nicht immer dazu, morgens mit ihm zu sprechen, also war sie froh, dass sie ihn erwischt hatte.

»Hattest du einen guten Morgen?«, fragte er.

»Nein.«

»Nein? Warum nicht? Was ist passiert?«, fragte Walker besorgt.

»Ich bin nicht dazu gekommen, mit meinem Freund zu duschen«, sagte sie mit einem Schmollmund. »Und ich musste mir meinen eigenen Kaffee holen, und mein Wonder-Woman-Kaffeebecher war schmutzig.«

»Oh, du armes Ding«, sagte Walker und die Erleichterung darüber, dass sie einen Scherz gemacht hatte, war in seinem Tonfall deutlich zu hören. »Klingt, als wäre dein Freund ein Faulpelz.«

Gillian liebte ihre Neckereien und strahlte. »Ich weiß nicht, er macht es an den Wochenenden mehr als wett, dass er unter der Woche nicht da ist.«

»Ach ja?«

»Oh ja«, bestätigte Gillian zärtlich. »Wie war dein Morgen? Wie ist das Training? Bist du heute Morgen zum Spaß einen Marathon gelaufen?«

Er lachte leise. »Nur zehn Kilometer. Danach haben wir einige Male den Hindernisparcours in Angriff genommen.«

»*Einige* Male?«, fragte Gillian. Sie wusste, dass er und seine Freunde den Parcours wahrscheinlich mindestens zwanzigmal hintereinander absolviert hatten. Und wahrscheinlich hatten sie bei der Hälfte dieser Durchgänge ihre Rucksäcke dabei. Walker und den anderen war es ernst damit, körperlich in Topform zu bleiben. Sie wusste, dass es für Walker nicht leicht war, da er auf die vierzig zuging, aber sie hatte ihn beim Training beobachtet ... es gab keinen Zweifel daran, dass er genauso fit war wie seine um Jahre jüngeren Kameraden.

»Bist du auf dem Weg nach Austin?«, fragte Walker und lenkte das Gespräch von ihm ab.

Das tat er oft und anfangs hatte es Gillian irritiert, weil

sie dachte, er wolle vermeiden, über sich selbst zu sprechen. Aber schließlich erkannte sie, dass er nicht versuchte, ihren Fragen auszuweichen, er war einfach in keiner Weise egozentrisch. Er sagte ihr einmal, dass er ihr viele Fragen stellte, weil er mehr an *ihr* interessiert sei. Wenn er nicht mit ihr zusammen sein konnte, wollte er alles darüber wissen, was sie tat und dachte. Dadurch fühlte er sich ihr näher. Wie konnte sie das bestreiten?

»Ja, ich bin vor etwa zehn Minuten losgefahren. Es ist ein bisschen viel Verkehr, aber es ist nicht allzu schlimm.«

»Du kannst es einfach nicht erwarten, so früh am Tag schon Kuchen zu essen, oder?«, neckte Walker sie.

Gillian lächelte. Walker hatte während der Wochenenden, die sie zusammen verbracht hatten, alles über ihre Vorliebe für Süßes herausgefunden. Ihr ideales Frühstück bestand aus Kaffee und einem klebrig-süßen Donut. »Hey, es ist ein harter Job, aber einer muss ihn ja machen«, erklärte sie ihm.

»Stimmt.«

»Was steht heute bei dir auf dem Plan?«, fragte sie.

»Heute Vormittag Besprechungen, dann gehen die Jungs und ich rüber zu einer der Grundschulen auf dem Stützpunkt, um dort ehrenamtlich zu arbeiten. Wir lesen den Kindern vor und solche Sachen.«

Die Vorstellung, wie Walker auf einem viel zu kleinen Stuhl saß und einem Haufen Kinder vorlas, die von jeder Geschichte, die er ihnen vortrug, begeistert sein würden, ließ Gillians Höschen feucht werden. Sie war noch nicht bereit, Kinder zu bekommen, aber sie konnte nicht leugnen, dass der Gedanke an Walker, der ein kleines Baby im Arm hielt, ihre Eierstöcke auf Hochtouren laufen ließ. »Klingt lustig«, sagte sie zu ihm.

Er stieß ein Lachen aus. »Kinder machen mir eine Heidenangst«, gab er zu.

Jetzt war es an Gillian zu lachen. »Warum?«

»Weil ich fürchte, dass ich etwas Falsches sage und sie mit irgendeinem bösen Wort, das sie von mir gelernt haben, nach Hause gehen und für ihr Leben gezeichnet sind. Sie sind wie kleine Schwämme, die alles um sich herum aufsaugen, und ich weiß, dass ich zu intensiv bin. Ich will auf keinen Fall, dass sie irgendwelche schlechten Angewohnheiten von mir übernehmen.«

»Walker«, schimpfte Gillian, »du bist intensiv, ja, aber nicht auf eine schlechte Art. Ich bin sicher, sie merken, dass du auf sie aufpasst. Dass du freundlich zu deinen Jungs bist. Respektvoll gegenüber ihren Lehrern bist. Mobbing nicht duldest. Begrüße die Kleinsten in der Klasse mit einem besonderen Händedruck. Sie sind nicht dumm, sie wissen, wenn Erwachsene sie verarschen, und du bist der letzte Mensch, der das tun würde.«

»Danke, Di«, sagte er leise.

Gillian hörte, wie im Hintergrund jemand mit ihm sprach, und er sagte, er sei gleich da. Sie war nicht überrascht, als er wieder ans Telefon kam und sagte: »Ich muss Schluss machen.«

»Ich habe es gehört.«

»Danke für den Anruf. Ich musste heute Morgen deine Stimme hören. Ich bin zwar beschäftigt, aber sagst du mir trotzdem Bescheid, wie der Geschmackstest heute Morgen gelaufen ist und wann du auf dem Heimweg bist?«

»Natürlich. Ich tendiere zu dem doppelten Schokoladenkuchen, der sollte den meisten Gästen zusagen, aber wir werden feststellen, wie alles schmeckt, wenn wir da sind«, sagte Gillian. »Du kommst doch heute Nachmittag noch vorbei, oder?«

»Das würde ich auf keinen Fall verpassen wollen. Wenn es möglich ist, werde ich ein bisschen früher losfahren, dann bin ich rechtzeitig zum Abendessen da. Ist das okay?«

»Natürlich. Du bist hier immer willkommen.« Gillian hatte ihm am Wochenende einen Schlüssel zu ihrer Wohnung gegeben, nachdem er ihr den zu seiner Wohnung in die Hand gedrückt hatte. Seit er von seinem Einsatz zurückgekehrt war, hatte sich ihre Beziehung mit Lichtgeschwindigkeit entwickelt, aber Gillian beschwerte sich nicht. Sie hasste es nur, unter der Woche von ihm getrennt zu sein. Sie hatten noch nicht darüber gesprochen zusammenzuziehen, aber jeden Sonntagabend, wenn sie sich von ihm verabschieden musste, wurde es schwerer und schwerer.

Sie wusste, dass es für ihn nicht machbar war, nach Georgetown zu ziehen, um mit ihr zusammenzuleben, wenn sie also ihre Beziehung auf die nächste Stufe heben wollten, musste sie diejenige sein, die zu ihm zog. Es wäre schwierig für ihr Geschäft und sie müsste viele Kilometer mit dem Wagen zurücklegen, aber wenn Walker es wollte, würde sie schon morgen bei ihm einziehen.

Sie hatte ein langes Gespräch mit Ann über ihre Beziehung zu Walker geführt und obwohl sie befürchtet hatte, dass ihre Freundin ihr sagen würde, sie sei verrückt und würde viel zu schnell handeln, hatte Ann ihr eine Frage gestellt.

»Wenn du einen Anruf mit der besten Nachricht deines Lebens bekämst, wer wäre der erste Mensch, dem du es erzählen würdest?«

Die Antwort war einfach. Walker. Gillian fühlte sich schlecht dabei, da sie schon so lange mit Ann befreundet war, aber die andere Frau lächelte nur. »So sollte es sein, wenn man jemanden liebt. Derjenige ist der Erste, an den man sich wenden sollte, wenn etwas Gutes passiert, aber auch wenn etwas Schlechtes geschieht. Du weißt, dass ich dich liebe, genauso wie Clarissa und Wendy, aber du hast uns fast in der Sekunde, in der du aus Venezuela zurückkamst, gesagt, dass du dachtest, er sei der Richtige für dich. Mit ihm zusammenzuziehen, in einer Beziehung mit ihm oder irgendjemand anderem zu sein, bedeutet nicht, dass du uns weniger liebst, es bedeutet nur, dass wir mehr zu tratschen haben, wenn wir uns treffen.«

»Gillian?«

Sie blinzelte und merkte, dass sie geträumt und Walker am Telefon keine Aufmerksamkeit geschenkt hatte. »Tut mir leid, ich bin noch dran.«

»Fahr vorsichtig und sei aufmerksam auf dem Weg zum und vom Caterer.«

»Das werde ich«, versprach Gillian. »Ich habe das Pfefferspray, das du mir besorgt hast, und ich werde es griffbereit halten.«

»Gut.«

»Obwohl es noch nicht einmal zehn Uhr morgens ist. Ich bin mir sicher, dass die gemeingefährlichen Verrückten noch schlafen, weil sie bis in die frühen Morgenstunden auf waren und Chaos angerichtet haben.«

Walker lächelte nicht einmal. »Es gibt keinen festen Zeitplan für schlimme Sachen, die passieren.«

»Aber du sagst mir immer, dass nach Mitternacht nichts Gutes mehr geschieht.«

»Was auch stimmt. Aber das heißt nicht, dass Arschlöcher nicht schon um neun Uhr morgens betrunken sein können oder nach einem leichten Ziel suchen, um an Geld für Drogen zu kommen, die sie brauchen, um den Tag zu überstehen.«

»Okay, okay, okay. Ich habe es kapiert. Ich werde vorsichtig sein, Walker, versprochen.«

»Gut.«

»Grüß die anderen von mir.«

»Mach ich. Wir sprechen uns später.«

»Walker?«

Zeichen für »Gefahr«, bevor er aus dem Klassenzimmer schlüpfte.

Er machte sich nicht die Mühe, eine SMS zu schreiben; er klickte auf Gillians Namen und hielt das Telefon an sein Ohr. So, wie seine Haut kribbelte, erwartete er nicht wirklich, dass sie antwortete. Und er hatte recht, das tat sie nicht. Ihr Anrufbeantworter schaltete sich nach fünfmaligem Klingeln ein. Er hinterließ ihr eine kurze Nachricht, in der er ihr mitteilte, dass er sich Sorgen um sie machte, und sie bat, ihn so schnell wie möglich anzurufen. Dann schickte er ihr eine SMS, in der er ihr dasselbe sagte.

Als er fertig war, hatten Lefty und Grover sich zu ihm in den Flur gesellt.

»Was ist los?«, fragte Lefty ganz sachlich.

»Ich weiß es nicht. Es geht um Gillian. Sie hatte heute Morgen einen Termin in der Innenstadt und sollte schon längst fertig sein. Die Tracking-App zeigt, dass sie sich im Parkhaus in der Nähe aufhält. Zumindest ihr Telefon.«

»Hast du versucht, sie anzurufen?«, fragte Grover.

Trigger nickte. »Keine Antwort.«

»Die Polizei?«, fragte Lucky.

»Du weißt so gut wie ich, dass die Beamten mir nur sagen werden, dass sie erwachsen ist und mir nicht jeden ihrer Schritte melden muss. Sie muss erst vierundzwanzig Stunden vermisst sein, bevor meine Meldung ernst genommen wird«, warf Trigger ein.

»Aber sie könnten eine Wohnungskontrolle durchführen, richtig?«, fragte Grover.

»Vielleicht. Ich bin jetzt auf dem Weg dorthin.«

»Willst du, dass wir mitkommen?«, fragte Lefty.

Trigger nickte. »Wenn alles in Ordnung ist und ich nur überreagiere, können wir alle zusammen essen gehen oder so. Ich habe meine Tasche schon im Wagen, da ich sowieso später zu ihr fahren wollte.«

»Aber wenn etwas *nicht* in Ordnung ist, werden wir da sein und dir den Rücken frei halten«, sagte Grover. Dann öffnete er die Tür des Klassenzimmers und signalisierte dem Rest des Teams, dass sie sich auf den Weg machen sollten. Innerhalb von fünf Minuten war Trigger von Männern umringt, die nicht lange überlegten, ob sie ihm zu Hilfe kommen sollten, auch wenn sie nicht wussten, was das Problem war.

Lefty erklärte die Situation und schon bald stiegen alle in Triggers und Docs Fahrzeuge, um nach Austin zu fahren.

Trigger wusste, dass er zu schnell fuhr, aber es war ihm egal. Je näher sie Austin kamen und mit jedem Anruf, der von Gillian unbeantwortet blieb, wusste er tief in seinem Inneren, dass etwas nicht stimmte.

Sie war sehr gut darin gewesen, ihm ihren Aufenthaltsort mitzuteilen. Die Situation in Venezuela hatte sie erschreckt, aber Trigger glaubte nicht, dass es ihre Sichtweise der Welt grundlegend verändert hatte. Das war eines der vielen Dinge, die er an ihr liebte.

Verdammt. Er liebte sie.

Seit dem Moment, in dem er zum ersten Mal in ihren Körper eingedrungen war, gehörte sie ihm auf eine Art und Weise, wie es noch keine Frau zuvor getan hatte.

Gillian sah immer noch das Gute in den Menschen. In der Welt. Sie vertrat eine grundsätzlich positive Einstellung zum Leben und hatte das Gefühl, dass jeder Mensch etwas Gutes in sich hatte, dass jeder erlösbar war. Trigger wusste es besser, aber er fand ihre Unschuld erfrischend.

Er hoffte nur, dass sie sie nicht umgebracht hatte.

Gillian erlangte schnell das Bewusstsein wieder. Sie war nicht verwirrt, wusste genau, was passiert war, konnte aber nicht verstehen *warum*.

Blinzelnd schaute sie sich um – und ihr gefror das Blut in den Adern.

Sie befand sich in irgendeinem heruntergekommenen Haus. Sie hatte keine Ahnung wo. Überall um sie herum lagen Müll und Schutt, zusammen mit ein paar schäbigen Möbeln. Sie saß in einem sehr unbequemen Holzstuhl und hatte die Arme hinter dem Rücken gefesselt. Auch ihre Knöchel waren an den Stuhlbeinen festgebunden.

Aber das Erschreckendste an ihrer Situation war die Plastikplane unter ihren Füßen.

Sie war keine Närrin. Sie hatte *Dexter* gesehen, sie wusste, was das bedeutete. Jemand tat sein Bestes, um ihre DNA einzudämmen, damit es keine Spuren gab, dass sie hier gewesen war.

Ihre Glieder begannen zu zittern, aber Gillian konnte nicht aufhören. Sie wimmerte vor Angst.

In diesem Moment öffnete sich die Tür und sie starrte die Männer an, die eintraten, und spürte, wie sie noch stärker zitterte. Mit einem Blick wusste sie, dass der Mann an der Spitze niemand war, der Mitleid mit ihr hatte. Er war Hispanoamerikaner, hatte dunkles Haar und tiefschwarze Augen. Es war, als blickten sie direkt durch sie hindurch. Er sah nicht Gillian Romano, er sah einen Feind.

So verabscheut und gehasst zu werden war ein Gefühl, das Gillian nicht kannte. Sie war ein netter Mensch. Sie tat alles, um es anderen angenehm zu machen und sie zu mögen. Was sie diesem Mann angetan haben könnte, dass er sie so sehr hasste, wusste sie nicht.

»Sie sind also Gillian«, sagte der Mann, nachdem er vor ihr stehen geblieben war.

Sie leckte sich über die Lippen und nickte. Sie war

dankbar, dass sie nicht geknebelt worden war, und doch konnte sie ihre Stimme nicht zum Funktionieren bringen.

»Ich habe gehört, Sie haben mit dem FBI und der DEA geplaudert.«

Sie blinzelte überrascht. Sie hatte keine Ahnung, warum sie aus dem Parkhaus geholt worden war, aber das war nicht das, was sie von dem Mann zu hören erwartet hatte.

Als sie nicht antwortete, legte der Mann den Kopf schief und musterte sie. Nach einem Moment fragte er: »Sie haben keine Ahnung, wer ich bin, oder?«

Gillian schüttelte den Kopf.

»Sagt Ihnen der Name Salazar etwas?«

Gillian zerbrach sich den Kopf, konnte sich aber an niemanden erinnern, den sie jemals mit diesem Nachnamen getroffen hatte, und schüttelte schließlich erneut den Kopf.

Der Mann lachte leise, aber es war nicht gerade ein humorvoller Laut. »Ich glaube, Sie sind der einzige Mensch im Umkreis von tausend Kilometern um Austin, der noch nie von mir gehört hat«, sagte er.

Gillian hasste es, sich benachteiligt zu fühlen.

»Es tut mir leid, Mr. Salazar, normalerweise kann ich mir Namen und Gesichter sehr gut merken. Wenn wir uns schon einmal begegnet sind, habe ich die Umstände vergessen.«

Wenn überhaupt, schien ihn ihre Entschuldigung eher zu amüsieren.

»Mein Name ist Alfredo Salazar.« Er hielt inne, als wollte er abwägen, ob das Hören seines Vornamens ihrem Gedächtnis auf die Sprünge half. Als sie nichts erwiderte, fuhr er fort: »Ich bin der Anführer des Sinaloa-Kartells hier in Texas ... und im gesamten Süden der USA.«

Gillians Augen weiteten sich. *Oh, scheiße. Scheiße, scheiße, scheiße.* Sie sah sich nicht oft die Nachrichten an, das war zu den, welche Art von Torte auf der Feier anlässlich der goldenen Hochzeit ihrer Eltern serviert werden soll.«

»Sie haben sich nicht noch einmal mit dem FBI getroffen?«

»Nein! Ich habe nichts mehr von dem Agenten gehört, seit ich mich vor etwa einem Monat mit ihm getroffen habe«, sagte Gillian.

»Und ich nehme an, Sie wissen nicht, dass der Laden des Caterers, den Sie besucht haben, mitten in einem der größten Drogengebiete von Austin liegt?«, fragte Salazar gedehnt.

Gillian blinzelte überrascht. Das hatte sie tatsächlich nicht gewusst. Sie hatte auch keinen Grund, mit diesem Umstand vertraut zu sein.

»Mein Gott«, sagte Salazar mit einem Kopfschütteln. »Sie sind so etwas wie der Inbegriff der Unschuld, nicht wahr?«

Gillian hatte keine Ahnung, wovon er sprach, also stimmte sie weder zu noch widersprach sie ihm, weil sie das Gefühl hatte, dass das im Moment das Sicherste war, was sie tun konnte.

»Sie leben in Ihrer Welt, so weiß wie eine Lilie, und müssen sich nie Sorgen darüber machen, aufgrund Ihrer Hautfarbe angeschossen zu werden. Sie müssen sich nie den Kopf darüber zerbrechen, dass Sie sich im falschen Stadtteil aufhalten, denn Ihre blonden Haare und grünen Augen werden Sie schon irgendwie retten. Sogar mitten in einer verdammten Entführung haben Sie es geschafft, als Auserwählte mit den Behörden zu reden.« Er schüttelte den Kopf. »Haben Sie jemals Drogen genommen, Miss Romano?«

Gillian schüttelte den Kopf.

»Nicht einmal ein bisschen Gras geraucht?«, stocherte Salazar weiter.

Sie schüttelte erneut den Kopf.

»Wurden Sie jemals in Versuchung geführt?«

Wieder verneinte sie stumm.

»Es gibt immer ein erstes Mal«, sagte Salazar sanft. Er hockte sich ein paar Meter vor ihr hin, ohne die Plastikfolie zu berühren, die zu ihren Füßen ausgelegt worden war. »Es heißt, durch Drogen fühlt man sich scheiße. Dass Drogen schlecht sind. Aber den meisten Leuten ist nicht bekannt, wie verdammt *toll* man sich mit ein bisschen Kokain fühlen kann. Es ist das beste Gefühl, so euphorisch. Es gibt nichts Besseres als dieses erste Hochgefühl. Man wird den Rest seines Lebens dem Gefühl hinterherjagen, das man beim ersten Schuss hatte. Wollen Sie sich nicht gut fühlen, Gillian?«

Sie hasste es, wie ihr Name aus seinem Mund klang. Äußerlich war Alfredo Salazar gut aussehend. Aber sie konnte spüren, dass er innerlich durch und durch böse war. Er würde nicht zögern, sie töten zu lassen. Er liebte Geld und Macht, das war es. Ihr blieb nichts anderes übrig, als ihn voller Angst anzustarren. Sie wollte nicht, dass er ihr Kokain aufzwang. Oder irgendeine andere Art von Droge. Sie wollte nicht süchtig werden. Nicht, wenn alles in ihrem Leben so gut lief.

»Sehen Sie sich an, Ihr Herz rast wie verrückt. Sie sind wie ein wilder Hund, zu verängstigt, um sich zu bewegen, aber auch zu verschreckt, um zu bleiben, wo Sie sind. Sie haben wirklich keine Ahnung, wer der Bösewicht in diesem Flugzeug war, oder? Bei all den Leuten, mit denen Sie sich angefreundet haben, haben Sie keine Ahnung, wer Sie und alle anderen tot sehen will.«

»Nein«, flüsterte Gillian.

»Und das haben Sie den Behörden auch gesagt, richtig?«

Sie nickte.

»Ich wette, das hat sie wütend gemacht«, murmelte er.

»Sie waren nicht begeistert«, gab Gillian zögernd zu. Sie hatte es gehasst, sie im Stich zu lassen, aber sie hatte ihnen alles gesagt, was ihr eingefallen war. Sie wusste, dass nichts von dem, was sie gesagt hatte, auch nur im Geringsten geholfen hatte. Sie waren höflich gewesen und hatten ihr für ihre Einsichten gedankt, aber tief in ihrem Inneren war ihr bewusst, dass sie sie enttäuscht hatte.

Salazar schüttelte den Kopf und murmelte mehr zu sich selbst als zu ihr: »Verdammte Schlampen und ihr Drama.« Dann hob er das Kinn zu dem Mann, der das Messer an ihre Hand gepresst hatte, und dieser ließ los. Gillian stieß einen Seufzer der Erleichterung aus. Aber sie währte nur einen kurzen Moment, denn dann schlang der Mann hinter ihr seine Hände um ihren Kopf und neigte ihn nach hinten.

Gillian verlor Salazar aus den Augen und wehrte sich im Griff des Mannes. Aber mit den hinter ihrem Rücken gefesselten Händen und den bewegungsunfähigen Beinen hatte sie keine Möglichkeit, sich zu wehren. Keine Möglichkeit, sich zu schützen.

»Entspannen Sie sich, *Chica*«, sagte Salazar. »Ich glaube Ihnen. Ich entschuldige mich dafür, dass Sie heute Unannehmlichkeiten hatten. Ich hätte mir die Situation etwas genauer ansehen sollen, bevor ich einem meiner Falken Glauben schenkte. Aber das ändert nichts an der Tatsache, dass ich Sie nicht einfach in Ihre Welt der Unwissenheit zurücklassen kann.«

»Bitte, bringen Sie mich nicht um«, flüsterte Gillian, während sie zur Decke starrte. »Ich werde nichts über das sagen, was passiert ist. Zum Teufel, ich *weiß* nicht mal, was passiert ist, oder warum.«

Sie hörte Salazar lachen. »Es tut mir leid, aber ich glaube Ihnen nicht. Sie werden es jemandem erzählen. Einem Freund, einem Liebhaber, den Bullen, irgendjemandem, und dann muss ich mich um diesen Scheiß kümmern, zusammen mit dem ganzen anderen Mist, der sich im Moment auf meinem Schreibtisch stapelt. Aber ... ich kann nicht anders, als fasziniert zu sein von der Unschuld und Güte, die Sie wie einen verdammten Mantel tragen.«

Gillian erschauderte, als sie spürte, wie jemand mit einem Finger an ihrem verletzlichen Hals entlangfuhr. Salazar war offensichtlich aufgestanden und kam auf sie zu. Mit ihrem zurückgedrückten Kopf war sie diesem Mann völlig ausgeliefert. »Ich war wie Sie ... früher einmal. Aber das endete an meinem neunten Geburtstag, als ich erfuhr, wie mein Leben verlaufen würde. Ich sah an diesem Tag zum ersten Mal, wie ein Mann getötet wurde. Er hatte es verdient, weil er die Sinaloa verpfiffen hatte, aber es war ... erschütternd zuzusehen, wie das Blut eines Mannes aus ihm herausspritzt und er sich am Boden krümmt und um Gnade bettelt.«

Gillian konnte die Tränen nicht zurückhalten, die ihr an den Wangen herabliefen. Sie wollte mutig sein. Wollte die Art von Mensch sein, die anderen in den Hintern treten konnte, wie die Leute in den Büchern, die sie las. Aber das war sie nicht. Sie war gefesselt und hilflos. Sie hatte keine Ahnung, ob Walker oder irgendjemand anderes zu diesem Zeitpunkt überhaupt wusste, dass sie vermisst wurde.

»In wenigen Augenblicken wird Ihnen ein Drink angeboten werden. Sie werden ihn ohne Widerrede zu sich nehmen. Und zwar alles. Jeden Tropfen. Verstanden?«

Sie wollte das nicht. Sie wusste, dass sich in dem Becher vermutlich Gift befand und dass dies buchstäblich die letzten Sekunden waren, in denen sie lebte.

»Ich kann sehen, dass Ihr Verstand auf Hochtouren läuft. Es wird Sie nicht umbringen. Es ist Rohypnol. Es wird Sie entspannen. In fünfzehn oder zwanzig Minuten werden Sie einschlafen. Sie werden sich nicht erinnern, was hier passiert ist. Sie werden der Polizei nichts über mich

Während die Minuten verstrichen, wiederholte sie die Worte immer und immer wieder in ihrem Kopf, in der leisen Hoffnung, dass ihr Unterbewusstsein sich vielleicht daran erinnern würde, wenn sie aufwachte.

Salazar, Falke, Salazar, Falke, Falazar, Salke ...

Der Raum begann, sich zu drehen.

»Das war's, Gillian. Schließen Sie die Augen und schlafen Sie ein. Wenn Sie aufwachen, wird das alles nur ein böser Traum gewesen sein.«

Sie tat, wie befohlen und fühlte sich, als gehörte ihr Körper jemand anderem. *Salafar, Falzar ...*

Gillian versuchte durchzuhalten, versuchte, sich zu merken, was sie behalten musste, bevor sie den Verstand verlor, aber es war zu spät.

Salazar wartete, bis er sicher war, dass die kleine Schlampe das Bewusstsein verloren hatte, bevor er seinen Mitarbeitern ein Zeichen gab. »Bringt Vilchez zu mir, sobald ihr sie gefunden habt. Ich hatte ihr aufgetragen, Gillian unverletzt zu mir zu bringen. Diese blauen Flecke in ihrem Gesicht werden ihrem Mann nicht gefallen, und das ist das Letzte, was wir gebrauchen können. Außerdem war dieses Treffen vollkommen unnötig und potenziell gefährlich für unsere Organisation. Sie wird bereits von den Behörden beobachtet und ihr neuer Freund ist einer der Männer, die Luis und die anderen ausgeschaltet haben. Ich habe so viel Schadensbegrenzung betrieben, wie ich konnte, aber es besteht immer noch die Möglichkeit, dass sie sich an etwas erinnert und redet. Vilchez hat sich für eine *Menge* zu verantworten.«

»*Si, Señor*«, sagten die Männer wie aus einem Munde.

»Wo sollen wir sie hinbringen?«, fragte der Mann, der Gillian das Getränk mit der Droge verabreicht hatte.

»Ist mir egal. Irgendwo, wo keine Kameras sind«, antwortete Salazar ungeduldig, drehte sich um und verließ den Raum. Er war sauer, dass er heute seine Zeit mit dieser Scheiße verschwendet hatte. Er hatte Wichtigeres zu tun – nämlich das Kokain im Millionenwert zu verteilen, dass er am Vortag geliefert bekommen hatte.

Um Vilchez würde er sich auf die eine oder andere Weise kümmern. Es war unerlässlich, dass seine Falken wussten, wo ihr Platz war, und die Bestrafung von Vilchez würde sie daran erinnern, wie sie dem Sinaloa-Kartell zu dienen hatten. Beobachten und berichten, damit sie unbemerkt blieben. Nicht lügen in Bezug auf das, was sie gesehen oder gehört hatten, um ihre eigenen Rachegelüste zu befriedigen.

Das Kartell stand an erster Stelle. Punkt. Wenn ein Falke zustimmte, für Salazar zu arbeiten, stellte er oder sie seine eigenen Bedürfnisse hinter die der Organisation. Eine Erinnerung daran wäre gut für alle.

Die Falken würden eingeschüchtert werden, damit sie zuerst denken, bevor sie handeln.

Die Auftragskiller hätten eine Chance, ihre Verhörtechniken zu üben.

Und seine engsten Mitarbeiter würden lernen, zweimal nachzudenken, bevor sie ihm dummes Zeug auftischten.

Kopfschüttelnd schritt Salazar selbstbewusst zu dem Wagen, der am Bordstein wartete. Sein Mercedes passte nicht in das heruntergekommene Viertel, aber niemand würde ein Wort sagen, da war er sich sicher. Dieser Teil der Stadt gehörte ihm. Die Hälfte der Bewohner arbeitete für ihn und die andere Hälfte brauchte die Drogen, die er lieferte.

Er verdrängte die Gedanken an Gillian Romano aus seinem Kopf, ließ sich auf dem Ledersitz seines Wagens nieder und nickte seinem Fahrer zu. Dieses kleine Treffen mochte eine amüsante Abwechslung zu seiner normalen Routine gewesen sein, aber es war auch ärgerlich, denn jetzt bedeutete es, dass er sich mit dem Grund beschäftigen musste, warum es überhaupt zustande gekommen war.

»Verdammte Schlampen und ihr Drama«, murmelte er zum zweiten Mal an diesem Nachmittag, bevor er zu einem seiner vielen nicht rückverfolgbaren Handys griff und einen anderen seiner Mitarbeiter anrief. Zeit, sich wieder an die Arbeit zu machen und Geld zu verdienen und Drogen zu verkaufen.

KAPITEL SIEBZEHN

Fünf Stunden.

So lange war es her, dass Trigger herausgefunden hatte, dass Gillian verschwunden war.

Er und sein Team waren direkt zu dem Parkhaus gefahren, in dem sie ihr Telefon geortet hatten, und hatten ihren Wagen schließlich auf der obersten Ebene gefunden. Ihre Handtasche, in der sich ihr Telefon und ihr Pfefferspray befanden, war ebenfalls dort. Sie war unter ein Fahrzeug in der Nähe der Aufzüge gestoßen worden.

Laut der App befand sich das Handy seit elf Uhr dreiunddreißig dort, und jetzt war es sechzehn Uhr dreißig. Ihm war schlecht und er hatte im Moment keine Ahnung, was er als Nächstes tun sollte, um zu versuchen, sie zu finden. Sie hatten die Polizei informiert, sobald sie ihre Handtasche gefunden und festgestellt hatten, dass sie vermisst wurde, aber die Suche nach jemandem brauchte Zeit. Zeit, die Gillian vielleicht nicht hatte.

Er hatte den Polizisten so viel wie möglich darüber erzählt, dass Gillian vor ein paar Monaten eine Geisel gewesen und dass der siebente Entführer bisher nicht identifiziert worden war, aber er wusste, dass nichts davon eine Hilfe war. Lucky hatte den DEA-Agenten angerufen, der Gillian befragt hatte, und er stand in Kontakt mit dem FBI, aber auch bei diesen Organisationen ging nichts schnell, und die Vorstellung, dass Gillian sich in der Gewalt des Drogenkartells befand, das kein Problem damit hatte, unschuldige Zivilisten im Flugzeug zu töten, zerfraß ihn innerlich.

»Wir werden sie finden«, sagte Grover leise, als er neben Trigger auf der obersten Ebene des Parkhauses stand. Trigger hatte nicht gehen wollen, da es der letzte Ort war, an dem Gillian sich aufgehalten hatte. Die Überwachungskameras liefen zeitversetzt, und genau in dem Moment, in dem seine Frau entführt worden war, waren die verdammten Dinger auf das andere Ende des Parkhauses gerichtet gewesen. Als sie zurückschwenkten, war Gillian weg.

Er hatte versprochen, sie zu beschützen, aber wie zum Teufel sollte er das tun, wenn er keine Ahnung hatte, vor *wem* er sie beschützen sollte?

»Trigger? Hast du mich gehört?«, fragte Grover.

Er nickte. Die Worte waren nur eine Floskel. Sie wussten beide, dass Grover auf keinen Fall versprechen konnte, dass sie sie finden würden. Jeden Tag verschwanden Tausende von Menschen vom Angesicht der Erde. Getötet von Fremden oder sogar von Menschen, die sie kannten und liebten, ihre Leichen begraben oder zerstückelt und weggeworfen wie Müll.

Der Gedanke, dass seine Gillian so entsorgt wurde, tat höllisch weh.

»Heilige Scheiße, Trigger!«, rief Lefty und lief in Windeseile vom anderen Ende des Parkhauses, wo er nach Hinweisen gesucht hatte, auf ihn und Grover zu.

Trigger blieb das Herz stehen.

wimmerte, konnte er nirgendwo anders hinschauen als in ihre Augen. »Ich bin hier, Di«, versicherte er ihr sanft. »Dir geht es gut. Ich bin da.«

»Walker«, sagte sie wieder.

»Kommen Sie mit uns«, befahl der Sanitäter und ohne den Blick von Gillians geweiteten Pupillen abzuwenden, nickte Trigger.

»Du bist okay«, wiederholte er, während er mit Gillians Hand in seiner neben der Trage herging. Sie hatten keine Gelegenheit, noch etwas anderes zu sagen, als die Sanitäter sie in ein Zimmer rollten und sich daranmachten, sie von der Trage auf das Bett zu legen. Der Griff, den Gillian um seine Hand hatte, war fast schmerzhaft, aber Trigger wollte sich auf keinen Fall beschweren.

Sie sah okay aus, abgesehen von den blauen Flecken in ihrem Gesicht und am Hals. Er drehte sich um und hörte einem Sanitäter zu, der den Arzt informierte, der im Zimmer erschien.

»Der Name der Patientin ist Gillian Romano, Alter unbekannt, da sie uns nichts anderes als ihren Namen gesagt hat. Sie wurde bewusstlos auf einem Parkplatz am südlichen Ende der Stadt gefunden. Abgesehen von den oberflächlichen Prellungen haben wir keine anderen offensichtlichen Verletzungen gefunden. Keine gebrochenen Knochen und keine Schmerzen, soweit wir das beurteilen können. Herzfrequenz und Blutdruck sind hoch, aber das liegt höchstwahrscheinlich daran, dass sie nicht zu wissen schien, wo sie war oder was passiert ist, als sie wieder zu Bewusstsein kam. Wir haben eine Infusion gelegt, aber wir vermuten, dass sie high ist oder innerhalb der letzten Stunden irgendeine Art von Droge eingenommen hat, weil ihre Pupillen erweitert sind.«

Trigger hörte mit einer bizarren Mischung aus Entsetzen und Erleichterung zu.

Der Arzt nickte. »Schwester, machen Sie bitte ein komplettes Blutbild. Vielleicht können wir sie dazu bringen, uns zu verraten, was sie eingenommen hat. Ich möchte auch, dass ein Vergewaltigungstest gemacht wird, nur für den Fall. Sie braucht vielleicht ein MRT, um eine Kopfverletzung auszuschließen. Gillian, können Sie mich ansehen? Was ist passiert?«

Anstatt den Arzt anzuschauen, richtete Gillian den Blick auf Trigger. Er hasste den Ausdruck des Schreckens in ihren Augen. »Es ist okay, Süße. Du bist jetzt in Sicherheit. Kannst du uns sagen, was passiert ist?«

Sie schüttelte den Kopf.

»Du bist in Sicherheit«, wiederholte er.

»Ich erinnere mich nicht«, flüsterte sie. »Ich würde es dir sagen, wenn ich könnte, aber ich erinnere mich an nichts. Ich weiß nur, dass ich in einem Krankenwagen aufgewacht bin und mein Kopf schmerzte.«

Trigger drehte sich der Magen um. »Was ist das Letzte, woran du dich erinnerst?«

Gillian schluckte schwer und schloss die Augen. Nach einem Moment öffnete sie sie wieder und sagte: »Ich habe in meinem Wagen mit dir telefoniert.«

»Du bist zum Caterer gefahren, um Kuchen für die Feier der Howards zu probieren«, half er ihr auf die Sprünge.

Sie blinzelte. »Daran kann ich mich gar nicht erinnern. Habe ich es dorthin geschafft?«

»Ja. Du hast in einem Parkhaus in der Nähe geparkt und dich mit der Tochter der Howards getroffen. Ihr habt euch zwei verschiedene Torten ausgesucht.« Trigger wusste das alles, weil er selbst mit dem Caterer gesprochen hatte, um sich zu vergewissern, dass Gillian es tatsächlich dorthin geschafft hatte.

»Ich kann mich nicht erinnern«, wimmerte sie.

Trigger berührte mit dem Handrücken leicht ihr Gesicht. »Tut das weh?«

Sie schüttelte den Kopf, zuckte aber zusammen, als sie gegen seine Finger drückte. »Mein Hals tut weh und ich fühle mich, als hätte ich einen Kater.«

»Wenn Sie bitte zurücktreten würden, wir müssen sie untersuchen«, sagte die Schwester ungeduldig.

Widerwillig ließ Trigger Gillians Hand los und trat zur Seite.

In der Sekunde, in der er ihre Hand losließ, begann Gillian zu zittern. Trigger wollte sofort zu ihr zurückgehen, aber er zwang sich zu bleiben, wo er war. Er wusste, dass er Glück hatte, im Zimmer bleiben zu dürfen, und er wollte nichts tun, was den Arzt zwingen würde, ihn hinauszuwerfen.

Er sah zu, wie Gillians Kleidung entfernt und in einer Tüte verstaut wurde, damit die Polizei sie später abholen konnte.

»Feucht«, sagte die Krankenschwester, als sie Gillians Hemd aufschnitt. »Riecht auch nach Alkohol. Haben Sie vorhin getrunken?«, fragte sie.

Gillian schüttelte den Kopf, hielt aber die Augen geschlossen, als ihr Körper vom medizinischen Personal untersucht wurde.

»Sie hat Abdrücke an Hand- und Fußgelenken«, fügte die Krankenschwester hinzu. »Sieht aus wie Blutergüsse, aber die Haut ist nicht beschädigt.«

»Wir brauchen Bilder für den Detective, der mit ihrem Fall betraut ist«, sagte der Arzt.

Sie unterhielten sich, als wäre Gillian nicht da. Als könnte sie nicht jedes Wort hören, das sie sagten. Es machte Trigger wütend, aber er schwieg.

Das heißt, er schwieg, bis es Zeit für die Krankenschwester war, den Vergewaltigungstest zu machen, und sie versuchte, ihn aus dem Raum zu werfen. »Sie müssen nach draußen gehen, Sir«, verlangte sie unnachgiebig.

Trigger tat sein Bestes, um nicht durchzudrehen, trat an das Bett heran und ergriff noch einmal Gillians Hand. »Willst du, dass ich gehe, Gilly?«, fragte er leise.

Ihre Augen weiteten sich und sie schüttelte hektisch den Kopf. »Nein! Geh nicht! Bitte!«

»Ich bleibe«, sagte Trigger zu der Krankenschwester.

Sie presste die Lippen zusammen, bestand aber nicht weiter auf ihrer Forderung.

»Ich wurde vergewaltigt?«, fragte Gillian ängstlich, als sie zu Trigger aufblickte und ihm in die Augen sah.

Er ließ sich auf einen Stuhl neben ihrem Kopf nieder und legte seine Hand auf die unverletzte Seite ihres Gesichts. »Es ist nur eine Vorsichtsmaßnahme.«

»Aber wurde ich das tatsächlich?«, fragte sie. »Ich kann mich an nichts erinnern. Ich habe keine Schmerzen ... da unten. Hat mich jemand angefasst, als ich bewusstlos war? Ich glaube nicht, dass ich mich mitten am Tag betrunken hätte ... aber ich schätze, das habe ich wohl.«

»Schhh, Süße, mach dir keine Sorgen.«

»Ich kann mich nicht erinnern«, wiederholte sie qualvoll.

»Die Ärzte haben Blut abgenommen. Sie werden herausfinden, was dir gegeben wurde. Bis dahin darfst du nicht in Panik geraten, Di.«

Gillian kniff die Augen zusammen und tat ihr Bestes, um ihre Atmung zu kontrollieren, als die Krankenschwester ihre Beine in die Fußstützen stellte und mit der Untersuchung begann.

»Ich bin nicht Wonder Woman«, flüsterte Gillian. »Ich habe eine Todesangst. Mein Kopf und mein Hals tun weh und anscheinend war ich gefesselt. Wie kommt es, dass ich mich an nichts davon erinnern kann? Das ergibt doch keinen Sinn.«

»Dass du Angst hast, macht dich nicht weniger erstaunlich oder toll, Gillian. Und dass du dich nicht erinnerst, macht Sinn, wenn dir etwas gegeben wurde, das dir hilft zu vergessen«, beruhigte Trigger sie.

»Aber warum?«

»Warum was?«

»Warum haben sie mich nicht umgebracht?«

Trigger hatte sich schon das Gleiche gefragt, aber er ließ es sich nicht anmerken. »Vielleicht weil derjenige, der dich entführt hat, erkannt hat, wie erstaunlich du bist, und dich zu töten würde einen schwarzen Fleck auf seiner Seele hinterlassen, von dem er sich nie wieder erholen würde.«

Zum ersten Mal, seit er ihr hier im Krankenhaus begegnet war, sah Trigger etwas anderes in ihrem Gesichtsausdruck als absolutes Entsetzen. »Ja, ich bin sicher, das war es. Das muss wohl an meinem schrägen Sinn für Humor gelegen haben.«

Trigger war überwältigt von Dankbarkeit, dass seine Frau es geschafft hatte, sich aus dem festen Griff der Angst zu befreien.

»Wir werden das Rätsel lösen«, versprach er ihr und sah ihr dabei tief in die Augen, damit sie ihm glaubte. »Brain und der Rest des Teams sind an der Sache dran. Ich möchte, dass du mitkommst und bei mir bleibst, bis derjenige, der das getan hat, gefasst ist.«

»Und wenn er niemals gefangen wird? Es ist ja nicht so, dass ich Auskunft darüber geben kann, was passiert ist«, sagte sie.

»Dann musst du eben für immer bei mir bleiben.« Nichts fühlte sich so richtig an wie der Gedanke, jede Nacht mit Gillian an seiner Seite einzuschlafen und mit demselben Gefühl aufzuwachen.

»Wenn du dich für das verantwortlich fühlst, was mit mir passiert ist, und du deshalb fragst, dann ist meine Antwort nein«, erklärte sie ihm.

Trigger öffnete den Mund, um zu protestieren, aber sie fuhr fort, bevor er es konnte.

»Aber wenn du fragst, weil du mich wirklich willst, wenn du denkst, dass du mich eines Tages so sehr lieben könntest, wie ich dich liebe, dann lautet meine Antwort ja.«

Sie befanden sich mitten in der Notaufnahme eines Krankenhauses. Eine Krankenschwester hatte gerade Gillians Beine abgesenkt, nachdem sie sie auf eine mögliche Vergewaltigung untersucht hatte, und Trigger war überwältigt von ihrer Tapferkeit.

»Ich liebe dich. Als ich merkte, dass du verschwunden bist, fühlte es sich an, als hätte man mir das Herz aus der Brust gerissen. Es fing erst wieder an zu schlagen, als wir die Nachricht bekamen, dass du gefunden wurdest und am Leben bist. Ich möchte, dass du bei mir wohnst, damit ich jeden Tag dein Lächeln sehen kann. Damit ich dich jeden Morgen mit Kaffee und Donuts versorgen und deinen Seufzer der Zufriedenheit hören kann. Ich möchte mit dir lachen und auch streiten ... einfach, damit wir uns hinterher wieder versöhnen können. Und ja, ich will dich beschützen, aber irgendwann wird diese harte Zeit vorbei sein und dann will ich immer noch jeden Morgen zu deinem wunderschönen Lachen aufwachen.«

»Verdammt, war das schön«, murmelte die Krankenschwester, während sie sich etwas abseits damit beschäftigte, Objektträger für die Laboruntersuchung vorzubereiten.

Gillian stieß ein Lachen aus. »Ich werde meinen Job nicht aufgeben. Ich habe immer noch Veranstaltungen zu organisieren und durchzuführen.«

Trigger runzelte die Stirn, nickte aber.

»Wie wäre es damit – ich führe die Veranstaltungen durch, die bereits in Planung sind, und konzentriere mich dann auf den Bereich Killeen. Das heißt nicht, dass ich aufhören werde, in Austin zu arbeiten, denn ich habe hier schon viele Kontakte und Stammkunden, aber ich werde mein Bestes tun, um näher an meinem Zuhause zu bleiben.«

»Ich würde umziehen, wenn ich könnte«, erklärte Trigger ihr ehrlich.

»Ich weiß. Aber was du tust, ist wichtig, und du musst so nahe wie möglich am Stützpunkt sein.«

Sie hatte nichts gesagt, was nicht der Wahrheit entsprach, aber es tat trotzdem weh. Er nickte.

Der Arzt kam zurück ins Zimmer. »Wie fühlen Sie sich, Miss Romano?«

Gillian zuckte mit den Schultern. »Mir geht es gut.«

»Auf einer Skala von eins bis zehn, wobei zehn der größte Schmerz ist, den Sie je in Ihrem Leben empfunden haben, und eins überhaupt kein Schmerz ist, wo würden Sie sich jetzt einordnen?«

»Drei?«, antwortete Gillian achselzuckend. »Mein Kopf und mein Hals tun weh, aber das war's auch schon.«

Der Arzt nickte zustimmend. »Sie werden mit dem Detective sprechen müssen, sobald er eintrifft, aber ich glaube nicht, dass es nötig ist, Sie über Nacht hierzubehalten. Ihre Pupillen sind immer noch etwas geweitet, aber abgesehen davon, dass Sie sich nicht daran erinnern, was passiert ist, scheinen Sie nicht verwirrt oder desorientiert zu sein.«

»Bin ich auch nicht«, sagte Gillian.

»Gibt es jemanden, der bei Ihnen bleiben kann?«

»Ja, den gibt es«, entgegnete Trigger sofort. »Sie wird bei mir wohnen. Ich bin in der Armee und habe genug medizinisches Wissen, um auf sie aufzupassen. Ich kann sie ins

Krankenhaus bringen, wenn sich ihr Zustand oder ihr Schmerzpegel ändert.«

Der Arzt nickte erneut. »Gut. Ich hoffe, sie finden denjenigen, der Ihnen das angetan hat.«

»Ich auch«, sagte Gillian.

Der Arzt lächelte abwesend, drehte sich um und verließ den Raum, wobei er seine Aufmerksamkeit bereits auf seinen nächsten Patienten gerichtet hatte.

Trigger wusste, dass sie auf den Detective warten mussten, aber er wünschte sich nichts sehnlicher, als Gillian an die Hand zu nehmen und sie nach Hause zu bringen. Er war sich bewusst, dass er sie fast verloren hätte. Er hatte keine Ahnung, was passiert war, aber er hatte das Gefühl, dass es etwas mit der Entführung zu tun hatte. Jemand wollte Informationen und derjenige hatte beschlossen, sich einen der Menschen zu schnappen, die sie haben könnten. Er machte eine mentale Notiz, den FBI-Agenten anzurufen und dafür zu sorgen, dass die anderen Passagiere in höchster Alarmbereitschaft waren.

Gillian war entführt worden, wahrscheinlich befragt, und dann wurde ihr etwas gegeben, um sicherzustellen, dass sie sich an nichts mehr erinnern konnte, bevor sie an einem x-beliebigen Ort absetzt wurde, weitestgehend unverletzt und unerkannt. Es war mehr als merkwürdig und machte keinen Sinn ... was es umso beunruhigender machte.

Den Rest des Nachmittags und den frühen Abend verbrachten sie damit, mit Gillians Freundinnen zu sprechen und sie darüber zu informieren, dass es ihr gut ging und wo sie in absehbarer Zeit leben würde. Der Detective traf ebenfalls ein und es war für alle frustrierend und belastend, sich anhören zu müssen, wie Gillian immer wieder sagte, dass sie sich an nichts von ihrer Entführung erinnern könne.

Der Detective verließ sie mit genauso wenig Informationen, wie er gekommen war. Er hatte auch Triggers Verdacht bestätigt, dass die Polizei ohne Vorliegen von DNA und ohne Hinweise auf einen Überfall nicht viel tun könnte, um die Täter zu finden, es sei denn, Gillian erinnerte sich an etwas.

Trigger wusste, dass sie frustriert und erschöpft war, und als der Arzt endlich ihre Entlassungspapiere unterschrieb, konnte er sie nicht schnell genug da rausholen. Sie trug einen Kittel, den eine Krankenschwester ihr gegeben hatte, und sie schlief fast in der Sekunde ein, in der sie im Wagen saß.

Seine Teamkameraden waren die ganze Zeit bei ihm gewesen. Sie brachten ihnen etwas zum Abendessen und taten ihr Bestes, um Gillian bei Laune zu halten.

Lefty und Brain verließen mit Trigger zusammen das Krankenhaus. Die anderen fuhren mit Doc zum Parkhaus, um Gillians Wagen zu holen, den sie vor Triggers Apartmentgebäude abstellen würden.

»Ich habe nachgeforscht«, sagte Brain, nachdem sie eine Viertelstunde gefahren waren und sie alle sicher waren, dass Gillian schlief. »Der Arzt vermutet Rohypnol und ich stimme ihm zu. In einigen Fällen sind die Leute in der Lage, sich bruchstückhaft an die Zeit zu erinnern, kurz bevor sie die Dosis erhielten.«

Trigger brummte. Es wäre hilfreich, wenn Gillian sich an etwas erinnern würde, aber es würde nichts an dem ändern, was mit ihr geschehen war.

»Was glaubst du, wer dahintersteckt?«, fragte Lefty.

»Ganz ehrlich?«, wollte Trigger wissen.

»Natürlich«, sagte Lefty.

»Sinaloa«, antwortete Trigger ohne jeden Zweifel in seiner Stimme.

»Ja, das habe ich auch gedacht«, bestätigte Lefty. »Roofies sind in Mexiko leicht zu bekommen. Sie sind dort legal, also wäre es nicht schwer, einige in ein Getränk zu mischen und sie zu zwingen, es zu schlucken.«

»Aber sie zu entführen macht nicht viel Sinn«, fügte Brain hinzu. »Warum jetzt? Ich meine, sie hatten Monate Zeit, ihren Zug zu machen und sie auszuschalten, wenn sie gewollt hätten. Und warum sollten sie sie freilassen, ohne ihr wirklich etwas angetan zu haben?«

»Ich nehme an, sie haben von ihrem Besuch beim FBI erfahren. Vielleicht wollten sie wissen, was sie den Agenten erzählt hat. Ob sie weiß, wer der siebente Entführer war«, überlegte Lefty.

»Und als sie herausfanden, dass sie keine Ahnung hatte, entschieden sie, dass es das Risiko nicht wert war, sie zu töten«, schloss Brain.

Triggers Unterkiefer zuckte voller Frustration. Alles, was seine Teamkameraden sagten, machte Sinn, aber er hasste es, dass es *Gillian* war, über die sie so emotionslos sprachen. Das war es, was sie bei jeder Mission taten. Sie sprachen es durch ... aber dieses Mal fühlte es sich falsch an.

»Jungs?«, fragte er.

»Ja?«

»Was gibt's?«

»Können wir es bitte für den Moment sein lassen? Gillian muss wirklich nicht unbewusst mithören, wie wir über sie reden«, sagte Trigger knapp.

»Du hast recht, tut mir leid«, entschuldigte sich Brain.

»Ja, tut mir leid, wir hätten noch warten sollen«, fügte Lefty hinzu.

Trigger holte tief Luft und versuchte, sich zu entspannen, was jedoch unmöglich war.

»Also ... ihr zieht zusammen, hm?«, fragte Lefty und Trigger konnte das Grinsen in seiner Stimme hören, auch wenn er es vom Fahrersitz aus nicht sehen konnte.

»Jup.«

»Ist ihr klar, dass sie nie wieder in ihre Wohnung in Georgetown zurückkehren wird?«

Trigger lächelte zum ersten Mal seit Stunden. »Ich weiß es nicht. Ist mir auch egal.«

Seine Freunde lachten leise in sich hinein.

»Brauchst du Hilfe, um ihre Sachen von ihrer Wohnung zu deiner zu bringen?«

»Das würde ich zu schätzen wissen«, entgegnete Trigger dankbar.

»Wird sie den Verstand verlieren, wenn wir mit ihrem Zeug auftauchen?«, fragte Brain.

»Ich weiß es nicht«, sagte Trigger wieder. »Aber auf lange Sicht wird sie damit zurechtkommen. Ich liebe sie und sie liebt mich ebenfalls. Sie war dazu bestimmt, mir zu gehören. Es gibt keine Möglichkeit, dass sie irgendwo anders als an meiner Seite lebt, bis ich sicher weiß, dass sie vor dem, was auch immer sie bedroht, in Sicherheit ist. Und danach, so hoffe ich, wird sie sich so wohlfühlen, dass sie gar nicht mehr daran denken wird zu gehen.«

»Deine Wohnung ist ziemlich klein«, bemerkte Brain. »Ich wette, ihr könntet etwas Größeres finden. Vielleicht eine Wohnung mit drei oder vier Schlafzimmern oder so.«

»Das habe ich mir auch schon überlegt«, gab Trigger zu. Erst letzte Woche hatte er im Internet nach Mietobjekten in der Umgebung des Stützpunktes gesucht, die größer waren als seine Wohnung. »Aber für den Moment wird meine Wohnung reichen. Sie ist klein, aber sicher. Und ich möchte mich lieber nicht mit einem Umzug ablenken, bis die Bedrohung für sie vorbei ist.«

»Stimmt. Freut mich für dich, Trigger«, sagte Lucky.

»Danke.«

»Ich würde mich darüber beschweren, dass nicht mehr alles so ist wie früher, jetzt, wo du eine Frau gefunden hast, aber nachdem ich gesehen habe, wie Ghost und sein Team ihren Frauen verfallen sind – und sie fielen *schwer* – und wie ihre Beziehungen alle Veränderungen überstanden haben, macht mir das nicht mehr so viel aus«, sagte Brain.

Trigger stimmte zu. Das andere Delta-Team hatte bewiesen, dass eine Familie und ein Leben als Delta-Force-Soldat mit der richtigen Frau Hand in Hand gehen konnten. Er hatte nicht nach Liebe gesucht, aber sie war ihm in den Schoß gefallen, und er wäre verdammt, wenn er Gillian aufgeben würde, weil er Angst hatte, dass eine Beziehung nicht funktionieren würde.

Seine und Gillians Seelen waren miteinander verbunden und nichts würde sie ihm wegnehmen können. Nichts und niemand. Er würde alles in seiner Macht Stehende tun, um das sicherzustellen.

KAPITEL ACHTZEHN

Eine Woche später fühlte Gillian sich schon viel mehr wie sie selbst. Die ersten paar Tage waren hart gewesen. Sie war angeschlagen gewesen und fühlte sich extrem verletzlich. Sie hasste es, sich nicht daran erinnern zu können, was mit ihr geschehen war. Sie wusste schließlich auch noch, dass sie beim Caterer gewesen war und die verschiedenen Kuchensorten probiert hatte, aber alles, was nach dem Verlassen des Gebäudes geschah, bis hin zu dem Zeitpunkt, als sie im Krankenhaus aufgewacht war, war immer noch vergessen.

Es war ein gutes Gefühl, sich in Walkers Wohnung zu verkriechen und sich vor der Welt zu verstecken. Sie wusste zweifelsfrei, dass er sie beschützen würde. Sie hatte sich nicht einmal aufgeregt, als sein Team mit einem Großteil ihrer Sachen aus ihrer Wohnung aufgetaucht war. In Walkers Wohnung war es jetzt eng, weil ihre Sachen mit seinen vermischt waren, aber er beschwerte sich nicht.

In den ersten beiden Nächten hatte er sie die ganze Nacht im Arm gehalten und sie beruhigt, wenn sie nach einem Albtraum aufgewacht war. Aber danach hatte sie es satt, dass er sie wie ein zerbrechliches Stück Glas behandelte. Sie wollte wieder Diana Prince für ihn sein. Die starke Frau, nach der er sie benannt hatte.

In der dritten Nacht machte sie den ersten Schritt, bevor sie ins Bett stiegen. Er wollte sie eigentlich weiter verhätscheln, aber sie wusste, dass sie ihren Willen bekommen würde, wenn sie vor ihm auf die Knie ging, und er protestierte nicht. Ihr Gesicht wies immer noch Prellungen auf, aber das bedeutete nicht, dass sie ihm nicht auch ohne Worte zeigen konnte, wie sehr sie ihn liebte.

Zu ihrer Enttäuschung ließ er sie nicht allzu lange verweilen, aber er machte es mehr als wett, als er sie hochhob, sie auf den Rücken auf sein Bett legte und ihr zwei der intensivsten Orgasmen bescherte, die sie je erlebt hatte. Dann machte er Liebe mit ihr … es gab keinen anderen Ausdruck für das, was sie taten. Er war zärtlich und sanft, und er sah ihr die ganze Zeit in die Augen, während er sich in ihr bewegte.

Ihr dritter Orgasmus war weniger intensiv als die beiden vorangegangenen, aber genauso überwältigend. Als er sich schließlich gehen ließ, konnte sie den Blick nicht von dem Pulsschlag an seinem Hals abwenden, als er den Kopf zurückwarf und während seines Orgasmus stöhnte.

Sie hatte gedacht, dass ihr Liebesspiel ein Wendepunkt sein würde, dass die Dinge wieder zur Normalität zurückkehren würden und er seinen Beschützerinstinkt ein wenig lockern würde. Aber sie hatte sich geirrt.

Jetzt war Gillian hin- und hergerissen. Während sie die Tatsache liebte, dass er so besorgt war, weigerte er sich, sie irgendwo alleine hingehen zu lassen. Sie hatte schnell das Gefühl, dass sie ihre Unabhängigkeit verlor.

Ann, Wendy und Clarissa hatten sie einmal besucht und Walker war erst gegangen, als ihre Freundinnen versprochen hatten, sie nicht allein zu lassen. Natürlich hatten ihre

Freundinnen das romantisch und süß gefunden, aber Gillian wurde langsam frustriert.

Ja, sie war entführt und unter Drogen gesetzt worden.

Ja, sie war immer noch verängstigt wegen der ganzen Sache.

Aber das bedeutete nicht, dass sie sich plötzlich in eine Fünfjährige verwandelt hatte, die ständig beaufsichtigt werden musste.

Im Laufe der ersten Woche wurde Gillian immer gereizter. Walker war zu beschützend. Es war erdrückend und obwohl sie wusste, dass er sie liebte und sie deshalb nur ungern aus den Augen ließ, musste das aufhören.

Seine letzte Entscheidung war der Tropfen, der das Fass zum Überlaufen brachte. Er hatte zufällig gehört, wie sie mit der Tochter der Howards sprach und ihr versicherte, dass die Party am kommenden Wochenende wie geplant stattfinden würde. Kaum hatte sie aufgelegt, legte er los.

»Ich glaube nicht, dass es eine gute Idee ist, dass du dieses Wochenende nach Austin fährst.«

Gillian tat ihr Bestes, um ihr Temperament unter Kontrolle zu halten, bevor sie sich ihm zuwandte. »Walker, ich muss es tun. Damit verdiene ich meinen Lebensunterhalt. Ich habe fast drei Monate lang auf diese Party hingearbeitet. Ich lasse sie mir nicht entgehen.«

»Du hast die ganze Laufarbeit gemacht, es wird schon alles klappen, ob du nun dabei bist oder nicht«, sagte er in einem wahnsinnig ruhigen Ton.

»Du hast doch keine Ahnung«, entgegnete sie ein wenig schärfer, als sie beabsichtigt hatte. »Du warst im Zoo dabei. Du hast gesehen, was ich mache. Es gibt eine Million kleiner Details, um die man sich kümmern muss. Dinge gehen schief und jemand muss da sein, um alles wieder zu richten.«

»Du kannst jemanden einstellen, der das macht. Du solltest wahrscheinlich sowieso eine Assistentin einstellen«, schlug Walker vor.

»Ist das jetzt dein Ernst?«, fragte sie und stemmte die Hände in die Hüften.

»Ja. Das ist es. *Du* kannst doch nicht ernsthaft in Erwägung ziehen, schon wieder nach Austin zu fahren? Dein Gesicht ist immer noch geprellt und du wurdest vor etwas mehr als einer Woche entführt. Wie kommst du darauf, dass es eine gute Idee ist, dorthin zurückzufahren?«

Gillian hatte ihre Frustration ein paar Tage lang zurückgehalten, doch jetzt konnte sie es nicht mehr tun. »Ich liebe dich, Walker. Das tue ich wirklich. Aber ich kann nicht die Art von Frau sein, die fröhlich zu Hause sitzt und darauf wartet, dass ihr Mann vom Einsatz zurückkommt. Ich muss arbeiten. Ich liebe, was ich tue. Ich dachte, du verstehst das.«

»Das tue ich«, entgegnete er ohne Zögern und trat auf sie zu.

Gillian war nicht bereit, sich beschwichtigen zu lassen, also wich sie zurück, damit er sie nicht berühren konnte. Sie wussten beide, dass das ihre Schwäche war. Wenn er seine Hände auf sie legte, schmolz sie wie Butter in der Sonne.

Walker richtete sich auf und presste die Lippen zusammen, bevor er wieder sprach. »Gut. Wir haben bisher noch nicht darüber geredet, also können wir es ebenso gut jetzt tun. Als ich merkte, dass du vermisst wurdest, war das der schlimmste Tag meines Lebens. Schlimmer als jede Mission, an der ich jemals teilgenommen habe. Meine Welt stand still. Ich wusste nicht, was ich tun sollte oder wo ich überhaupt anfangen sollte, nach dir zu suchen. Noch schlimmer war die Tatsache, dass du schon seit ein paar Stunden vermisst wurdest. Ich weiß besser als jeder andere, wie leicht es ist, jemanden zu töten. Du hättest schon tot sein können, bevor ich wusste, dass du vermisst wirst. Ich war nicht für dich da, als ich dir versprochen hatte, dich in Sicherheit zu bringen, und das hat mich fast vernichtet.«

Gillians Abwehr begannen zu bröckeln, als sie den Beweis für seinen Liebeskummer hörte. »Walker«, flüsterte sie.

Er schüttelte den Kopf und sprach weiter, bevor sie fortfahren konnte.

»Wir hatten alles getan, was wir konnten, und es war nicht genug. Das FBI hatte keine Ahnung, wo du sein könntest, die Überwachungskameras hatten nichts aufgezeichnet. Dein Handy, deine Handtasche und dein Wagen befanden sich noch im Parkhaus. Wir hatten buchstäblich keine Anhaltspunkte. *Nichts.* Soweit wir wussten, hättest du schon in Mexiko sein können. Dann, wie durch ein Wunder, bekamen wir den Anruf, dass du lebend gefunden wurdest. In dem Moment fing mein Herz wieder an zu schlagen und ich schwor mir, dich *nie wieder* im Stich zu lassen.«

»Du hast mich nicht im Stich gelassen«, beharrte Gillian. »Es gab nichts, was du hättest tun können. Walker, ich könnte mich verletzen oder sterben, wenn ich nur die Straße vor deiner Wohnung entlanggehe. Oder auf dem Weg zum Lebensmittelladen. Oder ich könnte einen Herzinfarkt bekommen.«

»Kannst du bitte aufhören, über deinen Tod zu reden?«, flehte er. »Ich kann es nicht ertragen. Nicht, wenn du da stehst mit den blauen Flecken im Gesicht und mich nicht an dich ranlässt.«

»Okay, Walker.«

»Ich bin mir nicht sicher, ob dir klar ist, was für ein Wunder es ist, dass du jetzt vor mir stehst. Jeden Tag verschwinden Hunderte von Menschen und werden nie wieder gesehen. Und nach allem, was Agent Tucker herausgefunden hat und was ich und das Team auch vermuten, wurdest du von dem Sinaloa-Kartell entführt. Das skrupelloseste und gefährlichste Drogenkartell, das die Welt je gesehen hat. Auf Geheiß des Anführers hin wurde sogar ein Flugzeug entführt, um sich an einer rivalisierenden Drogenbande zu rächen.

Du wurdest nicht nur am Leben gelassen, sondern du wurdest auch nicht sexuell missbraucht, dir wurden keine Knochen gebrochen, ich habe keine Körperteile mit der Post erhalten und auch keine Drohungen, dass noch Schlimmeres passieren würde, wenn ich nicht tue, was von mir verlangt wird. Du solltest jetzt *nicht* vor mir stehen. Es macht keinen Sinn. Überhaupt keinen.

Ich weiß, ich war überheblich und ein Arsch während der letzten Woche, aber das ist so, weil ich dich so verdammt liebe, und der Gedanke, dass jemand merkt, dass er einen Fehler begangen hat und du nicht hättest freigelassen werden sollen, und der dich dann erneut entführt, macht mich absolut verrückt. Ich kann das nicht noch einmal durchmachen. Das kann ich nicht! Es ist unfair für dich und es lässt mich wie einen herrschsüchtigen Freund aussehen, wenn ich keine zwei Minuten von deiner Seite weichen kann, ohne dafür zu sorgen, dass jemand auf dich aufpasst, aber ich *kann* wirklich nichts anderes tun.

Ich werde mich bessern, ich verspreche es. Aber ich will doch nur, dass du in Sicherheit bist. Ich will dich heiraten. Eine Familie gründen. Mit dir alt werden. Ich weiß, dass du unabhängig bist. Ich liebe es, dass du dein eigenes Leben hast, dass du mich nicht brauchst, um glücklich zu sein. Wenn du mich nicht mehr lieben und daraufhin verlassen würdest, wäre das schlimm, aber es wäre okay, weil ich wüsste, dass du lebst und es dir gut geht. Aber wenn du getötet würdest, könnte ich nicht überleben.

Du bist dazu bestimmt, mir zu gehören, Gillian. Ich brauche dich wie die Luft zum Atmen. Du hast mein Leben in so kurzer Zeit so sehr verändert, es ist fast unglaublich.

Früher habe ich für die Armee gelebt. Für meine Teamkameraden. Aber jetzt lebe ich für *dich*. Jetzt, wo ich erfahren habe, wie mein Leben mit dir sein kann, kann ich nicht mehr zurück. Bitte sag mir, dass du das verstehst.«

Gillians Augen füllten sich mit Tränen. Sie hatte gewusst, dass Walker angespannt war und sich Sorgen um sie machte, aber sie hatte nicht erkannt, in welchem Ausmaß. Sie machte einen Schritt auf ihn zu und bevor sie merkte, dass er sich bewegt hatte, lag sie in seinen Armen.

»Ich liebe dich, Walker. Ich verstehe dich, das tue ich wirklich. Ich sage nicht, dass ich allein nach Austin fahren will. Ich glaube nicht, dass ich jemals wieder allein dorthin gehen kann. Ich bin davon ausgegangen, dass *du* bei mir sein würdest.« Sie sah zu ihm auf. »Ich schwöre, ich werde vorsichtig sein. Ich werde mich nicht beschweren, wenn du während der Party jeden meiner Schritte verfolgst. Ich habe nur ... ich habe hart gearbeitet, um mein Geschäft aufzubauen. Wenn ich bei dieser Veranstaltung versage, wird es wehtun. Meine Kunden werden das Vertrauen in mich verlieren. Es spielt keine Rolle, dass ich möglicherweise von einem Drogenkartell entführt wurde; Menschen sind egoistisch. Sie wollen, was sie wollen. Sie mögen mir und dem, was passiert ist, wohlwollend gegenüberstehen, aber sie wollen trotzdem ihre Feier.«

»Ich will, dass der Rest des Teams auch dabei ist«, sagte Walker nach einem Moment.

Gillian nickte. »Damit habe ich kein Problem.«

»Und du darfst *nirgendwo* hingehen, ohne dass einer von uns dabei ist.«

»Sogar auf die Toilette?«, stichelte sie.

Walker verzog keine Miene. »Einer von uns wird sich umsehen, bevor du hineingehst, und niemand sonst darf dir folgen, während du da drin bist.«

Gillian holte tief Luft. Sie wollte protestieren. Walker

sagen, dass er paranoid sei. Aber dann erinnerte sie sich daran, wie verängstigt sie gewesen war, als sie aufgewacht war und festgestellt hatte, dass sie keine Ahnung hatte, was sie in einem Krankenwagen tat und warum sie so starke Schmerzen hatte. »Okay«, sagte sie daraufhin ernsthaft zu ihrem Freund.

Walker legte seine Hand an ihren Hinterkopf und zog sie an seine Schulter. »Okay«, flüsterte er ebenfalls.

So standen sie eine ganze Weile in seiner Küche und Gillian starrte aus dem Fenster, das zu seinem Balkon führte, und beobachtete die Vögel, die draußen von Baum zu Baum flogen.

Falke.

Abrupt zog sie sich zurück und sah zu Walker auf. »Falke!«, sagte sie eindringlich.

»Was?«

»Falke. Ich weiß nicht, was es bedeutet, aber es hat etwas mit meiner Entführung zu tun.«

Er hob eine Augenbraue, aber seine Miene verhärtete sich. »Bist du sicher?«

Gillian nickte. »Ja. Ich weiß nicht warum, aber … ja.«

Walker fuhr mit einer Hand über ihr Haar, dann strich er mit dem Handrücken über ihren heilenden Wangenknochen. »Ich bin stolz auf dich, Di. Du bist ganz und gar Wonder Woman.«

»Aber das macht keinen Sinn.«

Walker schüttelte den Kopf. »Das macht nichts. Ich werde Agent Tucker anrufen und ihm Bescheid sagen. Er kann nachforschen und sehen, ob er herausfinden kann, was es bedeutet.«

Gillian schloss die Augen und zwang ihr Gehirn, sich an etwas anderes zu erinnern.

Falke, Falke, Falke. Sie wiederholte das Wort wieder und wieder in ihrem Kopf.

Dann kam ihr ein anderes Wort in den Sinn.

»Salazar!«, platzte sie heraus.

Diesmal sah er schockiert aus.

»Was?«, fragte Gillian. »Wer ist das?«

»Alfredo Salazar ist der Kopf des Sinaloa-Kartells hier in Texas. Calum Branch, der DEA-Ermittler, mit dem du gesprochen hast, behauptet, die Zentrale der Organisation befindet sich direkt in Austin. Ich weiß nicht, warum du dich an diesen Namen erinnerst, aber wenn er derjenige war, der dich entführt hat oder entführen ließ, dann ist es umso *mehr* ein verdammtes Wunder, dass ich dich jetzt hier in meinem Arm halte.«

»Warum?«, fragte Gillian, nicht sicher, ob sie die Antwort hören wollte.

»Er ist rücksichtslos. Er hat als Teil einer Bande angefangen, als er noch zur Grundschule ging. Er tötete das erste Mal im Alter von zehn Jahren. Wer ihm in die Quere kommt, stirbt. Das ist allgemein bekannt. Es heißt, er kennt keine Gnade. Dass er seine eigene *Schwester* getötet hat, als er dachte, sie hätte das Kartell verraten.«

Gillians Augen weiteten sich mit jedem Wort von Walker.

»Ich muss Tucker anrufen«, sagte er.

Gillian nickte. »Ich weiß.«

»Vielleicht können Ghost und sein Team ebenfalls mit nach Austin kommen«, murmelte er.

So verängstigt Gillian auch war, das hielt sie für ein bisschen übertrieben. Vierzehn Männer, die ihr während einer Feier auf Schritt und Tritt folgen, wäre ein bisschen viel. Aber diesen Kampf würde sie später ausfechten. Vielleicht, wenn sie beide nach ein paar Orgasmen befriedigt waren.

»Walker?«

»Ja, Süße?«, fragte er verwirrt.

»Ich vertraue dir.«

Das erregte seine Aufmerksamkeit. Er hob eine Augenbraue.

»Wenn mir jemals wieder etwas passiert, vertraue ich darauf, dass du rechtzeitig da sein wirst. Du hast auch mein Leben verändert. Ich hatte immer das Gefühl, dass mir etwas fehlt, obwohl ich großartige Eltern, tolle Freundinnen und einen Job habe, den ich liebe. Jetzt weiß ich, dass du es warst. *Du* hast gefehlt.«

Er beugte sich hinunter und küsste sie sanft.

»Wir werden das durchstehen«, versicherte sie ihm. »Keiner von uns beiden ist es gewohnt, mit jemand anderem zusammenzuleben. Wenn man bedenkt, dass wir auf engem Raum zusammen sind, ich verletzt bin und du damit klarzukommen versuchst, dass du mir nicht helfen konntest ... dann werden wir uns zwangsläufig streiten. Danke, dass du mich weder ausgeschlossen hast noch weggelaufen bist. Es ist nicht leicht, über das zu reden, was uns belastet, aber ich weiß es zu schätzen, dass du genau das tust.«

»Ich bin schon sehr lange Junggeselle, aber nichts fühlt sich so richtig an, wie mit dir in meinen Armen aufzuwachen, Gilly. Ich kann nicht versprechen, immer fröhlich und gut gelaunt zu sein, aber ich verspreche, dass ich das, was mich bedrückt, nie an dir auslassen werde. Ich werde mein Bestes tun, um alles zu besprechen, bevor wir ins Bett gehen. Ich will niemals wütend zu Bett gehen.«

»Ich auch nicht. Und, Walker?«

»Ja, mein Schatz«, entgegnete er lächelnd.

»Mir ist nicht entgangen, dass deine Freunde im Laufe der Woche praktisch meine ganze Wohnung hierher verlegt haben.«

Er lächelte. »Es sollte auch kein Geheimnis sein.«

»Ich nehme an, du willst nicht, dass ich zurück nach Georgetown gehe, jetzt, wo es mir besser geht?«

»Auf keinen Fall«, sagte er sofort. »Und nicht nur, weil

ich mir Sorgen um deine Sicherheit mache. Ich mag es, wenn du nachts die Decke in Beschlag nimmst. Ich mag es, dir beim Zähneputzen in meinem Badezimmer zuzusehen ... *unserem* Badezimmer. Meine Bettwäsche und Handtücher riechen nach Heckenkirsche, und ich liebe das verdammt noch mal. Ich mag es, dir morgens Kaffee zu bringen, während du dich fertig machst, und ich liebe es, von dem, was ich gerade tue, aufzuschauen und dich zu beobachten. Ich liebe *dich*, Gillian.«

Sie schmolz praktisch in seinen Armen dahin. »Ich liebe dich auch, Walker.«

»Ist es okay, wenn du hier bei mir einziehst ... für immer?«

»Habe ich denn eine Wahl?«, fragte sie frech.

»Du hast immer eine Wahl«, entgegnete er, ohne auch nur das kleinste Lächeln zu zeigen. »Ich würde dich nie zu etwas zwingen, was du nicht willst.«

»Ich will mit dir zusammenleben«, versicherte sie ihm.

»Gut. Irgendwann werden wir uns eine größere Wohnung suchen. Wir sind hier eingepfercht wie die Sardinen. Es macht mir nichts aus, aber nach einer Weile könnte es ein bisschen viel werden. Ich hasse es, dich jetzt loszulassen, aber ich muss Tucker anrufen. Dass du dich an diese zwei kleinen Worte erinnerst, ist eine gute Sache. Es mag uns im Moment nichts bedeuten, aber die Tatsache, dass du stark genug bist, um gegen die Drogen anzukämpfen, die dein Erinnerungsvermögen beeinträchtigt haben, bestärkt mich nur in dem Gedanken, dass du tatsächlich eine verdammte Diana Prince bist.«

Und damit küsste Walker sie auf die Stirn und drehte sich um, um sein Telefon zu holen.

Gillian ließ ihm etwas Freiraum und ging ins Schlafzimmer. Sie brauchte sein Gespräch nicht zu hören. Sie hatte keine Ahnung, was die Worte *Falke* und *Salazar* bedeuteten, und sie konnte problemlos zugeben, dass sie es irgendwie auch nicht wissen *wollte*. Sie musste noch ein paar letzte Details für die Feier der Howards ausarbeiten und sie musste mit der Tochter sprechen und ihr versichern, dass sie am Samstagabend dabei sein würde.

»Es ist nicht viel«, sagte Gary Tucker zu Trigger.

»Ich weiß, aber ich wollte Sie so schnell wie möglich wissen lassen, dass Gillian sich an etwas erinnert hat.«

»Hmmm. In Ordnung, ich stimme Ihnen zu, was den Namen Salazar angeht. Obwohl es eher unwahrscheinlich ist, dass sie ihn tatsächlich persönlich getroffen hat. Er ist schwer zu fassen und lässt sich nicht auf Erpressungen und Entführungen ein.«

»Ich bin zwar kein Experte für Drogenbosse«, sagte Trigger, »aber ich vermute, dass er mehr involviert ist, als alle denken. Ich meine, ich weiß, dass es in solchen Organisationen eine Hierarchie gibt, aber müsste er nicht über alles Bescheid wissen, was passiert? Wer unter Beobachtung steht und warum?«

»Heilige Scheiße«, sagte Agent Tucker plötzlich.

»Was?«, fragte Trigger alarmiert.

»Warten Sie mal ... ich rufe Calum an. Als DEA-Mitarbeiter weiß er viel mehr über das Sinaloa-Kartell als ich.«

Trigger wartete ungeduldig, während der FBI-Agent den anderen Mann kontaktierte.

»Sind Sie in der Leitung, Branch?«, fragte Tucker nach etwa einer Minute.

»Ja«, antwortete der andere Mann.

»Trigger?«, fragte Tucker weiter.

»Auch hier«, bestätigte er.

»Gut, also Calum, Trigger hat angerufen, um mir zu

sagen, dass Gillian sich an zwei Dinge in Bezug auf ihre Entführung erinnert.«

»Das ist großartig«, sagte der DEA-Ermittler.

Trigger war froh, die Aufrichtigkeit in seiner Stimme zu hören.

»Das erste war der Name Salazar.«

Calum pfiff lange und tief.

»Ja. Trigger und ich unterhielten uns gerade über ihn, als mir etwas einfiel.«

»Und das wäre?«, fragte Calum.

»Wir haben darüber gesprochen, wie unwahrscheinlich es ist, dass Salazar selbst direkten Kontakt zu Miss Romano hatte. Ich habe Trigger gesagt, dass er die Entführungen und Morde eher den unteren Mitgliedern seiner Organisation überlässt.«

»Das ist wahrscheinlich wahr. Drogenbosse kümmern sich normalerweise nicht um solche Dinge. Sie haben gut ausgebildete und vertrauenswürdige Mitglieder in ihrer Organisation, die die Drecksarbeit erledigen.«

»Genau. Was uns zu der anderen Sache bringt, an die Gillian sich erinnert hat.«

»Und? Was war das?«, fragte Calum, als Gary zögerte.

»Sie erinnert sich an das Wort *Falke*.«

»Wow. Okay, das macht Sinn. Ich wünschte nur, wir würden den Zusammenhang kennen«, sagte Calum nach einem Moment.

»Würde mich einer von Ihnen bitte aufklären?«, forderte Trigger ungeduldig. Er hatte keine Ahnung, was das Wort *Falke* bedeuten könnte, aber offensichtlich hatte es irgendeine Bedeutung, basierend auf dem, was die beiden Männer sagten.

»Also, in Organisationen wie dem Sinaloa-Kartell gibt es verschiedene Ebenen von Akteuren«, erklärte Calum. »An der Spitze stehen Leute wie Salazar, die Drogenbosse. Sie sind diejenigen, die letztendlich das Sagen haben. Der Kopf der Schlange, wenn man so will. Ihnen unterstellt sind die engeren Mitarbeiter. Die Leute auf dieser Ebene stehen in direktem Kontakt mit dem Drogenboss und sind sehr vertrauenswürdig und wertvoll, da sie viele der Leute auf den unteren Ebenen in der Organisation überwachen. Als Nächstes kommen die Auftragskiller; ich denke, ihr Job ist selbsterklärend. Aber unter *denen* stehen die Mitglieder, die als *Falken* bekannt sind. Das ist die niedrigste Position in der Organisation und die meisten von ihnen arbeiten hart, um das Vertrauen und die Gunst der Auftragskiller und Mitarbeiter zu gewinnen, mit dem Ziel, eines Tages in der Hierarchie aufzusteigen.«

»Also, was bedeutet das Wort *Falke* in diesem Zusammenhang?«, fragte Trigger.

»Normalerweise würde ich sagen, wir sind uns nicht sicher. Es könnte sein, dass derjenige, der sie entführt hat, sich auf die eine oder andere Weise auf einen Falken bezogen hat. Oder es könnte bedeuten, dass sie einen Vogel über sich fliegen sah, nachdem sie entsorgt worden war, und ihr Gehirn hat einfach das Wort *Falke* heraufbeschworen.«

»Warum war Tucker dann so wild darauf, Sie zu diesem Gespräch hinzuzuziehen?«, wollte Walker wissen.

»Weil die Erinnerung an das Wort *Falke* für sich genommen nichts bedeutet. Aber in Verbindung mit dem Namen *Salazar* heißt es, dass sie sich definitiv in den Händen des Sinaloa-Kartells befunden hat. Es gab einen Grund, warum sie entführt wurde, aber es gab wahrscheinlich einen größeren Grund, warum sie relativ unverletzt freigelassen wurde ... was, das muss ich Ihnen nicht sagen, sehr, *sehr* selten ist. Ich kann die Leute an einer Hand abzählen, die nach ihrer Entführung aus den Fängen des Sinaloa-Kartells entkommen sind«, erklärte Calum.

»Von den Leuten, die Sie kennen, die entkommen sind ...

wie viele wurden vom Kartell wieder eingefangen?«, fragte Trigger.

»Niemand«, antworte Calum, ohne zu zögern. »Es gab nur eine Situation, bei der wir mit Sicherheit wissen, was passiert ist. Wir hatten einen UC – Entschuldigung, einen Undercover-Agenten – in das Kartell eingeschleust und er berichtete, dass die Auftragskiller jemanden entführt hatten, von dem sie dachten, er würde sie verpfeifen. Es stellte sich heraus, dass sie den falschen Mann geschnappt hatten. Sie trugen denselben Namen, aber der arme Trottel, der vor Salazar landete, war ein Typ, der zufällig zur falschen Zeit am falschen Ort war. Er wurde nach einer heftigen Tracht Prügel und einer Warnung, kein Wort über das zu verlieren, was ihm zugestoßen war, wieder entlassen. Der Kerl zog schließlich mit seiner Familie nach Kanada, wo er bis heute lebt.«

Trigger stieß einen langen Atemzug aus. »Was denken Sie also über all das in Bezug auf Gillian?«, fragte er. »Sagen Sie es mir direkt. Warum wurde sie entführt, wie hoch ist die Wahrscheinlichkeit, dass sie immer noch in Gefahr ist, und müssen wir für den Rest unseres Lebens auf der Hut sein? Muss ich einen Versetzungsantrag nach Alaska stellen?«

»Ehrlich gesagt bin ich mir nicht sicher, was ich denken soll«, sagte Calum und Trigger spannte sich erneut an. »Ich meine, der Umstand, dass sie unverletzt wieder freigelassen wurde, ist eine gute Sache.«

Trigger wollte das mit dem »unverletzt« bestreiten, ließ es aber bleiben.

»Aber nichts an dieser Sache ist normal. Die Entführung war eine extreme und gewagte Aktion und die Tatsache, dass wir immer noch nicht wissen, wer der siebente Entführer war, bedeutet, dass es eine Menge loser Enden gibt. Miss Romano spielte eine sehr aktive Rolle in dieser ganzen Angelegenheit, sie wurde aus allen Passagieren ausgewählt, um als Sprachrohr zwischen den Entführern und den Vermittlern zu fungieren. Sie war außerdem dabei, als die Entführer getötet wurden. Es könnte also sein, dass das Sinaloa-Kartell nur versucht hat herauszufinden, wer ihrer Meinung nach der andere Entführer sein könnte.«

»Wir fahren dieses Wochenende nach Austin zu einer Veranstaltung, die sie plant«, sagte Trigger zu den Männern.

»Halten Sie das für eine gute Idee?«, fragte Tucker.

»Nein«, entgegnete Trigger mit Nachdruck, »aber ich kann sie nicht ewig einsperren. Wenn sie mutig genug ist, wieder auf das Pferd zu steigen, nachdem sie abgeworfen wurde, dann werde ich an ihrer Seite sein. Ich und meine Freunde.«

Trigger wusste, dass die beiden Männer verstanden, was er sagte, als sie beide ihre Zustimmung murmelten. Sie wussten, dass er zur Delta Force gehörte und dass er auf sie aufpassen würde.

»Lassen Sie es uns wissen, falls Ihnen irgendetwas auffällt, das Ihnen komisch vorkommt«, bat der FBI-Agent.

»Das werde ich«, beruhigte Trigger sie.

»Danke, dass Sie uns mitgeteilt haben, woran Gillian sich erinnert hat«, fügte Calum hinzu. »Ich weiß, es scheint nicht viel zu sein, aber die Tatsache, dass sie sich überhaupt an etwas erinnert hat, ist verdammt erstaunlich.«

»Das habe ich ihr auch gesagt«, stimmte Trigger zu. »Wir bleiben in Kontakt.«

Die drei Männer legten auf und Trigger stand in seinem Wohnzimmer und starrte einen langen Moment nach draußen. In gewisser Weise gab ihm der Anruf ein besseres Gefühl, was Gillians Sicherheit anging, aber er war auch immer noch unruhig. Er dachte sich, dass er ihretwegen noch sehr lange nervös sein würde.

Als sie vermisst war und er festgestellt hatte, dass sie

absolut keinen Anhaltspunkt hatten, wo sie sein könnte, hatte er fast den Verstand verloren. Es kam nicht oft vor, dass er sich hilflos vorkam, und er hasste das Gefühl.

Am liebsten hätte er sie für immer in seiner Wohnung eingesperrt, aber er wusste, dass das nicht möglich war. Außerdem würde bei seinem Glück einer seiner Nachbarn einen Fettbrand auslösen und das verdammte Gebäude niederbrennen. Er hatte im Laufe seiner Karriere gelernt, dass manchmal der vermeintlich sicherste Ort tatsächlich der gefährlichste war.

Er musste Gillian fliegen lassen, aber das bedeutete nicht, dass er nicht da sein konnte, um sie aufzufangen, wenn sie fiel.

Er schaute auf sein Telefon und drückte auf eine Taste, um Lefty anzurufen. Er musste sein Team wissen lassen, dass sie am Samstag zu einer Party nach Austin fahren würden.

KAPITEL NEUNZEHN

Zufrieden sah Gillian sich im großen Ballsaal des Driskills um. Alles sah absolut perfekt aus und die Veranstaltung war bisher unglaublich reibungslos verlaufen. Sie war am frühen Nachmittag im Hotel eingetroffen, um sich davon zu überzeugen, dass alles nach ihren Vorstellungen angeordnet war. Sie hatte das einzige Kleid angezogen, das Walkers Teamkameraden aus ihrer Wohnung mitgebracht hatten; zum Glück war es schick und für die Veranstaltung angemessen. Das hellgrüne Kleid hatte sie mal auf einer Einkaufstour mit Ann erstanden. Ihre Freundin hatte behauptet, es würde die Farbe ihrer Augen betonen, und in einem Moment der Schwäche hatte Gillian es gekauft.

Als sie damit aus dem Schlafzimmer kam, dachte sie eine Sekunde lang, Walker würde sie über das Sofa beugen und sie auf der Stelle nehmen. Sie hätte sich nicht dagegen gesträubt, obwohl das bedeutet hätte, dass sie zu spät ins Hotel gekommen wäre.

Stattdessen hatte er sich zurückgehalten und ihr ins Ohr geflüstert, dass er sie später am Abend so hart vögeln würde, dass sie ihn noch mindestens eine Woche lang in sich spüren würde.

Gillians Knie waren schwach geworden, aber sie hatte nur erwidert, dass sie es nicht erwarten könnte.

Walker war ihr durch das Hotel gefolgt, als sie sich mit den verschiedenen Mitarbeitern traf, um sicherzustellen, dass alles für die Party bereit war. Er war nicht aufdringlich gewesen und hatte sich stets an die Seite gestellt, aber er ließ sie nicht aus den Augen. Mehrere Leute hatten sie nach ihm und seinen Freunden gefragt, und sie hatte sie als Sicherheitspersonal abgetan. Er und seine Teamkameraden sahen in ihren dunklen Anzügen wie Models aus. Keiner von ihnen trug eine Krawatte, aber ihre weißen Hemden unter den schwarzen Anzügen ließen sie aussehen, als kämen sie direkt vom Set von *Men in Black* oder so. Sie hatte ein paar komische Blicke in Bezug auf ihre Erklärung geerntet, aber niemand hatte sie weiter befragt.

Lefty und Brain hatten die Gästeliste studiert, die sie von der Tochter der Howards erhalten hatte, hatten jedoch keine Namen gefunden, die Anlass zur Sorge gegeben hätten. Vor zwei Stunden war das Paar des Abends zu einem intimen Abendessen für zwei Personen eingetroffen, das die Tochter arrangiert hatte, und war angenehm überrascht von der großen Feier, die ihnen zu Ehren veranstaltet wurde.

Die Torten waren gut angekommen und innerhalb einer Stunde verschlungen. An der Bar wurden kostenlose Getränke ausgeschenkt und der DJ legte Musik auf, die jeder, egal welchen Alters, zu schätzen wusste und zu der man tanzen konnte.

Insgesamt war der Abend ein Erfolg gewesen und Gillian war erleichtert, dass er endlich zu Ende ging.

»Miss Romano?«, sagte eine Mitarbeiterin des Driskills hinter ihr.

Gillian drehte sich um. »Ja?«

»Ähm ... es gab ein Problem mit der Kreditkarte, mit der das Zimmer der Howards für diese Nacht bezahlt wurde.«

»Oh, ich bin sicher, es ist nur ein Missverständnis. Ich kümmere mich darum und regele das später mit meinem Kunden. Walker«, sagte Gillian und drehte sich zu ihm um, »ich bin gleich wieder da. Ich gehe nur schnell zur Rezeption.«

»Ich komme mit«, sagte Walker.

Gillian wollte mit den Augen rollen und darauf bestehen, dass sie es wahrscheinlich auch ohne ihn zur Rezeption und zurück schaffen würde, aber da es ihr wirklich nichts ausmachte, nickte sie einfach.

Sie folgte dem Angestellten durch das Gedränge im Ballsaal und hinaus auf einen Flur. Das Hotel war schon älter und die Flure waren eng. Da so viele Menschen anwesend waren und es ein Samstagabend war, hatte man das Gefühl, dass sie sich den Weg zur Rezeption erkämpfen mussten.

Das Personal an der Rezeption war überlastet mit all den Leuten, die eincheckten und dieses oder jenes brauchten, also übergab sie ihre Karte an die Angestellte und stellte sich an die Seite, um auf deren Rückkehr zu warten. Walker stand auf der anderen Seite des Raumes an der Wand. Sie fing seinen Blick auf und lächelte, und es gefiel ihr, wie sich sein Gesicht aufhellte, während er sie betrachtete.

Bei einem Tumult am anderen Ende der Eingangshalle ließ er den Kopf herumschnellen, und Gillian schaute ebenfalls in diese Richtung. Ein Mann und eine Frau schrien sich an und der Mann streckte die Hand aus und stieß gegen die Schulter der Frau. Gillian beobachtete, wie Walker sich von der Wand abstieß und auf das Paar zuging.

Natürlich würde er das tun. Auf keinen Fall würde er danebenstehen und zusehen, wie jemand eine Frau angreift.

»Gillian!«

Als sie ihren Namen hörte, drehte Gillian den Kopf – und starrte auf die Person, die dort stand.

Es war Andrea. Und sie sah absolut furchtbar aus.

Sie hatte Make-up aufgelegt, aber es konnte die tiefen Blutergüsse in ihrem Gesicht nicht verbergen. Ein Arm steckte in einer Schlinge und die Hand war außerdem verbunden.

»Heilige Scheiße, Andrea, bist du in Ordnung?«, fragte Gillian und eilte zu der Frau hinüber, die sie seit ihrer Rettung in Venezuela nicht mehr gesehen hatte.

Andrea schnitt eine Grimasse und nickte. Dann zuckte sie bei der Bewegung zusammen.

»Was ist passiert?«

»Ich musste kommen, um dich zu warnen. Ich wusste nicht, wo du wohnst, aber ich habe mich daran erinnert, dass du von dieser Party gesprochen hast, als wir uns geschrieben haben. Das Kartell hat mich in seine Hände bekommen und wollte alles über die Flugzeugentführung wissen. Die Leute sagten, sie würden auch hinter dir her sein.«

»Mich haben sie auch erwischt«, gab Gillian zu.

Andreas Augen weiteten sich. »Wirklich?«

»Ja.«

Andrea schien auf ihren Füßen zu schwanken. »Oh scheiße, ich fühle mich nicht so gut«, stöhnte sie.

»Komm, wir suchen dir einen Platz zum Sitzen«, sagte Gillian und legte ihren Arm um die Taille der anderen Frau.

»Ich hätte nicht kommen sollen. Ich habe einen Platz ganz vorne auf dem Parkplatz gefunden. Kannst du das glauben? Hilf mir einfach, zu meinem Wagen zu gelangen, dann bin ich dir nicht mehr im Weg.«

»Solltest du denn fahren?«, fragte Gillian besorgt, als

Andrea sie in einen der vielen Gänge abseits der Eingangs-halle lenkte.

»Wahrscheinlich nicht, aber ich musste zu dir kommen. Ich wollte am Telefon nichts sagen, falls sie zuhören.«

Gillian schaute zurück in die Eingangshalle zu Walker. Sie wollte sich vergewissern, dass er sah, wohin sie ging, aber er war damit beschäftigt, den betrunkenen Mann am anderen Ende des großen Raumes zu beruhigen. Die Frau war keine Hilfe in dieser Situation, da sie immer wieder versuchte, ihren Mann oder Freund oder wer auch immer er war zu schlagen.

Da sie dachte, dass sie nur ein oder zwei Minuten weg sein würde und Walker nicht einmal merken würde, dass sie fehlte, half Gillian Andrea, den Flur entlang zum Ausgang zu humpeln. Sie gingen nach draußen und Andrea zeigte auf das Ende einer Reihe von Fahrzeugen. »Es ist in der ersten Reihe, ganz am Ende«, sagte sie.

»Es tut mir so leid, dass dir das passiert ist«, sagte Gillian.

»Mir auch«, stimmte Andrea zu.

Als sie zu ihrem Wagen kamen, hielt Gillian ihren Arm um Andreas Taille, während sie sie zur Tür führte. »Gib mir deine Handtasche, ich schließe dir die Tür auf.«

»Danke.«

Gillian ließ sie los und kramte in der kleinen Handta-sche nach dem Schlüssel.

Sie hatte gerade den Wagen geöffnet, als sie spürte, wie etwas in ihre Seite stieß.

»Steig ein«, sagte Andrea in einem Ton, den Gillian noch nie von ihr gehört hatte.

Sie blickte verwirrt nach unten – und war schockiert, als sie eine Waffe in Andreas Hand bemerkte. Sie presste sie gegen ihre Seite, sodass es beinahe schmerzhaft war.

Es dauerte eine Sekunde, bis Gillian begriff, was vor sich ging. »Was?«, fragte sie ungläubig.

»Steig in den Wagen«, wiederholte Andrea. »Tu es oder ich schieße dir ein Loch in die Seite.«

»Warum tust du das? Haben sie dich dazu angestiftet?«

»Sie? Das Kartell? Scheiß auf sie! Ich habe alles getan, was sie wollten. Und wofür? Für nichts, das ist es! Ich habe Luis bedrängt, sich freiwillig für den Job in Costa Rica zu melden. Salazar versprach uns, es wäre ein Kinderspiel. Sinaloa-Anhänger würden Waffen ins Flugzeug schmuggeln und es wäre leicht, es zu übernehmen. Und das war es auch. Dieses Arschloch Lamas wurde getötet, genau wie wir es geplant hatten ... aber dann hast du alles vermasselt.«

Gillian versuchte immer noch zu begreifen, was sie da hörte. »Luis? Der Entführer? Du kanntest ihn?«

»Er war mein Mann«, fauchte Andrea.

»Aber ... ihr habt unterschiedliche Nachnamen.«

»Was gar nichts bedeutet. Es war nicht schwer, gefälschte Papiere zu bekommen. Darf ich mich richtig vorstellen – ich heiße Andrea Vilchez, nicht Vilmer. Luis Vilchez war mein Mann. Die Liebe meines Lebens. Und du hast ihn umbringen lassen.«

In Gillians Kopf drehte sich alles. »Ich?«

»Ja, du Miststück. Wir waren frei, saßen fast im Fluchtflugzeug. Wir wären abgehauen und unerkannt zurück nach Mexiko geflogen, und wir wären alle von unseren Positionen als Lakai im Kartell befördert worden. Aber nein, du musstest Alberto ein Bein stellen. Ich weiß nicht, warum das Arschloch vom Plan abwich und dich mitnehmen wollte. Dann bist du gestolpert und hast diesen Arschlöchern die Chance gegeben, meinen Luis zu erschießen. Du hast alles ruiniert!«

»Aber –«

»Steig in den Wagen, Gillian, und ich werde deinen Tod

so schmerzlos wie möglich machen. Wenn nicht, schieße ich dir in den Bauch, dann verblutest du schön langsam. Dann gehe ich rein und erschieße die Gäste auf deiner kostbaren Party. Das Arschloch, das Luis getötet hat, hebe ich mir für den Schluss auf. Bevor ich ihn töte, werde ich jedoch dafür sorgen, dass er genau weiß, dass sein Tod deine Schuld ist.«

Gillian war keine Närrin. Nie im Leben könnte Andrea Walker töten. Und schon gar nicht in ihrem Zustand.

Sie war dumm gewesen, das Hotel zu verlassen, auch wenn sie Andrea für eine Freundin gehalten hatte. Aber auf keinen Fall wollte Gillian in diesen Wagen steigen. Wenn sie das tat, würde sie einen schrecklichen, schmerzhaften Tod sterben, egal was Andrea versprach, dessen war sie sich sicher.

Und plötzlich schoss ihr ein Satz durch den Kopf.

Verdammte Schlampen und ihr Drama.

Gillian wusste, dass sie das während ihrer zweiten Entführung gehört hatte.

»Du hast Salazar gesagt, dass ich mehr weiß, als es tatsächlich der Fall ist, stimmt's?«, fragte sie.

Andrea grinste. »Natürlich habe ich das. Und er hat genau das getan, was ich wollte – er hat deine Entführung genehmigt.« Ihr Gesicht verzerrte sich vor Wut. »Aber dann musstest du ihm weismachen, du wüsstest einen Scheißdreck!«

»Ich habe tatsächlich nichts gewusst«, beharrte Gillian.

»Er sollte dich fertigmachen. Ein paar Finger abschneiden. Dich foltern, so wie ich jeden Tag gefoltert werde, seit mein Luis erschossen wurde«, zischte Andrea.

»Ist es das, was mit dir passiert ist?«, fragte Gillian und sah auf Andreas bandagierte Hand hinunter.

»Es hat ihm nicht gefallen, dass ich gelogen habe«, sagte Andrea in einem viel zu ruhigen Ton. »Er sagte, er wolle ein

Exempel an mir statuieren. Schnitt mir drei Finger ab und schlug mich zusammen. Dann hat er mich in den Keller eines seiner Verstecke geworfen. Er hoffte, ich würde verbluten, aber als das nicht geschah, schickte er am nächsten Tag einen anderen Falken, einen verdammten Neuling, um zu beenden, was er angefangen hatte. Ich sollte ihr erster Mord sein. Aber ich habe es da raus geschafft, verdammt. Ich habe mich während der ganzen letzten Woche versteckt und nur auf heute Abend gewartet und auf die Chance, mich zu rächen.«

Gillian wollte Mitleid empfinden, dass Andrea so übel zugerichtet worden war, aber sie konnte es nicht. Nicht, wenn sie kurz davor war, sie zu töten.

Dann fiel Gillian noch etwas ein – und sie fühlte sich wie der leichtgläubigste Mensch überhaupt. »Luis hat dich in diesem Flugzeug nicht missbraucht«, sagte sie fast emotionslos.

Andrea grinste wieder. »Natürlich nicht. Ich habe ihm gern einen geblasen. Und es war fantastisch.«

Gillian wurde übel und sie schüttelte den Kopf. »Ich komme nicht mit«, sagte sie zu Andrea.

»Doch, das wirst du. Steig ein«, forderte Andrea.

»Nein«, erwiderte Gillian und trat einen Schritt zurück. Sie hatte keine Ahnung, wie viele Minuten vergangen waren, aber Walker musste gemerkt haben, dass sie nicht mehr an der Rezeption stand. Er würde sie finden. Sie musste ihm nur genügend Zeit geben.

Andrea hob die Waffe und richtete sie genau zwischen Gillians Augen. »Steig. In. Den. Wagen.«

Gillian war es leid, Angst zu haben. Müde, in den Lauf einer Waffe zu schauen.

Sie hatte keine Ahnung, was über sie gekommen war – aber sie war es leid, ein Opfer zu sein.

»Ich habe um dich geweint«, sagte Gillian in einem stählernen Ton. »Ich habe mich schrecklich gefühlt, dass du in diesem Flugzeug so schlecht behandelt wurdest ... oder zumindest dachte ich, dass du schlecht behandelt wurdest. Ich habe sogar mit den anderen Passagieren darüber gesprochen, etwas zu tun, um dir zu helfen. Und die ganze Zeit über hast du wahrscheinlich über uns gelacht. Die Passagiere, die getötet wurden, waren dir völlig egal. Du hast diese Ungeheuer die ganze Zeit unterstützt. Ich habe im Moment mehr Respekt vor Alfredo Salazar als vor dir.«

Andrea zuckte nicht einmal. »Ich schere mich um niemanden außer um mich selbst. Ich habe Luis geliebt, aber jetzt ist er weg. Deinetwegen. Letzte Chance. Steig in den verdammten Wagen!«

Gillian starrte in die Augen einer Frau, die sie zu kennen geglaubt hatte. Eine Frau, die das traumatischste Ereignis in Gillians Leben miterlebt hatte.

Andrea war nicht die, für die sie sie gehalten hatte. Sie war eine kaltblütige Mörderin.

In dem Moment, in dem sie einen Schrei von rechts hörte, bewegte Gillian sich.

Anstatt nach der Waffe zu greifen, die zwischen ihre Augen gerichtet war, schwang sie ihre Faust und schlug so fest sie konnte auf die bandagierte Hand von Andrea.

Die Waffe in Andreas Hand ging los und Gillian spürte umgehend ein Brennen in ihrem Oberarm. Sie fiel zu Boden, als etwas über ihren Kopf hinweg flog. Sie sah einen schwarzen Blitz, und dann zog jemand sie nach hinten und warf sich über sie.

Gillian zappelte unter dem schweren Gewicht und tat ihr Bestes, um sich zu wehren.

»Ganz ruhig, Gillian, ich bin's«, sagte Lefty in ihr Ohr.

Sie hörte sofort auf zu kämpfen und ergriff stattdessen seinen Ärmel mit der Hand an dem Arm, der nicht schmerzte.

»Gib ihm nur eine Sekunde, dann verschwinden wir von hier«, sagte Lefty.

Seine Worte ergaben nicht viel Sinn, aber Gillian blieb ruhig und vertraute ihm.

Trigger ärgerte sich mehr über das streitende Paar in der Eingangshalle als alles andere. Er schritt ein, als der Mann seine Freundin schubste, aber die Frau wich nicht zurück, selbst nachdem ihr Mann überwältigt worden war. Es dauerte viel zu lange, bis der Sicherheitsdienst des Hotels eintraf, das Paar trennte und die Polizei rief, um alles zu klären.

Es waren eigentlich nur Minuten gewesen, aber es kam ihm länger vor, als Trigger dorthin zurückblickte, wo er Gillian zuletzt gesehen hatte, nur um festzustellen, dass der Platz neben der Rezeption leer war.

Zum zweiten Mal in diesem Monat hörte sein Herz auf, in seiner Brust zu schlagen.

»Wo ist Gillian?«, fragte er Lefty, als sein Freund neben ihm auftauchte.

Innerhalb weniger Augenblicke hatte sich sein gesamtes Team in der Eingangshalle versammelt und versuchte herauszufinden, wo sie hingegangen sein könnte.

Es dauerte nicht lange, bis einer der weiblichen Gäste, die sich in der Empfangshalle tummelten, ihnen erzählte, dass sie eine Frau in einem knielangen grünen Kleid gesehen hatte. Sie hatte den Arm um eine andere Frau gelegt, die aussah, als wäre sie vor Kurzem zusammengeschlagen worden, und war mit ihr in einem Gang in Richtung einer Hintertür verschwunden.

Trigger hatte keine Ahnung, wer die Frau war, aber die Haare in seinem Nacken stellten sich auf. Er hatte noch nie seine Instinkte ignoriert und hatte nicht vor, jetzt damit anzufangen.

Er und der Rest seines Teams gingen den Korridor entlang. Sie konnten ihre Waffen nicht ziehen, nicht inmitten eines überfüllten Hotels, aber sie waren auch ohne sie genauso tödlich.

In der Sekunde, in der sie das Hotel verließen und den Parkplatz an der Rückseite des Gebäudes betraten, entdeckte Trigger Gillian. Sie und eine andere Frau standen mit dem Gesicht zueinander an der äußersten linken Seite der ersten Reihe von Fahrzeugen. Es sah so aus, als würden sie sich einfach nur unterhalten, was das Gefühl der Angst in seinem Magen etwas löste.

Aber dann hob die mysteriöse Frau eine Waffe und richtete sie auf Gillians Gesicht.

Trigger war in Bewegung, bevor er überhaupt denken konnte.

Sein Team war gut trainiert und die anderen schwärmten sofort aus. Doc, Oz und Lucky eilten auf die rechte Seite, um hinter Gillian und der Frau aufzutauchen, und Lefty, Grover und Brain folgten Trigger.

Er konnte nicht hören, was gesagt wurde, aber das spielte keine Rolle. Keiner richtete eine Waffe auf seine Frau. *Niemand, verdammt.*

Als er näher kam, hörte er die andere Frau sagen: »Letzte Chance. Steig in den verdammten Wagen!«

Er öffnete den Mund und stieß ein gewaltiges Brüllen aus, von dem er hoffte, dass es die Frau schockieren würde, damit sie sich umdrehte und ihn ansah. Gillian schien sich zur gleichen Zeit zu bewegen. Er sah nicht, was sie tat, aber die andere Frau schrie und ein Schuss ertönte in der stillen texanischen Nacht.

Trigger sprang über die nun geduckte Gillian und packte die Frau. Sie fiel nach hinten und ihr Kopf schlug mit einem lauten Knall auf dem Bürgersteig auf. Er wollte sich umdrehen und nach Gillian sehen, aber er vertraute darauf, dass sein Team sie in Sicherheit bringen und erste Hilfe leisten würde, falls nötig.

Das Geräusch des Schusses hallte noch in seinen Ohren, aber Adrenalin schoss Trigger durch die Adern, als er die Frau unter sich bändigte. Sie zappelte schwach in seinem Griff und als er in ihr geschundenes und misshandeltes Gesicht hinunterblickte, erkannte er sie wieder.

»Andrea Vilmer?«, fragte er schockiert.

»Ich heiße *Vilchez*«, zischte sie und versuchte, ihm ins Gesicht zu spucken.

Da machte es klick. Sie war die siebente Entführerin.

Vilchez war Luis' Nachname und sie war offensichtlich mit ihm verwandt. Schwester, Ehefrau ... es spielte keine Rolle.

Blut sickerte durch den Verband an ihrer Hand und Trigger verschwendete nur einen kurzen Gedanken daran, was mit ihr passiert sein könnte. Es war ihm wichtiger, dafür zu sorgen, dass sie nie wieder die Chance bekam, Gillian zu verletzen. Sie hatte genug getan. Mehr als genug.

Er richtete sie auf und fesselte ihre Hände mit einem Kabelbinder auf dem Rücken. Er hatte das Gefühl, dass Gillian sich später über ihn lustig machen würde, weil er die verdammten Dinger bei sich trug, aber er hatte auf einer Mission auf die harte Tour gelernt, dass es besser war, immer eine Möglichkeit zu haben, den Feind zu sichern.

Erst dann sah er wieder zu Gillian. Lefty lag auf ihr und schaute zu ihm zurück. Lucky und Doc tauchten neben Trigger auf und er überließ ihnen sofort die Kontrolle über die fauchende Frau, die er überwältigt hatte.

»Die Polizei ist auf dem Weg. Und Brain ruft Branch und Tucker an«, erklärte Lucky ihm.

Trigger hörte die Worte seines Freundes, aber er konnte

den Blick nicht von Gillian abwenden, als Lefty sich langsam von ihr entfernte.

Blut. Es befleckte den Boden unter ihr, aber er konnte nicht sagen, woher es kam. Mit dem Gefühl, sich wie in Zeitlupe zu bewegen, ging er auf sie zu. Gillian blinzelte. Dann blinzelte sie erneut. Aber dieses Mal dauerte es etwas länger, bis sie die Augen wieder öffnete.

Alles in Triggers Welt blieb stehen. »Nein«, sagte er in einem erstickten Flüsterton, als er neben Gillian auf die Knie ging.

»Es tut mir leid«, entgegnete sie so leise, dass er sie kaum verstehen konnte. »Ich hätte die Eingangshalle nicht mit ihr verlassen sollen.«

»Nicht reden«, befahl er. Er war zu Tode erschrocken und jegliches medizinische Wissen, das er besaß, war aus seinem Kopf verschwunden. Das war seine Frau, die da blutend lag, und ihm fiel nichts ein, was er dagegen tun konnte.

»Es ist Andrea.«

»Ich weiß«, sagte er. »Bitte, nicht reden.«

Ihre Augen schlossen sich wieder. »Salazar hat sie verprügelt, weil sie gelogen und ihm gesagt hat, ich wüsste, wer sie ist, und würde die Behörden informieren.«

»Verlass mich nicht«, flehte Trigger sie an. »Ich kann ohne dich nicht leben.«

Ihre Augen öffneten sich wieder und sie blickte verwirrt zu ihm auf.

»Spar deine Kräfte. Der Krankenwagen wird jeden Moment hier sein. Halte einfach durch.«

»Walker –«, begann sie und runzelte die Stirn.

»*Schhh*«, befahl er.

»Ich sterbe nicht, Walker«, stellte sie fest.

Er betrachtete das Blut unter ihr und presste die Lippen zusammen.

»Wirklich nicht«, beharrte sie. »Mein Arm tut höllisch weh und ich glaube, Lefty hat mir die ganze Luft aus dem Körper gepresst, als er mich gedeckt hat, um mich vor verirrten Kugeln zu schützen, aber ich sterbe nicht. Zumindest glaube ich das.«

Trigger blinzelte, holte tief Luft – und alles wurde plötzlich klar. Das Blut unter ihr war nur auf einer Seite. Ihre Pupillen reagierten auf Licht und ihre Atmung war ein wenig schnell, aber gleichmäßig.

»Scheiße«, sagte er und setzte sich auf seine Fersen zurück. »Scheiße, scheiße, *scheiße*!«

Er hörte Lefty und Grover neben sich lachen.

»Scheiße, Mann, hast du ernsthaft gedacht, sie stirbt?«, fragte Lefty.

»Halt die Klappe«, grummelte Trigger.

»Das hast du tatsächlich«, prustete Grover. »Hey Leute, Trigger hat ein bisschen Blut gesehen und ist ausgeflippt.«

Er blendete die Sticheleien seines Teams aus, als er spürte, wie Gillian seinen Arm berührte. Er lehnte sich sofort näher heran und ergriff ihre Hand.

»Mir geht's gut«, versicherte sie ihm leise.

Trigger nickte. »Jetzt, wo ich klar denken kann, sieht es so aus, als wäre es nur ein Streifschuss. Aber du kommst trotzdem ins Krankenhaus«, sagte er streng.

»Okay, aber nur so lange, bis die Wunde genäht wurde. Ich bin erschöpft. Ich habe mir heute den Arsch aufgerissen und du hast versprochen, schmutzige Dinge mit mir zu machen, sobald wir zu Hause sind.«

Er stieß ein Lachen aus und schloss die Augen, während er den Kopf schüttelte. Als er sie wieder öffnete, sah er Tränen in Gillians Augen. »Das mit Andrea tut mir leid.«

»Mir auch«, stimmte sie zu.

Trigger wusste, dass Gillian einige schwere Tage vor sich haben würde. Sie hatten beide gewusst, dass der siebente

SUSAN STOKER

Entführer einer der Passagiere war, aber von jemandem verraten zu werden, die sie für ihre Freundin hielt, musste wehtun. Er würde alles tun, was nötig war, um den Schmerz und den Verrat aus ihren Augen zu vertreiben. Er wusste auch, dass es helfen würde, Zeit mit ihren wahren Freundinnen – Ann, Wendy und Clarissa – zu verbringen.

Aber er hatte keinen Zweifel daran, dass seine Wonder Woman sich bald wieder aufrichten und zu ihrem gewohnten, mutigen Selbst zurückkehren würde. Als in der Ferne Sirenen ertönten, schwor Trigger sich, bei jedem Schritt an ihrer Seite zu sein.

EPILOG

Gillian hielt sich mit Fingern, die vor Anstrengung weiß geworden waren, an der Couch fest, als Walker sie von hinten nahm.

Es war drei Monate her, dass Andrea versucht hatte, sie hinter dem Driskill zu entführen und zu töten. Sie hatte das grüne Kleid, das Walker so gut gefallen hatte, wegwerfen müssen, aber sie war mit Wendy und Clarissa einkaufen gegangen und hatte das Kleid gefunden, das sie heute Abend anhatte.

Es war kürzer als das, das sie vor ein paar Wochen getragen hatte. Es war tief ausgeschnitten und zeigte ihr Dekolleté, und sie hatte gehofft, dass ihr Abend *so* enden würde, sobald Walker sie darin gesehen hatte.

Sie hatte sich mit ihm im Restaurant zum Abendessen getroffen, da er länger arbeiten musste, und seine Reaktion auf das Kleid und sie darin war genau so gewesen, wie sie es sich erhofft hatte. Seine Augen hatten sich geweitet, dann waren seine Pupillen größer geworden und er hatte leise vor sich hin geflucht.

Während des gesamten Abendessens konnte er die

Hände nicht von ihr lassen, er ließ die Finger häufig an unanständige Stellen an ihrem Bein gleiten, während sie nebeneinander auf der gleichen Seite des Tisches im Steakrestaurant saßen. Er war auch nicht so gesprächig wie sonst.

Wahrscheinlich war es gut, dass sie beide ihr eigenes Fahrzeug hatten und getrennt zu ihrer Wohnung fahren mussten, denn sonst, so hatte Gillian das Gefühl, hätte er sie schon im Wagen nackt ausgezogen und wäre über sie hergefallen.

So aber hatte Walker sie in der Sekunde, in der die Wohnungstür hinter ihnen geschlossen wurde, gepackt, an sich gezogen und geküsst, als hätte er sie nicht erst an diesem Morgen vernascht.

Jetzt war sie über die Couch gebeugt, während er sie von hinten nahm, genau wie sie es sich nach der Feier für die Howards gewünscht hätte.

Sie war immer noch vollständig bekleidet, bis auf den weißen Seidenschlüpfer, den er ihr vom Leib gerissen hatte, bevor er von hinten in sie eingedrungen war. Sie hatten vor ein paar Wochen aufgehört, Kondome zu benutzen, und Gillian konnte immer noch nicht glauben, wie fantastisch Walker sich in ihr anfühlte.

Er pumpte schneller mit den Hüften, als er sich seinem Höhepunkt näherte. Eine Hand führte er an ihren Bauch und ließ sie weiter nach unten gleiten, woraufhin er grob über ihre Klitoris strich, während er mit dem Schwanz in sie eindrang und sich wieder zurückzog.

»Komm für mich, Di«, befahl er.

Gillian hatte einmal versucht, ihm zu erklären, dass sie nicht einfach so zum Orgasmus kam, nur weil er es ihr befahl, aber heute Abend war sie ganz bei ihm. Sie war schon so feucht und bereit für ihn gewesen, bevor sie zu Hause eingetroffen waren, und zu sehen, wie er völlig durchdrehte, unfähig, sich zurückzuhalten, hatte sie schon an den Rand des Wahnsinns getrieben.

Wie immer hörte er nicht auf, ihre Klitoris zu stimulieren, wenn sie kurz vorm Höhepunkt war. In der einen Sekunde tat seine Berührung fast weh und in der nächsten schloss sie die Augen, wölbte den Rücken, stieß ihren Hintern gegen ihn und kam. Hart.

Sie spürte, wie er noch einmal in sie stieß und dann so tief in ihr verblieb, wie er nur konnte, als auch er kam. Sein Stöhnen hallte um sie herum, aber er ließ nicht von ihrer Klitoris ab. Gillian versuchte, sich von ihm zu lösen, aber es war sinnlos.

»Einmal noch«, stöhnte er. »Lass mich spüren, wie du meinen Schwanz zusammenpresst.«

Das war's. Ein weiterer, kleinerer Orgasmus durchzuckte sie und jeder Muskel in ihrem Körper spannte sich an. Sie schwor, dass sie immer noch spüren konnte, wie er in ihr pochte.

Sie verharrten einen Moment lang so, das Herz schlug ihnen bis zum Hals, der Schweiß tropfte von ihren Brauen.

»Heilige Scheiße«, murmelte sie, als sie endlich wieder klar denken konnte.

Walker lachte leise und zog sich langsam aus ihrer durchnässten Muschi zurück. Gillian spürte, wie ein Schwall seines Spermas an ihrem Innenschenkel hinunterfloss.

»Ich weiß, es ist unangenehm für dich, aber ich werde nie genug davon bekommen, das zu sehen. Es ist verdammt sexy«, sagte Walker zu ihr. »Komm, ich helfe dir, dich zu säubern.«

Er half ihr, sich aufzurichten, und küsste sie sanft, bevor er seinen Arm um ihre Taille legte und mit ihr den Flur hinunter in ihr Schlafzimmer ging.

Es dauerte nicht lange, die Spuren ihres Liebesspiels zu

beseitigen und sich fürs Bett umzuziehen, und innerhalb von zehn Minuten lagen sie aneinandergekuschelt in ihrem Bett.

»Falls ich vergessen habe, es dir zu sagen – und ich vermute, das habe ich –, du hast heute Abend wunderschön ausgesehen«, sagte Walker zu ihr.

»Danke. Ich bin nur froh, dass du mich endlich mal über die Couch gebeugt hast«, erklärte sie ihm ehrlich. »Ich dachte schon, du würdest mich für den Rest unseres Lebens in Watte packen.«

Sie spürte, wie Walker erschauderte, und obwohl sie wusste, dass er nicht gern über diesen Abend sprach, musste sie es tun.

»Du bist der stärkste Mensch, den ich kenne, Di. Ganz ehrlich. Aber ich ... dieser Abend ... verdammt.«

Gillian strich mit einer Hand über seinen Oberkörper. »Ich weiß.«

»Nein, tust du nicht. Als ich sah, wie sie die Waffe hob und auf deinen Kopf richtete, ist mein Leben vor meinen Augen vorbeigezogen. Ich verspüre nicht oft Furcht, frag nur die Jungs, aber in diesem Moment hatte ich schreckliche Angst.«

Gillian stützte sich auf einen Ellbogen, damit sie ihm in die Augen sehen konnte. »Ich weiß doch. Ich glaube, ich hatte an diesem Abend mehr Angst als in dem entführten Flugzeug. Vielleicht wegen des Hasses, den ich in Andreas Augen erkennen konnte. Sie verachtete mich wirklich. Es war schwer, das in meinem Kopf zu verarbeiten, weil sie seit der Entführung so nett zu mir gewesen war und ich mich so schlecht fühlte wegen dem, was meiner Meinung nach in dem Flugzeug mit ihr passiert war.«

»Wie fühlst du dich jetzt?«

»Du meinst, weil sie im Gefängnis getötet wurde?«

»Ja.«

Gillian versuchte, ihre Gefühle zu sortieren, bevor sie antwortete. »Erleichtert«, sagte sie nach einem kurzen Moment. »Ich weiß, das ist schlimm, aber –«

»Nein, es ist nicht schlimm. Ich habe heute mit dem Team gefeiert, als ich es gehört habe«, gab Walker zu. »Ich war so verdammt froh, dass sie tot ist und du nicht aussagen musst, und dass hoffentlich jede Bedrohung, die ihre Verbindung zum Sinaloa-Kartell für dich bedeutet haben könnte, nun endgültig vorbei ist. Es ist ja nicht so, als hätten die Behörden das Kartell nicht schon auf dem Schirm, und da es kein Geheimnis mehr ist, dass Andrea die siebente Entführerin war, brauchst du dir keine Sorgen mehr zu machen, dass Salazar hinter dir her ist.«

Gillian legte sich wieder hin und ihr Kopf ruhte erneut auf seiner Schulter. »In den Nachrichten hieß es, dass sie im Gefängnis ins Visier genommen wurde.«

»Ja«, sagte Walker, »sie war in Isolationshaft, aber irgendjemand hat wohl nicht aufgepasst oder vielleicht hat derjenige es auch absichtlich getan und sie wurde mit den anderen Insassen auf den Hof gelassen. Ich vermute, dass jemand, der mit dem Kartell in Verbindung steht, die Gelegenheit nutzte, um sie auszuschalten. Salazar war nicht gerade begeistert von ihr. Kartell-Mitglieder haben ein langes Gedächtnis und einen gewissen Kodex, nach dem sie leben.«

»Irgendwie tut sie mir doch leid«, sagte Gillian mit einem Seufzer.

»Nun«, entgegnete Walker und schüttelte den Kopf, »sie verdient nichts von deiner Güte. Nichts von deinem Mitleid.«

»Aber ihr Mann wurde getötet«, protestierte Gillian.

»Sie beide hatten sich für dieses Leben entschieden«, sagte Walker, während er sie auf den Rücken rollte und sich über sie beugte. Der Blick aus seinen Augen war durchdringend, als er auf sie herabstarrte. »Niemand hat sie gezwungen, sich mit dem Kartell einzulassen. Niemand hat sie gezwungen, Drogendealer zu werden. Luis war ein Mörder. Es ist nicht so, dass er sich auf einer gewöhnlichen Geschäftsreise befand und bei einem Autounfall getötet wurde. Andrea verdient nicht einen Funken deines Mitgefühls.«

»Okay, Walker.«

»Ich meine es ernst, Gillian. Sie hat bekommen, was sie verdient hat.«

»Ich sagte, okay.«

Sie beobachtete, wie er tief durchatmete und sich entspannte, als er sich wieder auf den Rücken rollte und sie zurück an seine Seite zog.

»Ich bin stolz auf dich, Di«, sagte Walker zu ihr. »Ich war nicht begeistert, dich einen Monat nach der Entführung schon verlassen zu müssen, aber du hast diesen Einsatz tapfer durchgestanden.«

»Ich war auch nicht begeistert, aber ich habe mit meinen Mädels abgehangen und eine Menge Arbeit für die wenigen anstehenden Veranstaltungen erledigt, die ich geplant habe.«

»Ich habe meinen Kommandanten fast angefleht, mich in den Staaten bleiben zu lassen, bevor mir klar wurde, dass es genauso schwer sein würde, dich beim nächsten Einsatz zu verlassen, also biss ich in den sauren Apfel und ging. Aber ich habe jede Sekunde an dich gedacht.«

»Was bestimmt nicht den Sicherheitsvorschriften entspricht«, schimpfte Gillian.

Walker lächelte. »Die Jungs wussten, dass ich nicht hundertprozentig bei der Sache war, und haben dafür gesorgt, dass ich mich nicht in Gefahr begebe.«

Gillian war sich nicht sicher, was das bedeutete, und sie

wollte es auch gar nicht wissen. »Es sind gute Jungs«, murmelte sie.

»Das sind sie.« Dann griff Walker über sie hinweg zu einer Schublade in dem kleinen Tisch neben dem Bett.

Sie stöhnte auf, als sie für eine Sekunde gegen seine Brust gedrückt wurde, bevor er sich wieder hinlegte. »Was zum Teufel?«, grummelte sie. »Achselhöhlen schnüffeln ist nicht sexy, Walker.«

Bevor sie sich umdrehen und es sich wieder bequem machen konnte, hatte Walker ihre Hand ergriffen, die auf seiner Brust geruht hatte. Ihre Augen wurden groß, als er ihr einen wunderschönen, perfekten Diamantring im Prinzessinnenschliff an den Ringfinger schob.

»Wa-«

»Ich liebe dich, Gillian Romano. Ich kann mir nicht vorstellen, mein Leben ohne dich zu verbringen. Willst du mich heiraten?«

Der Antrag kam wie ein Blitz aus heiterem Himmel ... aber dann auch wieder nicht. Sie hatten sich so gut eingelebt, dass es ihr vorkam, als hätte sie schon immer mit ihm zusammengelebt. Sie hatte ihren Mietvertrag für ihre Wohnung in Georgetown offiziell gekündigt und die Sachen, die nicht in seine Wohnung passten, waren vorübergehend eingelagert und warteten darauf, dass sie eine größere Wohnung finden würden. Walker sagte und zeigte ihr jeden Tag, wie sehr er sie liebte, und eines Abends hatten sie ein langes Gespräch über Seelenverwandtschaft geführt und darüber, dass er wirklich glaubte, dass sie sich in einem anderen Leben kennengelernt hatten und dass sie sich deshalb sofort gut verstanden hatten.

»Natürlich will ich das«, antwortete sie mit einem breiten Lächeln. »Unter einer Bedingung.«

»Und die wäre?«, wollte Walker wissen.

Gillian liebte den gierigen Ausdruck in seinem Blick

und wusste, dass sie im Begriff war, gründlich vernascht zu werden ... wieder einmal. »Ich plane unsere Hochzeit nicht. Ich will nichts Großes. Ich muss jeden Tag meines Lebens an Logistik denken und Partys planen. Ich will etwas Kleines und Stressfreies. Ich will es einfach hinter mich bringen, mit unseren Freunden abhängen und den Rest unseres Lebens beginnen.«

»Werden deine Eltern ausflippen, wenn sie nicht an einer riesigen Hochzeit für ihre einzige Tochter teilnehmen können?«, fragte er.

Gillian liebte es, wie respektvoll er gegenüber ihren Eltern war. Sie waren wieder einmal nach Texas geflogen, als sie erfahren hatten, dass sie angeschossen worden war, und obwohl ihre Eltern Walker nicht so kennengelernt hatten, wie sie es sich vorgestellt hatte, hätte sie nicht glücklicher damit sein können, wie sich ihre Beziehung entwickelte. Ihre Eltern schlossen Walker umgehend ins Herz, was nicht verwunderlich war.

»Nein«, sagte sie zu ihm. »Werden *deine* Eltern verärgert sein?«

»Nein. Ich glaube, sie sind einfach nur froh, dass ich endlich jemanden gefunden habe, der es mit mir aushält. Also, was für eine Zeremonie du auch immer willst, du wirst sie bekommen«, sagte er. Er nahm ihre Hand, küsste den Ring, den er ihr gerade angesteckt hatte, und tätschelte ihr sanft den Rücken. »Gibt es sonst noch etwas, worüber du reden willst, bevor du nicht mehr denken kannst?«, fragte er, während er sich langsam an ihrem Körper hinunterbewegte und dabei die Decke zur Seite schob, um sie seinem brennenden Blick auszusetzen.

Gillian spreizte eifrig die Schenkel und machte ihm Platz, während sie den Kopf schüttelte. »Nein, ich denke, das war alles.«

»Oh, das war noch lange nicht alles, Süße«, sagte Walker mit einem Glitzern in den Augen.

Es war mindestens anderthalb Stunden später – und drei Orgasmen; zwei für sie und einen für ihn –, bevor Gillian wieder denken konnte. Walker hatte sich an ihren Rücken gekuschelt und hielt sie fest, und Gillian starrte auf den wunderschönen Diamanten an ihrem Finger. Sie dachte an ihre Freunde und Walkers Team, daran, wie viel Glück sie hatte, dem Tod nicht nur einmal, sondern zweimal entkommen zu sein, und schwor sich in diesem Moment, in Zukunft glücklich zu sein.

Egal, was von nun an in ihrem Leben passierte, sie hatte einen Mann, der sie liebte, gute Freundinnen und einen Job, der ihr Spaß machte. Das Leben war nicht perfekt, aber ihres schien im Moment verdammt nahe dran zu sein.

»Diese Babysitter-Jobs sind nicht gerade meine Lieblingsbeschäftigung«, brummte Doc, als ein Teil des Teams vor einem Raum in einem unscheinbaren Gebäude in Paris stand. Doc, Trigger und Lefty hatten im Moment Dienst, und Grover, Oz und Lucky würden später übernehmen. Brain war auf Patrouille und hielt sich draußen auf, hörte dem Geplapper der Leute zu, die sich in der Nähe des Gebäudes versammelt hatten, und achtete auf alles, was die Sicherheit der Menschen im Gebäude gefährden könnte.

Normalerweise würde Lefty Doc zustimmen, was das Babysitten anging, aber früher an diesem Tag hatte er die Ankunft von Walter Brown, dem stellvertretenden Minister für insulare und internationale Angelegenheiten, beobachtet und er wusste, das bedeutete, dass seine Assistentin sich wahrscheinlich irgendwo in der Nähe aufhielt.

Kinley Taylor. Er hatte sie kennengelernt, als er und das

Team das letzte Mal als Leibwächter in Afrika eingesetzt worden waren. Ihr Boss war dort gewesen und er hatte sich nicht im Geringsten um seine Assistentin gekümmert. Er hatte sie zurück ins Hotel geschickt, um etwas zu holen, das er vergessen hatte – mitten in einem verdammten Protestmarsch. Sie wäre fast gestorben und wenn Lefty sich nicht rausgeschlichen hätte, ihr gefolgt wäre und dafür gesorgt hätte, dass der dämliche Demonstrant, der sie bedrängte, es bereute, sie aus der Menge herausgepickt zu haben, um sich mit ihr anzulegen, wäre sie getötet worden.

Er und Kinley trafen sich für den Rest der Reise heimlich, wann immer sie konnten. Sie war lustig. Und zierlich, was seine maskuline Seite ansprach. Er fühlte sich schon immer zu kleineren Frauen hingezogen. Jedes Mal wenn er sie sah, wollte er seine Hände in ihrem langen schwarzen Haar vergraben und sie an sich ziehen, aber sie verhielten sich stets professionell und anständig.

Sie hatten eine Menge Spaß auf dieser Reise. Sie lachten und scherzten miteinander, aber selbst als sie ihn neckte, spürte er eine unterschwellige Traurigkeit in ihr. Das machte jedes Lächeln, das sie ihm schenkte, noch bedeutsamer.

Als das Gipfeltreffen zu Ende war und damit auch Leftys Auftrag als Leibwächter, hatte sie versprochen, in Kontakt zu bleiben, aber er hatte nichts mehr von ihr gehört.

Es hatte eine ganze Weile gedauert, bis er über sie hinweggekommen war. Er wusste nicht, was er getan haben könnte, das sie dazu gebracht hatte, ihre Meinung zu ändern, und das ärgerte ihn.

Aber jetzt befanden sie sich erneut zur selben Zeit am selben Ort und Lefty wollte Antworten. Er wollte wissen, warum sie ihn so kaltherzig abserviert hatte, wo er doch dachte, sie seien eigentlich Freunde.

Die Delta Force wurde hin und wieder eingesetzt, um

hochrangigen Regierungsvertretern den Rücken zu stärken, wenn sie nach Übersee reisten. Diesmal hatten sie den Auftrag, den stellvertretenden Landwirtschaftsminister zu beschützen. Wichtige politische Mitglieder aus Ländern der ganzen Welt waren nach Paris eingeladen worden und wie üblich zog so viel Macht an einem Ort die Verrückten, die Unzufriedenen und die Leute an, die einfach nur gegen etwas protestieren wollten.

Kinleys Boss wurde von einem anderen Delta-Team aus Fort McNair in Washington, D.C. beschützt. Lefty hatte die Männer ein paarmal bei anderen Einsätzen getroffen und er wusste, dass sie gute Männer waren und alles tun würden, um nicht nur den stellvertretenden Minister für insulare und internationale Angelegenheiten zu schützen, sondern auch seine Assistentin.

Aber das war nicht gut genug für Lefty. Er wollte persönlich auf Kinley aufpassen.

»Was ist los?«, fragte Trigger.

Lefty fluchte im Geiste. Er wusste, dass einer seiner Freunde früher oder später sein seltsames Verhalten bemerken würde.

»Sie ist hier«, sagte er zu Trigger.

»Kinley?«, fragte sein Freund und wusste genau, von wem er sprach.

Lefty nickte.

»Arbeitet sie immer noch für dieses Arschloch?«

»Soweit ich weiß.«

»Hast du schon mit ihr gesprochen?«, fragte Trigger.

Lefty schüttelte den Kopf.

»Wir werden dafür sorgen, dass du genügend Zeit hast, das zu tun«, versprach Trigger.

»Das weiß ich zu schätzen«, entgegnete Lefty. Und das tat er. Sie waren wegen eines Jobs hier. Es war keine Zeit für Spaß. Keine romantischen Abendessen in einem charmanten Café und keine Besuche auf dem Eiffelturm. Aber jeder wusste, wie verärgert er gewesen war, als Kinley auf keine seiner E-Mails oder SMS geantwortet hatte. Seine Teamkameraden würden tun, was sie konnten, um dafür zu sorgen, dass er den Abschluss bekam, den er brauchte.

Lefty konnte sich noch an sein letztes Gespräch mit Kinley erinnern, als wäre es erst gestern gewesen.

»Danke, dass du ein Stalker warst und mir in diesen Menschenhaufen gefolgt bist.«

»Nichts zu danken. Ich hoffe, dies ist kein Abschied für immer. Ich mag dich, Kinley. Ich würde gern in Kontakt bleiben ... wenn das okay ist.«

»Das ist mehr als okay. Das würde ich wirklich gern. Ich habe nicht viele Freunde. In D.C. zu leben ist ... hart. Die Leute dort benutzen häufig andere, um die politische Karriereleiter zu erklimmen.«

»Und das willst du nicht tun?«

»Auf keinen Fall! Wenn ich die Wahl hätte, würde ich auf einer Farm mitten im Nirgendwo leben, nur mit Tieren, die mir Gesellschaft leisten. Sie sind ehrlich. Sie lügen nicht und versuchen nicht, dir wehzutun.«

»Wer hat dir wehgetan?«

»Oh ... ich meinte ja nur. Aber ja, ich würde gern in Kontakt bleiben.«

Das gesamte vergangene Jahr, seit er sie das letzte Mal gesehen hatte, hatte er immer wieder über diesen Austausch nachgedacht, und es störte ihn immer mehr, vor allem, nachdem er nichts mehr von ihr gehört hatte. Er hatte versucht, es zu verdrängen und sich einzureden, dass sie nur höflich gewesen war, als sie sagte, dass sie in Kontakt bleiben wollte, aber er glaubte das nicht. Irgendetwas an der ganzen Situation schien falsch zu sein.

Und jetzt hatte Lefty eine weitere Chance, dem Geheimnis von Kinley Taylor auf den Grund zu gehen. Er konnte nicht warten. Wenn sie dachte, sie könnte ihn wieder abwimmeln, irrte sie sich gewaltig. Niemand hatte Lefty je so sehr fasziniert wie sie. Ein Teil von ihm wollte wissen, was er getan hatte, dass sie ihm den Laufpass gegeben hatte, aber ein anderer Teil war besorgt.

Es hatte zwischen ihnen gefunkt. Das passierte Lefty nie. Niemals. Irgendetwas hatte Kinley abgeschreckt, mit ihm zu reden, da war er sich sicher. Und er wollte wissen, was es war.

Zum ersten Mal in seinem Leben war er dankbar für den Auftrag als Leibwächter.

Ich hoffe, du bist bereit, mir ein paar Antworten zu geben, dachte Lefty bei sich, während er mit dem Blick aufmerksam den Flur nach möglichen Bedrohungen für die Männer und Frauen im Raum hinter ihm absuchte. *Denn ich bin nicht gewillt, dich dieses Mal so einfach gehen zu lassen. Ich will alles darüber wissen, was hinter dem Kummer steckt, den ich in deinen Augen gesehen habe ... und ihn beheben.*

Holen Sie sich jetzt Buch 2 von Delta Team Zwei, *Ein Held für Kinley*!

BÜCHER VON SUSAN STOKER

Delta Team Zwei
Ein Held für Gillian
Ein Held für Kinley (1 Jan 2022)
Ein Held für Aspen
Ein Held für Jayme
Ein Held für Riley
Ein Held für Devyn
Ein Held für Ember
Ein Held für Sierra

Die Delta Force Heroes:
Die Rettung von Rayne
Die Rettung von Emily
Die Rettung von Harley
Die Hochzeit von Emily
Die Rettung von Kassie
Die Rettung von Bryn
Die Rettung von Casey
Die Rettung von Wendy
Die Rettung von Sadie

Die Rettung von Mary
Die Rettung von Macie
Die Rettung von Annie (Feb 2022)

Mountain Mercenaries:
Die Befreiung von Allye
Die Befreiung von Chloe
Die Befreiung von Morgan
Die Befreiung von Harlow
Die Befreiung von Everly
Die Befreiung von Zara
Die Befreiung von Raven

Ace Security Reihe:
Anspruch auf Grace
Anspruch auf Alexis
Anspruch auf Bailey
Anspruch auf Felicity
Anspruch auf Sarah

SEALs of Protection:
Schutz für Caroline
Schutz für Alabama
Schutz für Fiona
Die Hochzeit von Caroline
Schutz für Summer
Schutz für Cheyenne
Schutz für Jessyka
Schutz für Julie
Schutz für Melody
Schutz für die Zukunft
Schutz für Kiera
Schutz für Alabamas Kinder
Schutz für Dakota

Die SEALs von Hawaii:

Die Suche nach Elodie
Die Suche nach Lexie
Die Suche nach Kenna
Die Suche nach Monica
Die Suche nach Carly
Die Suche nach Ashlyn
Die Suche nach Jodelle

Hier ist außerdem eine Liste mit Susans englischen Büchern:

Mountain Mercenaries Series

Defending Allye
Defending Chloe
Defending Morgan
Defending Harlow
Defending Everly
Defending Zara
Defending Raven

Ace Security Series

Claiming Grace
Claiming Alexis
Claiming Bailey
Claiming Felicity
Claiming Sarah

Delta Force Heroes Series

Rescuing Rayne
Rescuing Aimee (novella)
Rescuing Emily
Rescuing Harley
Marrying Emily (novella)

Rescuing Kassie
Rescuing Bryn
Rescuing Casey
Rescuing Sadie (novella)
Rescuing Wendy
Rescuing Mary
Rescuing Macie (novella)
Rescuing Annie (Feb 2022)

Delta Team Two Series
Shielding Gillian
Shielding Kinley
Shielding Aspen
Shielding Jayme (novella)
Shielding Riley
Shielding Devyn
Shielding Ember
Shielding Sierra (Jan 2022)

Eagle Point Search & Rescue
Searching for Lilly (Mar 2022)
Searching for Elsie (Jun 2022)
Searching for Bristol (Nov 2022)
Searching for Caryn (TBA)
Searching for Finley (TBA)
Searching for Heather (TBA)
Searching for Khloe (TBA)

SEAL of Protection Series
Protecting Caroline
Protecting Alabama
Protecting Fiona
Marrying Caroline (novella)
Protecting Summer

Protecting Cheyenne
Protecting Jessyka
Protecting Julie (novella)
Protecting Melody
Protecting the Future
Protecting Kiera (novella)
Protecting Alabama's Kids (novella)
Protecting Dakota

SEAL of Protection: Legacy Series

Securing Caite
Securing Brenae (novella)
Securing Sidney
Securing Piper
Securing Zoey
Securing Avery
Securing Kalee
Securing Jane

SEAL Team Hawaii Series

Finding Elodie
Finding Lexie
Finding Kenna
Finding Monica (May 2022)
Finding Carly (TBA)
Finding Ashlyn (TBA)
Finding Jodelle (TBA)

Badge of Honor: Texas Heroes Series

Justice for Mackenzie
Justice for Mickie
Justice for Corrie
Justice for Laine (novella)
Shelter for Elizabeth

Justice for Boone
Shelter for Adeline
Shelter for Sophie
Justice for Erin
Justice for Milena
Shelter for Blythe
Justice for Hope
Shelter for Quinn
Shelter for Koren
Shelter for Penelope

Silverstone Series

Trusting Skylar
Trusting Taylor
Trusting Molly
Trusting Cassidy

BIOGRAFIE

Susan Stoker ist die New York Times, USA Today und Wall Street Journal Bestsellerautorin der Buchreihen »Badge of Honor: Texas Heroes«, »SEAL of Protection«, »Die Delta Force Heroes« und einigen mehr. Stoker ist mit einem pensionierten Unteroffizier der US-Armee verheiratet und hat in ihrem Leben schon überall in den Vereinigten Staaten gelebt – von Missouri über Kalifornien bis hin zu Colorado. Zurzeit nennt sie die Region unter dem großen Himmel von Tennessee ihr Zuhause. Sie glaubt ganz und gar an Happy Ends und hat großen Spaß daran, Geschichten zu schreiben, in denen Romantik zu Liebe wird.

Besuchen Sie Susan im Netz!
www.stokeraces.com
facebook.com/authorsusanstoker
twitter.com/Susan_Stoker
bookbub.com/authors/susan-stoker

instagram.com/authorsusanstoker
Email: Susan@StokerAces.com